BELLAS

RBA MOLINO

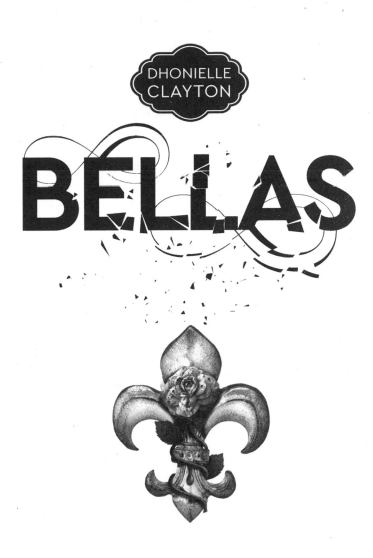

DHONIELLE CLAYTON

BELLAS

Traducción de
Martina García Serra

RBA

Título original inglés: *The Belles.*
© Dhonielle Clayton, 2018.

© de la traducción: Martina García Serra, 2018.
© de esta edición: RBA Libros, S.A., 2018.
Diagonal, 189 - 08018 Barcelona.
rbalibros.com

© de la imagen de cubierta: Tom Corbett, 2018.
Diseño de la cubierta: Marci Senders.
Otros elementos de diseño: Tipografía por Russ Gray.
Con permiso del propietario. Todos los derechos reservados.
Adaptación de la cubierta: Lookatcia.com

Primera edición: junio de 2018.

RBA MOLINO
REF.: MONL467
ISBN: 978-84-272-1374-6
DEPÓSITO LEGAL: B.10.176-2018

COMPOSICIÓN • EL TALLER DEL LLIBRE, S.L.

Impreso en España • *Printed in Spain*

PARA EL TÍO KENNY, EL TÍO CHARLES Y NANOO;
AHORA EL MUNDO ES GRIS SIN VOSOTROS.

«La belleza es una flor moribunda».

El dios del cielo se enamoró de la diosa de la belleza en cuanto nació el mundo. Cielo colmó a Belleza de regalos de sus objetos más preciados: el sol, la luna, las nubes, las estrellas. Ella aceptó la oferta de ser su esposa y juntos tuvieron a los niños de Orleans. Sin embargo, Belleza amaba tantísimo a sus hijos que pasaba todo su tiempo con ellos. Cuando rehusó volver a casa, Cielo envió lluvia y relámpagos y viento para ahogar a los primeros humanos. Cuando Belleza protegió a la gente de todo mal, Cielo los maldijo para que tuvieran la piel del color de un cielo sin sol, los ojos como una sombra de sangre, el pelo de la textura de la paja podrida y una tristeza profunda que enseguida se convirtió en locura. A su vez, Belleza envió a las belles *para que fueran rosas que crecieran en la tierra oscura y arrasada, destinadas a llevar la belleza de vuelta al mundo maldito, hasta que el sol recuperara la luz.*

De *La historia de Orleans*

1

TODAS CUMPLÍAMOS DIECISÉIS AÑOS ESE DÍA, Y PARA CUAL-
quier chica normal, aquello habría significado *macarons* de
frambuesa y limón y dirigibles diminutos de color pastel y
champán rosado y juegos de cartas. Quizás hasta un elefan-
tito animado de peluche.

Pero no para nosotras. Hoy es nuestro debut. Solo somos
seis este año.

Con las puntas de los dedos dejo lágrimas de niebla en
las paredes de cristal fino como el papel. El carruaje es precioso y claro y tiene forma de pelota. Yo soy una delicada
muñeca apostada en una bola de nieve. Un público que me
adora rodea mi carruaje, impaciente por ver qué aspecto
tengo y qué puedo hacer.

Una red hecha de mis flores rosadas características se extiende por las curvas de cristal para decirle mi nombre a
todo el mundo —Camelia— y para ocultarme hasta que me
revelen ante la corte real.

Soy la última de la fila.

Mi corazón palpita de la emoción mientras serpenteamos entre la multitud de la Plaza Real por el Carnaval Beau-

té. El festival tiene lugar una vez cada tres años. Echo vistazos con unos anteojos a través de los diminutos espacios que hay entre los pétalos e intento absorber todas mis primeras ojeadas del mundo, quiero doblar cada trocito y meterlo entre las capas cereza de mi vestido.

Es una maravilla de edificios palaciegos con torreones dorados y arcos brillantes, fuentes llenas de peces carmesíes y marfil, laberintos de árboles bajos, arbustos y matorrales podados de todas las formas geométricas posibles. Canales imperiales rodean la plaza, sostienen embarcaciones enjoyadas brillantes como piedras preciosas con forma de lunas sonrientes recortadas sobre el agua azul medianoche. Se desbordaban de pasajeros impacientes por vernos. El regio reloj de arena que mide la duración del día y la noche se agita con la arena del color de los diamantes blancos.

Cuando el sol se hunde en el mar, el cielo y sus nubes están hechos de cerezas derretidas y naranjas llameantes y pomelos tostados. La moribunda luz del sol proyecta mi propio reflejo en el cristal. Mi piel empolvada me hace parecer un trozo demasiado escarchado de pastel de caramelo.

Jamás había visto algo así. Es la primera vez que visito la isla imperial, la primera vez en mi vida que salgo de mi hogar.

El archipiélago de Orleans es una cuerda de islas que se extiende como una rosa de tallo torcido en el cálido mar. La mayoría están conectadas por puentes dorados o se puede llegar a ellas con suntuosos transportes fluviales. Nosotras venimos de la parte más alta —la flor— y hemos hecho un largo recorrido hasta el centro del tallo para exhibir nuestros talentos.

Una suave brisa se abre paso a través de diminutos respiraderos que tiene el carruaje de cristal y lleva consigo el aroma del cielo. Lluvia salada, nubes especiadas y un trazo de dulzura de las estrellas. Todo parece un sueño detenido y que perdura hasta pasada el alba. No quiero que se acabe nunca. No quiero volver a casa jamás. Un minuto aquí es más rico que mil momentos allí.

«El fin de los meses cálidos trae cambios», decía siempre maman. Y mi vida está destinada a transformarse esta noche.

Los caballos nos conducen hacia delante, sus cascos repiquetean contra el suelo de adoquines de la plaza. Los comerciantes venden dulces en nuestro honor: montículos de helado coronados con fresas del color de nuestros labios; intrincadas pastas de té con la forma de nuestras flores características; dulces pastelitos moldeados como nuestros moños belle; bastoncitos envueltos con coloridas cuerdas de azúcar que imitan nuestras fajas y vestidos tradicionales.

Una mano golpea mi carruaje y atisbo un rostro plateado. La plaza está hasta los topes de ciudadanos. Hay muchísimos. Centenares, miles, quizás millones. Los guardias imperiales empujan a la multitud hacia atrás para que nuestra procesión pueda pasar. Toda la gente parece bonita, con la piel de distintos colores: desde nata fresca hasta miel pasando por una tableta de chocolate; tienen el pelo rubio ondulado o bucles castaños o rizos negros; sus cuerpos son pequeños, redondos o están en un punto intermedio. Todos ellos han pagado para tener ese aspecto.

Los hombres visten chaquetas y sombreros de copa y pañuelos en un prisma de colores. El pelo que les crece en el rostro forma pulcros diseños. Están de pie al lado de mujeres enjoyadas y ataviadas con lujosos vestidos de colores pastel hechos de miriñaque y tul. Intrincados sombreros cubren su cabello; algunas llevan delicadas sombrillas y paraguas de papel, o se refrescan con abanicos estampados. Desde los dirigibles que hay encima, apuesto que parecen golosinas dentro de una caja.

Reconozco los estilos más populares por los montones de revistas de chismes que nos dejan en el buzón o de los bellezascopios que la hija de Du Barry, Elisabeth, a veces abandona entre los cojines de terciopelo del sofá del salón. La *Prensa de Orleans* dice que el pelo rubio rojizo y los ojos jade son la nueva tendencia de la temporada de invierno. Todos los titulares de los periódicos dicen:

DESPIERTA EL AMOR, TEN UN ASPECTO IRRESISTIBLE

CON EL RUBIO ROJIZO Y EL JADE

LLENA TU NECESER CON CHAMPÚES DE RUIBARBO

A PRUEBA DE BELLES

CUTIS DE LIRIO Y LABIOS DE ROSA, LOS BELLOS COLORES

DE LA TEMPORADA

Los vendedores de periódicos dicen que es lo que todo el mundo querrá en los meses venideros.

Tintineo de monedas. Unas manos agitan monederos de terciopelo en el aire. Las espíntrias que hay dentro crean una melodía cantarina. ¿Cuánto dinero contiene cada cartera? ¿Cuántos tratamientos se pueden permitir comprar? ¿Cuánto están dispuestos a pagar?

16

Ajusto las lentes de los binóculos para ver más de cerca los espectadores emocionados y me doy cuenta de que algunos de sus tonos de piel han desaparecido, como pinturas que han estado bajo el sol demasiado rato; veo cómo su pelo se va volviendo grisáceo desde las raíces y cómo las arrugas de la edad empiezan a surcar algunos ceños.

Es un recordatorio de por qué estoy ahí.

Soy una belle.

Controlo la belleza.

Los carruajes se detienen ante el pabellón real. Crisantemos bordados dibujan espirales hasta los puntos más altos. Suenan trompetas. Tañen campanas. Me ajusto de nuevo las lentes de los binóculos y fuerzo la vista para ver al rey, la reina y su hija. Me recuerdan a las muñecas de porcelana con las que solíamos jugar mis hermanas y yo de pequeñas. El rostro picado del pequeño rey en su traje morado y la reina con una corona torcida clavada en su cabellera negra, ambos sentados en el interior de un palacio en miniatura hecho de pedazos de madera de los cipreses del patio.

Tienen el mismo aspecto, aunque no están tan ajados, por supuesto. La reina brilla como una estrella remota, su piel negra como la tinta atrapa los últimos rayos de sol; la barba cobriza del rey le llega hasta el cinturón de su túnica; su hija lleva el pelo de oro recogido como una colmena. Antes pintaba los brazos y las piernas de la princesa de juguete cada vez que la princesa real modificaba el color de su piel, y me mantenía al día con las revistas de chismes que maman solía coger ante las narices de Du Barry.

Las pantallas de los dirigibles parpadean con su imagen.

Esta noche la princesa es blanca nívea como su padre, pero con pecas de color durazno espolvoreadas por el rostro con mano experta. Yo quiero ser quien los haga preciosos. Quiero ser la que la reina escoja. Quiero el poder inherente a ser la favorita de Su Majestad. Y si puedo ser mejor que Ámbar, me escogerá. El resto de mis hermanas son buenas, pero en el fondo de mi corazón, sé que todo estará entre ella y yo.

Madame Du Barry habla a través de un megáfono.

—Sus Majestades, Su Alteza, ministros y ministras, condes y condesas, barones y baronesas, damas y caballeros de la corte, gentes de Orleans, bienvenidos a la tradición más destacada de nuestro reino: el Carnaval Beauté. —La autoridad le recarga la voz. El ruido hace traquetear mi carruaje. Aunque no puedo verla, sé que lleva un sombrero lleno de plumas de pavo real y que ha embutido su curvilínea figura en uno de sus vestidos negros. Maman me dijo que a Madame Du Barry le gusta mantener una figura grande e intimidatoria—. Soy Madame Ana Maria Lange Du Barry, Gardien de la Belle-Rose —siempre dice su título oficial muy orgullosa. Lo más probable es que la gente de Orleans se echara las manos a la cabeza si supieran que en casa la llamamos *Du Barry*.

Los aplausos retumban y agudos silbidos les hacen eco. El ruido me vibra dentro del pecho. En toda mi vida no he querido nada más que estar aquí, ante el reino.

—Esta tradición se remonta al mismísimo principio de nuestras islas y al comienzo de nuestra civilización. Durante generaciones, mis ancestras han tenido el gran privilegio de ser las guardianas de nuestras joyas mejor atesoradas —se gira hacia su izquierda y hace un ademán en dirección a la generación anterior de belles. Las ocho están sentadas en sillas de respaldo alto y sujetan capullos de rosa belle en sus manos. Velos de encaje negro les cubren los rostros. La favorita, Ivy, luce una refulgente corona en la cabeza. Ha llegado el final de su tiempo en la corte. Todas volverán a casa en cuanto nos hayan entrenado a nosotras.

Cuando era una niña, todas jugaban con nosotras entre lección y lección con Du Barry. Sin embargo, un día el servicio empaquetó las cosas de las chicas mayores.

Quise esconderme en esos baúles y esas cajas de los carruajes, ocultarme entre sus vestidos de seda y las suaves prendas de pieles y los tules esponjosos, viajar a hurtadillas y ojear el mundo a través de la cerradura de un baúl. Me acuerdo de que leía los periódicos que hablaban de las belles más mayores cuando se hubieron ido. Tengo sus postales belle oficiales colgadas en la pared de mi cuarto.

Quiero ser Ivy. Siempre he querido ser ella.

«Tienes que ser la favorita, igual que yo», me dijo maman justo antes de morir. «Las gentes de Orleans se odian a sí mismas, tienes que cambiar eso». El recuerdo de sus palabras me llena de calidez, de la cabeza a los pies, mientras un aguijonazo de añoranza crece en mi pecho. «La favorita enseña al mundo lo que es bonito, les recuerda lo que es esencial». Ojalá hubiera vivido lo suficiente para poder estar aquí y observarme desde el escenario.

Me veo viviendo en el palacio como la belle personal de la familia real, soy la mano izquierda de la Ministra de Belleza y la ayudo a escribir los borradores de las leyes de belleza, experimento las maravillas de la Ciudad Imperial de Trianon y todos sus distritos, nado en La Mer du Roi, navego en buques reales, visito cada isla y vago por cada ciudad para probar todo lo que el mundo tiene que ofrecer.

Mis hermanas serán destinadas a uno de los cinco salones de té imperiales o se quedarán en casa para ocuparse de los ciudadanos recién nacidos de Orleans.

Yo seré un canal para la diosa de la belleza.

Guardo el sueño en mi pecho como una bocanada de aire que no quiero soltar jamás.

—Y ahora tengo el placer de presentarles a la generación más nueva de belles —anuncia Du Barry.

Un escalofrío de expectación consigue que mi corazón dé un vuelco. Me tiemblan las manos y se me caen los binóculos.

La multitud vitorea. El conductor retira la capa de flores entrelazadas que cubre mi carruaje.

Me revelan ante la multitud. Cojo el abanico que tengo en el regazo y lo despliego para mostrar su estampado rosa y amarillo pálido. Me cubro el rostro, luego ondeo el abanico y lo hago girar como si fueran las alas de una mariposa, lo lanzo hacia arriba y lo recojo sin esfuerzo. Las horas de lecciones dan sus frutos en ese instante. La multitud estalla en silbidos y gritos.

Miro hacia la izquierda para ver los carruajes de mis hermanas. Todos están alineados como la hilera de huevos de una huevera, moviéndose al son unos con otros. Intercambiamos sonrisas. La misma sangre corre por nuestras venas: la sangre de las estrellas, la sangre de la diosa de la belleza.

Farolillos carmesíes flotan en el aire. Contra el cielo que se va oscureciendo, los delgados papeles ardientes muestran grandes y brillantes nuestros nombres: Edelweiss, Ambrosia, Padma, Valeria, Hana y Camelia. Los peces saltan en las fuentes, cambian del color rubí al turquesa para confundir a los espectadores, sus brincos contienen la promesa de nuestros poderes. La plaza explota en vítores. Las niñas pequeñas sacuden belles de juguete en el aire.

Muchos hombres y mujeres sujetan catalejos para vernos mejor. Yo sonrío y saludo, quiero impresionarles, quiero ser lo bastante buena para que me recuerden.

Du Barry presenta primero a Valerie. Su carruaje avanza. Yo cierro los ojos.

«No las mires», me había dicho maman. «No codicies jamás su uso de las arcanas. La envidia puede crecer como una mala hierba dentro de ti. Sé la mejor sin intentar superar a las otras».

No se nos permitía discutir nuestras instrucciones durante las semanas previas al carnaval, pero Ámbar y yo nos habíamos cambiado los dosieres. A ella le habían encargado otorgar a su sujeto una piel de avellana tostada, una melena de grandes rizos ahuecados y un bello rostro redondo; mi sujeto debía tener la piel de un tono parecido al alabastro de las Islas de Fuego, el pelo tan oscuro que armonizara con la noche y una boca tan perfecta y tan roja que fuera imposible distinguirla de una rosa. Ambas practicamos nuestros aspectos con las sirvientas de la casa, y los perfeccionábamos en las habitaciones solitarias bajo el escrutinio de Du Barry. «La práctica engendra la perfección», nos chillaba durante horas.

Me revuelvo en el carruaje mientras las exhibiciones continúan. Hana sigue a Valerie. Se me han dormido las piernas de tenerlas cruzadas durante tanto rato y los ojos me parpadean, luchan contra mi deseo de mantenerlos cerrados. Gemidos de dolor cortan el aire de la bulliciosa plaza como cuchillos de plata mientras las chiquillas soportan sus transformaciones. Me estremezco al oír los gritos que suben y bajan, y los espectadores vitorean al son de sus crescendos.

Algunas de mis hermanas reciben reacciones más entusiastas que otras. Algunas reciben muchos «¡Oh!» y «¡Ah!». El estruendo me ensordece en algunos casos.

Quiero mucho a mis hermanas, especialmente a Ámbar. Ella siempre ha sido a la que más he querido. Todas nos merecemos ser la favorita. Hemos trabajado muy duro para aprender el arte de la belleza; sin embargo, deseo tanto ganar yo, que no tengo espacio en mi interior para nada más.

Siento como si hubiera tenido los ojos cerrados durante una eternidad hasta que mi carruaje avanza de nuevo. Los asistentes imperiales se acercan, los botones dorados de sus uniformes reflejan la luz del farolillo, y se colocan uno a cada extremo de mi carruaje; sueltan los enganches, agarran las palancas que salen de los laterales de mi bola de nieve y me levantan de la base donde se sujetan las ruedas como si no fuera más que una pompa de jabón. Fina e ingrávida. Afianzo las piernas y me concentro en el equilibrio. Los hombres marchan para llevarme a la plataforma central. Intento no estar nerviosa. Du Barry recreó el escenario al completo en el interior de nuestro hogar, completado con el cilindro dorado donde depositarán mi plataforma. Me he preparado para este día desde mi decimotercer cumpleaños; todas las lecciones, las charlas, las prácticas. Sé exactamente qué tengo que hacer. Y aunque lo haya ensayado mil veces, no puedo evitar que me tiemblen los dedos y que mi cuerpo se estremezca como si hubiera un terremoto en miniatura en el interior de mi bola de nieve.

Me susurro: «Mi exhibición será la mejor. Recibiré el aplauso más estruendoso. Me nombrarán favorita, igual que a maman. Conseguiré vivir en la corte. Recorreré el mundo. No cometeré ningún error. Haré preciosa a la gente». Me lo repito una y otra vez como si fuera una oración hasta que el ritmo de las palabras acaba con mi terror.

Los hombres accionan una palanca. Los engranajes tintinean y silban. La plataforma que tengo debajo se alza por encima de la multitud. Lujosas cajas reales reposan sobre pilares muy altos. La gente los observa con binóculos y catalejos pegados a los ojos, y prestan atención con trompetillas auditivas que parecen trompas de elefante. Los rostros me miran maravillados y llenos de ilusión, como si fuera una estrella atrapada en un vaso, a punto de explotar.

La plataforma se detiene y acciono una palanca diminuta que hay en la base del carruaje. El techo de cristal que tengo encima se abre de golpe, como la cáscara de un huevo. El cálido aire vespertino me acaricia la piel como si tuviera dedos suaves y me sabe todavía más dulce desde aquí arriba. Si pudiera embotellar los vientos diminutos, se convertirían en polvo de azúcar.

Las estrellas parpadean. Me siento lo bastante cerca para coger una y guardarla en mi caja de belleza.

La plaza enmudece y los sonidos del océano aumentan. La gente de Orleans me mira fijamente, soy la última belle que tiene que demostrar sus talentos. Du Barry no me preparó para saber qué se siente cuando te miran de ese modo.

Hay muchísimos pares de ojos, todos ellos de formas y colores distintos. El corazón me da un vuelco.

Du Barry me guiña el ojo y luego se da unos golpecitos sobre los labios carnosos para que me acuerde de sonreír. La multitud cree que yo nací sabiendo cómo hacerlos preciosos, no saben lo duro que he trabajado para perfeccionar las tradiciones y las arcanas, no saben lo mucho que me he esforzado para aprender todas las normas.

—Ahora, tengo el placer de presentar a nuestra última belle, ¡Camelia Beauregard!

Du Barry llena las sílabas de mi nombre con orgullo, triunfo y magia. Intento aferrarme a eso y lo uso para combatir mis preocupaciones.

La luz brilla por doquier: los farolillos y las pantallas de los dirigibles y las velas del cielo y la luna grande y refulgente. Casi puedo notar su sabor, burbujeante y dulce, como un sorbo de champán rosado.

Encaro un semicírculo de plataformas más pequeñas. Tres a la izquierda y dos a la derecha. Niñas de siete años reposan de pie en ellas como joyas sobre cojines aterciopelados. Son tan distintas entre ellas como las perlas y los rubíes y las esmeraldas, muestran lo excepcionalmente que podemos usar nuestras arcanas para embellecer.

Reconozco la obra de mis hermanas: el sujeto de Padma tiene las extremidades del rico color de los panecillos de miel; Edel ha afeitado la cabeza de la chiquilla; los ojos del sujeto de Valerie parpadean como estrellas amatista; la niña de Hana tiene el cuerpo de una bailarina, piernas y brazos largos y el cuello esbelto; el sujeto de Ámbar tiene el rostro lleno y redondo como el suyo propio.

Las otras belles han creado obras de arte diminutas. Ahora me toca a mí transformar a la niña.

El rey y la reina asienten hacia Du Barry. Ella sacude una mano en el aire a modo de señal para que me prepare.

Echo un vistazo hacia los cielos para reunir fuerza y coraje. Las belles son las descendientes de la diosa de la belleza, bendecidas con las arcanas para mejorar el mundo y rescatar a la gente de Orleans. Los dirigibles se entrecruzan encima de mí y bloquean las estrellas con sus formas orondas y sus pancartas perfiladas.

La última plataforma se alza directamente delante de la mía, completa el conjunto de las seis y crea una media luna perfecta. La niña viste una camiseta larga, una excusa para que sea un vestido; el dobladillo deshilachado le llega hasta las puntas de los pies. Tiene el pelo y la piel tan grises como un cielo de tormenta y marchitos como una pasa. Unos ojos rojos me miran con fijeza, como si fueran ascuas que brillan en la oscuridad.

Tendría que estar acostumbrada al aspecto que tienen en su estado natural, pero la luz exagera sus rasgos. Me recuerda a un monstruo de los cuentos que nos leían nuestras niñeras.

La niña es una gris. Toda la gente de Orleans nace así: con la piel pálida, grisácea y apergaminada, los ojos rojos como las cerezas y el pelo como la paja; es como si les hubieran arrebatado el color, dejando en su lugar la sombra de la ceniza y los huesos recién recogidos. Sin embargo, si consiguieran las espíntrias suficientes, podríamos acabar con la oscuridad, encontrar la belleza bajo el gris y mantener su transformación. Podemos salvarlos de una vida de uniformidad insoportable.

Nos piden que recompongamos sus huesos blancos como la leche. Nos piden que usemos nuestras herramientas doradas para remoldear cada rasgo de sus rostros. Nos piden que suavicemos y demos forma y tallemos cada aspecto de su cuerpo como si fueran cálidas velas acabadas de fundir. Nos piden que borremos los signos de vida. Nos piden que les demos talentos a pesar de que los crescendos provoquen oleadas de dolor que les arrancan de las gargantas gritos de angustia. Aunque les cueste la amenaza de sumirse en la ruina, los hombres y las mujeres de Orleans siempre quieren más. Y a mí me hace feliz poder ayudar. Me hace feliz que me necesiten.

La niña juguetea con la flor de camelia que tiene en las manos. Los pétalos rosas se estremecen entre sus dedos. Le sonrío, pero ella no me devuelve el gesto. Arrastra los pies hasta el borde de la plataforma, como si se dispusiera para saltar; las otras niñas le hacen señas para que vuelva y la multitud grita. Contengo la respiración, porque si cayera, se desplomaría al menos quince metros hasta el suelo. La niña retrocede a toda prisa, hasta el centro de la plataforma.

Exhalo y el sudor me perla la frente. Espero que al menos se gane unas pocas leas por el estrés de participar en este espectáculo. Lo bastante para que pueda comprarse una hogaza de pan y una cuña de queso para que le dure todo el mes. Espero hacerla lo bastante preciosa para que reciba sonrisas de la gente, y no susurros asustados y miradas frenéticas. No recuerdo haber sido nunca tan pequeña, tan vulnerable, estar tan aterrada como ella.

Abro la caja de belleza que tengo a mi lado. Du Barry nos obsequió a cada una de nosotras con un cofre distinto que tenía talladas nuestras iniciales y las flores que nos concedieron nuestros nombres. Acaricio con los dedos el gravado dorado antes de levantar la tapa para revelar una mezcla de instrumentos depositados en el interior de los incontables cajones y compartimentos. Esos artículos enmascaran mis dones. Las instrucciones que Du Barry nos ha dado esta mañana se repiten en mi cabeza: «Exponed solo la segunda arcana y lo que dicen las instrucciones. Mantenedles con el deseo de más. Enseñadles lo que sois en realidad: artistas divinas».

Tres globos mensajeros escarlatas con tres bandejas flotan hasta el pedestal de la niña. Uno le espolvorea pequeños copos blancos —maquillaje en polvo— por todo el cuerpo y ella se agacha como si la estuvieran recubriendo de nieve. El otro hace oscilar una taza de porcelana llena de té de rosa belle, una bebida anestésica extraída de las rosas que crecen en nuestra isla. El contenido chapotea y baila cerca de su boca, pero la niña se niega a dar un sorbo y pega un manotazo a la taza como si fuera una mosca fastidiosa.

La multitud grita cuando la niña se acerca de nuevo al borde de la plataforma. El último globo mensajero la persigue con un pincel manchado con una pasta del color de una galleta de nata. A su izquierda y a su derecha, las otras niñas le gritan y le dicen que no tenga miedo. La multitud ruge. Los espectadores intentan convencerla para que se beba el té y se pase el pincel por las mejillas.

Se me hace un nudo en el estómago. Que no pare de moverse podría arruinar mi actuación. Una oleada de pánico me asola. De todas las veces que imaginé esta noche, jamás pensé que mi sujeto podría resistirse.

—Por favor, para de moverte —le pido.

La exclamación de Du Barry retumba a través del megáfono.

La multitud enmudece. La niña se queda paralizada. Yo doy una profunda bocanada de aire.

—¿No quieres ser preciosa?

Su mirada abrasa la mía.

—¡Me da igual! —responde con un grito, y el viento se lleva su voz.

La multitud estalla horrorizada.

—Ay, claro que no. A todo el mundo le importa —respondo con voz firme. Quizá hace tanto tiempo que es gris que se ha vuelto loca.

—Quizás no debería importarles —espeta apretando los puños. Sus palabras me provocan un escalofrío.

Me pinto una sonrisa en el rostro y digo:

—¿Y si te prometo que todo irá bien?

La niña parpadea.

—Mejor de lo que esperas. Algo que hará que todo esto —hago un ademán hacia nuestro alrededor— valga la pena.

La niña se mordisquea el labio inferior. Un globo mensajero vuelve a ofrecerle el té y ella todavía se niega a probarlo.

—No tengas miedo —sus ojos encuentran los míos—. Bébete el té.

El globo mensajero vuelve.

—Venga. Te prometo que te encantará lo que haré. Te sentirás mejor.

La niña alarga una mano hacia el globo mensajero y la retira de golpe como si algo la hubiera quemado. Me mira. Yo le sonrío y la ayudo a cogerlo. Entonces agarra las cintas doradas del globo y levanta la taza de té de la bandeja y bebe un sorbo.

La examino y observo los detalles de su figura pequeña y desnutrida. Un relámpago de miedo ilumina sus iris rojos. El cuerpo le tiembla todavía más.

—Ahora coge el pincel —la aliento.

Se frota la mejilla con él y deja marcada una línea lechosa a modo de guía de color para mí.

Un dirigible brilla como una vela en el cielo por encima de los carruajes y atisbo mi reflejo de nuevo en el cristal. Una sonrisa trepa por la comisura de mis labios cuando me veo. Abandono las instrucciones de Du Barry: la piel nívea, el pelo negro, los labios como el capullo de una rosa. Una idea deja atrás la calidez de la emoción.

El riesgo podría costarme la furia de Du Barry, pero si me permite destacarme entre mis hermanas, la apuesta valdrá la pena.

Será inolvidable. Tiene que serlo.

Cierro los ojos y visualizo mentalmente a la niña como una estatuita. Cuando éramos pequeñas, practicábamos nuestra segunda arcana manipulando pintura en un lienzo, moldeando arcilla en un torno de ceramista y dando forma a velas recién fundidas, hasta que podíamos transformarlas en tesoros. Después de nuestro decimotercer cumpleaños, dejamos de usar los perritos de peluche y los gatos callejeros que merodean por los terrenos hasta reclutar a nuestras sirvientas como sujetos de nuestro trabajo de belleza. Di a mi sirvienta personal, Madeleine, unos ojos verdes como el cristal cuando el rojo empezó a notarse. Cuando cumplí catorce años, cambiamos a los bebés de la enfermería y les dimos color a sus piernecitas rollizas y a los mechones de su cabello y, justo antes de nuestro decimosexto cumpleaños, la reina dio unos cuantos bonos a los pobres para que nos ayudaran a entrenar y perfeccionar nuestras habilidades.

Estoy lista.

Convoco a las arcanas. Mi presión sanguínea aumenta. La piel se me calienta. Me enciendo como un fuego recién nacido en una chimenea. Las venas de los brazos y las manos se me hinchan bajo la piel como serpientes verdes diminutas.

Manipulo la flor de camelia en las manos de la niña. La modifico igual que lo haré con ella: dando forma a las fibras y las venas y los pétalos de la flor.

La multitud ahoga un grito. El tallo se alarga hasta que su extremo toca la plataforma, es como la cola de una cometa. La niña deja caer el capullo y se aparta un poco. La flor cuadriplica su tamaño y los pétalos se ensanchan para coger a la pequeña, cubren su cuerpecito que se retuerce hasta que queda envuelto por completo en un capullo de flor, como si fuera un gusano ensortijado.

La multitud explota en aplausos, silbidos y taconazos. El ruido se convierte en un hervor creciente mientras esperan que la revele.

Seré la mejor.

Será perfecto.

Me encanta ser una belle.

Oigo el fluir de la sangre de la chiquilla corriendo por su cuerpo y el latido de su pulso me llena los oídos. Entonces pronuncio el mantra de las belles:

«La belleza está en la sangre».

Mɪ ɪɴꜰᴀɴᴄɪᴀ ᴇꜱ ᴜɴ ʙᴏʀʀóɴ ᴅᴇ ɪᴍáɢᴇɴᴇꜱ ɪɴᴄᴏɴᴇxᴀꜱ, ᴄᴏᴍᴏ un televisor mal sintonizado. Nunca puedo recordar con precisa exactitud ni mi primera palabra ni la primera imagen o aroma. Solo la primera cosa que cambié en mi vida. El recuerdo aparece como un claro rayo de luz. Du Barry nos llevó al invernadero del ala norte de la casa para una lección. Mis hermanas y yo estábamos envueltas en la esencia del néctar de flores y nos dispusimos alrededor de una mesa.

Las sirvientas del jardín trajinaban, podaban y regaban y extraían el perfume para usar en los productos belle. El sol refulgía a través del cristal abovedado que tenía encima y me calentó tanto el vestido que llevaba, que parecía un pastelillo caliente. Du Barry nos dio a cada una de nosotras una flor plantada en el interior de una jaula de alambre para pájaros y nos ordenó que cambiáramos su forma y color. Yo estaba tan emocionada que mi flor explotó, los pétalos germinaron a través de los alambres como gruesos tentáculos, tumbaron las jaulas de mis hermanas y se esparcieron entre nosotras como si fueran los tentáculos de un pulpo.

Ahora tengo más control y cometo menos errores; sin embargo, todavía siento aquel cosquilleo que me sube por la piel. Cuando me ocurre, sé que las arcanas han hecho exactamente lo que quería.

Abro los ojos. Las flores de camelia se derriten por el cuerpo de la niña gris como si fueran de cera y queda expuesta ante la multitud. Se escuchan exclamaciones ahogadas y gritos de emoción.

—¡Bravo!

—¡Magnífico!

—¡Imposible!

—¡Brillante!

El clamor hace vibrar el cristal. Mi presión sanguínea disminuye y mi corazón se relaja hasta un ritmo normal, el sudor me desaparece del ceño y el sonrojo de las mejillas se desvanece.

La niña lleva una réplica en pequeño de mi vestido rosa, hecho de pétalos de camelia. El tono de su piel conjunta exactamente con el mío: es como un buñuelo recién hecho, marrón dorado y reluciente bajo la luz de los farolillos. He puesto un hoyuelo diminuto en su mejilla izquierda para que refleje el mío propio. Sus ondas oscuras están recogidas en un moño belle, el peinado que solo nosotras llevamos.

Es mi melliza. La única diferencia es que sus ojos brillan como un cristal azul, como el color del agua del Puerto Real, mientras que los míos son ambarinos como los de mis hermanas.

Las otras niñas se quedan boquiabiertas y la señalan asombradas. Nombro a mi pequeño sujeto *Acebo*, por la flor que puede sobrevivir hasta las nieves más heladas de Orleans y permanecer encantadora. La multitud estalla en aplausos. El emocionado estruendo me llena por completo.

La niña echa un vistazo a su propio reflejo y abre los ojos como platos; gira sobre sí misma como una peonza, se mira los brazos y las piernas y los pies. Se toca el rostro y el pelo. Los dirigibles proyectan nuevas pantallas que capturan su imagen. Su aspecto solo durará un mes antes de que vuelva a desvanecerse a gris. Sin embargo, ahora nadie repara en ello.

Cuando la foto de Acebo aparezca en el periódico y en los noticiarios, espero que una dama sin hijos la adopte. Quiero que su vida cambie tanto que ya no la reconozca. La gente de Orleans adora las cosas preciosas. Acebo es una de ellas, lista para ser acogida.

Sus ojos vuelven a conectar con los míos, están desbordados de una felicidad llena de sorpresa, y hace una reverencia.

Miro hacia mis hermanas. La luz de la luna centellea sobre los carruajes. Todas me miran con los párpados caídos y expresiones cansadas, pero aplauden y me saludan. Cada una de nosotras tiene un aspecto distinto: Edel es tan blanca como las flores que la rodean, el moño negro de Padma atrapa la luz, los ojos de Hana son brillantes y trazan una curva preciosa, la melena cobriza de Ámbar parece hecha de llamas arremolinándose, la figura de Valerie es como la de los preciosos relojes de arena de latón que usa Du Barry para cronometrarnos cuando practicamos las arcanas. Somos las únicas en todo Orleans nacidas inimitables y llenas de color.

La multitud entona el lema de las belles:

—*La beauté est la vie.*

La reina alza su catalejo dorado y nos mira fijamente a

Acebo y a mí como si fuéramos insectos atrapados en campanas de cristal.

El mundo enmudece.

La respiración se me atasca en la garganta. Entrelazo las manos.

La reina se coloca el catalejo en el regazo y aplaude. Sus anillos enjoyados brillan como estrellas diminutas atrapadas en sus elegantes dedos.

El corazón me late al compás de sus aplausos. Tal vez explote de emoción.

La reina se inclina hacia la derecha y susurra algo en el oído a la Real Ministra de Belleza. Los cortesanos se llevan las trompetillas auditivas a los oídos, impacientes por atrapar todas las palabras que puedan. Ojalá pudiera hacer yo lo mismo.

La Ministra de Belleza se alza para colocarse al lado de Du Barry y conversan entre ellas. Estoy demasiado lejos para leerles los labios. El abanico de la princesa se paraliza delante de ella. Me mira con tal intensidad que me arde el pecho.

Du Barry me hace un gesto para que haga una reverencia. Luego recorro todo el camino hasta el suelo de mi carruaje para dar las gracias a la reina y a la Ministra de Belleza y a la multitud por ver mi exhibición. El pecho me sube y baja agitado mientras espero el minuto de rigor para mostrar el sumo nivel de respeto. La reina debe de haber susurrado cosas buenas sobre mí. Eso me digo.

—¡Otra tanda de aplausos para Camelia Beauregard! —anuncia Du Barry—. Y para todas las nuevas belles. Antes de que aparezca la primera estrella mañana por la noche, todos sabremos el nombre de la favorita. Hasta entonces, felices conjeturas y apuestas. Que siempre encontréis la belleza.

Las mujeres y los hombres agitan sus tarjetas de apuestas en el aire. Los jugadores del reino intentarán sacar partido de ser los primeros en adivinar la favorita, prepararán a las mujeres para cobrar cualquier bono real de la reina para tener la oportunidad de cenar, socializar o hasta de beneficiarse de un servicio de belleza completo en el palacio hecho por la belle favorita.

Los dirigibles sueltan postales belle con nuestros retratos. Caen desde los cielos como la lluvia. Una sonrisa me llena el cuerpo por completo. Busco mi postal, pero no puedo distinguir un solo detalle entre el chaparrón.

Mi plataforma baja y las niñas me observan descender y saltan y brincan y me saludan. Los asistentes imperiales me colocan, con el carruaje de cristal y todo, de vuelta a la base con ruedas. La multitud silba todavía más fuerte. Fuegos artificiales rompen el cielo nocturno y crean el emblema de las belles: una flor de lis dorada, con una rosa roja enzarzada en el centro como una cinta de sangre.

Nuevas siluetas de carteles navegan por encima de todos, recuerdan a los futuros clientes nuestros nombres y rostros. Durante un instante fugaz, me veo entre ellas, con el rostro enorme y lleno de luz, los ojos sagaces y la sonrisa astuta. «Bien hecho, *ma petite*», diría maman si me pudiera ver. Me siento como uno de los famosos cortesanos representados en los bellezascopios o pintados en los paseos y las avenidas de Trianon.

La generación de belles precedente se pone de pie en el escenario y lanzan sus rosas belle a nuestros carruajes. Las rosas germinan de pronto en completa floración, sus pétalos son tan grandes como platos de porcelana. Saludo a la multitud.

Quiero quedarme ahí para siempre.

ANTES CREÍA QUE MIS HERMANAS Y YO ÉRAMOS PRINCESAS que vivíamos en un palacio de La Maison Rouge de la Beauté. Me encantaba el tejado pintado de la casa, las cuatro alas, los inacabables balcones y sus barandillas doradas y los husos plateados, los techos altísimos llenos de farolillos, los salones de color coral y las habitaciones rojas como el vino y los salones de color champán, las legiones de sirvientas y niñeras.

Pero nada de eso tiene ni punto de comparación con el palacio real de Orleans.

Los carruajes se alinean ante el portal sur como una serie de granadas sumergidas en miel y colocadas en una bandeja. Mantos de terciopelo rojo cubren el cristal. Asideros de cobre y ruedas relucientes centellean bajo las farolas nocturnas. Presiono el rostro contra la puerta de la verja. La silueta del palacio brilla en la distancia y se estira en tantas direcciones que no tiene principio ni final.

No me uno enseguida a mis hermanas. Oigo a Du Barry regañar a Edel. Me quedo rezagada cerca del carruaje, a la mismísima cola de la procesión, porque quiero un momento a solas. La emoción del carnaval me envuelve como un par de brazos. Los brazos de maman.

Un guardia imperial patrulla a unos pocos pasos. Avanza y retrocede en movimientos circulares, como uno de los soldados de cuerda que había en nuestro cuarto de juegos cuando éramos pequeñas. Me tiemblan las piernas y los brazos. Estoy exhausta o aún entusiasmada. Tal vez ambas cosas.

Los rugidos de la multitud de la Plaza Real van disminuyendo, como los vientos de una tormenta a la deriva hacia el mar. Los dirigibles y los farolillos del festival dejan una raya de luz en la noche, que contiene la promesa de algo nuevo.

Dormiremos aquí. La reina anunciará la favorita mañana por la tarde. Todo cambiará.

—Estuviste mejor de lo que se esperaba —dice una voz.

Hay un chico apoyado en la parte exterior de la verja, cuya chaqueta y pantalones se difuminan en la noche; sin embargo, su vívido pañuelo carmesí arde como una llama en la oscuridad. No lleva el blasón de ninguna casa que lo identifique. Se rasca la coronilla y se suelta el pelo del moño. Su sonrisa brilla como la luz de la luna y el tenue fulgor de los farolillos nocturnos suaviza los rasgos angulosos de su pálido rostro blanco.

Busco al guardia. Se ha ido.

—No te preocupes, volverá dentro de un segundo. No he venido a hacerte daño.

—Tú deberías tener miedo, no yo —asevero. Podrían arrestarle y pasaría años en las mazmorras del palacio por estar a solas conmigo. Dos meses atrás, la reina puso a un hombre en una caja de inanición en la Plaza Real por intentar besar a Margarita, la belle del Salón de Té Ardiente. Su retrato llenó los periódicos y los noticiarios. Cuando hubo muerto, los guardias dejaron ahí el cuerpo y los buitres lo hicieron pedazos.

—Yo jamás tengo miedo —responde él.

Es raro oír una voz que no me es familiar. La voz de un chico. Una sensación zumbante se me instala bajo la piel. El único otro chico con quien he hablado fuera de un salón de tratamiento es el hijo de Madame Alain, de la casa Glaston, a quien pillé en el almacén belle empolvándose el rostro y pintándose los labios mientras esperaba a que su madre acabara sus tratamientos. El chico quería ser una belle. Teníamos once años y habíamos reído más que hablado.

Este chico es más bien un joven. Du Barry nos enseñó a temer a los hombres y a los chicos fuera de los confines de los salones de tratamiento, pero yo no estoy asustada.

—¿Quién eres? No llevas ningún blasón —observo.

—No soy nadie —su boca se curva en un extremo. Se acerca, acorta el espacio que nos separa. Lleva consigo el aroma del océano y me mira con tanto interés que es como si me tocara—. Pero si tan desesperadamente deseas saberlo, adelante: mira mi nombre. Hasta me desabotonaré la camisa para que puedas ver mejor la tinta.

Las mejillas me arden de vergüenza. Al nacer, los ciudadanos de Orleans son marcados con una tinta de identificación imperial permanente que ni siquiera las belles pueden cubrir o borrar. La mayoría llevan sus emblemas en la ropa, cerca del lugar donde están marcados.

Le observo con renovada curiosidad: el modo en que se coloca un mechón rebelde detrás de la oreja, las pecas que tiene en la nariz, cómo se ajusta la chaqueta.

—¿De dónde vienes?

—Del *Lince.*

—Jamás he oído hablar de ese lugar.

—No deben enseñarte demasiadas cosas.

Me burlo de él:

—He tenido una educación excelente. ¿Está en el sur?

—Está en el puerto —ríe—. Es mi barco.

Así que intentaba hacerme sentir estúpida.

—Eres un maleducado —empiezo a alejarme. La discusión entre Edel y Du Barry empieza a morir en la distancia.

—¡Espera! Solo quería comprobar si los periódicos tenían razón. —Tiene los ojos marrón cedro, el color de los árboles que crecen fuera de las aguas de los Pantanos Rosa, en casa. El emblema de la marina centellea en su chaqueta como monedas del Banco Imperial recién acuñadas.

—¿Si tenían razón sobre qué?

—Dicen que puedes crear una persona con arcilla gracias a tus arcanas, como si fuera magia.

Me echo a reír.

—¿Como un mago de la corte a quien le pagan para entretener a los niños regios con fuegos artificiales y trucos?

—Los periódicos siempre llaman magia a lo que hacemos, pero maman dijo que las palabras son demasiado simples para explicar las arcanas.

—Y entonces, ¿lo es? —Juguetea con su pañuelo hasta que se suelta y la seda se escurre por su pecho como si fuera champán.

—No funciona así.

—¿Cómo funciona? —Los ojos le arden con preguntas mientras da un paso adelante.

El corazón me da un vuelco.

—No te acerques más.

—¿Me matarás? —pregunta con una ceja enarcada.

—Hay normas —le recuerdo—. Y quizás debería.

—¿Las sigues?

—A veces —trasteo los volantes de mi vestido—. Está prohibido que los hombres estén a solas con las belles fuera de los confines de las sesiones de belleza. O que hablen con ellas si no es que las conversaciones están relacionadas con un trabajo de belleza.

—¿Y qué hay de las mujeres? Pueden ser igual de peligrosas, si no más.

—Igualmente. No fraternizamos con no-belles.

—¿A qué viene tanta pataleta? Me parece absurdo, si quieres saber mi opinión —sonríe como si ya supiera la respuesta.

—Pasaron cosas malas en el pasado.

—Pero no tienen por qué pasar siempre —se frota la barbilla mientras me estudia—. No pareces alguien que siempre cumpla las reglas.

El sonrojo me sube por las mejillas.

—Tienes mucho ojo.

—Soy un marinero. Tengo que...

—¡Camelia! —grita Du Barry—. ¿Qué haces ahí detrás?

Doy un respingo al oír mi nombre y me giro de golpe.

—¡Voy! —respondo a voz en grito.

El guardia vuelve.

Me giro de nuevo.

—¿Quién eres?

Pero el chico ha desaparecido. El guardia me dirige una

mirada llena de intención, pero yo echo a correr hacia las puertas del palacio de todos modos y miro a derecha e izquierda.

Nada.

—¡Camelia! —grita de nuevo Du Barry.

Voy hacia el lado opuesto de mi carruaje.

Nada.

El recuerdo del chico ya me parece un sueño como los que intentas recordar justo cuando te despiertas. Enmarañado, confuso y lejos de tu alcance.

La Ministra de Belleza abre la portalada sur al tiempo que se pavonea en un abrigo largo de visón. Acaricia las pieles con sus uñas rojas; lleva plumas de pavo real en la melena oscura. Señala hacia arriba. Un globo mensajero dorado y blanco baila por encima de nuestras cabezas. El emblema de la Casa de Orleans resplandece en él. La correspondencia postal personal de la reina.

—Bienvenidas, queridas mías. Soy Rose Bertain, de la Casa de Orleans y Real Ministra de Belleza de nuestro gran reino. Tengo un mensaje de Su Majestad —abre la parte posterior del globo con un abrecartas ganchudo y chispas brillantes saltan de él. La mujer extrae del globo un diminuto rollo de pergamino que luce el sello de cera de la reina.

Lo rompe y lo desenrolla para leer:

Mis queridísimas belles,

Bienvenidas a mi hogar y a la capital de vuestro amado reino. Todas lucíais preciosas esta noche. Creo que la diosa de la belleza os observaba orgullosa desde los cielos. Estoy deseando determinar la mejor posición para cada una vosotras. Gracias por vuestro divino servicio para con esta tierra. Que siempre encontréis la belleza.

SRM Reina Celeste Elisabeth III, por la gracia de los dioses del reino de Orleans y sus otros reinos y territorios, defensora de la belleza y las fronteras.

Aguanto la respiración hasta que la Ministra de Belleza acaba de leer el título de la reina.

—¿Entramos? —sugiere.

—Sí —estalla Valerie excesivamente alto. Todas nos echamos a reír y su tez marrón claro se sonroja.

Du Barry y la Ministra de Belleza nos dirigen hasta los terrenos imperiales. Estamos flanqueadas por guardias. Recorremos un paseo ligeramente empinado y los caminos serpenteantes que llevan al palacio.

Farolillos nocturnos merodean por encima de nuestras cabezas y dejan un rastro de huellas de luz delante de nosotras. Paso al lado del césped verde brillante y de los árboles ornamentados podados con las formas favoritas de los dioses, parterres colmados de rosas belle y lirios níveos que brillan como mantas de encanto rojiblanco. Bestias reales desfilan por la hierba: pavos reales cerúleos, flamencos rosáceos y fénix colorados como el fuego.

Ámbar gira la cabeza y me mira. Le hago un mohín con la lengua y corro hasta ella.

—Lo has hecho muy bien —me susurra.

Intento quitarle un insecto volador de la faja de su traje naranja atardecer, pero se lo aparta ella misma con la mano y lo deja libre.

—Tú también.

Su pálida nariz ronza. Los ángulos de su rostro se curvan en perfecta forma de corazón. Su complexión es tan suave y delicada como una pieza de porcelana fina de la vajilla formal que tenemos en casa. El maquillaje belle que lleva hace que la piel se le vea todavía más blanca. Una ligera brisa le despeina uno de los mechones pelirrojos. Su moño alto parece un melocotón partido por la mitad.

—Me he equivocado con la piel. La he hecho demasiado brillante —sus ojos refulgen colmados de lágrimas.

—Estaba bien —tropiezo con los bajos de mi vestido, pero ella me sujeta. Me siento muy débil y muy cansada por haber usado las arcanas.

—Estaba muerta de nervios. He hecho todo lo que maman... —se le rompe la voz.

Enlazo mis dedos con los suyos y, juntos, parecen trenzas de tofe y vainilla. Ámbar tiene la tristeza pintada por todo su ser. Yo entierro la mía propia. Ambas hemos hecho lo que nuestras madres nos dijeron.

—Lo has hecho muy bien. El pelo de tu niña tenía unos bucles perfectos. Maman Iris habría estado muy orgullosa. —En casa, Ámbar vivía a la puerta de al lado, en el séptimo piso. Su madre hacía fiestas del té con pastelillos de azúcar y cremas de mazapán rosa solo para nosotras. A pesar de que teníamos trece años y éramos un poco más mayores de la cuenta, me encantaban. Siempre recordaré cuando maman Iris nos enseñó a usar las borlas de maquillaje en polvo y cómo sus copos blancos como el yeso hacían que su piel pareciera tierra seca.

En nuestros baúles belle, hay piedras mortuorias junto con nuestros vestidos en recuerdo de nuestras madres.

—Ámbar, lo has hecho fenomenal.

—Mentirosa —dice Ámbar—. Ni siquiera mirabas. Podía verte. Tenías los ojos cerrados —me pega un codazo.

Ella siempre ha tenido la capacidad de ver la verdad en mi interior.

—Lo he visto cuando has acabado. —Conseguiré a hurtadillas un noticiario y lo miraré todo más tarde.

De los pocos recuerdos que tengo de mi infancia, Ámbar aparece en todos ellos: entrando de puntillas en los aposentos de Du Barry para ver de qué talla era el corpiño que usaba, escondiéndonos en la enfermería donde la gente llevaba criaturas para sus primeras transformaciones, echando maquillaje en el té de nuestra maestra solo para ver cómo lo escupía, presionando todos los botones del ascensor para llegar a las plantas restringidas, colándose en el almacén de productos belle para probar las últimas invenciones. Hacía tanto tiempo que éramos amigas, que me era imposible determinar cuándo había empezado nuestra amistad.

—Mira el cielo —hago un ademán por encima de nuestras cabezas—. Es diferente aquí que en casa. —No hay cipreses que tapen las estrellas. No se oye el canto de los grillos del pantano o el croar de las ranas. No hay finísimos barrotes en espiral en las ventanas de la casa. No hay las gruesas nubes norteñas, solo un fino horizonte hacia los confines del mundo.

—Se suponía que la reina tenía que ponerse de pie después de mi exhibición, Camille. Para que yo lo supiera, para que todo el mundo lo supiera. Maman me dijo que tenía que ser la favorita. No tiene sentido ser nada más.

Siento una presión en el pecho. A todas nos dijeron lo mismo. Me siento egoísta por querer ser mejor que ella y que todas mis hermanas.

—Tampoco se puso en pie para mí —le recuerdo. Y a mí

también—. Sé que lo has hecho bien aunque no lo haya visto.

—Sí, ¡pero tú has sido espectacular! —levanta las manos—. Jamás te había visto actuar como hoy.

—Tú lo has hecho igual de bien. Vamos, déjalo.

—Todas hemos hecho lo que nos dijeron. Lo que había en nuestros dosieres. Excepto tú. Convertir a la niña en tu imagen y semejanza... qué inteligente. Y yo ni siquiera he pensado en usar mi flor de ambrosia como capullo. Realmente le ha dado un gran toque a todo. Menudo desenlace. Nada de todo eso se me pasó por la cabeza. ¿Qué me pasa? No hago lo inesperado. Tú coges las normas como sugerencias y vas más allá —aprieta los puños—. «Limitaros a cambiarles el pelo y el color de la piel» —imita la voz nasal de Du Barry—. «Nada más. Ir más allá es una pérdida de...» —se tapa el rostro con las manos—. Era un espectáculo, y tú lo entendiste.

—La he puesto en el capullo de camelia para que dejara de moverse —explico, sin querer confesarle que he pasado mucho tiempo pensando cómo podía ser mejor que ella, mejor que todas.

Alargo una mano para apretar la suya, pero la mueve para toquetear una flor que amenaza caérsele del moño. Le recuerdo que ella nunca tiene problemas con las arcanas, que siempre saca buenas notas con cada tarea que asigna Du Barry. Si nos basamos en las notas de las lecciones, Ámbar es la mejor de nuestra generación: Du Barry siempre le pone puntuaciones perfectas. Si la decisión se basara en eso, la escogerían sin pensarlo.

—Si hubiéramos podido enseñar la primera arcana, sé que habrían visto muchas más de tus habilidades —aseguro.

Ámbar es excepcional con Comportamiento. Es capaz hasta de suavizar la voz de una mona capuchina, hacer encantadora a la persona más zafia y dar a quien sea cualquier talento que desee (cocinar, bailar, tocar el laúd o cualquier otro instrumento) con tanta facilidad como si le estuviera cambiando el vestido.

—Yo tenía que ser la mejor. Tenían que nombrarme la favorita.

—Todas queremos ser la favorita —atajo.

Ámbar entrecierra los ojos.

—¿Crees que no lo sé?

Su tono me sienta como una bofetada. Jamás me había hablado de ese modo.

—¡Ambrosia! ¡Camelia! Ya conocéis las normas —Du Barry enarca una ceja—. Ya sois mayorcitas para que os lo tengan que recordar.

Ámbar se aparta dos pasos de mí y ese espacio diminuto se me antoja vasto como el océano. Se supone que no debemos tener favoritismos entre nosotras. Todas somos hermanas, se supone que debemos estar igual de unidas. Pero yo siempre he querido a Ámbar un poco más que a las otras. Y ella a mí.

Ámbar me mira con ojos enfurecidos. No entiendo su enfado. Estamos, todas y cada una de nosotras, exactamente en el mismo lugar en estos momentos. ¿No deberíamos apoyarnos las unas a las otras?

En cuanto Du Barry se vuelve a girar, me acerco a ella de nuevo y le toco la mano con la intención de arreglar lo que sea que acaba de romperse entre nosotras. Ella me la aparta de un manotazo y ataja hasta el grupo para ponerse al lado de Du Barry. Me deshincho como un globo mensajero que ha perdido el aire, pero no la sigo.

Cruzamos una serie de puentecitos dorados que pasan por encima del río del Palacio áureo. Los periodistas se asoman en botes negros como el carbón con sus cajas de luz, intentando retratarnos. Sus plumas animadas garabatean sobre libretas de pergamino a la velocidad del relámpago. Gritan nuestros nombres y nos preguntan quién creemos que será escogida como favorita.

—Van un poco tarde para hacer sus apuestas, caballeros. No obtendrán ninguna pista por aquí —les advierte la Ministra de Belleza a voz en grito.

Cruzamos el último puente y nos plantamos ante el palacio real. El edificio de mármol rosa se extiende hacia las nubes con torreones tan altos que, si nos encaramáramos a uno de ellos, tal vez podríamos llegar a susurrar al dios del cielo. Cada capa está ribeteada de dorado y blanco azucarado. Mis hermanas y yo miramos hacia arriba y parece que todas estemos conteniendo algún tipo de respiración colectiva.

Me levanto el dobladillo de la falda y sigo el grupo por una escalinata inmensa; pierdo la cuenta después de los cien escalones. El clic-clac de nuestros pies empuja a mi corazón a latir más rápido. En la cumbre, la doble puerta se abre como una gran boca y el vestíbulo de entrada mayor nos engulle. Lámparas de araña enjoyadas cuelgan de los altos techos, como arácnidos con las panzas llenas de luces de velas. Las paredes están llenas de preciosas tallas de mármol de las estrellas. Surge un deseo en mi interior de pasar los dedos por ellas, sentir los surcos, pero no puedo tocarlos a través de las hileras de guardias que nos flanquean.

Entramos a un nuevo pasillo. Las pinturas del techo cambian en cuanto pasamos. Frescos animados se componen una y otra vez en escenas celestiales distintas: dioses y diosas, una rosa eterna, los primeros reyes y reinas, las islas de Orleans, los cielos. Casi me caigo por ir girando la cabeza para mirarlos.

—Los aposentos belle están en el ala norte —nos informa Du Barry.

—Siguiendo la dirección de la diosa de la belleza —añade la Ministra de Belleza.

Nos aventuramos por el ala del palacio y atravesamos pasajes dorados que parecen puentes inmensos. Miro hacia abajo, a los pisos inferiores, por encima de las barandillas. Regios árboles de crisantemos crecen hacia el cielo, pero ni siquiera sus ramas pueden alcanzarnos. Una serie de carruajes avanza por un brillante entramado de cables y transporta gente muy bien vestida de un balcón a otro.

Nos movemos hasta un punto de control de la guardia imperial. Nos saludan y nos detenemos ante un gran par de puertas talladas con rosas belle.

Me muerdo el labio inferior.

Las sirvientas imperiales cubren ambos lados de la entrada, las cabezas gachas en una reverencia, las manos reposan ante sus regazos; lucen rostros angulosos y labios de melocotón, mejillas sonrosadas, ojos marrones y piel blanca como la leche. Tienen aquel aspecto bajo mandato de la Ministra de Belleza; ella misma las ha vestido con coloridos ropajes de trabajo ceñidos a la altura de la cintura y llevan con orgullo el emblema del servicio en el cuello.

La Ministra de Belleza abre la puerta.

En casa compartía el dormitorio con maman. Su cama con dosel y mi catre más pequeñito estaban confinados en un rincón de nuestros aposentos en el séptimo piso de La Maison Rouge de la Beauté. Las revistas de chismes hurtadas del buzón creaban montañas secretas bajo mi cama, y postales belle hurtadas del despacho de Du Barry decoraban la pantalla de marfil que separaba mi lado de la habitación del de maman. Objetos de todo tipo cubrían nuestras estanterías: pétalos deshidratados, guijarros diminutos de los pantanos y perlas de arcoíris, que reposaban como sepulcros para nuestras aventuras junto a volúmenes de folclore y cuentos de hadas sobre el fénix del dios de la suerte o el pequeño zorro plateado de la diosa de la decepción. También había un tocador con una pequeña pila y una chimenea que siempre crepitaba llena de luz. El corazón se me dispara con solo recordarlo.

Aun así, no sé cómo maman pudo dejar estos aposentos belle y volver allí.

Fijo la mirada en mil direcciones. Las paredes emergen con rayas de oro lacado que llegan hasta el techo adornado con rosas belle entrelazadas, cuyos pétalos parpadean y se estiran mientras me muevo bajo ellos. La habitación tiene sofás de patas acabadas como garras que sujetan cojines enjoyados; un tapiz bordado de oro del gran reino de Orleans engulle la pared entera; un gran escritorio blanco descansa en un rincón lejano de la habitación y encima luce un ábaco de cuentas blancas como perlas y cajas fuertes de hierro forjado.

El servicio real prende los farolillos nocturnos y los hacen levitar. Su pálido fulgor ilumina más de las maravillas que encierra la habitación. Armarios de cristal contienen bellezascopios —calidoscopios de latón diminutos marcados por estaciones y años—, que proyectan imágenes de los mejores y más brillantes cortesanos del reino, tomadas por el cuerpo de prensa de Orleans. Padma sujeta el esbelto extremo de un catalejo hacia los farolillos nocturnos flotantes, el cilindro atrapa la luz y proyecta en la pared un grupo de hombres y mujeres elegantes como cuentas rutilantes y coloridas. No hay dinero en el mundo que pueda comprar tu entrada en esas colecciones. Ni siquiera la princesa tiene un lugar. Todos los hombres, mujeres y niños quieren que les retraten.

Du Barry nunca nos ha permitido mirar los bellezascopios o leer folletos o revistas o periódicos. Se suponía que el mundo exterior no debía tentarnos.

—Captadlo todo, chicas —arrulla la Ministra de Belleza.

—Sí, disfrutad de los mimos —añade Du Barry.

Montones de folletos de belleza, incluyendo *Dulce, Mignon, Beauté, Sucré* y el *Diario femenino de la Mode,* cubren las mesillas ornamentadas. Edel y Valerie hojean febrilmente las páginas y nos enseñan algunas. Los folletos retratan perfiles creados por las belles, ofrecen encuestas que hacen estimaciones aproximadas sobre qué belles podrían llevar a alguien a los bellezascopios y exhiben cada belle de nuestra generación y las profundidades de nuestras rumoreadas arcanas, y nos comparan con las generaciones anteriores que ahora dejan la corte.

Hay abanicos de periódicos en una serie de mesillas de café. El *Tribuno Trianon*, las *Crónicas del crisantemo*, el *Orleansian Times* y muchos más, que provienen de cada rincón del reino. Los acaricio con las puntas de los dedos. Los titulares se despliegan y lucen por el pergamino, anuncian el inminente compromiso de la princesa Sophia y las últimas leyes de belleza imperiales de la reina y la Ministra de Belleza.

CUALQUIER REESTRUCTURACIÓN O MANIPULACIÓN
DESTINADA A ALTERAR PROFUNDAMENTE LA FORMA DEL
CUERPO O EL ROSTRO DE UNO MISMO ESTÁ PROHIBIDA

LA CINTURA JAMÁS DEBE SER INFERIOR A LOS CUARENTA
CENTÍMETROS DE DIÁMETRO CON TAL DE
MANTENER LA FORMA HUMANA DEL CUERPO

LOS TONOS CUTÁNEOS DEBEN PERMANECER ENTRE
LOS PIGMENTOS DE COLORES NATURALES TAL Y COMO SE
ESPECIFICA EN EL ARTÍCULO IIA, SECCIÓN IV

LAS NARICES DEBEN SER LO BASTANTE ANCHAS
PARA PERMITIR EL ACTO NATURAL DE RESPIRAR

LOS CIUDADANOS MAYORES DE SETENTA AÑOS NO PUEDEN
GOZAR DE TRATAMIENTOS QUE LES PERMITAN TENER UN
ASPECTO MÁS JOVEN DE DICHA EDAD, CON TAL DE PRESERVAR
EL CAMINO NATURAL DEL DESARROLLO CORPORAL

Ámbar echa un vistazo por encima de mi hombro; la llama de nuestra discusión de antes ya está apagada.

—Cuando me nombren favorita, añadiré más.

—¿Por qué? Ya hay muchas. ¿O te has olvidado de la interminable lista de leyes que hemos memorizado? —Siempre repetimos este mismo debate—. Yo no quiero deshacerme de todas ellas. Solo de unas cuantas.

—Como siempre —me guiña un ojo antes de alejarse sin prisa.

Sujeto el *Investigador imperial* y sonrío ante las imágenes de las mujeres reales atrapadas en el atasco de carruajes del día antes del Carnaval Beauté. Atisbo el titular que el chico de antes comentaba:

SE RUMOREA QUE CAMELIA BEAUREGARD
ES CAPAZ DE CREAR UNA PERSONA CON ARCILLA

Paso los dedos por las letras curvas.

En un escabel, hay montones de revistas apiladas como cálidas crepes de azúcar. Las páginas presentan pretendientes potenciales para la princesa. El *Salón de los cotilleos cotorreados* acusa a la princesa de haber tenido múltiples aventuras tórridas, incluso con sus damas de honor. Otro, *Especulaciones de la peor calaña*, difunden rupturas sentimentales de la realeza y la corte, les culpan de cambios de aspecto o de falta de mantenimiento de belleza, y un tercero, *Sonados escándalos escondidos*, habla de una serie de productos de belleza comercializados en el mercado negro que se rumorea que son capaces de las mismas proezas que los que hacen las belles mismas. Me río ante semejante titular. Ningún tónico puede actuar como sustituto de lo que hacemos nosotras.

Dirigibles diminutos perfumados merodean y dejan rastros de fragancia.

—El espacio volverá a ser perfumado en función de la preferencia de la favorita —informa la Ministra de Belleza—. Aquí es donde una de vosotras se encontrará con los clientes antes de que empiecen los tratamientos. —Da una vuelta a nuestro alrededor, toca los muebles más lujosos y luego hace un ademán hacia las sirvientas. Retiran una serie de cortinas para revelar una pared de cristal y un magnífico jardín repleto de rosas de todos los colores, flores de todas las formas y plantas de todo tipo—. Este es el invernadero para inspirar vuestras arcanas. Animo a todas las favoritas a caminar por aquí a diario. Es muy terapéutico.

Si maman estuviera aquí, me diría que arrancara los pétalos de las flores para ayudarme a crear las tonalidades naturales perfectas y que ignorara las paletas de colores extensivas de Du Barry. Hana corre a ponerse a mi lado.

—¿Te lo puedes creer?

—No —aseguro.

Corremos entre gritos, nos esparcimos como preciosas canicas lanzadas en todas direcciones. Sigo a uno de los dirigibles de perfume por el salón. Enmarcados en oro, retratos de favoritas pasadas cubren las paredes; me detengo delante del de mi madre y sus ojos brillantes me devuelven la mirada, me la imagino yendo de una habitación para otra, la imagino creando una persona preciosa detrás de otra. Me imagino mi rostro al lado del suyo.

Entro en una habitación. Por el aspecto del espacio, debe ser un salón de tratamiento: una serie de armaritos se extienden hasta el techo con etiquetas en los cajones como: CREMA DE ROSA, BORLAS DE TALCO, ACEITES Y POMADAS; hay retratos y lienzos apostados en caballetes; se escuchan escalerillas a izquierda y derecha mientras las sirvientas colocan los materiales; hay vitrinas llenas de botes de pigmentos en todos los tonos de piel imaginables y cestos que contienen velas y bloques de cera y pastillas de tarta e instrumentos metálicos; medio escondida en un rincón de la sala, hay una estufa redondeada llena de planchas y tenacillas para el pelo; una gran mesa está cubierta de cojines mullidos y toallas.

Hana asoma la cabeza.

—Camille, vamos —dice antes de arrastrarme hasta la salida.

La Ministra de Belleza dirige el grupo a través de otro par de puertas.

—Por aquí, mis niñas. Aquí está el dormitorio. —Seis camas con dosel están alineadas y drapeadas con ricos tapices del color de nuestras flores características. El suelo está cubierto de alfombras mullidas. Una chimenea ruge dando luz y calor—. Quitarán las camas de más, por supuesto, después del nombramiento de la favorita. —Camina hacia delante de nuevo y abre dos puertas para dirigirnos al exterior, hasta el balcón. La playa real está justo debajo; las aguas de La Mer du Roi rompen contra la orilla y los barcos imperiales surcan la costa. Algunos buques están anclados al muelle del palacio, que brilla con la luz de los comerciantes y mercados de última hora. Du Barry se cuela detrás de nosotras.

Es mejor de lo que jamás me había imaginado, mejor de lo que había soñado. Detrás de nosotras, las cumbres doradas de tres pabellones del palacio atrapan la luz de la luna.

—Me atrevería a decir que esta es una de las mejores vistas de todo el palacio —declara la Ministra de Belleza antes de volver a guiarnos hasta el interior. Luego señala hacia el pasillo—. Los baños onsen están al final de ese pasillo, junto con los salones de tratamiento y las habitaciones de recuperación.

—¿Cuántos hay en total? —pregunta Padma.

—Ocho grandes habitaciones, todas interconectadas. Hace muchos años, la reina invitaba a las belles para que vinieran a fiestas de tratamientos. Proporcionaba servicios de belleza a sus cortesanos favoritos y les dejaba probar nuevas tendencias y experimentos. Eran una gran ocasión.

La seguimos de vuelta al gran salón.

—Todas y cada una de las favoritas se han hospedado aquí. Este es un terreno verdaderamente sagrado —explica.

Siento un escalofrío al pensar en maman caminando por esas habitaciones.

Me imagino cómo me haré míos esos aposentos: cambiaré las velas blancas por unas de cera de abeja para que huelan a miel; quitaré los pesados cortinajes para poner cortinas más vaporosas que den la bienvenida al sol; moveré la cama para que esté más cerca de las puertas del balcón y que así los sonidos del océano me ayuden a quedarme dormida; trasladaré el escritorio al interior del dormitorio para que pueda mirar hacia la terraza mientras escribo cartas y envíe globos mensajeros.

Doy un rodeo entre los muebles y dejo que las puntas de mis dedos acaricien los almohadones afelpados. Me detengo ante una cunita enganchada a unas delicadas cadenas que cuelgan del techo.

—¿La favorita tendrá que cuidar de los bebés?

—Raramente. Las mujeres de la realeza utilizan sus bonos de belleza para sus criaturas, evitan la enfermería de La Maison. Es bastante inusual, pero a veces pasa. —La Ministra de Belleza chasquea los dedos hacia una sirvienta y la mujer acude al momento—. Ya que tratamos este tema de los bonos de belleza, hay un trabajo precioso esta temporada. Yo misma escojo al artesano de la Casa de los Herreros —da una palmada—. Las llaves hacia la belleza.

Dos sirvientas muestran unas delicadas llaves maestras apostadas en una tabla aterciopelada. Brillan como estrellas caídas.

—Muy inteligente, Madame Ministra —elogia Du Barry.

—Los periodistas los adoran. Recibiréis un bono como este de los hombres y las mujeres de la corte. Valen más que las espíntrias normales. Solo las pueden repartir el rey, la reina o la princesa, o incluso la favorita misma en algunas ocasiones. Mi oficina las controla —la Ministra de Belleza hace un ademán para que las sirvientas se retiren.

—También me encantaban los bonos de manos —dice Valerie—, los de hace dos temporadas.

—Aquellos fueron mis primeros amores —declara la Ministra de Belleza—. Hasta que llegaron las llaves —da unos golpecitos en la pared que tiene detrás como si llamara—.

Una última cosa importante. Además de Ivy, nuestra última favorita, que pasará aquí un mes para ayudar con la transición de favoritas... —Una puerta secreta se abre de golpe para revelar una pequeña oficina colmada de circuitos telefónicos que parecen hileras interminables de candelabros y sus ruidos metálicos resuenan. Una escalera deslizante tintinea en la pared. Los auriculares cuelgan de sus bases como campanas de templo.

De pronto aparece Elisabeth Du Barry, la hija de Madame. A Du Barry se le ilumina la cara al verla. La chica tiene el rostro largo y estrecho como un grano de arroz y lleva el pelo cortado a lo *garçon*. No hay suficiente trabajo en el mundo que pueda borrar la expresión de amargura que siempre lleva grabada en la cara.

La Ministra de Belleza arruga la nariz mientras inspecciona los rasgos de Elisabeth.

—La señorita Elisabeth Du Barry también estará en la corte —anuncia sin entusiasmo.

—Estaré en el centro del circuito —informa Elisabeth sorbiéndose la nariz—. Atiendo las llamadas y programo las citas de belleza para las belles de los salones de té y también para la favorita. Me encargo de los pedidos de los productos belle y también de las entregas de globos en la corte. —Hace una pausa y chasquea la lengua—. La gente no para de llamar.

En casa, siempre que Elisabeth habla, nosotras le prestamos la misma atención que a las tacitas de té. Siempre le ha gustado contar mentiras sobre las otras islas para asustarnos y hacía todo lo que podía para que nos sintiéramos inferiores.

—Creía que nos habíamos librado de ella —se lamenta Edel.

Padma le pega un codazo y yo intento no echarme a reír.

—Tendréis que obedecer a Elisabeth en mi ausencia. Yo estaré a caballo entre la casa y la corte —explica Du Barry—. ¿Entendido?

—Sí, Madame Du Barry —decimos al unísono, como si volviéramos a ser pequeñas y estuviéramos en clase.

—Bien, chicas —la Ministra de Belleza se mueve hasta un tapiz que representa un antiguo mapa de Orleans—. Mirad lo lejos que habéis llegado —apunta hacia la parte superior, donde un hilo dorado dibuja nuestra isla y su antiguo nombre: Hana—. Estoy encantada de que finalmente estéis aquí. Saboread esta noche, pues el mundo, el vuestro, el mío, el del reino, cambiará mañana.

Du Barry la aplaude y todas nosotras la acompañamos.

—Nos vemos mañana a primera hora. —La ministra sale sin prisa, con el abrigo de visón ondeando tras ella.

—Jovencitas, qué maravilloso espectáculo de talento esta noche. —Du Barry posa sus ojos en todas y cada una de nosotras—. Hasta vuestras hermanas mayores quedaron enormemente impresionadas. Ya están esperando poder ayudaros con vuestras transiciones una vez que mañana conozcáis vuestros destinos. Muchas han recalcado que algunas de vosotras quizás ni siquiera necesitéis un mes completo con ellas para aclimataros a la vida de la corte y de los salones de té.

Me sonrojo de la expectación, la emoción y un poco de miedo.

—El de esta noche ha sido uno de los debuts más grandes que creo que hemos tenido desde que mi maman vivía.

—Se besa dos dedos y se los acerca al corazón. Nosotras la imitamos para mostrar respeto a los difuntos. Extrae el rosario del bolsillo de su vestido y se envuelve las manos con él—. Se comprobarán y anivelarán vuestros niveles de arcana. Y luego os vestiréis para ir a dormir. —Du Barry coloca una cálida mano en cada una de nuestras mejillas—. Tenéis que aseguraros de descansar muy bien. Esta noche ha sido la primera vez que habéis experimentado tanta estimulación. Tenéis que deshaceros de ella y restablecer vuestro equilibrio. Recordad siempre que las emociones están ligadas a la sangre, y es en la sangre donde tenéis vuestro don. Cualquier exceso de pasión puede causar contaminación y una presión excesiva que dañe vuestras arcanas. Tenedlo bien presente.

Durante las semanas previas a nuestro cumpleaños y al Carnaval Beauté, había oído esa explicación una y otra vez, como si fuera una aguja encallada en un vinilo. Nos lo decían nuestras madres, nuestras niñeras y especialmente Du Barry, como si hubiera olvidado lo que me habían enseñado de las arcanas durante toda mi vida.

«La belleza está en la sangre».

Mis hermanas y yo recitábamos ese mantra incluso antes de aprender a escribir y a contar.

Tira de un cordón que cuelga en la pared y entonces se gira hacia mí.

—Camelia y Edelweiss, mañana ambas os levantaréis temprano —su tono es ominoso—. Tenemos que hablar.

Me arden las mejillas cuando mis hermanas me miran boquiabiertas. Un sudor a causa de los nervios me estropea el maquillaje. Elisabeth me dedica una sonrisita.

—¿Por qué? —pregunto.

Du Barry se enfurece.

—Sí, yo también quiero saberlo —Edel se pone a mi lado.

—Camelia y Edelweiss, cuando os pido algo, no tengo que daros ninguna explicación. Ya sea aquí o en casa. Ambas deberíais recordarlo. —Se aparta la falda de un manotazo y se marcha de la sala como una exhalación.

—Buenas noches, chicas —Elisabeth nos sopla un beso y luego sigue a su madre.

—Todo irá bien —susurra Ámbar y me coge de la mano.

Edel rompe a reír.

—No hace gracia, Edel —espeta Ámbar.

Entran las sirvientas para dirigirnos a los baños onsen, donde nos dan de comer melocotones bañados en miel para ayudarnos a recuperar nuestros niveles de arcana, nos deshacen los moños belle, nos quitan las caras vestimentas, nos lavan el pelo y nos bañan hasta que estamos tan suaves como pastelillos de té.

Las enfermeras nos esperan fuera de los baños. Sus uniformes blancos crujen y los brillantes emblemas de la Enfermería del Palacio centellean en sus cuellos. Hay unas cuantas carretillas de mano con torres de porciones de chocolate, botes de té especiado, rodajas de naranja, arándanos recubiertos de azúcar y pinchos de salmón ahumado y carne asada sazonados con ajo y jengibre. Otras enfermeras sujetan medidores de arcana.

Me hundo en la tumbona al tiempo que me pregunto de qué querrá hablarme Du Barry. Mi mente trabaja frenética en todas las cosas que quizás quiera decirme. Espero que me diga lo mucho que le ha gustado mi exhibición, que me diga que el público ha aplaudido mucho más fuerte a mí que a las otras. Espero que me diga que el uso que le he dado a mi segunda arcana ha sido único.

Sin embargo, una voz en mi interior susurra: «No le ha gustado».

Mis hermanas van entrando en la habitación una por una y se van sentando.

Las sirvientas se van.

—Mira esto. —Padma deja caer el *Orleansian Times* en mi regazo. Los titulares se dispersan y luego se detienen—. No puedo parar de leerlos.

SE RUMOREA QUE LADY FRANCESCA CARNIGAN,
DE LA CASA HELIE, ES ADICTA A LA BELLEZA

ES POSIBLE QUE LA REINA LEVANTE LAS RESTRICCIONES
PORTUARIAS Y ABRA EL REINO AL COMERCIO

SIRVIENTA DE LA CASA CANNEN ENCARCELADA

POR TRABAJOS ILEGALES DE BELLEZA Y POR HACERSE

PASAR POR LA DUQUESA DE CANNEN

LA CONDESA MICHELE GIRARD, DE LA CASA EUGENE,

SE CASARÁ CON LA MINISTRA DE FINANZAS, LÉA BOYER,

EN LAS ISLAS DE CRISTAL

Edel me coge el periódico de las manos y se deja caer en la tumbona que hay al lado de la mía.

—Nos hemos metido en un lío, querida. —Parece un espíritu, su camisón níveo tiene el mismo tono que su pelo y su piel.

—Edel, tú siempre estás metida en líos —dice Valerie, mientras olfatea una cesta de dulces y el pelo húmedo se le ensucia de azúcar.

—Bueno, Camille, y tú también... quizás solo un poquito. No siempre sigues las instrucciones —añade Padma, antes de sonreírme.

—Quería que me recordaran —explico—. Y mi niña no paraba de moverse.

—Ah, y ¿eso explica por qué la has hecho tu gemela? —se mofa Valerie.

Me río.

—No del todo.

—Tu niña se ha vuelto preciosa, Camille —dice Hana mientras bosteza. Su pelo liso y negro se extiende alrededor de su cuerpo como si fueran tentáculos. Sus ojos luchan para mantenerse abiertos y cuando se le cierran, caen tan suave y cuidadosamente en las comisuras como los pliegues de un papel.

—No planeaba romper las reglas —aseguro.

—Claro que sí, Camille —la boca de Edel se curva en una media sonrisa—. Du Barry estaba absolutamente disgustada, tenía las mejillas rojas como cerezas. He estado tan orgullosa. Yo tendría que haberme negado a hacer un trabajo de belleza, dejar que me pusieran en esa plataforma, levantarla hasta arriba del todo y no hacer nada. ¿Os lo imagináis? Entonces el rostro de Du Barry habría sido el más feo del reino entero. Lo he considerado seriamente, pero he supuesto que me haría desangrar si lo hacía. Me pone las peores sangujas, os juro que lo hace.

—El diseño que has rapado en la cabeza de aquella niña pequeña ha sido de lo más grosero —dice Padma antes de soltar una risita.

—Tan grosero que te ha hecho reír. —La sonrisa de Edel es tan grande que se le pueden ver casi todos los dientes.

—No lo he visto. ¿Qué has hecho? —pregunta Hana.

—He escrito las letras *C-A-C-A*. Por eso quiere hablar conmigo —explica Edel.

Todas nos echamos a reír a carcajadas, ya nos imaginamos los periódicos vespertinos circulando por todo el reino con fotos de la pequeña de Edel, con la palabra rapada en la cabeza al lado de una imagen de heces de vaca. Cuando éramos pequeñas y queríamos escabullirnos de nuestras habitaciones por la noche, nos dejábamos notas con esa palabra grabada en ellas y luego la localización exacta de Du Barry.

Ámbar entra en la habitación.

—Me parece que ninguna de las dos debería haber hecho lo que hizo. He oído a las sirvientas cotilleando sobre ello. Es de lo más irrespetuoso.

Edel suspira.

—Claro que te lo parece. Tú siempre haces exactamente lo que te dicen. Y, solo para que lo sepas, he hecho que un guardia le diera a mi niña uno de los bonos de belleza de Du Barry, para que pueda venir a verme, sea donde sea que acabe, para que se lo arregle. Solo fue para divertirme un poco.

Ámbar se gira hacia mí.

—¿Y tú? ¿Cuál es tu excusa?

—Me vino la inspiración —respondo—. Eso es lo que le diré a Du Barry.

Ámbar frunce los labios del mismo modo que Du Barry y me lanza una mirada que grita: «Te dije que siguieras las reglas».

—¿Y qué más da, Ámbar? Las dos dimos un espectáculo para el público y algo con lo que los periodistas pudieran llenar sus periódicos. De eso se trataba —espeta Edel.

Ámbar aprieta los puños como si se estuviera preparando para un desafío. El aguijonazo de nuestra conversación anterior vuelve. Los ojos le centellean llenos de lágrimas.

—O quizás Camille o yo seremos nombradas la favorita. —La mirada de Edel arde al clavarla en Ámbar.

—Eso todavía no se ha decidido —dice Ámbar—. No deberíamos...

Una sirvienta entra con una garrafa de aceite caliente y nos quedamos calladas. Tan silenciosamente como una pluma flotando, la sirvienta peina el pelo de Padma con el aceite y lo hace brillar bajo la suave luz como si fuera de ónice. La sirvienta se dirige hacia mí, desenreda cada uno de mis rizos con un líquido dulce y los sujeta con alfileres. Otra sirvienta tapa con una manta a Valerie, que no para de roncar, y luego se marchan.

—Du Barry ha dicho que no debíamos especular —recuerda Ámbar.

Hana y Edel me lanzan miradas de irritación. Igual que Valerie antes, mientras las sirvientas nos hacían nuestros moños belle y Ámbar alardeaba de ser la mejor creando el rizo perfecto. Las chicas siempre la habían llamado el «pajarito» de Du Barry a sus espaldas.

—¿Te asusta perder, Ámbar? —Las palabras de Edel atizan la furia creciente de Ámbar.

—No es un juego —intervengo, y ahora soy yo quien habla como Du Barry—. Calmaros —intento sonreír a Ámbar para que lo deje correr; le tiemblan las manos y está roja de pies a cabeza, como si se hubiera escaldado.

—Y a ti, ¿qué te importa, Edel? Tú odias ser una belle —escupe Ámbar. La tensión se extiende como una gruesa manta preparada para ahogarnos a todas. A medida que nos hacíamos mayores, riñas como esta empezaron a encenderse entre nosotras por las cosas más tontas: en qué silla nos sentamos en los desayunos en la galería, quién tiene las notas más altas, quién sabe más acerca de la historia de las belles, a quién elogia más Du Barry... El calor de la discusión dura semanas, como cuando el sol pica demasiado en la estación cálida.

Hana sacude las manos y grita:

—¡Basta! Ya somos mayorcitas para estas cosas.

—Y es nuestro cumpleaños —nos recuerda Padma.

—Ay, no me importa. —Edel se levanta de la silla—. Es solo que no creo que debas ser tú, Ámbar, solo porque siempre hagas lo que se te dice.

La mirada de Ámbar se clava como un aguijón.

—Ser una belle es un honor...

—Había un chico cerca de nuestros carruajes —suelto de pronto.

Edel, Hana, Padma y Ámbar se giran para mirarme. No me cabe duda de que tengo las mejillas coloradas.

—Estaba justo al lado de la verja.

—¿Un chico? —Padma se tapa la boca con las manos.

—¿Qué ha pasado? ¿Qué quería? —Ámbar estalla en una batería de preguntas—. ¿Cómo ha sorteado a los guardias?

—¿Qué te ha dicho? —pregunta Hana.

—Me ha preguntado si puedo hacer una persona con arcilla, como aquel titular...

—Los periodistas no tienen ni idea... —empieza a decir Ámbar.

—Sí, Ámbar, ya lo sabemos. Déjala acabar —espeta Edel.

—Estábamos solos —digo—. No sé dónde se había ido el guardia.

—¿Has tenido miedo? —pregunta Padma—. Yo habría estado temblando.

—No —rememoro cómo me ha hecho reír el chico. El recuerdo me empapa.

—Pues deberías haberlo tenido. Está prohibido —afirma Ámbar.

Hana arruga la nariz como si acabara de probar un limón.

—Cállate, Ámbar. ¿Qué aspecto tenía? —Edel se inclina hacia mí por encima del borde de su tumbona—. Ay, que alguien despierte a Valerie, por favor, tiene que enterarse de esto.

Padma camina hasta la silla de Valerie y le da un golpe en el hombro. Valerie se da la vuelta y suelta otro ronquido.

—Va a lamentar habérselo perdido todo.

Ámbar se cruza de brazos y el rubor de sus mejillas conjunta con el pelirrojo subido de su melena.

—¿Qué más da qué aspecto tenía? No debería haber hablado con él. Debería haber avisado al guardia o haber vuelto con nosotras. No era seguro.

—Era guapo —confieso—. Mucho.

Padma, Edel y Hana se echan a reír.

Los ojos de Edel se abren como platos.

—Quería besarte.

Ámbar se burla.

—No, no quería —contradigo yo.

—He oído lo que se dice. Hay gente que cree que da buena suerte besar a una belle, que traerá la buena fortuna a sus casas. La hija de una diosa de la belleza es la persona con más suerte en todo el reino de Orleans. Probablemente el chico iba en busca de eso —afirma Hana.

—No seas ridícula —corta Ámbar.

—Un beso no sería tan terrible, ¿no? —salta Hana, fingiendo que besa a alguien y que bailan por la habitación. Edel la acompaña. Se funden en un embrollo de piernas y brazos pálidos. Reímos todas excepto Ámbar.

—Sería catastrófico —Ámbar levanta las manos al cielo y los ojos se le llenan de lágrimas—. Somos belles, no cortesanas. Ya hay cantidad de chicas como esas en la corte, listas para que las besen, se tropiezan las unas con las otras y con sus zapatos de tacón alto para llegar hasta los cortesanos de las casas altas que ostentan títulos.

Alargo una mano para tocar el brazo de Ámbar y tranquilizarla, pero ella me aparta de un manotazo.

—Quizás se ha enamorado de ti. —Edel se recuesta de nuevo sobre la tumbona, con la mirada soñadora clavada en el techo—. Daría lo que fuera para sentir algo diferente, para ver algo diferente.

La curiosidad hacia el amor y ser besada me llena con un rubor tan profundo que se me forman perlas de sudor en el ceño. Es intrigante, pero no sé si quiero experimentarlo.

—No seáis tontas. No podéis tenerlo todo. ¿Quién quiere amor cuando se puede ser poderosa? —pregunta Ámbar.

—Solamente he hablado con él. Eso es todo —atajo—. Ha sido una noche fantástica. Hablemos de ella.

—¿Recordáis lo que le pasó a Rose Marie? La belle de la generación anterior que intentó casarse.

Ámbar habla como si fuera una historiadora belle, aunque todas conocemos la misma información. Du Barry nos había advertido de que Rose Marie se contagió de la enfermedad que atormentaba a los grises. Cuando Rose Marie volvió a casa del juicio, nosotras solo teníamos catorce años. La chica apenas dejaba su habitación. Entonces nos retábamos las unas a las otras para echar un vistazo bajo su velo; la primera que se acercara lo bastante ganaría la gloria y también el postre del resto de chicas. Nadie ganó jamás.

—Era el hijo de Madame Bontemps, Casa Reims, una de las damas de honor de la reina. Los pillaron juntos...

—Ya lo sabemos, Ámbar —corta Edel.

—A él lo metieron en una de esas cajas de inanición —añade.

Padma se tapa los oídos con los dedos.

—No quiero oír nada. Ya sabes que no puedo soportarlo.

—Ámbar, yo no he dicho que quisiera enamorarme...

Ámbar suelta un alarido desesperado y se va de la habitación.

—¿Qué le pasa? —pregunta Hana.

—Que se preocupa demasiado —responde Edel.

—Son los nervios de la noche. Tiene que ser eso. —Echo la vista atrás, intentando encontrar su silueta en el pasillo. Me pongo de pie para ir a buscarla, pero las enfermeras entran en tropel por la puerta antes de que pueda salir.

—Siéntese, por favor —me dice una.

El terror se me hunde en las entrañas. No importa cuántas veces me pinchen, que jamás me acostumbro. Ojalá Madeleine estuviera aquí para hacerlo, al menos ella me contaba todos los cotilleos de la casa, cómo los invitados de la corte discutían sobre la elección de colores o intercambiaban insultos después de una sesión de belleza, y para cuando terminaba, todo el análisis también había acabado.

Todas las enfermeras tienen la misma expresión apática. Las mujeres se dividen entre nosotras con bandejas. Mi enfermera me coge el brazo izquierdo, frunce las anchas mangas de mi camisón y me ata un cordel rojo alrededor del bíceps. Me invento una historia sobre su vida y finjo que se la cuento a Madeleine: se llama Jacalyn y tiene dos hijas y viven en las Islas de Seda, beben limonada rosa y se tumban en hamacas que tienen en su playa privada con vistas a la Bahía de Seda; el marido de Jacalyn es un sinvergüenza que las dejó y huyó a las Islas de Fuego.

La enfermera me clava dos dedos en el pliegue del codo e inspecciona las venas. Los canales verdes se levantan bajo el marrón. Coge una aguja de la bandeja de plata y me la enseña antes de pincharme el brazo. Odio que me atraviese la piel tan fácilmente, como si ese punto no fuera más resistente que un pedazo de seda.

Hago una mueca y aprieto los dedos. Ella me da unos golpecitos en la mano para decirme que los relaje. La sangre serpentea por un largo tubo. Me extrae tres frasquitos: uno para cada arcana. Entonces desata el cordel rojo y retira la aguja. El trocito de algodón que presiona contra el pinchazo parece una nube diminuta y, cuando lo retira, la herida se cura como si jamás me hubieran pinchado.

—El medidor de arcana —indica.

Cojo la pequeña máquina que hay en la bandeja y la sujeto mientras ella coloca cada frasquito en uno de los tres compartimentos separados. La sangre se arremolina dentro de las distintas cámaras del medidor, se revuelve, separa las proteínas relacionadas con cada arcana y determina cuáles necesitan un ajuste. Paso los dedos por el cuerpo de latón de la máquina y noto el vibrante murmullo de los engranajes y las muescas de los números que pronto se iluminarán para revelar mis niveles.

Por encima del primer compartimento se ilumina la palabra COMPORTAMIENTO, como si una vela centellante se alojara en el interior. Perfectamente equilibrado, como tiene que estar un don sin utilizar. La enfermera repite la acción con el segundo vial, la palabra AURA brilla; toco las letras: es mi don favorito. Aparece el número tres.

Los ojos se le salen un poco de las órbitas por la sorpresa. La miro y acciona el medidor de nuevo. El mismo número se colma de luz. La mujer emite un sonido extraño y de sorpresa y toma nota en una libreta. En nuestras clases, Du Barry explicó que nuestros cuerpos se ajustan por completo de forma distinta al usar las arcanas; nos advirtió que, si los niveles bajaban hasta estar cerca del cero, una belle podía desmayarse, enfermar o hasta morir. Todas tenemos que ir con cuidado para no abusar de nuestros dones. «Lo que la diosa de la belleza da, la diosa de la belleza también puede quitarlo».

Edel echa un vistazo a mi medidor.

—Estás baja. Du Barry dijo que solo bajaría hasta el cuatro y medio después del carnaval.

—¿Qué nivel tien...?

—¡Chist! —La enfermera me da un golpecito en el brazo—. No deben comentar los niveles unas con otras.

—No nos digas lo que tenemos que hacer —salta Edel.

—Calma —apacigua Padma.

—El análisis habrá acabado en un minuto —añade Hana.

Alargo un brazo hacia Edel, pero ella me lo aparta de un golpe.

—¿No estás cansada de que siempre nos den órdenes?

La palabra «sí» explota en mi interior.

—Usted no es enfermera —le dice la mujer. Empiezan a discutir hasta que llama a una de las sirvientas para que saque a Edel de la habitación.

—Escucha un momento —le pido.

—Ya he escuchado bastante. —Da manotazos a las sirvientas que la tienen agarrada, pero ellas no la sueltan y la arrastran fuera, pataleando y chillando. Cuando éramos más pequeñas, Edel explotaba como los fuegos artificiales si no quería leer los folletos y los libros que nos mandaba Du Barry, o irse a la cama antes de que apareciera la primera estrella nocturna o comerse los manjares que hacía nuestro chef para fortalecer la sangre.

Mi enfermera no reacciona. Su rostro no muestra ni rastro de lo que acaba de pasar. Presiona el último botón del medidor de arcana y la palabra EDAD brilla y aparece el número cinco. Ámbar vuelve a entrar en la habitación con un medidor de arcana. Me pregunto si sus niveles son similares y si ya está más calmada.

Las sirvientas entran con carritos de jarras de porcelana con tapas perforadas. Los levantan y meten unas tenacillas de plata en el interior para sacar sanguijuelas del agua fresca. Las sangujas. Se retuercen y contorsionan, las ventosas se les abren y cierran y exponen dientecitos afilados mientras las colocan en bandejas y las entregan a cada una de nuestras enfermeras. Vasos vacíos en forma de diamante les perlan las espaldas. Se me revuelven las tripas del asco. Ya tendría que haberme acostumbrado: hemos sufrido las sangujas desde pequeñas, las hemos estudiado, hemos aprendido lo beneficiosa que es esa especie para las belles y cómo mantienen limpia nuestra sangre.

—Estas parecen distintas. Más grandes. ¿Por qué tienen diamantes?

La enfermera levanta una por encima de mi muñeca.

—Son las mismas, solo que a estas las crían para ser más grandes y sacar más sangre —me acerca la sanguja—. Los vasos ayudan a las sanguijuelas a filtrar y compartir más de sus secreciones purificantes con usted —pende la sanguja encima de mi piel.

—No, yo lo haré —afirmo. Me acerca el instrumento de plata—. Solo dos.

Ella sacude la cabeza y me enseña cuatro dedos.

—Órdenes de Madame Du Barry. Rompió usted el protocolo y su nivel de arcana está bajo.

Me retuerzo, igual que la sanguijuela sujeta al extremo de las tenacillas. Me muerdo el labio inferior. Cuanto más rápido lo haga, más pronto me iré a la cama. Entonces llegará la mañana y estaré un paso más cerca del momento en que nombren a la favorita.

—¿Tengo que ir a coger las correas para los brazos? —me pregunta.

—No —aguanto la respiración y me coloco la criatura en la muñeca izquierda, se estira y se agarra alrededor como si fuera un brazalete hecho de perlas negras. Su mordedura es como un pinchazo; las diminutas ventosas me sorben la piel y la vena que hay debajo. Una flor roja brilla bajo el delgado cuerpecito negro. Los diamantes se le llenan con mi sangre. Me coloco una segunda criatura en el cuello y deja detrás de sí un rastro viscoso como pintura mientras encuentra la vena gruesa que hay justo debajo de mi mandíbula.

—Ya está —le digo, y dejo las tenacillas en la mesilla más cercana. Padma se queja de los mordisquitos. Hana empieza a jadear mientras tres sanguijuelas se le fijan en el pliegue del codo. Valerie duerme durante todo el rato, mientras las criaturas se le encaraman por la piel del muslo.

La enfermera sacude la cabeza y saca dos sanguijuelas más del bote de porcelana. Me pone una en la muñeca derecha y otra en la frente. Cierro los ojos, respiro profundamente por la nariz e intento relajarme mientras las diminutas criaturas se llenan con mi sangre y me inyectan las proteínas que ayudarán a aumentar el flujo sanguíneo, restablecer el nivel de arcana y drenar la emoción del día.

ME PASO LA NOCHE VAGANDO EN SUEÑOS EN LOS QUE VUELVO a ser una niña y maman me cuenta historias sobre la diosa de la belleza. Oigo la voz de maman y me transporta a nuestra vieja habitación. Los farolillos carmesíes relucen en el alféizar de la ventana y bañan las paredes de una luz de color rubí. Versiones más jóvenes de maman y yo están acurrucadas en la cama como si fueran trenzas de bizcocho.

—¿Me explicas cosas de ella? —pregunta una versión diminuta de mí misma.

La larga cabellera de maman cae en forma de ondas sobre la almohada. Me estira para que esté más cerca y casi me hunde en ella. No parecemos madre e hija. Las madres de los cuentos de hadas son idénticas a sus hijas como un par de calcetines, pero nosotras no tenemos nada que ver. Su piel es de alabastro y la mía marrón dorado; su pelo es rojo cereza y liso mientras que el mío es rizado y de color chocolate; ella tiene los labios finos y yo carnosos. Siempre que nos preguntan por qué somos tan distintas, ella contesta:

—Encajamos como las piezas de un rompecabezas.

Y me recuerda que nuestros ojos son del mismo tono ambarino. Y esa es la única parte que importa.

—¿Por qué Belleza creó a las belles?

—Al principio del mundo, el dios del cielo se enamoró de la diosa de la belleza, algo muy sencillo. Llamarla hermosa se quedaba corto.

—¿Qué aspecto tenía?

—Lo cambiaba siempre. Un día se parecía a ti y al otro, a mí. Esto a Cielo le encantaba, le gustaban todas sus encarnaciones, le hacían sentir como si estuviera con una mujer distinta cada noche. La quería toda para él, así que le hacía cumplidos y promesas y le daba besos y todo lo que el corazón de ella quería.

—¿Y qué quería?

Maman me acaricia la mejilla.

—Cosas bonitas —responde—. Nubes, un sol, una luna. Y le dijo al dios de la tierra que le hiciera frutos deliciosos en su honor.

—Las granadas —digo.

—Exacto. —Se envuelve un dedo con uno de mis rizos ensortijados—. De su amor, Belleza dio a luz a los niños de Orleans y se pasaba los días haciéndolos perfectos y únicos, todos diferentes. Sin embargo, empezó a pasar mucho tiempo con ellos y dejó a su amado solo en el cielo para los siglos de los siglos. Él la llamaba para que volviera a casa, pero ella estaba muy atareada cuidando de sus hijos y siempre le decía: «Vendré pronto», pero perdió la noción del tiempo. De modo que, finalmente, él lanzó tormentas y lluvia y rayos llenos de ira. La tierra se inundó y muchos murieron.

—Tendría que haberse quedado en el cielo con él.

—El amor no es una jaula, *petite* —dice—. Es más como un globo mensajero que se envía en una dirección concreta, pero que puede trazar su propio camino.

—Un globo mensajero rojo —añado yo.

—Claro que sí, cielo —me da un beso en la nariz—. ¿Continúo?

—Sí, por favor.

—Belleza volvió con su marido llena de pena y se dio cuenta de que él no estaba triste. Descubrió que había sido él quien había molestado a los cielos de Orleans para atraerla a ella de vuelta, así que lo dejó. —Maman hace una pausa, alarga las palabras como si fueran masa de bizcocho, mientras a mí se me abren los ojos como platos—. Y le dijo que su único y verdadero amor era la belleza. Lleno de furia y enfado, él maldijo a todos sus hijos, les dio una piel del color de un día sin sol, los ojos del tono de la sangre, el pelo de la textura de la paja podrida y una tristeza profunda que se convirtió en locura. Belleza tendría que trabajar muy duro para conseguir que se recuperaran.

—¿Lo intentó?

Maman me manda callar.

—¿Quieres que acabe la historia o no?

—Sí —susurro contra su hombro—. Por favor, cuéntamela.

—Las horas que pasó para intentar arreglar a sus queridos hijos se alargaron hasta la eternidad hasta que...

El fuego sisea en la chimenea. Yo pego un salto.

—Nos está escuchando —susurro.

—Sí —responde maman—. Ella siempre nos escucha.

—¿Qué pasó?

—Que nos hizo a nosotras. —Maman traza con la uña el

camino de la vena que tengo en la muñeca—. Su sangre corre por tu interior. Sus arcanas están en nuestro interior. Ella está en nuestro interior. Nos bendijo. Estamos destinadas a hacer el trabajo que ella no pudo terminar, somos sus enviadas. —Me besa en la frente.

—Camille.

Me sacudo el sueño de los ojos y desaparecen mis recuerdos y sueños de maman. El pálido rostro de Ámbar me mira con fijeza y me aprieta la mano bajo la manta.

—¿Estás despierta?

—Sí, ¿qué sucede? —susurro.

—Quería disculparme por lo de antes. —Huele al tratamiento de flores de naranjo que siempre le ponen en el pelo para realzar el rico color cobrizo—. Yo no... No entiendo lo que ha pasado, y me he puesto tan...

—¿Insoportable?

Me da un golpe juguetón en el hombro y luego me pasa los dedos por la frente con suavidad.

—Sí.

—Yo tampoco sé qué ha pasado —le confieso.

—Eres mi mejor amiga. —Se me acerca y me pasa un brazo por encima. Ahora mismo no es la chica que me sermonea con las normas, las arcanas y la corte. No es la chica que siempre compite conmigo. Es mi hermana.

—Y tú la mía.

—Es solo que me he preocupado —extrae el sentimiento justo de mi interior, como si estuviera escuchando mi corazón—. No quiero que esto nos cambie.

—Las vidas de todas nosotras serán distintas mañana.

—Tenemos que seguir siendo tú y yo. —Nuestras piernas se entrelazan bajo la colcha—. Prométeme que todo irá bien. —Le tiemblan los labios y el cuerpo entero, y enseguida empieza a sollozar con fuerza.

—Somos hermanas. Eres mi mejor amiga. Y nada cambiará eso jamás —le aprieto la mano bien fuerte—. Respira hondo.

Cojo un pañuelo de la mesita de noche e intento secarle las lágrimas. Damos hondas bocanadas de aire juntas y el rubor abandona sus mejillas.

—¿Cómo sabes si jamás volveremos a vernos? —pregunta.

—No puedo pasar el resto de mi vida sin hablar contigo. Te necesito.

Sonríe.

—Y yo a ti también. Pero... Pero es que siento que esto es...

—Todas vamos a estar bien.

—Pero todas queremos ser la favorita... Bueno, todas excepto Edel.

Ambas soltamos una risita.

—Tu maman fue la favorita de la generación de nuestras madres —recuerda.

—Y si no me escogen favorita a mí, espero que te elijan a ti —suelto.

—¿De verdad?

—Por supuesto. Nuestras madres eran mejores amigas, por eso tú y yo también lo somos. Debemos serlo siempre. Eso es lo que ellas querían. —Ahuyento las lágrimas que atraen los recuerdos de maman. Ella no querría que las malbaratara. Ella querría que yo estuviera contenta y que mi actuación fuera bien. Ella querría que me concentrara en las cosas que están por venir.

Suspira.

—No sé si podría soportarlo.

—¿El qué?

—Perder —agarra muy fuerte las mantas—. Tengo que ser la favorita.

—Yo también quiero ser la favorita.

El silencio nos envuelve.

El rubor vuelve a las mejillas de Ámbar.

—No lo entiendes.

Intenta saltar de la cama, pero le sujeto un brazo con fuerza.

—Claro que sí —la estiro contra mí de nuevo—. Quédate. No te vayas.

Vuelve a sumergirse bajo las mantas conmigo. La piel todavía le arde de enfado. Me doy la vuelta y entierro mi rostro en la almohada. La abrazo desde atrás y le enredo unos cuantos de mis rizos en el dedo, como si fueran cintas. Luego me susurra:

—Lo siento.

Y entonces volvemos a ser niñas que se cuelan la una en la cama de la otra, llenas de desazones y deseos, que caen en sueños de futuro.

Me despiertan los ruidos del agua caliente al salpicar contra un bol de porcelana. La fragancia de lavanda mezclada con rosas se cuela por el dosel de mi cama. Los ojos me pestañean mientras alguien descorre suavemente las cortinas.

—Buenos días, Lady Camelia —susurra una sirvienta. Tiene el mismo aspecto que las otras: piel blanca y pálida, ojos marrones y mejillas sonrojadas, excepto por las pecas.

Me ayuda a salir de la cama con cuidado de no despertar a Ámbar, que está acurrucada bajo las mantas. Echo un vistazo por la habitación y veo las otras cinco camas, cuyos doseles siguen echados.

—Aséese y la acompañaré a ver a su Madame. La está esperando en el salón principal.

Me limpio el sueño del rostro y me pongo el vestido turquesa que han preparado para mí. La sirvienta vuelve y me recoge el pelo en un moño belle simple y sin adornos, y luego me coloca una faja de color crema en la cintura.

Si esa fuera una mañana en casa, nos habría despertado la caja de música, nos servirían el desayuno en la veranda y Hana sería la última en salir de su habitación y la primera en quejarse de lo fríos que están los pastelillos y de que la mejor fruta ha desaparecido. Nos bañaríamos, nos vestiríamos y luego iríamos corriendo a clase, donde ya nos esperaría Du Barry con una lista de tareas para nosotras.

Pero este es el primer día de mi nueva vida.

El pasillo de los aposentos belle hierve de actividad. Guirnaldas de flores cuelgan del techo como preciosas telarañas. Farolillos diurnos corren por encima de nuestras cabezas y las teteras silban lanzando vapor. La gente entra y sale con paquetes y ropa y bandejas.

—¿Cómo te llamas? —le pregunto a la sirvienta.

—No importa —baja la mirada y sigue avanzando.

—Claro que sí. Por favor, dímelo.

—Bree, mi señora —susurra.

—Encantada de conocerte.

—Lo mismo le digo, mi señora.

Nos paramos ante las puertas del salón principal y me recorre un escalofrío.

—La espera —susurra Bree.

Cambio el peso de izquierda a derecha y de derecha izquierda mientras me dirige hacia delante.

—¿Está muy enfadada?

—Se ha comido una bandeja entera de tartas de limón.

Abre la puerta. Du Barry está sentada en una silla de respaldo alto, de cara a la chimenea. Sujeta entre las uñas una boquilla para fumar de color jade. El extremo arde tan brillante como las llamas del hogar. Inspecciona entre gruñidos una bandeja de pintalabios y cosméticos belle, al tiempo que da instrucciones a Elisabeth.

Bree me lleva hasta el asiento adyacente y me da un golpecito en el hombro antes de irse de la habitación.

—Las pruebas han concluido. Los colores de la estación ventosa son: cobalto brillante, malva nacarado, coñac, burdeos purpúreo, orquídea brillante, verde ciprés y gris tormenta. Madame Pompadour ha enviado a sus hijas con collares de bolas de olor para que los tengamos en consideración para la estación fría. Las fragancias serán maravillosas: bayas de enebro, lavanda y calabaza. Han usado perlas de las Islas de Cristal para mantener el perfume. Todas las mujeres de Orleans querrán tener uno en su tocador —afirma Du Barry—. ¿No son preciosos, Elisabeth?

—Sí, maman. Y conseguirán muchas leas —responde Elisabeth.

Me meto en su conversación.

—¿Cuándo anunciará la reina su comunicado oficial respecto a las asignaciones de tocador?

—Pronto. Y tendremos que estar listas cuando lo haga. —Hace un ademán hacia la sirvienta para que se lleve la bandeja de la mesita de noche. Entonces me mira de frente, con los ojos llenos de decepción—. No seguiste el protocolo anoche, Camelia.

Elisabeth se bebe el té de golpe, empieza a toser y luego se disculpa. Yo trago saliva y me digo a mí misma que no debo romper el contacto visual con Du Barry. Sus ojos azul acero arden clavados en los míos. Intento no ser la niña pequeña que salta en cuanto entra en una habitación. Intento ser la chica que no teme a nada ni a nadie. A pesar de todo, un retortijón de temor crece en mi interior.

—Aunque tu exhibición fue bastante encantadora e inteligente, estoy preocupada. Y he hablado con la Ministra de Belleza. —Las sirvientas colocan una fuente de dulces ante ella, y se mete un petisú de frambuesa en la boca, mastica rápido y luego coge tres galletas madeleine—. Os dijimos que usarais la segunda arcana para proporcionar el aspecto descrito en vuestro dosier del carnaval. Pequeños cambios que demuestran que estáis listas para servir a la gran tierra de Orleans. Nada más y nada menos. Tu flagrante desacato de las normas, Camelia, delante de la población de Orleans al completo, nos ha puesto en una situación comprometida: ¿te descalificamos para ser la favorita o te permitimos ser considerada a pesar de todo? Con tal de ser una belle de éxito, tienes que ser capaz de seguir las instrucciones. Fue irresponsable lo que hiciste y me recordó las bajas notas que has recibido durante tu formación porque sencillamente ignorabas las normas. No puedes...

—A la gente le encantó. —Las palabras manan de mis labios. Elisabeth se tapa la boca con una mano. Las sirvientas vuelven a entrar en la habitación con carritos para el té. Bree me sirve una taza y casi se le cae en mi regazo. Se la cojo con gentileza. He trabajado muy duro para conseguir esa respuesta de la multitud. No dejaré que la borre como un dibujo hecho con tiza.

Los hombros de Du Barry se encogen como si la hubiera golpeado. Sus afilados ojos se entrecierran, esperan que yo aparte la mirada, pero no lo hago. El enfado crece en mi interior. Pensé que estaría contenta por la respuesta de la gente.

—No se tolerará la falta de respeto —afirma—. Y se castigará a quien rompa las reglas.

La taza de té me tiembla en las manos.

—No intentaba... —empiezo con la vista gacha.

—Esto no es un juego que se tenga que ganar —ataja Du Barry—. Estas tradiciones se han seguido desde hace cientos de años, han sido honoradas por el tiempo y probadas para mantenernos todos a salvo. ¿Crees que enseñaste al mundo lo que puedes hacer? ¿Crees que se divirtieron? En realidad, lo que hiciste fue hacer saber a la reina que no sabes seguir las indicaciones. Que estás más interesada en lo que tú quieres, que en lo que pueda querer tu cliente.

La posibilidad de ser la favorita se marchita como una flor moribunda. Las palabras de Du Barry han secado todos y cada uno de los pétalos y los ha arrancado del tallo.

—Mostraste a Su Majestad que no se puede confiar en ti para llevar a cabo el trabajo de las belles del modo que tiene que hacerse y que, aunque tienes el talento suficiente para ser la favorita, quizás no eres lo bastante disciplinada para un título de este calibre. Es demasiado arriesgado escogerte. Eres demasiado alocada para asumir una responsabilidad tan sagrada. Toda esa pompa y solemnidad han bajado muchísimo tu nivel de arcana Aura.

Sus palabras se unen como los eslabones de una cadena que se hunde bajo mi piel, hasta llegarme al corazón. Pienso en la niña, Acebo, de pie en la plataforma. Pienso en el capullo de la flor y en los dirigibles proyectando su nuevo rostro. Pienso en la multitud sonriente y recuerdo los vítores. La astucia del momento se desvanece y la estupidez de mi hazaña la sustituye.

—Usar tus poderes para manipular tela y plantas aparta a las arcanas de su uso deseable, las debilitas —suelta el suspiro más largo y profundo hasta el momento—. Siempre has tenido un apetito excesivo, un alma ambiciosa —me escupe cada palabra—. Pero, Camelia, la ambición lleva a perder la cordura. El dios de la locura se alimenta de ella.

—Pensé que debía mostrarles lo que soy capaz de hacer. ¿No es ese el objetivo del carnaval? —pregunto con cautela.

Du Barry se deja caer de nuevo contra el respaldo de la silla.

—¿Es que no prestaste nada de atención durante tus estudios? ¿Es que hemos perdido el tiempo contigo?

—Claro que no —cierro los puños con fuerza—. Es solo que no entiend...

—Está bien, no lo entiendes. Porque si lo entendieras, no habrías hecho algo tan estúpido. El objetivo del espectáculo es enseñarles que eres lo bastante fuerte para completar tu papel. Que eres capaz, segura y que dominas las arcanas. Que puedes ayudar mucho a este mundo. —Du Barry deja la taza de té en la mesita—. Tu pequeña exhibición nos podría haber jugado en contra. Hubo un tiempo en que todo el mundo quería ser igual. ¿Recuerdas las lecciones de historia? El reino de la reina Ann-Marie II de la dinastía Verdun. Las personas eran indistinguibles unas de otras. Imagínate si todo el mundo fuera por ahí queriendo tener tu aspecto. ¿Qué pasaría si solo pagaran para tener tus rasgos? Habría millones de personas idénticas a ti caminando por todas partes. Estaríamos mejor siendo grises de nuevo. La belleza es variedad, la belleza es cambio.

Yo no querría que el mundo tuviera mi aspecto. No querría que todo el mundo se viera igual. La vergüenza y el sofoco se extienden por mi interior y mi estómago amenaza con devolver. Evito mi reflejo en el espejo que cuelga encima de la chimenea.

—No tendremos más demostraciones como esta. A partir de ahora seguirás las reglas y no te apartarás del camino. ¿Estamos?

Asiento.

—Y si no puedes, nos veremos obligadas a tomar medidas más drásticas. Solo porque nacieras belle, no significa que tengas derecho a serlo —afirma Du Barry.

Sus palabras me golpean y se me cae la taza de las manos. Bree se apresura a ayudarme. Juntas limpiamos las manchas marrones de mi vestido. Tengo la muñeca hinchada y roja en el punto donde me ha tocado el líquido ardiente. Sin embargo, nada me afecta más que las palabras de Du Barry.

¿Qué quiere decir que no tengo derecho a ser una belle? Soy una de solo seis. ¿Qué más podría ser? ¿Dónde viviría? ¿Qué haría? ¿La diosa de la belleza me arrebataría mi bendición, mis arcanas? ¿Me convertiría en una gris? Todas estas preguntas me martillean en la cabeza.

—No me cabe duda de que, en tu vigoroso plan, no estudiaste a Heather Beauregard.

—Intenté explicarle la historia de esa belle, pero Camelia jamás escucha, Madre —Elisabeth me sonríe.

Yo me mantengo inexpresiva, aunque me encantaría borrarle de un manotazo la sonrisita de suficiencia que tiene en el rostro. No quiero que Du Barry se entere de las preocupaciones y las preguntas que tengo en el interior. No quiero que Elisabeth vea que me ha hecho daño.

—Perteneció a la tercera generación anterior a la de tu madre. Era una belle muy talentosa y la nombraron favorita. Sin embargo, no siguió mis instrucciones ni tampoco respetó el honor que la diosa de la belleza me confirió. Así que la saqué de la corte y la encerré en La Maison Rouge de la Beauté. Jamás la dejé volver a la corte. Volveré a hacerlo si te pasas de la raya. Tienes demasiada pasión en la sangre, Camelia.

Hace un ademán hacia Bree y me mandan marcharme. Me pongo de pie y camino hacia la puerta con la sirvienta a mi lado. Cada latido de mi corazón me retumba en los oídos.

—Tanto si te escogen para estar aquí como si te asignan a uno de los salones de té, puedo llevarte a casa en cualquier momento —amenaza Du Barry—. Elisabeth te estará vigilando. Yo misma te estaré vigilando. Ahora, traedme a Edel.

Las puertas se cierran detrás de mí.

9

DURANTE EL DESAYUNO Y EL BAÑO POSTERIOR EN EL ONSEN, las palabras de Du Barry me martillean el cuerpo como si fueran una vibración cuyas ondas no se detienen. Floto ajena a todo lo que me rodea, incapaz de anclarme a nada. Después de comer, me tienen de pie en la plataforma de las costureras de la Sastrería Real, en ropa interior y una falda de miriñaque. Las sirvientas nos pasan cintas métricas por los brazos, las piernas y la cintura, y garabatean números en pergaminos.

Elisabeth nos observa. El recuerdo de la conversación de esa mañana me asalta de nuevo.

—¿Cómo estás?

—Bien —intento sonreír. «Todo irá bien».

—No lo parece. —Hana alarga una mano para acariciarme el hombro.

—Me ha amenazado —afirma Edel, orgullosa.

Elisabeth se aclara la garganta y Edel habla todavía más alto.

—Se ha enfadado tanto que pensé que le explotaría una vena del cuello.

—¿Es que nunca te tomas nada en serio? —pregunta Ámbar.

—Tú ya lo haces lo bastante para todas —responde Edel—. Du Barry me ha dicho que haría que la Ministra de Belleza hablara conmigo. Como si tuviera que darme miedo o algo. —Se echa a reír, pero yo no puedo evitar asustarme. No quiero perder todo esto.

—No sé si la Ministra de Belleza es buena o mala —dice Hana—. Todavía no he decidido qué pienso de ella.

—¿A quién le importa si es buena? —Edel se deshace de la sirvienta que intenta tomarle las medidas de los brazos—. No tengo ninguna intención de hablar con ella de mi comportamiento.

—La han elegido dos veces —recuerda Valerie y se toca el estómago—. ¿Por qué ninguna de vosotras puede hacerme una cintura más delgada? Mis medidas son más anchas que las vuestras.

—Porque nos pondríamos enfermas, Valerie —espeta Ámbar.

—Ya lo sé, solo... —la piel pardo-rojiza de Valerie se ruboriza y frunce el ceño.

—¿Todavía estás disgustada, Ámbar? —Edel enarca sus pálidas cejas—. Porque no hay excusa para este fastidioso mal genio tuyo después de haber tomado una comida tan deliciosa.

Padma chasquea la lengua como Du Barry.

Hana sacude la cabeza.

—Solo digo la verdad —afirma Ámbar.

—Bueno, tu cuerpo es un palo —añade Edel—. Nadie te querría, ni siquiera si estuvieras interesada en experimentarlo.

—No tienes por qué ser grosera. Te juro que eres la que tiene menos modales de todas nosotras —contesta Ámbar—. No tenía intención de herir tus sentimientos, Valerie. La diosa de la belleza te hizo como quería que fueras. Al menos tú tienes senos.

—Sí, porque tú estás plana como una crepe, Ámbar. —Edel se baja de su plataforma al tiempo que aparta a otra sirvienta—. Las figuras de ánfora y los preciosos cuerpos redondeados siempre serán codiciados si me escogen favorita. —Entonces coge a Valerie y la hace bajar también. Le pasa los brazos por la cintura y le acurruca el rostro en el cuello—. Daría lo que fuera por tener tu figura.

Valerie suelta una risita. Edel me coge a mí también y me acerca a ellas. Nos hace girar y girar, reímos y chillamos y nos alejamos de las sirvientas.

—No estés tan triste ni dejes que Du Barry te hiera, querida —susurra Edel—. ¿A quién le importa lo que dice?

Elisabeth tira de nosotras.

—Volved a vuestros puestos.

—No —Edel le sopla un beso.

Ojalá yo pudiera ser más como Edel y querer esta vida un poco menos.

—Vuelvan a las plataformas —piden las sirvientas.

Nosotras seguimos girando.

—¡Chicas! —chilla Elisabeth.

Giramos sin cesar, no nos detenemos, Hana se une a nosotras. Ámbar suspira y Padma se desternilla de la risa.

—¡Haya orden! —ruge Elisabeth.

—¡Haya orden! —imita Edel con un cacareo y todas reímos.

91

—Señoras, por favor. Debemos continuar —urge una de las costureras.

Las puertas se abren de golpe.

Edel, Valerie, Hana y yo nos quedamos de piedra. Ámbar y Padma chillan e intentan taparse.

—El Real Ministro de Moda Gustave du Polignac —anuncia un asistente.

—¡Hola! —Un hombre vestido de púrpura se abre paso despreocupadamente seguido de una hilera de hombres empolvados y de aspecto repipi con libretas en la mano, junto con un grupo de sastres y modistas que entran rodando sobre enormes telares—. Veo que tenéis una buena fiesta aquí montada. Y no os preocupéis, chicas, no hay nada que no haya visto ya. —El hombre tiene unos rasgos muy bellos y un rostro moreno oscuro y pecoso como una galleta de pepitas de chocolate. Se coloca una mano en el pecho y tamborilea con las uñas enjoyadas.

La Ministra de Belleza le sigue de cerca. Lleva el pelo recogido en un nido de pájaros, completado con un par de arrendajos azules vivos que nos pían. La mujer me sonríe y sus dientes son tan blancos que parecen teclas de piano.

—Son una pandilla muy enérgica —comenta el hombre con la Ministra de Belleza. Le da un beso en cada mejilla, con cuidado de no mancharla con el pintalabios púrpura que lleva.

Du Barry entra cerrando la comitiva y empieza un aplauso que nosotras seguimos.

El Ministro de Moda hace una reverencia y luego nos sonríe. Lo he visto en los periódicos mostrando la forma adecuada de vestir un corsé acorde con las leyes de belleza imperiales, lo bastante ceñido para encajar con las medidas deseadas para un buen ciudadano de Orleans, pero lo bastante elegante para crear la silueta perfecta, como la de un ánfora. El hombre es el encargado de marcar las modas del reino y el responsable de toda la producción de ropa.

—A vuestro servicio.

—Ha acudido para hacer su magia —dice la Ministra de Belleza—, junto con su equipo.

—Sí, mis dandis y yo hemos acudido al rescate. Una belle necesita un guardarropa elegante, de igual modo que un artista necesita gran variedad de tinta y pintura —sacude en el aire un bastón rematado en oro. Sus tacones altos repiquetean mientras da vueltas a nuestro alrededor, su mirada es como un fuerte rayo de luz. Se inclina hacia delante y susurra—: Bienvenidas a la corte.

Nos sobresaltamos y luego nos echamos a reír.

—No las asustes, Gustave. Ya sabes que no están acostumbradas a tener hombres a su alrededor —amonesta la Ministra de Belleza.

—No hay necesidad de tenerme miedo, muñequitas. Estoy completamente desinteresado en el consuelo femenino. Estoy aquí para asegurarme de que siempre tengáis el vestido adecuado que llevar. Me atrevería a decir, bajo pena de muerte, que la moda es el elemento más importante de la belleza.

La Ministra de Belleza le da un suave empujón y se dan otros dos besos en las mejillas.

—Tienes buen aspecto —ronronea el ministro.

Uno de los asistentes del Ministro de Moda se aparta el traje recubierto de armiño de los hombros y deja ver un medallón de oro con el emblema del real ministro. Otro de los asistentes se ahueca el pelo con una pinta de hueso ancho. El hombre hace un ademán con la mano, que proyecta un destello de diamantes, para dar las gracias a su equipo.

Inspecciona a Elisabeth.

—¿Esta es la pequeña Du Barry, en la corte para aprender de trajes?

Ella hace una reverencia.

—Soy Elisabeth Amie Lange Du Barry, hija de la Gardien de la Belle-Rose, y sé mucho sobre la corte.

—Pero ¿tienes la más remota noción de la belleza? —pregunta—. Porque a juzgar por tu aspecto, yo diría que no.

Edel suelta una risita, pero una mirada de Du Barry la hace enmudecer al instante.

—Por supuesto que la tiene, Gustave; es mi hija —responde Du Barry con orgullo.

El hombre da una vuelta alrededor de Elisabeth y luego vuelve al lado de Du Barry.

—Queda mucho trabajo por hacer, Ana, para que pueda ocupar tu lugar —besa la reticente mejilla que le ofrece Du Barry—. Pero, de momento, ahora toca vestir a las belles y que el mundo entero descubra quién ha sido la escogida.

Las sirvientas colocan biombos para dar privacidad y deshacen los baúles. Equipos de personas disponen sedas, lanas, miriñaques, algodones, satenes, tafetanes, tules y terciopelos en las largas mesas. Bandejas apiladas contienen botones, encajes, cintas, gemas, joyas y centenares de otros adornos. Una sirvienta me apremia para que me coloque detrás de un biombo y me ayuda a subir a una plataforma. La mujer me desanuda la faja, deshace las cintas de mi combinación y me quita el miriñaque. Una modista se une a nosotras con sus utensilios.

—¿Qué tipo de vestido me harás? —le pregunto.

—El que me ha dicho el Ministro de Moda. Él mismo ha escogido los colores para usted en función de su piel. —Coloca una enorme máquina que tiene tres ruecas con husos y dos telares. Sus anchas manos atan los hilos a través de una serie de prestillas y clavijas. Luego presiona un pedal con el pie. La máquina ruge llena de vida, chirría como un carruaje desvencijado en una calle de adoquines. Hilos rojos, negros y blancos serpentean por una serie de clavijas.

Aunque me han vestido y tomado las medidas y acicalado muchísimas veces, todavía no puedo soportar el sentimiento que me invade en esos momentos, que me dice que mi cuerpo no me pertenece. Me convierto en una muñeca, en un objeto que debe ser adornado. Me pregunto si es así como se sienten las mujeres en nuestras mesas de tratamiento. Ojalá pudiera escoger mi propio vestido; elegiría algo sencillo, un tono rojo que fuera a conjunto con el pelo de maman, una cintura alta con una faja de color crema y una falda de vuelo amplio que flotara a mi alrededor como un río de seda.

Otra sirvienta me ayuda a ponerme una bata y me dirige a los baños para tomar el segundo del día. Farolillos de belleza proyectan una luz cálida sobre las paredes de azulejos rosas y los espejos dorados. Una serie de bañeras con patas que parecen garras están alineadas a un lado.

Ámbar se sienta delante de un espejo con su caja de belleza. Valerie y Hana se apresuran a meterse en las bañeras. Tres personas se afanan para secar el pelo húmedo de Edel.

Los pies se me enredan en alfombras peludas. Mi baño está listo y entro y salgo antes de que el agua pueda mojarme la piel por completo. Una sirvienta del onsen me dirige a un tocador. Con movimientos fluidos me limpia los brazos, las piernas y el rostro con un trapo húmedo que huele a rosas y me corta y lima las uñas, luego las pinta y las seca. Me pone unos zapatitos rojos en los pies. Otra mujer me toca los párpados para que los cierre. Las oigo abrir los compartimentos de mi caja de belleza. Ahora soy yo la persona a quien embellecer. Me empolva la cara y me pinta los labios.

Los clics de los lápices belle resuenan. Me delinea los ojos con dos pinceles distintos. Me aplica capa tras capa de maquillaje belle y colorete en las mejillas y los párpados. Me pasa un lápiz ceroso de perfume detrás de las orejas y en las muñecas. Los polvos suaves y los lápices y las cremas cálidas me relajan. Sería más fácil si pudiera usar mi arcana, pero Du Barry dice que es imposible. Las arcanas están al servicio de los demás.

Me imagino la que será mi nueva vida: ser escogida, vivir en el palacio, disfrutar de todo lo que la corte tiene por ofrecer, crear personas preciosas. Suspiro profundamente, pero las palabras de Du Barry planean por encima de mí como los farolillos de belleza.

—Ahora toca el pelo. —La sirvienta separa mi cabellera en mechones y la peina bien. El calor de los rulos crea una nube a mi alrededor y su calidez se filtra en mi cuero cabelludo mientras me enrolla los rizos con ellos. Grandes ondas me caen sobre los hombros y rápidamente me las recoge en nuestro típico moño belle, con pétalos de rosa belle para evitar el encrespamiento.

Las mujeres me apresuran para que vaya de esta habitación a nuestro vestidor. Bree me espera para colocarme un vestido largo estampado de negro y blanco de manga larga. Jamás había llevado ningún color aparte del rosa subido que Du Barry dice que realza los matices de miel de mi piel morena. Los hábiles dedos de Bree cierran una serie de broches y hebillas a mi espalda. Me anuda una faja de color rojo sangre en la cintura para recoger la falda en la forma perfecta de una campana.

—Está preciosa, mi señora —afirma.

—Gracias —le respondo.

—¿Está emocionada por ver a la familia real y la corte? —pregunta Bree.

—Sí, lo estoy. —Nuestros ojos se encuentran en el espejo. Agradezco la conversación—. ¿Cómo es la reina?

—Gentil, mi señora —susurra ella.

—¿Y la princesa?

—Gentil, mi señora —repite, pero le tiembla la voz—. Larga vida a la reina y a la princesa.

Repito sus palabras.

—Ha llegado la hora, muñequitas —anuncia el Ministro de Moda.

Salimos de detrás de los biombos. La Ministra de Belleza ahoga una exclamación y aplaude. Nos adula a nosotras y a nuestros vestidos y a nuestro nuevo aspecto. El Ministro de Moda está radiante y nos coge una por una para desfilar por la habitación.

Padma lleva un vestido púrpura brillante de cintura imperial que cae en una línea clara hasta el suelo; la seda se ondea detrás de ella y las joyas recorren sus brazos como si fueran serpientes. El vestido de Edel está hecho de capas de rubíes y de sus flores edelweiss; sus movimientos resuenan por la habitación casi silenciosa. El traje sin mangas de color crema que viste Valerie le ciñe las curvas y cae en una cola de sirena. El vestido de seda de Hana representa imágenes pintadas a mano de nuestras islas y sus cipreses, y las mangas cuelgan hasta el suelo. Seda suave y dorada envuelve la esbelta figura de Ámbar, y su moño belle estalla lleno de cintas amarillas como rayos de sol. Jamás ha estado más preciosa.

Nos traen un espejo y el corazón me golpea el pecho. El reflejo que veo en el espejo parece el de una extraña: mi maquillaje es como el de una cortesana, líneas gruesas en los ojos con tonos dorados, joyas rojas esparcidas por las cejas y un rostro muy empolvado y los labios brillantes. Mi moño belle está repleto de rosas belle, y el vestido es tan ceñido que moldea mi figura de una forma que no me había visto jamás. La figura de mi madre.

Du Barry avanza por la fila y nos besa a todas en la mejilla. Entonces llega hasta mí y me susurra:

—Estás muy bonita. A tu madre le gustaría. —Toca el estampado texturizado de mi vestido. Me imagino el rostro de mi madre y siento su sonrisa orgullosa y llena de admiración en mi interior.

—¿Qué os parece? —nos pregunta el Ministro de Moda.

—Me encanta —susurro mientras mis hermanas gritan.

—Pensé que no tenía que vestiros como marca la tradición. En mi humilde opinión, es hora de modernizar a las belles. Du Barry ha sido muy anticuada en sus preparaciones —añade a media voz.

—¿Cómo dices, Gustave? —pregunta Du Barry.

—Oh, nada —nos guiña un ojo.

La Ministra de Belleza le da unos golpecitos en el hombro con un abanico, luego nos mira a mí y a mis hermanas:

—Es hora de descubrir vuestro futuro.

10

Una lujosa alfombra roja atraviesa el centro del Salón de Recepciones como un grueso río de sangre. A ambos lados y hasta el altar, descansan sillas de respaldo alto donde se sientan unas mujeres innegablemente elegantes que visten coloridas sedas, tafetanes, satenes y crepés. Los hombres rodean el perímetro y un mar de sombreros de copa asoma por encima de los tocados, abanicos y voluminosos peinados de las mujeres. Los asistentes se acercan catalejos y binóculos a los rostros, deseosos de vernos. Por encima de las cabezas, un techo de cristal grabado con el emblema real de Orleans deja entrar la luz de las primeras estrellas vespertinas.

—Mirada al frente —susurra la Ministra de Belleza antes de que demos los primeros pasos para entrar.

Los guardias imperiales llevan vestimentas de un color púrpura subido. El divino color de la reina. Me ahogo bajo el peso de tantas miradas. Esas personas son las más importantes de todo el reino.

La Ministra de Belleza avanza con un paso lento y seguro y nos acercamos al trono de crisantemo dorado. Me tiemblan un poco las rodillas cuando nos acercamos, pero intento no perder el paso. Voy detrás de Padma, las flores de loto que lleva en el pelo se abren y se cierran como haciendo un guiño a los asistentes.

Un ruido apagado me sigue. Las mujeres se acercan las unas a las otras y murmuran detrás de sus abanicos de encaje. Me miran como si yo fuera un pedazo de tarta especiada que esperara ser comido. Los periodistas trazan esbozos de nosotras y unos globos mensajeros de cotilleos negros corren entre la multitud, con las colas dando bandazos en todas direcciones en un intento de captar una palabra escandalosa en alguna parte.

En la parte principal de la sala, una serie de cenadores dorados se agrupan a izquierda y derecha de la plataforma del trono, cada uno cubierto con un dosel de flores y guirnaldas. Un asistente real me ayuda a subirme a uno, que está marcado con mi nombre y flores de camelia. Mis hermanas están a mi lado en los suyos.

Una pirámide de estrellas lleva hacia los cuatro tronos, que brillan bajo la luz de los farolillos nocturnos y dan asiento a las tres personas más importantes de todo el reino: el rey Francis, la reina Celeste y la princesa Sophia; la penúltima silla la dejan vacía para representar a la princesa Charlotte, que está enferma y hace años que no se la ve. Los periodistas especulan que la mantienen viva para que la monarquía no le pase la corona a la princesa Sophia; los periódicos aseguran que sería una reina terrible y que es una despilfarradora, que le encanta apostar y entretener con fiestas extravagantes. Sin embargo, si las historias son ciertas, yo estoy mucho más que intrigada: parece impulsiva, intrépida, explosiva y, por encima de todo, fascinante.

La reina se baja del trono. Los guardias corren tras ella como un enjambre de insectos con caparazón. Vetas de pintura dorada brillan y se retuercen en preciosas formas sobre su piel; zafiros decoran las comisuras de sus ojos brillantes; su pelo oscuro tiene un mechón gris en la parte anterior, como un copo de vainilla en un cono de caramelo. Las revistas dicen que lo lleva para rendir homenaje a las raíces de Orleans: los grises.

La princesa Sophia se le une; hoy va a conjunto con su madre. Tiene la misma preciosa piel morena y un suave rostro ovalado. La mayoría de las familias desean ir a conjunto: las madres determinan los rasgos de la familia y se encargan de la apariencia externa de los niños, especialmente las familias de alta cuna. Sin embargo, la princesa Sophia siempre cambia su aspecto, como si solamente estuviera poniéndose un vestido distinto. Lleva un monito de peluche animado encaramado en el hombro.

Contengo el aliento y lo atrapo en mi pecho hasta que la reina habla. Cada susurro, cada murmuro, cada murmullo desaparece.

—Bienvenidos, mis consejeros de confianza, mis queridas damas y mi corte siempre leal —saluda con la mano—, al día más importante de nuestro reino. El nombramiento de nuestro tesoro más glorioso —nos mira a nosotras y prosigue—: Preciosas belles, bienvenidas a mi corte y a los inicios de vuestro divino servicio hacia nuestro mundo. Sin vosotras y sin los dioses, nosotros no seríamos nada.

La sala retumba con los aplausos y su eco me late en el pecho.

—¡Deleitad vuestros ojos con nuestra nueva generación de belles!

Retuerzo los dedos sobre mi regazo cuando los asistentes al completo desvían su atención hacia nosotras. El servicio abre los ventanales de la pared este que van del suelo al techo y unos globos mensajeros de color escarlata vuelan por la habitación, navegan por encima de nosotras, zigzaguean y se hunden y giran, sus pequeñas brújulas les guían hasta la plataforma del trono. Los diminutos dirigibles dejan caer postales belle de unas cuerdas doradas. Ricas, animadas, brillantes. Juguetean con las manos que intentan cogerlas, se acercan lo bastante para que puedan tocarlas pero no alcanzarlas.

Detecto mi rostro en una de ellas, pero la tinta aparece y desaparece y cambia tan rápido que no puedo leerla y descubrir mi destino.

—Estas postales belle reales se enviarán a todos y cada uno de los ciudadanos del reino: a las cinco islas mayores y a las más pequeñas y periféricas. Si alguien ha olvidado vuestros nombres después del Carnaval Beauté, los recordarán en cuestión de momentos —asegura la reina.

Los espectadores aplauden.

—Ahora, mi queridísima corte, lanzad vuestras monedas antes de que revele a la favorita. Veamos si hemos escogido a la misma belle. Que siempre encontréis la belleza.

Las mujeres y los hombres, y unos cuantos niños, se levantan corriendo de sus asientos como un enjambre de abejas. Zumban alrededor de los cenadores, echan monedas en los cestos que sujeta el servicio que se arrodilla a su lado. Se aprietan catalejos y binóculos contra los ojos y observan nuestros rostros. Nos apuntan con sus abanicos y escuchan con trompetillas auditivas las respuestas que damos a sus preguntas.

—¿Qué piensas de los ojos de color coral?

—La piel pálida se vuelve gris más rápido, ¿puedes arreglarlo?

—¿Podrías hacerme una cara nueva?

—¿Crees que se deberían ajustar las leyes y permitir tener una cintura más delgada?

—Mi piel está envejeciendo y ya no absorbe bien el color, ¿puedes arreglarlo?

—¿Alguna opinión al respecto de que esta temporada se lleven los senos pequeños a diferencia de los más pronunciados?

—Me gusta la propuesta de piel oscura y ojos claros, ¿volverá a ponerse de moda?

—¿Alguna idea de cómo hacer que los tratamientos de belleza sean más duraderos?

No puedo responder a una pregunta que ya me hacen la siguiente. Los rostros y las voces se difuminan en una masa que no para de cambiar.

Una cara destaca entre la muchedumbre que se acumula a mi alrededor.

El chico de la verja.

Siento su presencia como un dragoncito de peluche animado. Fuerte, imponente, llena de fuego. Las chicas de la corte lo observan; algunas de ellas ocultan sus risitas detrás de manos enguantadas y abanicos pintados, y otras le hacen preguntas que él deja sin contestar. Avanza hasta la primera fila y la gente le abre paso. Mis ojos viajan del pañuelo azul zafiro que lleva en el cuello hasta el emblema real que lleva clavado en él. Dos barcos que navegan por la curva de un tallo de crisantemo. Es uno de los hijos del Ministro de los Mares.

Un tambor retumba en mi interior. Intento no mirarlo, intento fingir que él no me mira a mí. Intento actuar como si no me acordara de él.

El chico hace ademán de echar una moneda en mi cesto, pero retira la mano. Su mirada me quema la piel. Un profundo rubor me sube del estómago a las mejillas.

—¿Tiene una pregunta? —le digo.

—Anda, si la chica habla. —El timbre de su voz es más rico que el chocolate más negro. Esconde una sonrisa detrás de la mano.

—No soy una muñeca.

—No pensaba que lo fueras. —Intenta cogerme la mano y noto su calor a través de mi guante de encaje.

Me aparto.

Un guardia da un paso al frente.

—No se pueden tocar.

El chico enseña las manos.

—No quería ofender. Soy Auguste Fabry, hijo del Ministro de los Mares, un marinero inofensivo. Solo quería ofrecer a Lady —echa la cabeza para atrás para mirar el cartel donde centellea mi nombre— Camelia mis más sinceras disculpas. Está enfadada conmigo.

Me trago una sonrisa, lucho contra las comisuras de mis labios.

—¿De qué se trata? Estoy muy ocupada y hay mucha gente esperando —me mofo.

—Muy bien. ¿Cree que los hombres deberían ser tan bellos como las mujeres? —Su pregunta se arremolina a mi alrededor como el humo, corre por mi piel y se filtra en ella y en mi vestido. Sus palabras contienen un desafío. Uno que quiero superar.

Las mujeres que hay alrededor de mi cenador enmudecen. Un temblor nervioso me aletea en el estómago.

—Creo que no es justo que las mujeres deban desfilar por ahí como pavos reales y los hombres no. El esfuerzo debería ser el mismo.

La comisura izquierda de su boca dibuja una media sonrisa.

—Pero ¿no se supone que las mujeres tienen que ser más bellas que los hombres para que ellos puedan disfrutarlas?

—¿Es que las mujeres son plumas o televisores o carruajes nuevos? —El calor me sube hasta las mejillas. Él no rompe el contacto visual.

Las mujeres empiezan a abanicarse y a intercambiar susurros e indignación. Sus ojos van de mi rostro al del chico y a la inversa.

—No, no lo son —el chico esconde una sonrisa detrás de la mano—. Parece que sé exactamente qué decir para hacerte enfadar.

—Parece que dice usted cosas estúpidas.

—Era una pregunta, no una afirmación.

Suspiro, pero me gusta discutir con él; es distinto que con mis hermanas.

—Pregunta final —anuncia al tiempo que alza su moneda en el aire.

—Creo que ya ha hecho suficientes preguntas y ha ralentizado mucho mi cola.

—Solo una más. ¿Va bien? —Hace un pucherito, como si fuera un niño pequeño al borde de un berrinche. Las mujeres intervienen, me incitan a permitírsela.

—Adelante —accedo con fingida irritación.

—Si pudieras cambiar cualquier cosa de mí, ¿qué sería?

—Tendrá que concertar una cita privada para que discutamos sus opciones.

—Interpreto que esta respuesta significa que no cambiarías nada.

Las mujeres ríen disimuladamente, hacen gorgoritos y le bañan en cumplidos. Él me sonríe mientras disfruta de ellos. Quiero reír, pero me contengo. No sonreiré. No le dejaré ver que me divierte.

—Pero si quieres mi moneda... —se frota el mentón con la mano y enarca las cejas oscuras—... tendrás que decírmelo. Porque quizás tendría que darte mi voto —vuelve a acercar su moneda a mi cesto—. O quizás no.

—Guárdese sus monedas, tengo muchas —respondo—. Mis hermanas son igual de talentosas.

—Pero ¿son tan bonitas?

Las mujeres que hay cerca empiezan a cotorrear.

Me sonrojo.

—Creo que serías una favorita muy interesante. Además, me gustaría hacer una buena apuesta —deja caer la moneda justo cuando recogen los cestos y desaparece entre la multitud.

Su actitud engreída pervive como el perfume y me distrae de una nueva arremetida de preguntas. Le busco entre las masas, quiero decirle que no estoy aquí para que él me encuentre bella. Estoy aquí para ayudar al mundo. No soy un adorno.

La reina vuelve a su trono y asiente hacia la Ministra de Belleza.

—Ha llegado la hora —anuncia la Ministra de Belleza a través de un megáfono.

Nuevos globos mensajeros de color escarlata zumban por la habitación y resplandecen con nuestro emblema belle. Dan círculos por encima de la Ministra de Belleza como tráupidos en busca de su nido. Ella alarga la mano para alcanzar uno y coge la postal.

—Primero, Valeria Beauregard.

Valerie sale de su cenador.

—Volverás a casa, a La Maison Rouge de la Beauté.

Valerie hace una reverencia. Cuando vuelve a su plataforma, mira al suelo e intenta contener las lágrimas que le corren por las mejillas.

Todos la aplaudimos.

La Ministra de Belleza coge otra postal. Me resisto por no agarrarme el vestido.

—Edelweiss Beauregard —lee.

—Sí —responde Edel sin querer, antes de taparse la boca con la mano. La Ministra de Belleza le sonríe.

—Querida mía, tú irás al Salón de Té Ardiente en las Islas de Fuego —anuncia.

Edel hace una reverencia.

—Hana Beauregard.

Hana se yergue de golpe. Tiene las manos enterradas entre los pliegues de su vestido mientras sale del cenador. No mira a la Ministra de Belleza, tiene los ojos clavados en el suelo. Unos cuantos pétalos de flor de cerezo caen de su moño belle. Da una gran bocanada de aire.

La Ministra de Belleza examina la postal belle.

—Estarás en el Salón de Té de Cristal de las Islas de Cristal.

Hana exhala, junta las manos y luego hace una reverencia.

—Padma Beauregard, tú estarás en el Salón de Té de Seda de la Bahía de Seda —anuncia la Ministra de Belleza.

Padma baja el mentón hasta el pecho. Las lágrimas corren por sus mejillas y hace todo lo que puede para secárselas. Se le escapa un sollozo y se cubre la boca. Una sirvienta que está cerca le acaricia la espalda y le susurra algo al oído.

Dos dirigibles se acercan a la cabeza de la Ministra de Belleza, se persiguen entre ellos en un círculo perfecto.

Ya está.

Miro a Ámbar, a mi izquierda, y me guiña el ojo. Yo le soplo un beso silencioso y cruzo los dedos para las dos. Me digo a mí misma: «Si no soy yo, estaré contenta por ella». Espero que ella piense lo mismo e ignoro la vocecita que susurra en mi interior: «Mientes».

La Ministra de Belleza coge las postales que proyectan nuestros rostros. Me pongo de pie y cierro los puños llena de nervios por lo que está a punto de decir. Las chicas la miran y esperan.

—Camelia Beauregard —anuncia.

Doy un paso al frente. El miedo y la emoción suben por mi interior como enredaderas. Me pican las palmas de las manos y me noto el rostro sonrojado. No sé si quiero vomitar, gritar o ambas cosas. El latido de mi corazón me retumba en los oídos.

—Estarás en el Salón de Té del Crisantemo en el Barrio de la Rosa de nuestra Ciudad Imperial de Trianon.

Me arden las mejillas y sé que están rojas como fresas. El corazón me cae hasta el estómago en un estallido. El sudor me recorre el espinazo.

—Pero... —empiezo a decir antes de que Du Barry me mire con fijeza.

Hago una reverencia y vuelvo a mi cenador. Tengo el pecho agitado. Quizás no pueda volver a respirar jamás.

La reina se pone de pie. La Ministra de Belleza se gira hacia ella.

—Ambrosia Beauregard —la reina alarga las sílabas de su nombre.

Ámbar da un paso al frente —los ojos miran hacia delante, los hombros atrás, una leve sonrisa pintada en su rostro—, tiene exactamente el aspecto que Du Barry nos entrenó para tener. Gentil. Alerta. Siempre preparada.

—Has sido nombrada la favorita —anuncia la Ministra de Belleza. La palabra explota por la sala como si fuera un cañón.

Me cubro la boca con una mano.

La reina aplaude.

—Ambrosia es la favorita.

Una sirvienta vuelca el cesto de Ámbar. Las monedas se esparcen por el suelo y hacen una montaña dorada. La corte ha apostado mucho por ella.

No puedo apartar la mirada de Ámbar.

La reina sonríe a mi hermana. El corazón se me rompe en pedazos como si fuera el cristal de un espejo, fragmentos diminutos salen disparados por mi interior y me cortan las entrañas, esparcen dolor. Jamás volverán a estar como antes.

Du Barry sigue de brazos cruzados. Me dedica una mirada de satisfacción.

No soy la favorita.

Las palabras chocan unas con otras en el interior de mi cabeza.

No soy la favorita.

Hana se me acerca. Me besa las mejillas y me deja un rastro de pintalabios. La gente se mueve en mil direcciones. Las mujeres me dan la mano, todas me dicen lo emocionadas que están por concertar visitas conmigo en el Salón de Té del Crisantemo. La gente aplaude, las luces centellean, me abrazan y me hacen girar. Algunos me susurran que debería haber sido yo. Los periodistas se apiñan entorno a mí, me gritan a través de megáfonos y me molestan con preguntas sobre Ámbar y mi opinión al respecto de la selección de la favorita que ha hecho la reina.

Me trago las lágrimas. Las empujo con champán demasiado dulzón.

Ámbar está rodeada, su moño belle pelirrojo sobresale como una cresta diminuta por encima de la multitud. Entrevistan a Du Barry y explica cómo era de niña: estudiosa, respetuosa, cariñosa. La Ministra de Belleza explica a los oyentes reales qué criterios han usado los ministros y la reina para escoger a la favorita de esta temporada: disciplinada, obediente, responsable. Mis hermanas se mueven por la sala con sus preciosos vestidos y hablan con otros cortesanos y periodistas.

La habitación gira a mi alrededor. Las palabras de la reina resuenan junto con el latido desbocado de mi corazón: «Ambrosia es la favorita».

El anochecer pasa zumbando como los engranajes de un noticiario. Mis hermanas bailan y ríen y conceden entrevistas y besan mejillas y comen dulces. Han pintado nuestros retratos y hablamos con nuestras hermanas mayores, la generación anterior de belles. Me escondo en un salón de té adyacente para evitar a los periodistas hasta que volvamos a los aposentos belle. Ámbar no viene con nosotras. Ella se demora en la Gran Sala de Baile Imperial rodeada de admiradores y cortesanos, que le reclaman atención.

Observo las puertas. Espero que entre por ellas.

Baúles belle están alineados en el centro del gran salón como si fueran ataúdes. Las sirvientas los llenan con cajas de belleza, vestidos y zapatos nuevos de parte del Ministro de Moda, los últimos productos belle y botes de sanguijuelas.

Hana echa un vistazo a su baúl.

—Ya no volveremos a estar juntas.

—¿Ya es la hora? —solloza Padma—. No quiero irme todavía.

Yo tampoco, pero su comentario me pellizca y me deja al

borde de las lágrimas. Me pongo de cara a la pared y finjo que admiro el tapiz del mapa de Orleans.

—Los carruajes estarán aquí pronto. —Valerie se deja caer en una silla que hay cerca. Se le desgarra el vestido, pero está demasiado cansada para mirar hacia la cola de sirena que amenaza caerse.

—Y vi a nuestras hermanas mayores irse con capas de viaje de otros aposentos —comenta Hana.

El silencio se cierne sobre nosotras. Las lágrimas se agolpan en los ojos de Padma y Hana. Las mejillas de Edel se sonrojan. Valerie se sorbe la nariz. Yo aparto la mirada. Ese silencio incómodo se nos antoja sofocante.

—Estoy lista para acabar con todo esto. —Edel tira sus zapatos dentro del baúl.

Las sirvientas nos traen bandejas de agua con gas y frambuesas, rodajas de melón dulce, fresas y limas. Algunos carritos contienen delicias de la noche: gofres, siropes azucarados, pollo y pan dulce frito, y pastas de luna. Tres televisores proyectan imágenes en las paredes. La magia de la noche destella a nuestro alrededor, pero yo solo siento decepción. Un triste temblor vive en el interior de mi pecho, y mis brazos y piernas zumban con el recuerdo de no haber sido escogida.

—¿Dónde está Ámbar? —pregunta Valerie.

El sonido de su nombre parece el detonante de una explosión.

—Alardeando por ahí, no te quepa duda —dice Edel.

—No la he visto desde la cena. —Hana abre las puertas de los aposentos belle para echar un vistazo.

—Seguramente tiene una docena de cosas por hacer ahora —murmuro.

—No quería que ganara ella —afirma Edel.

—No está nada bien que digas eso —Padma le da un codazo juguetón.

—¿Por qué creéis que la reina la ha escogido? —pregunta Valerie.

—Porque ella siempre es perfecta —las palabras se me escapan, pesadas y duras.

Mis hermanas se giran hacia mí. Yo me muerdo el labio para evitar que me tiemble. Un hipido diminuto lucha por escapar de mi garganta. Siento alivio cuando el servicio nos lleva al vestidor.

Las sirvientas nos quitan los trajes y nos dan suaves vestidos de viaje hechos de algodón y batista y seda y gasa. La tristeza de irme me golpea como una oleada. Jamás he dejado de ver a mis hermanas cada día. El mal humor matutino de Hana, que Edel siempre se meta en problemas, la risa cantarina de Valerie, pasear por los jardines con Padma y compartir secretos con Ámbar. No pensé en lo lejos que estaríamos después de recibir nuestros destinos. No pensé en lo diferentes que serían las cosas entre nosotras.

Nos amontonamos de nuevo en el gran salón y comemos los manjares que hay en los carritos.

—Creo que ha llegado el momento de hacer un brindis. —Padma coge una copa de una bandeja. Líquido verde burbujeante se le cae encima del vestido de viaje y suelta una maldición.

—¿No deberíamos esperar a Ámbar? —pregunta Valerie.

—No —contestamos el resto al unísono.

Hana me apoya la cabeza en el hombro.

—Pensé que serías tú.

—Gracias —susurro. «Yo también».

—Venga, callaros y venid —Padma intenta atraer la atención de todas—. Coged una copa. No sé cuánto tiempo estaremos juntas esta noche.

Edel engulle de un trago un líquido rojo y coge otra copa. Valerie se queja por haber cogido la última.

Padma se aclara la garganta.

—Por nosotras, ¡salud! Por esta noche, ¡salud! Por lo que vendrá, ¡salud!

Levantamos las copas y bebemos un poco.

—¡Ahora yo! —Valerie se levanta de la silla—. A pesar de que antes me he enfadado por el destino que me han asignado, me encanta todo esto. —Hace un ademán con la mano—. Siempre he sabido que estaba destinada a volver a casa. Mi maman fue la belle de La Maison Rouge de la Beauté, así que en el fondo de mi corazón sabía que tenía que substituirla. Pero, por favor, no os olvidéis de mí. Enviadme globos mensajeros para contarme todo lo que veréis y haréis. Y mejor aún, no os atareéis demasiado y venid a verme —se le rompe la voz—. Os echaré de menos a todas.

Damos otro sorbo. Sus palabras me han alcanzado, ella hará lo que hizo su madre. Yo tenía que haber sido la favorita, como mi maman. La he defraudado.

—Ay, chicas, os estáis poniendo ñoñas —se queja Edel. Hana le da un codazo en el hombro y Edel esboza una sonrisa—. Supongo que yo también os echaré de menos a todas.

Las sirvientas nos traen gruesas capas de viaje revestidas de pelaje blanco y cubiertas de diminutas puntadas doradas con la forma de las rosas belle y nuestro emblema real.

Estamos pasando los brazos por las cómodas mangas cuando Ámbar entra en la habitación a grandes zancadas. Sus fuertes pisadas resuenan en el suelo como si tuviera que partirse bajo el peso de su importancia. La pequeña corona que lleva en la cabeza brilla como si estuviera hecha de polvo de estrellas.

—¡Hola, hermanas!

Se pavonea por la habitación, menea su vestido a izquierda y derecha, refulge más brillante que un farolillo diurno mientras espera que nos lancemos encima de ella.

—Felicidades —Valerie da un paso para abrazar a Ámbar.

—Estamos muy contentas por ti. —Hana la hace girar una y otra vez hasta que las dos estallan en risas, mareadas. Una emoción egoísta me borbotea en el pecho. Crece a cada segundo y me roba la respiración. No estallará. Quiero abrazar a mi hermana, hundir mi rostro en su cuello y susurrarle lo orgullosa que estoy de ella, pero no se me mueven los pies y tengo la boca llena de sirope, las palabras se me encallan.

—Serás una favorita preciosa —Padma le sopla un beso.

—Bueno —Edel la mira de arriba abajo—. Supongo que alguien tenía que ganar —y entonces se va de la habitación.

Una asistenta de viaje se aparta para dejar pasar a Edel y da unos golpecitos sobre un reloj de arena que cuelga de la solapa de su chaqueta.

—Los carruajes se irán pronto.

Todas abrazan a Ámbar por última vez. Yo me quedo rezagada en la habitación hasta que todas mis hermanas se han ido.

Ámbar y yo nos miramos fijamente.

—No puedo creer lo que ha dicho Edel —comenta—. ¿Estás contenta por mí?

—Lo estoy —respondo—. Solamente intento asimilarlo todo.

—Estás en el salón de té más importante. El Crisantemo. Es donde van las damas de honor reales. Al menos estarás aquí, en la ciudad...

—No intentes hacer que suene mejor, Ámbar. No soy la favorita —decirlo en voz alta envía otra oleada de decepción a mi interior. Oigo la voz decepcionada de maman y veo su ceño fruncido.

—Pero todavía eres importante. Todas somos importantes.

—No es suficiente —finalmente dejo escapar el pequeño sollozo que contenía en el pecho.

Ámbar se me echa encima, me coge los brazos y me atrae hacia sí. Entierro el rostro entre su hombro y su cuello.

—Todo irá bien —sus palabras me aterrizan en la mejilla. Huele a un batiburrillo de perfumes cortesanos. La han abrazado un centenar de veces esta noche—. Podrás venir a visitarme y te invitaré a todo lo que pueda. Además, vendré a verte.

Me deshago de su abrazo. Mi fracaso vuelve a asolarme, me golpea como una ardiente oleada. «No soy la favorita». No puedo aceptar su pena y, cuando hace ademán de cogerme de nuevo, le doy un empujón.

—Para —digo.

Ámbar parece herida, pero yo no puedo hacer nada al respecto.

—No puedes estar contenta por mí.

Un tornado de calor se arremolina a mi alrededor. Se me retuerce el estómago y el sudor me corre por el rostro.

—Lo estoy —lucho contra las lágrimas. ¿Es que no ve lo duro que es esto?

—Pensé que me ganarías fácilmente. Pudiste ser la última en el Carnaval Beauté. Todas las que actúan en último lugar consiguen dejar la mejor impresión y ahogan la que hemos dejado las de en medio. Du Barry te propuso para ser la favorita, pero la reina me escogió a mí.

—¿De verdad piensas eso? No le gusto a Du Barry, jamás le he gustado. Ella nunca ha entendido lo que yo puedo ofrecer —explico al tiempo que busco en el rostro de Ámbar los vestigios de mi amiga—. ¿Tienes idea de lo duro que he trabajado? He investigado durante meses sobre carnavales anteriores, he pensado aspectos distintos, he robado panfletos y revistas de belleza del buzón de Du Barry para estudiar las modas. He trabajado tan duro como tú.

—Bueno, no seguiste las normas en el carnaval. Nunca en realidad —dice—. No merecías ser la favorita.

Clavo los ojos en su rostro. Una arruga de concentración le afea la frente.

—Eres mi mejor amiga —asegura—. Deberías haber sido la primera en besarme después de la declaración y la primera en decirme lo orgullosa que estabas de mí. Pero en lugar de eso, te has enfurruñado y te has puesto celosa. Yo seguí las reglas, Camelia. Merezco esto. Tú no. Tú siempre te disgustas sobremanera cuando te supero en lo que sea. ¿Qué pensaría maman Linnea de tu comportamiento?

—No menciones a mi madre —los ojos se me llenan de lágrimas. Aprieto los puños. Tiemblo de la rabia.

Ámbar se acerca.

—Le daría vergüenza —me coge la muñeca y yo la aparto de un tirón que desestabiliza a Ámbar, que suelta un grito entre la sorpresa y la angustia cuando se cae al suelo.

Ahogo un grito.

—¡Ámbar! No quería...

Sus ojos me perforan. Las mejillas le arden, y la que fue su elaborada pintura de ojos, ahora corre por sus mejillas en rayas naranjas y doradas.

—Lo siento mucho —alargo una mano para ayudarla.

Ella la aparta, se pone de rodillas y se levanta.

—No me toques.

Una asistenta de viaje entra en el salón.

—Señora Camelia, su carruaje la espera.

Ámbar no me mira. Me vuelvo y huyo de la habitación. Un nudo de enojo me aprieta las entrañas y la jaqueca me palpita en el cuello y me sube hasta las sienes. Bajo las escaleras corriendo para alcanzar al resto de mis hermanas mientras las palabras de Ámbar me resuenan una y otra vez en la cabeza al rimo de mis pasos.

«Le daría vergüenza... Le daría vergüenza».

12

LAS RUEDAS DEL CARRUAJE GOLPEAN LOS ADOQUINES DE LA Plaza Real. Descorro las cortinas y los faroles de cristal adiamantado de la ciudad iluminan las ricas mansiones de caliza y las casas unifamiliares del aristócrata Barrio de la Rosa. Sus pilares cortan la línea del horizonte como costosas espadas. La luna pinta el cielo de índigos y violetas profundos. Los caballos relinchan y resoplan mientras el conductor los guía por los abruptos recodos y las angostas calles de la Ciudad Imperial de Trianon.

—Lady Camelia —llama una voz familiar.

Aparto la mirada de la ventana. Un pálido rostro aparece detrás de la cortina. Es la sirvienta de los aposentos belle del palacio. Su vestido pardo es una mancha de chocolate contra el interior burdeos del carruaje.

—Soy...

—Te recuerdo, Bree.

Se sonroja.

—Me han asignado como su sirvienta imperial.

—Maravilloso —intento ser gentil, tal y como Du Barry me ha enseñado.

—¿Querría algo para comer?

—No —vuelvo a las vistas que hay más allá del carruaje.

—¿Qué tal un té? —Coge una tetera de un diminuto brasero que contiene un cálido fuego crepitante.

—No tengo sed.

Sujeta la tapa y remueve las rosas belle que hay en remojo en el interior.

—La ayudará a relajarse antes de llegar —me sirve una taza. Cuando se lo damos a nuestros clientes, se supone que evita que les tiemblen los brazos y las piernas, aplacan sus nervios y temores, y ayuda a adormecer el dolor de las transformaciones de belleza.

Me lo repienso y bebo de un trago el contenido de la taza. Me quema hasta el estómago y deseo que tuviera el poder de borrar el recuerdo de mi pelea con Ámbar. Quiero olvidar la noche entera.

Echo un vistazo de nuevo al exterior mientras el mundo se convierte en un borrón de luz y color. Alfileres de humo se retuercen y desaparecen en el cielo. Avanzamos por el Barrio del Mercado, todavía ajetreado con comerciantes que venden mercancía más bien adecuada para la noche. Farolillos azul cobalto cuelgan de todas las tiendas y se balancean encima de todos los bares, saludando a los trasnochadores. Los vendedores gritan que tienen los mejores catalejos a la venda; un trío de mujeres estiran sus brazos cargados de brazaletes; un hombre ofrece pipas talladas y polvos que prometen deseos y sueños, mientras otro blande trompetillas auditivas curvadas en el aire como si fueran trompas de elefante. Los ceños fruncidos, el destello de dentaduras y las sonrisas lentas, las molestas lenguas que regatean me asordan.

Los colores de los farolillos cambian y pasan de azules profundos a verdes esmeralda cuando entramos en el Barrio del Jardín.

«El mundo tendría que ser como un jardín con gente tan brillante como las rosas y los lirios y las tulipas, si no, es un desperdicio», me decía maman. Unas torres se curvan sobre tablones pintados en la avenida. Los paseos están llenos de representaciones y caricaturas animadas de famosos cortesanos que nos guiñan el ojo y nos saludan al vernos pasar. Pabellones en forma de rosa venden sidra de melón dulce, champán de melocotón, lionesas esponjosas y pasteles de luna. Los aromas se cuelan por la ventana.

Bree me retira la taza.

—Llegaremos pronto.

Un fulgor escarlata se filtra en el carruaje y me baña los brazos y las piernas de rayas coloradas. Farolillos de belleza flotan por las calles adoquinadas con piedras relucientes, pasan por delante de tiendas desparejadas pintadas en tonos pastel y alineadas como pastelillos glaseados en el escaparate de una panadería. Los comercios se reparten en un laberinto de callejones serpenteantes. Productos belle centellean en los escaparates de cristal. Intento emocionarme y asimilar lo precioso que es todo, pero mi mente me recuerda que no soy la favorita y que no estoy en el palacio. Esto es el premio de consolación.

El Salón de Té del Crisantemo brilla en tonos lavanda y magenta y rojo. Con diez pisos de alto, sus elegantes torreones tienen balcones colmados de enredaderas brillantes que suben por las paredes, escalan tan alto que podrían crecer más allá del salón de té y trazar un camino hasta el dios del cielo. Un pasaje dorado se extiende como una lengua. Farolillos carmesíes descansan en los alféizares de cada ventana y proyectan su sanguinolenta luz hacia el patio. La gente se amontona en los terrenos del salón de té. Los periodistas sujetan cajas de luz. Hombres y mujeres se pegan los binóculos en los ojos. Los niños y las niñas, que ya deberían haberse ido a dormir, saludan con sus manitas.

El carruaje se detiene. La puerta se abre.

—¡Lady Camelia! —un asistente me ofrece su brazo—. Por aquí.

Me bajo y un servicio al completo me espera.

—¡Camelia!

—¡Camelia!

Saludo al gentío que no para de gritar e intento sonreír enseñando la cantidad perfecta de dientes, tal y como Du Barry nos enseñó. Finjo estar contenta.

Me dirigen por el pasaje.

Hago una reverencia, luego saludo a los curiosos antes de que las puertas del salón de té se cierren detrás de mí. El interior derrocha luz, suaves rayos dorados danzan por el suelo. El espacio lleva consigo el aroma de carbón y flores. Una fuente burbujeante rocía agua. El vestíbulo se extiende hasta el centro de la casa. Nueve balcones delimitan el perímetro, con barandillas doradas y ejes negros aceitados que se arremolinan a lo largo de cada planta y se curvan para trazar la forma de las rosas belle. De los altos techos cuelgan arañas, flotan como nubes enjoyadas y bañan cada piso con un delicado fulgor. Una gran escalinata se bifurca como un par de serpientes blanco perla.

Bree me coge la capa de viaje y me sacude el vestido con

un cepillo de mano para deshacerse de polvo, insectos o cualquier otro ocupante indeseado que se me pudiera haber enganchado durante el viaje. Me quita los zapatos y los sustituye por unas pantuflas de seda que me abotona a la altura de los tobillos.

—Gracias —mi conexión con el palacio no está completamente perdida si ella está aquí conmigo.

—No hay de qué, Lady Camelia —hace una reverencia.

Una mujer entra sin prisa, lleva un vestido del color de la miel bajo los rayos del sol con un ligero escote para dejar ver tres collares de diamantes. Lleva la melena larga y elegante recogida en un remolino dorado, y me recuerda a la flor de crisantemo del emblema de Orleans. Las uñas de las manos le relucen como los brillantes colores de sus hojas.

—Camelia —dice—. Soy Madame Claire Olivier, esposa de Sir Robert Olivier, Casa Kent, hermana pequeña de Madame Ana Du Barry, y señora de este glorioso salón de té. Ay, señor, cuantas cosas... —añade con una risita para sí.

Yo le hago una reverencia. Conservo algunos recuerdos de cuando era niña y nos visitaba.

Me sonríe y el pintalabios rojo que le mancha los dientes hace que parezca que se acaba de comer una caja de pastelillos colorados. El sudor le perla el labio superior y la mujer se seca de forma obsesiva la cara con un pañuelo.

—Estamos muy contentos de que la reina te haya puesto aquí. Aunque mi hermana dice que eres muy traviesa y que tienes un temperamento revoltoso. Pero mira qué carita tan dulce tienes. No la creo para nada; puede ser muy quisquillosa —me toca la mejilla—. Venga, pues. Deja que te enseñe el maravilloso Salón de Té del Crisantemo.

La sigo por la gran escalinata. Tintinea al moverse a causa del raro manojo de llaves que lleva colgado en la cintura.

—Hay diez pisos con treinta y cinco habitaciones en cada uno. Antes estaba lleno a rebosar de belles, cuyos libros de citas estaban atestados de cortesanos. La reina tuvo un trabajo de miedo para examinar cuidadosamente a tantas belles con talento para escoger a la favorita. El Carnaval Beauté duraba un mes cuando yo era niña.

Paseo los dedos por el ornamentado pasamano, algunas puertas siguen cerradas y otras dejan ver interiores temáticos con sillas de un blanco níveo con cojines verde amarillento, doseles de color jade y cortinas de color azafrán, paredes fucsias y tapices granates. Imagino cada habitación como el taller de belleza de una belle. Unos farolillos hogareños nos siguen, sus ruiditos producen eco.

Du Barry nunca nos ha contado por qué somos tan pocas ahora.

—Me pregunto si mi hermana todavía sabe educar a las belles —Madame Claire me guiña un ojo.

Yo mantengo la expresión neutra. Las amenazas de Du Barry todavía me resuenan en los oídos.

Madame Claire me enseña su preciosa veranda para los desayunos y el salón de juegos y los salones de té.

—Históricamente, este salón de té era donde venían la reina y sus damas, antes de que la reina Anaïs construyera los aposentos belle en el palacio durante la Dinastía Charvois. Mi familia vive en el décimo piso y tus aposentos estarán en el tercero.

Volvemos a la gran escalinata.

—¿Dónde está mi hermana mayor, Aza? ¿Compartiremos el dormitorio mientras me entrena?

Madame Claire se detiene y se vuelve para mirarme. Arruga los labios y frunce el ceño.

—No necesitarás su ayuda para hacer la transición.

—Pero Madame Du Barry me dijo que estaríamos un mes juntas. Se supone que tiene que enseñarme a hacerlo todo perfecto y a atender a los clientes.

—La envié pronto a La Maison Rouge de la Beauté. Tenía una disposición de lo más desagradable, si te soy sincera. Pero no te preocupes, me tienes a mí. He sido la señora de este salón de té durante cincuenta años. No hay nadie mejor que yo para enseñarte lo que se espera de ti.

Más decepción se amontona en la cumbre de una creciente montaña en mi interior. Pensé que tendría una hermana mayor con quien contar, al menos durante un tiempo. Eso es lo que me habían dicho.

Caminamos por el tercer piso. El servicio abre un par de puertas y Bree y yo seguimos a Madame Claire hacia el interior.

—Estos son tus aposentos —Madame Claire hace un ademán—, y tu servicio imperial estará en los cuartos adyacentes.

La cama más enorme que he visto en mi vida descansa en medio de la habitación. Doseles de terciopelo cuelgan de postes dorados fijados con lazos de gasa. La cama está cubierta de almohadones de seda, hechos de plumones de cisne, y de gruesas mantas bordadas con el emblema de la Casa Crisantemo. Las llamas crepitan y sisean en la chimenea de piedra, a pesar de que ya llegamos al final de los meses cálidos. Unos boles contienen luces de té flotantes y pétalos de flores. Retratos en marcos de oro engullen las paredes. Estatuas de mármol de la diosa de la belleza y de belles famosas se yerguen en cada rincón. Veo a mi madre en la larga línea. Me pregunto qué diría si estuviera aquí. ¿Admitiría su decepción? ¿Me diría que fuera agradecida?

Bree trabaja con las otras para deshacer mi baúl belle. Llevan la caja de belleza hasta el tocador completo con tres espejos y una serie de farolillos de belleza colgados en ganchos. Un libro belle reposa en la mesa, repujado con mi retrato y mi nombre, y una carta de instrucción de Du Barry, que me pide que lo registre todo. Los vestidos cuelgan de un armario tan grande que mi nueva cama podría caber en él.

—El Ministro de Moda ha enviado cien vestidos. Le aconsejé que me gustaría que fueras a conjunto con los colores de la casa, así que ha usado los tonos del salón de té como inspiración —las palabras de Madame Claire se desvanecen en un murmullo distante.

Pienso en la belleza del cuarto donde duerme ahora Ámbar. Mi última escena con ella se repite una y otra vez: el dolor en sus ojos y el ruido que hizo al caerse. La pesadumbre se instala en mí como un globo mensajero con demasiado que entregar. Y aunque esta es una habitación preciosa, de una casa todavía más preciosa y yo soy la segunda belle más importante del reino, todo lo que veo son imágenes de los aposentos belle del palacio, y todo lo que oigo son las palabras de Ámbar, y todo lo que siento es que esta habitación no es lo bastante buena.

—Creo que serás perfecta para este lugar. Hasta parece que ya encajes en este espacio —Madame Claire suelta una risita—. Tu piel tiene el tono marrón perfecto para ir acorde. Los diseñadores han trabajado mucho para asegurar que todo fuera ideal. —Pasa las manos por los muebles, luego se inclina sobre el tocador y se mira en el espejo—. Ay, señor, me he vuelto a poner demasiado pintalabios —se frota los dientes.

El servicio sofoca una risita. Ella se aclara la garganta y las sirvientas enmudecen. Me mira en el reflejo del espejo:

—Pensaba que la reina te escogería a ti.

Le devuelvo la mirada y las lágrimas se me agolpan en los ojos.

—Tu exhibición fue de lo más inteligente. Yo te apoyé a ti porque lo hiciste extremadamente diferente de las otras. Y porque hiciste enfadar muchísimo a mi hermana.

Hago una reverencia para que no vea la sonrisa que crean sus palabras.

—Gracias, Madame.

—Pero Ambrosia es la favorita adecuada para la familia real actual —confirma, y mi felicidad momentánea desaparece como una burbuja estallada—. Ya han tenido bastantes conflictos. Necesitan a alguien que haga exactamente lo que se le dice.

—Yo podría haberlo hecho —respondo, aunque las palabras se me antojan una mentira.

Madame Claire camina hasta mí y me coloca una mano en la mejilla.

—¿A quién intentas engañar, a ti o a mí? —me sonríe, el pintalabios ahora le mancha todavía más los dientes, y se inclina hacia delante para olerme—. Hueles a lavanda, qué encantador. Estoy muy contenta de tenerte aquí. Mañana empezaremos a trabajar. —Se excusa antes de irse y envía a las enfermeras para analizar mis niveles de arcana.

Me subo a la cama demasiado grande y dejo que las enfermeras me pinchen y me puncen. Cuando se van, cojo el busto de mi madre y lo coloco a mi lado en la almohada. Paso los dedos por los rasgos de su rostro, tallados en piedra rosácea, cristal y cuarzo blanco.

—¿Qué debería hacer, maman?

Cierro los ojos y me la imagino a mi lado. El aroma de su pelo, el tacto de su piel, el sonido de su respiración. Paro mucha atención a su voz, como si fuera un susurro lejano.

«Haz lo que te han dicho que hagas», me diría.

—¿Qué pasa si no quiero?

«Debes hacerlo. La reina ha tomado su decisión. No te educamos para codiciar el destino de otros. Hacerlo permite a la serpiente del dios de la envidia entrar en tus venas».

—Grité a mi mejor amiga.

«Jamás debes dejar que la ira te sobrepase. Hacerlo te ciega, te rompe el corazón.

—Lo siento, maman. Siento haber fracasado. No trabajé lo bastante duro.

Espero su voz. Espero que me diga que no pasa nada. Espero para sentir sus brazos cogiéndome por la cintura, sentir el suave latido de su corazón contra mi espalda.

No llega nada.

Me hundo en el nuevo colchón, desearía que tuviera el hueco que dejó maman en la cama de nuestra casa, y me sumo en sueños de decepción.

Ruidos extraños y nuevos olores me despiertan temprano y me arrastran al nuevo día. Desayuno en la veranda y repaso una lista de citas matutinas.

Señorita Daniela Jocquard, Casa Maille 7.00

Lady Renée Laurent, Casa de Seda 8.00

Condesa Madeleine Rembrandt, Casa Glaston 9.00

Lady Ruth Barlon, Casa Eugene 10.00

Duquesa Adelaida Bruen, Casa Pomanders 11.00

El pequeño salón de tratamiento tiene las paredes azules y una forma circular, como el interior de un huevo de petirrojo. El servicio trabaja para ahuecar cojines y cubren la larga mesa con mantas. Bree abre mi caja de belleza y dispone los instrumentos en una bandeja de plata.

Un tragaluz revela nubes enfadadas, listas para soltar truenos y lluvia. Es como si el cielo reflejara mi interior.

—Lady Camelia —susurra Bree.

—¿Sí?

—Sus primeras clientas han llegado al salón. El té ya está servido.

—Gracias.

Respiro hondo y me aliso la parte frontal del vestido de trabajo amarillo canario. Bree me aprieta el hombro y le dedico una sonrisa de agradecimiento.

Madame Claire entra a grandes zancadas.

—Camelia, querida, ¿cómo estás esta mañana? —el pintalabios sangra por su sonrisa. Se seca el sudor de la frente.

Hago una reverencia.

—Bien.

—Confío en que has dormido bien —me acaricia el hombro—. Es tu primer día aquí, así que quería ver cómo estabas.

—Estoy bien.

—No paras de decirlo —arruga la nariz.

—Porque lo estoy.

Me lanza una mirada suspicaz pero no dice nada más, echamos a andar juntas hacia la sala de espera adyacente. Una niñita se mueve en círculos, persigue un leoncito de peluche animado de color tostado.

—Ven aquí, Chat. Pequeño Chat, vuelve. —El leoncito de peluche animado gañe un rugido diminuto cuando la niña le tira de la cola. El mandil enjoyado se infla alrededor de su cinturita y el sombrero que lleva en la cabeza amenaza caerse. La niña no tendrá más de cinco años. Su elegante madre la coge y le pide que se siente.

—Lady Jocquard y señorita Daniela, dejen que les presente a la nueva belle del Salón de Té del Crisantemo, a su servicio.

Hago una reverencia.

—Soy Camelia Beauregard.

—Sé perfectamente quién eres —responde Lady Jocquard

al tiempo que me saluda con mi postal belle—. Y estoy bastante emocionada por ver lo que realmente eres capaz de hacer. Será un verdadero alivio volver a trabajar con una belle oficial.

—¿Oficial? —pregunto.

—Eres la belle oficial del Salón de Té del Crisantemo, Camelia —dice Madame Claire—. Os dejo para que discutáis los tratamientos de Daniela.

La niña se sube a un pequeño sillón orejero. Le cuelgan las piernas y hace sonar los pequeños talones al juntarlos.

—¿Eres la nueva belle? —su voz es tan pequeña como ella misma.

—Sí —me siento en la butaca que tiene al lado. Me clava sus enormes ojos avellana y parpadea muy rápido, como si yo fuera a desaparecer.

—Camelia —dice.

—Lady Camelia —corrige su madre.

Hago ademán de cogerle la mano.

—No parece que necesites ningún trabajo. ¿Puedo echar un vistazo más de cerca?

Daniela se pone en pie y la hago girar como una peonza en miniatura.

—¿Estás segura? —Daniela me coloca una mano en el oído para susurrar—. Madre dice que soy un completo desastre.

La niñita solo necesita unos pocos retoques: una capa nueva de pigmento cutáneo, un iluminador de ojos y un refuerzo para la textura del pelo.

—Podríamos darte una cola y quizás unos bigotes, así los dos iríais a conjunto —señalo el leoncito de peluche animado que le lame la pierna.

Ella lo coge en brazos y arrima el rostro contra su pelaje.

—¿De verdad?

—Tonterías —dice Lady Jocquard—. Su aspecto ha sido un desastre últimamente. ¿No le ves los ojos y la nariz? Siempre han sido un problema. Su base natural está dañada.

Los ojos de Daniela están un poco hundidos, como dos huevos de pinzón en un nido, y su nariz se curva hacia la izquierda. Quiero decirle que la naricita torcida de Daniela le da su carácter, su individualidad natural, no creada por las belles. Quiero recordarle que los huesos de Daniela siempre acabarán por volver a su forma original y que algunos son más tozudos que otros. Quiero decirle que los rasgos distintivos de Daniela la hacen parecer dulce y curiosa.

—Me gustaría que le dieras una tonalidad nueva y más oscura a su pelo, y que le trabajes el rostro —indica Lady Jocquard—. Quizás tengamos que discutir si darle uno completamente nuevo en algún momento.

—Es una niña preciosa...

Se burla y luego coge una bolsa de su bolsillo y la hace tintinear.

Un largo silencio se extiende entre nosotras. La miro fijamente a los ojos.

—Me gusta que mi hija tenga un aspecto determinado. Tiene que aprender a mantenerse bien a sí misma. Incluso a su edad. —Lady Jocquard chasquea los dedos a su asistenta—. Aquí está una tabla de belleza que he creado yo misma. Me gustaría que su piel fuera del color del cielo nocturno, pero con un matiz azulado. Le echaré un poco de la purpurina en polvo que lleva la cantante de ópera Geneviève Gareau. ¿La viste en el *Tribuno Trianon*? No hacía más que brillar. Será la próxima tendencia, no cabe duda. Toda mi familia será la primera en llevarla.

Su asistente me acerca la pizarra. Manchas de color se extienden por un viejo retrato de Daniela. Muestras de texturas de pelo delinean el perímetro y despliegan un abanico de peinados: en un moño, liso, grueso, ondulado, fino, rizado y suave. Los retratos de otros niños de la corte rodean el suyo.

Paseo la mirada de la pizarra a Daniela y luego a su madre. Ojalá Lady Jocquard pudiera verla igual que yo.

—De verdad que me encanta cómo la señora Élise Saint-Germain de la Casa Garlande lleva a sus mellizos. Ya sabes, los periodistas los han sacado en los últimos bellezascopios para niños. Dos veces. Siempre los lleva perfectos.

—¿Ha pensado en dejarla...?

Levanta una mano.

—No he venido aquí para discutir lo que es mejor para mi hija. He venido aquí para gastar dinero. Puedo ir en un momento al Salón de Té de Seda y asegurarme de que todas mis amigas cortesanas sepan exactamente el tipo de experiencia que se obtiene al venir aquí contigo.

Las mejillas me arden y el corazón me da un vuelco. Tartamudeo una disculpa.

—Preferiría que fueras empezando. Ahórrate las formalidades.

Sus palabras son como una bofetada.

—Claro, por supuesto; primero hacia los baños —indico.

Daniela me quiere con ella a cada paso del proceso. La llevo a los baños onsen. Los farolillos de belleza se deslizan por la habitación, las velas flotan en tres pequeñas piscinas:

la primera está llena de pétalos de rosa, la segunda tiene una espesa infusión de aloe y la última contiene sal, sulfuro y vapor. Cuatro habitaciones de cataplasmas se alinean en la pared, contienen la promesa de la curación que atesora la arcilla roja, el carbón de roble, la gema amatista y el ónice azul.

Daniela se baña en cada piscina y visita cada habitación de cataplasmas solo por echar un vistazo. La niña entrelaza su mano con la mía cuando entramos al salón de tratamiento. Su madre nos sigue muy de cerca.

La larga mesa corta el centro de la habitación como si fuera un cuchillo. El servicio ahueca los almohadones y coloca mantas.

—Necesitará más té —anuncia la señora Jocquard—. Lamentablemente tiene una tolerancia al dolor baja.

—Bree, ¿te importaría traer un poco más? —le pido.

Vuelve con una bandeja de teteras y sirve una taza a Daniela. Bree añade tres cubitos para enfriarlo. Daniela se atraganta e intenta escupirlo.

—No, no, bébetelo todo. —Su madre presiona la taza contra los labios de Daniela y la inclina hacia arriba. La mayoría del contenido gotea por la barbilla de la niña, que no para de moverse, pero la insistencia de la madre aumenta. Le quitan el mandil empapado y la niña balancea los brazos y las piernas desnudos.

Llevo a la niña hasta la camilla de tratamiento.

—Te mueves como un bichito.

La niña suelta una risita.

—¿Me harás bonita? ¿Qué harás?

—Es un secreto. —Le coloco una mano cerca del oído y

noto la inmensidad de su sonrisa—. Ya eres muy guapa. Te haré la niña más preciosa del mundo entero.

La niña ahoga un grito de sorpresa y se gira para susurrarme al oído.

—Eso me gustaría mucho. A maman también. Así dejaría de estar siempre tan preocupada.

—Eso espero —le ahueco la almohada—. Hora de empezar. ¿Estás lista?

Asiente con la cabeza. Examino los rasgos de Daniela. Le paso los dedos por el pelo tieso; los mechones me recuerdan a la paja de los establos que teníamos en casa. El color marrón es apagado y cenizo en las raíces. Un millón de aspectos me pasan por la cabeza, como un mazo de cartas que se barajan.

—¿Lo harás? —pregunta Daniela.

—Sí —respondo, intentando que no me tiemblen las manos—. Estoy pensando. Cierra los ojos.

—Pero quiero ver qué haces —protesta.

Lady Jocquard se acerca a la camilla.

—Haz lo que dice la belle, venga —su voz me sobresalta.

Cierro los ojos. Aparto de mi mente el ruido de los tacones de Lady Jocquard. El cuerpo se me calienta como si me hubiera tragado una estrella ardiente. Maman decía que estábamos hechas de polvo de estrellas, de la diosa de la belleza en persona, y que nuestras arcanas se podían ver como un cometa que nos cruzara por dentro.

Su voz me guía. «Sé delicada, ve despacio. Los niños necesitan un toque suave. Naciste sabiendo cómo hacer esto».

Se me hinchan las venas del cuerpo. Sobresalen en mis manos.

Daniela aparece en mi mente como un retrato: piel pastosa, pelo apagado, ojos hundidos, nariz torcida, rostro alargado. Bree y yo le cubrimos las extremidades con cosméticos y le oscurecemos la piel. Le coloco una malla marcada con cuadrantes en la cara. Pinto un color nuevo en un mechón de pelo. Me imagino un cuervo reposando encima del hombro de Daniela y le oscurezco el pelo para que conjunte con sus alas. Tiro de su pelo con suavidad para forzarlo a crecer y pronto le cae por encima de los hombros como cintas rizadas.

—¡Ay! —hace una mueca de dolor. Gotitas de sudor le colman la frente. Se muerde el labio inferior y rompe a llorar. Acaricio el hombro de Daniela. Las lágrimas le ruedan por las mejillas y mojan la malla.

—¿Quizás deberíamos parar un momento? —le planteo a su madre.

—No, no le pasa nada, siempre hace lo mismo —responde—. Ahora será la niña más preciosa del mundo —sujeta los brazos de Daniela, pero la cría empieza a patalear y a gritar. Los estridentes gritos me golpean el pecho. El servicio corre a ayudar a Lady Jocquard para sujetar a la niña.

Intento trabajar más rápido. Le perfecciono el pelo, hago que los mechones caigan ondulados y le añado un destello brillante como el del pelo negro de Padma, y lo hago más grueso en la coronilla. La niña aúlla todavía más fuerte. Sacude la cabeza a izquierda y derecha. La malla cae al suelo.

—Necesito que se esté quieta.

—¡Para inmediatamente! Enviaré a Chat para que te disequen ahora mismo como si fueras una muñeca —amenaza Lady Jocquard. Daniela se queda petrificada y empieza a gimotear. Lady Jocquard le sujeta la cabeza con firmeza para que no se mueva del sitio.

Le realzo un poco los ojos para que no estén tan hundidos en las cuencas, como cucharillas cogiendo huevos de una huevera. Sus chillidos se vuelven fríos y agudos como el hielo. Me estremezco ante cada crescendo. Le enderezo la nariz para que tenga la inclinación perfecta. El hueso sobresale y se rompe. Bree le sujeta un pañuelo en la base y un pequeño riachuelo de sangre mana de la nariz. Suavizo la fractura.

—Basta ya de tanto griterío, Daniela —espeta Lady Jocquard a voz en grito—. Para de comportarte de este modo. Empiezas a dar vergüenza.

—Ya estoy —anuncio.

El llanto de Daniela se convierte en hipo.

—Esto... Yo... Esto...

—Sécate la cara —le dice Lady Jocquard—. Y que alguien traiga un espejo —chasquea los dedos hacia Bree.

Bree sale corriendo y vuelve con un espejo. Ayudo a Daniela a sentarse. Su piel está caliente al tacto. La niña echa un vistazo al espejo. Jadea pero me lanza una sonrisa dolorida.

—¿Lo ves? —Lady Jocquard se cierne sobre Daniela—. Sencillamente preciosa. Me encanta. —Me mira y añade—: Tienes mucho talento. Eres mucho mejor que las otras que hay en este salón de té.

—¿Las otras?

Las sirvientas se aclaran la garganta. Dos de ellas intercambian una mirada.

—¿Qué ha querido decir, Lady Jocquard?

—La última belle que había —explica.

—Lady Camelia —empieza una sirvienta—. Su siguiente clienta ya está aquí.

Me dirige hacia delante mientras Lady Jocquard sigue cotorreando.

—Muy buen trabajo. Puedes estar segura de que se lo diré a Madame Claire —asegura mientras las puertas se cierran detrás de mí.

El resto del día sigue como un destello. Las mujeres acuden con sus pizarras de belleza, asistentas y amigas. Altero cuerpos, cambio colores de pelo y tonos de piel, concedo a un hombre la voz de un pájaro cantor, borro las líneas de edad que presenta e intento tranquilizar a los cortesanos sobre lo guapos que son. Finalmente, me arrastro hasta la cama, todas y cada una de las partes de mi cuerpo están exhaustas.

Sin embargo, las piernas y los brazos me zumban con el fervor del día y no puedo dormir. Contemplo postales belle dibujadas a mano y busco la mía. Los retratos de mis hermanas sonrientes —y los de generaciones pasadas de belles— están enmarcados en líneas circulares.

Estoy en el medio de la última baraja. Mi rostro me mira con fijeza: ojos sonrientes, un moño belle lleno de pétalos de camelia, un rubor rosáceo en las mejillas morenas y el emblema belle estampado en el pecho. Bajo la imagen, una bella caligrafía anuncia mi nombre completo, Camelia Beauregard, y mi mejor arcana, Aura. El espacio para el destino dice: Salón de Té del Crisantemo.

Paso el pulgar por encima. Quiero borrarlo y escribir «favorita». Entonces giro la postal a izquierda y derecha, mi diminuto retrato me guiña el ojo. Vuelvo a mirarlas todas, clavo la vista en los rostros de mis hermanas y echo de menos el sonido de sus risas y los ruidos de su compañía. Me detengo en la de Ámbar, sus ojos contienen un brillo como si escondieran un secreto; su moño belle parecen llamas recogidas con un lazo. Al rotar su postal, sonríe. Le paso un dedo por la boca mientras me pregunto si jamás volverá a sonreírme.

Coloco la baraja bajo la almohada. El servicio apaga todos los farolillos nocturnos de mi habitación excepto uno. Corren el dosel de mi cama. Fijo la mirada en el baldaquín y espero que los sueños se me lleven. Maman siempre decía: «Los sueños nos recuerdan quiénes somos y cómo sentimos lo que nos rodea». Sin embargo, mi mente es un entuerto frenético de preocupaciones que me despiertan cada vez que me adormilo. ¿Me perdonará Ámbar? ¿Seré capaz de ayudar a la gente de Orleans a descubrir su belleza y hacer sentir orgullosa a mi madre? ¿Encontraré la manera de aceptar que estoy destinada a estar aquí, en lugar de en el palacio?

El revuelo de pies enfundados en tacones y el murmullo de leves llantos se esparcen por la casa. Presto atención unos instantes, pienso que quizás sea una sirvienta. Los llantos persisten.

Me pongo un batín del armario y camino hasta la puerta de mi habitación.

Está cerrada. Sacudo el picaporte. Se abre, pero no desde mi lado. Una sirvienta con ojos adormilados me mira fijamente.

—Lady Camelia, ¿puedo ayudarla?

—Alguien llora. ¿Qué pasa?

—Yo no he oído nada, señorita.

Paso a su lado hasta el vestíbulo. Presto atención de nuevo. El zumbido de los farolillos nocturnos y los sonidos de una de las fiestas de Madame Claire llegan hasta la entrada. El tintineo de copas, las risitas de las mujeres emocionadas, las risotadas de los hombres.

—Lo he oído.

—Quizás era un farolillo nocturno. Chirrían un poco cuando las velas están a punto de consumirse —me explica—. Debe ser eso —intenta guiarme de vuelta a mi habitación.

Afianzo los pies en el suelo. La sirvienta me evita la mirada. El brillo del sudor le perla la frente.

—¿Por qué mi puerta está cerrada? Y, ¿dónde está Bree?

—Es solo una precaución, señorita —dice—. Su seguridad es importante para Lady Claire. Bree está cenando. ¿Quiere que la vaya a buscar?

—No, no pasa nada —vuelvo a entrar en mi habitación.

—Buenas noches, señorita —me dice antes de cerrar la puerta. El diminuto clic del cerrojo resuena.

—Buenas noches —le susurro también.

Me muerdo el labio y voy hasta la pared que hay detrás de la cama. Paso los dedos por el precioso papel pintado de crema de damasco. Levísimos soplos de aire se abren paso a través de los paneles.

—¿Bree? —murmuro.

No hay respuesta.

Pego un codazo a la puerta secreta que Bree usa para

entrar a mi habitación. Los paneles giran hacia delante para mostrar su habitación.

Dos lámparas de aceite proyectan un fulgor amarillo por el espacio como un par de enormes ojos que vigilan los movimientos en la oscuridad. De las paredes cuelgan armarios que contienen vajillas y cubertería, montones de seda, lino, velas y botellas de todo tipo. Unos cuantos sillones orejeros están repletos de colada. Una pila que llega a la altura de la cintura reposa a sus pies. Encima de un reposapiés descansa una cena a medio comer que consiste en una sopa y un mendrugo de pan con queso. El bol todavía humea.

Presto mayor atención al llanto. Unos sollozos agudos se oyen bajo los ruidos de la fiesta. Salgo por la puerta trasera de la habitación y voy a parar a un salón embellecido con sofás bermejos y mesitas de té de marfil. Me deslizo hasta la escalinata trasera que usan las sirvientas. Unos farolillos nocturnos me siguen como si supieran que yo no debería estar fuera de la cama o usando esas escaleras. Sigo los ruidos de llantos y las risas.

Un par de puertas oscuras conducen hacia habitaciones desgarbadas y llamativos aposentos. Los llantos aumentan cada vez más junto con el crescendo de las risas. Entro en un salón de té adyacente y echo un vistazo a la sala de la fiesta. El suelo es de mármol con ribetes dorados, unas tumbonas acojinadas con tonos índigos y carmesíes están dispuestas en círculo, bandejas de diferentes pisos están repletas de tartaletas y pastelitos y frutas azucaradas y los farolillos de belleza zumban por encima de los asistentes bien vestidos y les proyectan la cantidad perfecta de luz para favorecerles.

—Todo irá bien, Sylvie —asegura una mujer.

—En realidad no está tan mal —añade otra.

—¡Pero si es terrible! —grita la mujer—. Todas mentís.
—Camina hasta el centro de la habitación y su vestido flota
a su alrededor, manchado de sangre fresca. Un profundo
arañazo en forma de hoz le cruza el rostro. Se da golpecitos
con un pañuelo.

—Los hombres todavía te encontrarán atractiva —dice
una tercera persona.

—No hables por todos los hombres —replica una voz
masculina, y su ronca risotada retumba en la habitación.

—Bueno, y si no, tu fortuna les atraerá igualmente —comenta alguien.

—No me importa si los hombres me quieren. Que las
otras mujeres me encuentren bella vale más leas que el afecto de ningún hombre —espeta la mujer herida.

—Todo se puede arreglar —grita un hombre—, con la
cantidad adecuada de monedas. Y todos sabemos que tienes
muchísimas.

—No puedo creer que tu osita de peluche animado te
haya hecho esto. ¿La compraste en Fardoux? Espero que
devuelvas esa pequeña bestia —dice una mujer.

—¿Dónde está, por cierto? ¿Correteando por la habitación, lista para herir a alguien más? —pregunta otro hombre.

Las mujeres gritan y miran por todas partes, incluso bajo
las sillas y las tumbonas.

—Está por ahí escondida —responde la mujer herida—.
¿Dónde está Claire con la belle? Me da un miedo terrible
que se me pueda caer la piel. Ve a buscar a Madame Claire

—espeta a una sirvienta que tiene cerca—. Y dile que su hospitalidad deja mucho que desear, no me gusta que me hagan esperar.

La sirvienta sale corriendo. «¿La belle?». Entro en pánico y me pregunto si Madame Claire está en mi habitación ahora mismo, buscándome. Me vuelvo para irme, pero oigo la voz aguda de Madame Claire.

—Estamos aquí. Acudimos al rescate —chirría.

Vuelvo a mi escondrijo de detrás de la puerta. Madame Claire desfila por la habitación con una chica que lleva un moño belle y un velo. El corazón se me desboca. «¿Es Aza? ¿Me mintió acerca de mi hermana mayor?».

Estiro el cuello para mirar.

La mujer con el vestido rojo gira alrededor de la belle.

—¿Por qué no puedo tener la nueva belle? Camelia, ¿verdad?

El sonido de mi nombre me retumba en el pecho.

—Lady Sylvie, Camelia acaba de llegar. Su agenda está hasta los topes de citas diurnas. No trabaja después del crepúsculo. Reservo a belles específicas por la noche.

«¿Belles por la noche?».

—Esta bastará; y tiene talento —afirma Madame Claire.

—Quiero verla antes de que me haga nada —exige Sylvie.

La belle gimotea y llora. Es el mismo sonido que he oído antes. Ese dolor me provoca un escalofrío que me recorre la piel.

—¿Qué le pasa? —pregunta Sylvie.

El resto de asistentes se echan a reír.

—Es que está nerviosa —le asegura Madame Claire. Aprieta con más fuerza el brazo de la belle.

—Apártale el velo. Déjame verla —exige Sylvie—. Rápido.

—Quizás deberíamos ir a uno de los salones de tratamiento. Tenemos docenas. Cualquiera que satisfaga su elegancia. Sería más apropiado inspeccionarla en uno de ellos.

—Me da igual lo que es adecuado. Quiero acabar con esto cuando antes para poder seguir divirtiéndome. Hemos venido al Barrio de la Rosa antes de la estrella de medianoche. Tenemos una carta de juego. Necesito que me arreglen ahora mismo.

Madame Claire fuerza una sonrisa.

—Sí, claro, por supuesto.

Aguanto la respiración.

—Levántate el velo, Delphine —ordena Madame Claire.

«¿Quién es Delphine?». Estiro todavía más el cuello. La belle descubre lentamente su rostro, pero está de espaldas a mí y no puedo ver nada.

Sylvie se inclina hacia delante y frunce el ceño.

—¿Por qué tiene este aspecto?

—No todas son idénticas. Ni igual de bonitas. Es un arte impreciso, eso es lo que dice mi hermana.

Sylvie gira a la belle para que todo el mundo pueda inspeccionarla. Presiono el rostro tan cerca de la puerta que la empapo de sudor. El perfil izquierdo de la belle está surcado de profundas arrugas, como si fuera cera derretida. Me cubro la boca con una mano y doy un paso atrás.

«¿Qué es eso? ¿Qué pasa?».

—No la quiero —afirma Sylvie—. Te exijo que despiertes a Camelia —coge una bolsa de monedas de entre los pliegues de su vestido y la hace tintinear—. Estoy lista para gastar miles de espíntrias por las molestias. Y no querrás que

147

me marche al Salón de Té de Seda, porque iré y me llevaré a todas mis amigas ricas conmigo.

Madame Claire tiembla y junta las manos, casi como si suplicara. Señala a una sirvienta que está cerca.

—Despiértala. Que Camelia se levante y se vista.

Salgo corriendo de la habitación, y de vuelta por la entrada de servicio llego hasta la escalera. Paso volando por el cuarto de Bree, que pega un salto en su butaca.

—Lady Camelia, ¿qué hace...?

—Te lo explicaré después. —Me meto por la puerta de paneles y entro a mi habitación, justo cuando se oye el clic del cerrojo. Abro el dosel y me meto bajo las mantas.

La puerta se abre de golpe.

Oigo el suave sonido de pasos que se acercan y el susurro de voces. El dosel se abre. El corazón me late contra el pecho, como si quisiera salir. El sudor me empapa la ropa.

—Lady Camelia —llama una voz.

Mantengo los ojos bien cerrados. No me muevo.

—No se despierta —susurra a otra persona. La mujer vuelve de puntillas hasta la puerta—. Dile a Madame Claire que está profundamente dormida.

Espero que se vayan e intento calmar mi respiración. Cuando todo vuelve a estar en silencio, salgo de la cama y vuelvo a la pared de paneles.

—Bree —susurro.

La puerta se abre de golpe.

—Sí, Lady Camelia. ¿Qué sucede?

—¿Hay otras belle en este salón de té?

—Creo que no.

—He visto a una.

—¿Una de sus hermanas?

—No, otra persona.

—¿Una hermana mayor?

—Conozco a todas mis hermanas mayores. Lo he memorizado todo sobre ellas. Esa era otra persona. Alguien a quien no he visto en mi vida. Tenía el rostro mutilado. Se llamaba Delphine. ¿Puedes ayudarme a descubrir quién es?

—Por supuesto.

Un fuerte golpe aporrea la puerta.

—Camelia —llama la voz de Madame Claire.

—No quiero hablar con Madame Claire hasta que descubra qué pasa. Dile que tengo el sueño profundo, que soy de las que no se despiertan fácilmente una vez en la cama. Échale las culpas al uso de mis arcanas. Rápido.

Me vuelvo a meter en la cama y me cubro por completo con las mantas. Bree se apresura hacia la puerta.

Bree y Madame Claire intercambian una serie de murmullos frenéticos.

Yazgo congelada cuando Madame Claire me inspecciona. Aguanto la respiración hasta que oigo la puerta cerrarse de nuevo.

15

LOS DÍAS CÁLIDOS SE VUELVEN GÉLIDOS Y LOS ÁRBOLES QUE hay alrededor del salón de té empiezan a resplandecer con tonalidades brillantes de dorado y naranja y rojo. Madame Claire está siempre preocupada por el dinero y quiere competir contra los otros salones de té por ser el mayor negocio. Los estallidos de su ábaco de cuentas de colores marfil y púrpura llenan el salón principal cada mañana, y los ruidos estrepitosos de sus cajas fuertes para las espíntrias llenan cada noche. Y, sin embargo, los libros de citas de mañanas y tardes permanecen imposiblemente llenos. Cada noche es anfitriona de fiestas; las risas se esparcen bajo las luces de araña, corren por cada balcón, y la melodía de sollozos y llantos las oculta.

Pregunto a Madame Claire por las otras belles del salón de té al menos una vez al día, y ella se deshace de mis preguntas como el polvo de una mesita de té.

—Tonterías, tú eres la única Belle de este salón.

Pero los sonidos de puertas correderas, ruedas de carruaje y pasos resuenan por toda la casa, y cada vez que abandono mi cuarto para explorar, una sirvienta me devuelve al lugar en el que se supone que tengo que estar.

Pienso en el rostro de aquella belle y me pregunto si de verdad era una belle real. Me pregunto si Madame Claire intenta engañar a otros además de a mí. Ojalá mis hermanas estuvieran aquí para ayudarme a descubrirlo todo, especialmente Ámbar. Si estuviéramos en casa, ya habría diseñado un plan a gran escala con centinelas y mapas y reuniones secretas. Sigo a Ámbar en los periódicos para sentirme más cerca de ella, pero las historias me confunden.

LA FAVORITA DESLUMBRA A LA CORTE
CON SU ARCANA COMPORTAMIENTO

LAS DAMAS SE QUEJAN DE LA ELECCIÓN
DE COLORES DE LA FAVORITA

LADY AMBROSIA RESTITUYE EL ROSTRO DE UN HOMBRE
DESPUÉS DE UN PELIGROSO ACCIDENTE

PILLAN A LA FAVORITA LLORANDO DURANTE
UNA COMIDA EN LA CORTE

¿NECESITA ENCANTO? LA FAVORITA PUEDE DARLE
CUALQUIER RASGO QUE JAMÁS HAYA QUERIDO

Los periódicos de cotilleos y las revistas de escándalos muestran imágenes de una Ámbar ceñuda al lado de la princesa.

Pienso en ella cada día. Le escribo docenas de cartas que rompo antes de acabar y preparo docenas de globos mensajeros que no tengo suficiente coraje para enviar. Como una estúpida, espero que llegue un globo mensajero de palacio de su parte. Compruebo el correo del salón de té cada día, a la espera de ver sus sobres lilas.

Recibo globos mensajeros de todas mis hermanas excepto de Ámbar:

Camille,

Las nuevas bebés belle están aquí. Tienen mejillitas dulces y llantos levísimos. Tienes que venir a casa para verlas si puedes.

¿Ya has empezado con nuestra lista? ¿Has visto todo lo que planeábamos cuando éramos pequeñas?

Te echo de menos.

Te quiere,

Valerie

Camille,

Ámbar me ha estado escribiendo. Lo está pasando muy mal. Espero que tú también le escribas. O todavía mejor, que la vayas a visitar.

Te quiere,

Padma

— *Camille,*

Una de las pequeñas belle bebés es idéntica a ti. Hasta tiene la misma peca que tú bajo el ojo derecho y el hoyuelo en la mejilla.

Mañana pintarán sus retratos. Robaré una de las copias y te la enviaré.

Crecen muy rápido. Solo hace una semana que nacieron y ya parece que tengan tres años. ¿Tú sabías que crecemos tan rápido?

Te quiere,

Valerie.

Camille,

Du Barry no nos contó que esto sería tan duro. Estoy muy cansada. Madame Alieas me hace trabajar horas y horas. Ni siquiera me deja ir a Laussat para explorar ni ver nada de las Islas de Fuego.

La diosa de la belleza no nos bendijo. Nos maldijo.

No quiero hacer esto.

Edel

Camille,

No puedo dormir. Hay muchos ruidos en el Salón de Té de Cristal: llantos y gritos hasta bien entrada la noche. Nadie me dice qué pasa. Jamás había deseado tanto volver a casa. Siempre habíamos querido dejar La Maison Rouge de la Beauté y ahora solo quiero volver.

¿Qué tal va en el Salón de Té del Crisantemo?

Hana

Les escribo y le explico a Hana que yo también he oído ruidos aquí, y que he visto el aspecto de otra belle. Envío globos mensajeros magenta por la ventana.

Los días se llenan con la monotonía del trabajo solitario: desayuno, citas de belleza, comida, más citas de belleza, cena, el caer de las bolsas de espíntrias en la oficina de Madame Claire, una visita de las enfermeras con las sanguijuelas, y a la cama, solo para oír los ruidos nocturnos de fiestas y llantos.

Esta mañana la casa bulle con más actividad que nunca. Han encendido todos los farolillos hogareños —los diurnos, vespertinos y nocturnos—, han mullido todas las sillas y sillones, han abierto todas las puertas para exponer el rojo grosella y el fucsia y el rico amarillo mantequilla de las habitaciones a las que dan paso.

Me inclino sobre la barandilla del balcón de mi cuarto, echo un vistazo al gran vestíbulo que hay debajo. Me escabullo por la gran escalinata sin que nadie me vea. La melodía de preparación esconde mis pasos: el tintineo del cristal, el retintín de la cubertería de plata, el repiqueteo de los platos de porcelana, los gruñidos y susurros del servicio.

La terraza para los desayunos está abierta. La luz del sol y una persistente brisa se cuelan hacia el interior. Las narices doradas de carruajes imperiales se asoman entre los árboles que rodean el salón de té. Tiene que haber gente importante en algún lugar de la casa. Una sirvienta me acomoda en el único asiento vacío que hay en la mesa y añoro la redonda de casa al lado de mis hermanas. Me colocan delante platos de gofres pequeños, huevos hervidos, quiches diminutos, racimos de uvas y pastelillos de luna dulces.

Cojo algo de comida. A Valerie le hubieran encantado esos gofres pequeñitos y a Hana le gusta todo y nada que tenga huevo. Ámbar habría pedido melón dulce. Padma habría fruncido el ceño al ver las rodajas de carne cortadas en forma de estrellas. Edel habría puesto problemas y habría pedido algo distinto, una tortilla o una tostada dulce.

Los periódicos descansan amontonados. Sus titulares laten y parpadean en las portadas y me llaman la atención.

LA BELLEZA ES TODO CUANTO PLACE A LA DIOSA

LA CLARIDAD SIEMPRE GUSTA: NUEVO
PRODUCTO BELLE PARA ILUMINAR LA PIEL

PILLAN A LA QUERIDA DEL REY LLEVANDO SU EMBLEMA REAL

Se oye un estallido de cristal hecho añicos y fuertes pisadas entran como una exhalación en el salón de té.

—Intenta limpiarlo todo —grita una sirvienta.

—Coge una escoba —ordena otra.

—Cierra las puertas —estalla una tercera.

Corro al pasillo. El vestíbulo está lleno de globos mensajeros negros como la medianoche que traen cotilleos. Uno detrás de otro, cruzan la puerta como un enjambre de abejas que van a la colmena, zigzaguean a izquierda y derecha, chocan contra una araña de farolillos acabados de encender, manchan el mármol con sus chispas oscuras.

Me echo contra la pared más cercana con la respiración entrecortada.

—¿Qué pasa? —pregunto.

Nadie me contesta.

—Cerrad el patio —chilla Madame Claire.

Aguanta cerradas las puertas principales para ahuyentar manos que sujetan plumas y libretas de pergamino marcados con el emblema de la casa de los periodistas.

Los cuerpos se echan contra las puertas. Un caos de hombres y mujeres se clavan contra los cristales, golpean y aporrean todas las ventanas. Me pongo las manos en el estómago, el latido de mi corazón me abruma todo el cuerpo. Los puños llaman. Los gritos y los chillidos me atacan los oídos. En una de las ventanas, una grieta en el cristal se extiende como un rayo, como si estuviera determinada a dejar entrar a la gente.

El servicio corre las cortinas. Bree corre a mi lado, tiene el rostro sonrojado y sudoroso.

—¿Qué pasa? —le pregunto.

—Todo el mundo dice que ha pasado algo en palacio —me susurra.

Madame Claire echa una serie de cerrojos y luego cae al suelo, exhausta. El maquillaje le corre por el rostro. Una sirvienta la ayuda a llegar a la butaca más cercana.

—Madame Claire —corro adelante, ahuyento los globos mensajeros—. ¿Qué es todo esto?

—No lo sé —jadea, luego hace una señal a una sirvienta—. Usa el circuito de teléfono para llamar a la guardia.

—Madame, el correo de la reina ha llegado por la puerta trasera —anuncia una sirvienta mientras se abre paso entre cintas relucientes de un globo mensajero dorado y níveo. Flota por encima de la cabeza de Madame Claire como un sol pequeño y rutilante. La mujer se lo pone en el regazo, desata el rollo de pergamino y rompe el sello de la reina. Los ojos le centellean de emoción cuando levanta la mirada de la página para posarla en mí.

—La reina te ha mandado llamar.

16

EL VESTIDO QUE MADAME CLAIRE ESCOGE PARA MÍ ME ENvuelve el cuerpo en ricas capas de cereza y coral. Los seis pisos de tela son de diferentes tipos de tul y encaje y seda. Un escote palabra de honor pasa por debajo de mi canesú y Madame Claire me decora el cuello con capas de diamantes. Una faja me recorre la cintura, su lazo tiene bordadas diminutas rosas belle.

Paso los dedos por el vestido para asegurarme de que es real. Un diminuto temblor me recorre entera. ¿Por qué querrá verme la reina? ¿Por qué atacarán la casa los periodistas? El corazón me late desbocado. ¿Tendría que estar asustada o esperanzada o confundida? Las emociones chocan en mi interior como un accidente entre carruajes que se repite una y otra vez.

Vuelvo a estar en el Salón de Recepciones de la reina. Su techo de cristal baña de luz el trono y lo hace brillar. Du Barry y Madame Claire están de pie a mi derecha, la Ministra de Belleza a mi izquierda. La corte de la reina y los ministros me miran desde sillas acojinadas de respaldo alto. Busco a Ámbar, debería estar al lado izquierdo de la Ministra de Belleza, pero no está en ninguna parte. Me da miedo apartar los ojos de la reina, como si todo este momento pudiera desaparecer. El estómago me sube y me baja como si estuviera en el columpio del árbol de casa.

—Sus majestades y su alteza, permitidme presentarles de nuevo a Camelia Beauregard —anuncia la Ministra de Belleza.

Me inclino y hago una reverencia hasta el suelo, pero la miro a hurtadillas. Las revistas de escándalos y cotilleos la llaman glacial y fría. Me trago la peculiar mezcla de terror y emoción que me burbujea en el estómago. Me mira con ojos gélidos y una expresión adusta, una mirada que me envía escalofríos por todo el cuerpo; su oscura piel reluce por el maquillaje, como si estuviera cubierta de polvo de estrellas. Agarra con fuerza un pequeño cetro.

Por más veces que me haya susurrado a mí misma que esta es una visita feliz a palacio, una que contiene la promesa de buenas noticias, no la siento así. Una misma pregunta se repite una y otra vez en mi cabeza: «¿Qué quiere la reina de mí?».

El rey sonríe y se acaricia la barba pelirroja. La princesa está sentada al borde de su trono y tiene las mejillas ruborizadas. Me mira con ojos impacientes, como si yo fuera un helado de caramelo listo para ser devorado en un día caluroso. Sus animalitos de compañía la rodean: un monito en el hombro, una elefantita en el regazo y un conejito del tamaño de un dedal encaramado en la punta de su cetro.

—Espero que no te importe que te haya llamado de nuevo a la corte. Aunque el rey dice que me estoy comportando como un gato melindroso y que me tendría que dar vergüenza.

La corte ríe y el rey suelta una risita antes de tomarle la enjoyada mano y besarla. Observo cómo la mira, sus ojos grandes, su boca suave; me pregunto si están enamorados y las revistas de cotilleos y de escándalos se equivocan sobre las incontables queridas y aventuras del rey.

—Estoy contenta de haber vuelto, su majestad —respondo. «Y quiero quedarme para siempre».

—Camelia, este es un momento especial para nuestro reino. El enlace de mi hija está en el horizonte.

La corte grita buenos deseos para la boda. Todo el mundo aplaude.

—Quiero asegurarme de que el matrimonio de la princesa Sophia empieza con buen pie y que el que será su reinado caiga impecablemente en nuestro legado. La Casa de Orleans, como ya sabes, fundó nuestro magnífico reino y creó la gran ciudad de Trianon. Mi hija tiene que presentar una apariencia apropiada para la Dinastía de Orleans. Para encajar a la perfección con las grandes reinas y sus antepasados.

El corazón me golpea el pecho. Escruto de nuevo la habitación en busca de Ámbar y analizo la multitud para encontrar un moño belle rojo brillante. Entrelazo las manos delante de mí y un río de sudor me corre por la espalda.

—Larga vida a la reina —grita la multitud.

Los reyes y las reinas no pueden participar en las regias modas pasajeras de cambiar su aspecto. Una vez casados, es habitual que se establezcan en un aspecto perpetuo. De acuerdo con Du Barry, debe ser elegante y a la vez regio, memorable pero no excéntrico, y por encima de todo, acorde con la realeza.

—Mi hija ha sido responsable de difundir unas cuantas modas de belleza antinaturales entre los miembros más jóvenes de la corte. Esa terrible irregularidad con tonos de piel azul marino y la moda de que las cortesanas fueran a conjunto de sus animalillos de peluche animados... —La reina se estremece—. Es muy desafortunada.

La princesa se burla, luego mira a su madre y se ruboriza por minutos.

Las mujeres entre la multitud asienten y susurran, de acuerdo con la reina.

—Y ha roto la obligación de seguir las leyes de la belleza. Sin embargo, con ayuda, no me cabe ninguna duda de que tomará esta oportunidad de refinarse y adentrarse en su vida de futura reina, y dejará atrás esa niñita caprichosa.

Sus palabras me confunden. Mis ojos van de su figura a la princesa, que se retuerce y juguetea con los volantes de su vestido.

—Este año no ha sido nada fácil, Camelia. Pensé que mi hija mayor, la princesa Charlotte, ya se habría despertado a estas alturas. Pensé que mi consejo de ministros habría modificado la legislación para contribuir a que los tratamientos de belleza fueran más accesibles para los grises —suspira, y el rey vuelve a besarle la mano—. Espero que seas paciente conmigo.

Se levanta. La corte al completo la imita. El corazón me late como las alas de un colibrí. La sala se convierte en una espiral de colores con la reina en el mismísimo centro.

—Estoy a punto de hacer algo sin precedentes en la historia de nuestro reino, y espero que demuestres que es la decisión acertada.

Contengo el aliento. No aparto los ojos de la reina. Estoy petrificada.

—Mi desafío para ti, Camelia, es que te conviertas en la favorita y que enseñes a mi hija. ¿Lo harás?

La palabra *favorita* estalla en mi interior.

Mi corazón amenaza pararse.

—Sí —respondo casi a voz en grito.

El rostro de Ámbar aparece en mi mente. La emoción que siento se enreda con un hilo de tristeza.

—¡Contemplad a Camelia Beauregard, nuestra nueva favorita! —anuncia la reina—. ¡Que siempre encontréis la belleza!

Pequeños farolillos de flor de crisantemo son liberados en el aire. Vítores ensordecedores y agudos silbidos rugen por la habitación.

El Salón de Recepciones se convierte en un caos de destellos. Los periodistas inundan la sala entre disparos de sus cajas de luz, que me enfocan el rostro. Globos mensajeros de color negro transportan cotilleos y se arremolinan por encima de nuestras cabezas, sus velas brillan por encima de mí. Las ventanas están abiertas y un calidoscopio de globos mensajeros de felicitación estalla en cada rincón del reino.

Busco a Ámbar. Un destello de pelo rojo me envía serpenteando entre la multitud. ¿Dónde está? ¿Se encuentra bien? ¿Qué le ha pasado? Las mujeres me aprietan las manos mientras paso y airean sus bonos de belleza en el aire. Los hombres saludan con los sombreros y me guiñan el ojo. Todos comentan lo emocionados que están por empezar a trabajar conmigo. Me preguntan sobre mi opinión respecto a las últimas leyes de belleza. Me bombardean con sus preguntas sobre mi arcana favorita. Doy respuestas rápidas y continúo mi búsqueda.

Sin embargo, no puedo encontrar a Ámbar.

La Ministra de Belleza me coge la mano y me besa las mejillas.

—¿Dónde está mi hermana? ¿Dónde está Ámbar? —le susurro al oído.

—¡Chist! —hace, como si yo hubiera proferido un improperio—. No hables de eso. Diviértete.

La noche avanza frenética en un bucle de risa y bailes y preguntas y emoción hasta que me llevan a los aposentos belle justo después de que se alce en el cielo la estrella de medianoche. El rico dosel de la cama ahora conjunta con las flores de camelia de color rosa que me distinguen. Pienso en las cortinas naranja-ambrosia que una vez colgaron allí mismo. Un pellizco me arde en el pecho y me imagino que preparan el baúl belle de Ámbar.

Me subo a la cama con dosel y clavo la mirada en el techo durante una eternidad hasta que me quedo dormida.

—Es hora de levantarse —grita una voz. Las cortinas de la cama hacen frufrú.

—Pero si no estoy despierta —abro un ojo—. ¿Quién anda ahí?

—Ivy —responde. La favorita de la generación anterior—. Hablas, así que debes estar despierta —añade tirando de las sábanas—. Siempre tienes que estar despierta antes de que entren, de modo que puedas observarlas y estar al tanto de todo lo que pasa a tu alrededor.

El velo de Ivy no revela nada, ni siquiera el contorno de su nariz o de la boca. La tela la esconde completamente a las miradas ajenas. Me pregunto cómo puede ver ella a través de las capas amortajadas. Lleva un vestido negro de manga larga y guantes de encaje, no se le ve ni un ápice de piel. La toco para cerciorarme de que es real y no algún tipo de espíritu oscuro, pero me aparta la mano de su brazo.

—¿Dónde está Ámbar?

—Venga, aséate. Las preguntas, después —un jarro de agua humeante reposa al lado de una palangana de porcelana de mi nuevo tocador. Me mira mientras me quito el sueño de los ojos y me humedezco la piel—. Te necesito despierta. Te bañarás más tarde.

—¿Qué hora es?

—Acaba de pasar la estrella matutina.

Quiero volver a la cama y decirle que es demasiado temprano para estar despierta, pero ella conoce cómo es la vida en palacio y yo necesito aprender de ella. Mientras me lavo los dientes y la boca, el silencio se extiende hasta cada rincón de la habitación.

—Ivy, por favor. Dime dónde está Ámbar. ¿Está en el Salón de Té del Crisantemo ahora? ¿Qué ha pasado?

—Estas no son preguntas por las que deberías preocuparte. —Ivy me coge el trapo húmedo de las manos. Cuánto deseo poder ver sus ojos.

—Pero...

—Te enseñaré a ser la favorita. Me hospedo en la habitación que hay al final del pasillo principal. Estaré contigo durante tus tratamientos de belleza iniciales para asegurarme de que todo va bien. Te ayudaré a navegar por las normas de trabajar con la reina y la princesa.

Ivy es todo trabajo y yo acepto a regañadientes que no sacaré ninguna información de Ámbar. Tendré que averiguar qué le ha pasado de algún otro modo.

—¿Por qué tú y las otras hermanas mayores lleváis velo ahora? Nunca lo hacíais cuando estábamos en casa.

—Porque es el protocolo y una señal para el mundo de

que nuestra generación se ha acabado. —Tira de una de las cuerdas que cuelgan de la pared por encima de la mesita de noche y aparece una Bree de ojos soñolientos.

—¡Bree! —la abrazo.

—Felicidades —susurra ella.

—¿Estás contenta de volver a estar aquí? —le pregunto.

—Sí —se inclina hacia delante—. Y de estar lejos de Madame Claire.

Ambas reímos.

—¡El desayuno! —Le ladra Ivy.

Bree se deshace de mi abrazo y se escabulle de la habitación.

—Es hora de echar un vistazo a las citas matutinas —Ivy camina hacia el salón principal—. Sígueme —señala una pizarra. La caligrafía inclinada de Elisabeth Du Barry deletrea la fecha de hoy: DÍA 262 DEL AÑO DE LA BUENA SUERTE. No hay citas listadas.

Momentos más tarde llegan carritos sobre ruedas a rebosar de pastas, huevos cocinados de todas las maneras, carne asada, tortitas pequeñas con azúcar espolvoreado y boles de frutas de colores. Ivy no toca la comida, pero yo cojo lo mejor.

—Tenemos que repasar unas cuantas normas de la vida en la corte —sus palabras suenan preparadas y ensayadas. Se aclara la garganta—: No perseguirás nada más que tu objetivo. Eres una belle.

—¿Podemos hablar primero de lo que ha pasado? —ignoro su advertencia de antes y me cambio de asiento para unirme a ella en el sofá—. ¿Por qué han destituido a Ámbar? Tengo que saberlo.

—Actuarás como si fueras una artista que flota por este mundo. Tu único propósito es embellecer y transformar a los grises. Eres una belle.

Levanto una mano con la esperanza de que se detenga un momento.

—Ivy, ¿podemos...?

—Venderás tus habilidades, es decir las arcanas, pero no tu cuerpo. Eres una belle.

Mi rabia aumenta al ver que ignora mis preguntas.

—Existes en el interior de un mundo de belleza secreto. Naciste llena de color, como una obra de arte en movimiento. La diosa de la belleza te ha dado una responsabilidad. No revelarás el funcionamiento interno de tus arcanas. Eres una belle.

La toco, se estremece por completo y se levanta.

—Respetarás a tus hermanas, tanto pasadas como presentes. Respetarás a los que guardan a las tuyas. Eres una belle. Te han cuidado y ahora tienes que cuidar tú de Orleans, la Tierra de la Belleza Creciente, y compartir tus dones. Eres una belle. Tienes que jurar que volverás a casa y seguirás la línea belle. Estas...

—Dime qué le ha pasado a mi hermana —grito—. No me importan estas reglas.

—Estas reglas tienes que interiorizarlas y seguirlas en todo momento. Sirvieron a tus hermanas y ahora te servirán a ti —dice finalmente.

«Bueno, no ayudaron a Ámbar, la seguidora de normas más acérrima de todas nosotras».

Una pared de paneles se abre hacia delante y Elisabeth Du Barry sale de ella.

—¿Por qué gritáis tan temprano?

—¿Qué le pasó a Ámbar, Elisabeth? ¿Dónde está? —me pongo de pie para encararla.

Elisabeth me dedica la mayor sonrisa que haya visto jamás. Se lleva una mano al pecho como si sujetara ahí la respuesta a mi pregunta.

—Por favor.

Suspira como si yo la molestara y fuera una imposición para ella explicármelo, pero sé que solo quiere llamar la atención.

—Te gustaría saberlo, ¿verdad?

—Esto no es un juego —espeto.

—Claro que lo es, y tú has ganado.

La palabra *ganado* me golpea y el estómago se me revuelve con lo que eso conlleva.

—Necesito saber que está bien.

—¿Qué harías para mí? ¿Darme un tratamiento de belleza adicional?

Parpadeo. ¿De verdad quiere que la soborne?

—Necesito que me arregles, Camelia. Madre me está haciendo ganar mis propias espíntrias, igual que todo el mundo, programo visitas durante todo el día —se gira hacia el gran espejo que cuelga encima de la chimenea y se examina.

—Sí —la cojo de la mano y el impacto la suaviza—. Lo que tú quieras.

Nuestros ojos se encuentran en el espejo y puedo ver cómo saborea la información que me oculta.

—Ámbar hizo translúcida a una de las damas de Sophia —explica—. Podías ver todas las venas y todos los órganos y todos los vasos sanguíneos en su interior. Era asqueroso.

Y también concedió a Sophia una cintura demasiado estrecha que violaba la ley de belleza. Después cubrió otra dama de honor de plumas, como si fuera un loro, le crecían directamente de la piel.

Ahogo un grito.

—Ella no haría algo así —protesto.

—Solo te cuento lo que he oído. —Elisabeth suaviza la expresión de las cejas, como si no hiciéramos más que discutir sobre el tiempo.

—Tienes que haberlo oído mal —camino en círculos.

—Yo también lo pensé. Ámbar siempre fue la aburrida. El perrito faldero de mi madre. Todo sonaba demasiado estrafalario, pero fue como si ella misma hubiera cambiado. Se convirtió en otra persona. Más como tú y menos como ella —inspecciona el carrito del desayuno.

—Yo no haría transparente a nadie.

—Cierto, pero tú experimentas —me mira con una sonrisa y luego se mete una fresa en la boca.

Las puertas principales se abren y anuncian a la Ministra de Belleza. Entra a grandes zancadas, lleva el pelo recogido en una torre hecha de mechones rubios y flores azules. Tiene que mantener la cabeza muy quieta para que se aguante.

—Buenos días, Camelia. Me alegro de ver que ya te has levantado —comenta—. Buenos días, Elisabeth —las asistentas la siguen de cerca, llevan torres de cajas con vestidos. Sus ojos pasan por encima de Ivy como si fuera parte del mobiliario de la habitación—. Por favor, disponed el vestido melocotón para Lady Camelia —dirige a las asistentas al vestidor de los aposentos.

A continuación anuncian a Du Barry, que entra corriendo como si alguien la persiguiera.

—Camelia —me envuelve en un abrazo enloquecido. Huele a nuestra casa: a rosas belle y a crema de mazapán y pantanos. Se inclina hacia mi oído y susurra—: Ahora que Ambrosia nos ha puesto en una situación tan comprometida, tienes que arreglarlo. Tienes que hacer lo que se te dice. Tienes que ser perfecta —me echa los hombros para atrás y me mira con fijeza, tiene los ojos llenos de pánico.

Sus palabras se arremolinan en mi interior y hacen que el corazón se me desboque.

—Dime que harás lo que se tiene que hacer —me pide.

—Sí, Madame Du Barry.

La Ministra de Belleza vuelve.

—Ana, que se bañe y se vista, luego haremos las presentaciones, antes de que haga la visita.

Du Barry me aprieta el hombro.

—Por supuesto, señora ministra, como desee.

La Ministra de Belleza me dirige hacia el vestidor de los aposentos.

La silla de Ivy está vacía.

—¿Adónde ha ido Ivy?

—No tienes que preocuparte por ella, querida. Ve y cámbiate. El servicio te espera en la sala de los baños.

—Ya me he aseado.

—Jamás se puede estar lo bastante limpia, lo bastante bonita o ser lo bastante lista —me pellizca el mentón y me da unos golpecitos en la espalda.

Las sirvientas me preparan un baño. Me hundo en la bañera humeante y cierro los ojos. Hoy es mi primer día completo como favorita. Esto es todo cuanto siempre he querido. Espero que la emoción me llene, pero solo puedo pensar en Ámbar. Sus largas pestañas colmadas de lágrimas, sus mejillas rojas ruborizadas de enojo y decepción, el sonido que hizo cuando se cayó aquella noche. ¿Dónde está? ¿Qué hizo mal en realidad? ¿Se encuentra bien?

Me mojo la cabeza en el agua espumosa e intento dejar que el calor se lleve consigo todos estos pensamientos. Espero hasta que mis pulmones amenazan rendirse antes de volver a la superficie.

—Camelia, hora de vestirse —grita Bree desde el otro lado de la puerta de los baños.

—Sí, solo un segundo.

Salgo de la bañera y piso algo espinoso. La alfombra está cubierta de espinas de rosas muertas. Pétalos marchitos dejan un aroma podrido por toda la habitación. ¿Cómo ha llegado todo eso hasta aquí?

Un globo mensajero de color verde esmeralda flota en un rincón. Cojo una toalla y me envuelvo en ella. Pego una patada a las rosas y me abro paso hasta el globo. No hay el emblema de ninguna casa ni brújula en el lateral. Alcanzo las cintas que penden de él y cojo la carta.

Queridísima Camelia,

Felicidades por haber sido nombrada la favorita.

No me cabe duda de que te mereces todo lo que se cruce en tu camino a partir de ahora.

Pienso en el escritorio de Ámbar al lado del mío en nuestra clase en casa: su pluma, su bote de tinta y sus cuadernos de caligrafía. Pienso en las ces y las ges curvadas que tan orgullosa estaba de trazar en sus páginas y enseñarlas a Du Barry cuando éramos pequeñas. En mi mente, la veo claramente, sentada en el escritorio de su nueva habitación del Salón de Té del Crisantemo, escribiendo esta carta.

Aprieto la mano en un puño y arrugo la nota con él. La arrojo a la bañera y observo cómo el agua engulle el pergamino y la tinta sangra hasta que se desintegra para quedar en nada.

—Lady Camelia —la puerta se abre de golpe—, ¿está lista? —La sirvienta mira todas las rosas marchitas que hay por el suelo—. ¿Qué ha pasado aq...?

—Estoy bien. Todo va bien —salgo del cuarto como una exhalación.

LAS SIRVIENTAS ME AYUDAN A PONERME UN VESTIDO CON PO-
lisón que es un borrón cremoso de escarcha batida y leche
endulzada, ribeteada con cintas de gasa. Me seccionan y pei-
nan el pelo húmedo con una crema capilar con aroma de
canela antes de recogérmelo hacia arriba en un moño belle.

Recorro el pasillo hasta el salón principal. Ivy entra, viene del invernadero.

—¿Dónde te habías metido? —pregunto.

—Estás preciosa —responde.

—Alguien ha puesto rosas muertas en el cuarto de baño.
Arruga la nariz.

—Qué raro. ¿Por qué haría alguien algo así?

—¿Ámbar todavía está aquí? Por favor, dime la verdad.

—La han enviado al Salón de Té del Crisantemo para
reemplazarte. Para de preguntar por ella.

—¿Por qué?

—Tienes que concentrarte.

—Es mi hermana.

—Es tu rival —se gira y se dirige a grandes zancadas hacia el salón principal.

Corro tras ella.

Un joven se arrodilla ante la Ministra de Belleza, cabeza gacha y una espada en la cintura.

—Camelia, la reina te ha asignado un guardia personal —la Ministra de Belleza me ofrece una mano—. Es Rémy Chevalier, hijo de Cristophe Chevalier y miembro de la Primera Guardia del Ministro de Guerra.

El chico se pone de pie, es alto como una torre y de hombros anchos y músculos que ponen a prueba las costuras de su uniforme. Los rasgos angulosos de su rostro tienen la riqueza profunda de un lirio de agua negro; su expresión no traiciona la más ligera pista de una sonrisa, en lugar de eso, está congelada en un ceño fruncido perpetuo. Una cicatriz se abre paso bajo su ojo derecho como una luna creciente y me pregunto por qué no habrá dejado que una belle se la borre. Lleva el pelo oscuro cortado al rape y tiene un único mechón plateado en el mismísimo centro que lo marca como soldado de la Casa de la Guerra.

Asiento hacia él. No me mira a los ojos, prefiere fijar la vista en algún lugar por encima de mi cabeza.

—Ha sido entrenado para protegerte. Es uno de los mejores soldados de Orleans. Se graduó en la Real Academia Militar con los mayores reconocimientos. Fue el primero de su clase. Se rumorea que es el favorito del mismísimo Ministro de Guerra y que quizás será su sucesor algún día. Ayudó a aplacar la Rebelión de la Seda, comandó a sus propios hombres. Es un soldado muy condecorado a pesar de su juventud.

Hace una reverencia ante el elogio de la Ministra de Belleza, pero sigue sin mirarme.

—¿Y ahora ha venido aquí para cuidarme como si yo fuera un bebé? —pregunto—. ¿No considera que es desperdiciar sus talentos?

La Ministra de Belleza se ríe y me toca el hombro como si yo hubiera querido ser divertida a propósito.

—Eres una persona muy importante. Solo se confiaría tu cuidado a un soldado con mucho talento.

El músculo de la mandíbula de Rémy se tensa. Espero que le cambie la expresión. Pero nada.

—Ahora, Rémy te acompañará a cualquier lugar al que necesites ir y montará guardia en los aposentos Belle a todas horas. Asegúrate de seguir sus instrucciones.

—Realmente no creo que sea neces... —empiezo a decir, pero Ivy me aprieta una mano.

—A la favorita siempre se le da un buen guardia, Camelia. Es la tradición y nosotras no somos nada sin nuestras queridas costumbres —la ministra chasquea los dedos hacia una sirvienta que hay cerca. La muchacha acude de un salto—. Por favor, muévete más lentamente. Ni que tuviéramos un horario apretado... —La mujer se apresura a colocar una capa blanca de visón sobre los hombros de la ministra, cuyos ojos azules arden en los míos—. No me gusta tener que pasar por todo esto una segunda vez, así que coopera, por favor. Ivy te enseñará el palacio —me sopla un beso y se va.

—Andando —indica Ivy.

Caminamos por el pasillo que hay en el exterior de los aposentos belle. La Ministra de Belleza se dirige hacia la dirección opuesta con todo su séquito.

Echo vistazos a Rémy. La irritación y el enfado me forman

un nudo en el estómago. No quiero un guardia. No quiero a otra persona que me diga lo que tengo que hacer.

—Para de explicarles qué piensas acerca de todo. A nadie le importa —me sermonea Ivy.

—¿Explicarles?

—Dejas que todo el mundo te vea con mucha facilidad. Nadie necesita saber que no quieres un guardia. Nadie quiere que le sigan todo el día, ni siquiera la reina.

Sus palabras se me antojan como una regañina.

—Es solo que no...

—Ahora eres el tesoro más preciado del reino. Hay muchas cosas que todavía no entiendes, pero yo te las enseñaré.

Las pesadas pisadas de Rémy resuenan detrás de nosotras. Farolillos diurnos flotan por las estancias, capturan la luz del sol que entra por los enormes ventanales para llevarla a los pasillos más oscuros.

—Estás en el ala norte del palacio. Los aposentos belle dan a la estrella matutina, el ojo de la diosa de la belleza —dice Ivy.

El pasillo que hay fuera de los aposentos belle se estira como un gran río en el cual no quiero dejar de flotar jamás. Retratos coloridos de la diosa de la belleza en sus distintas formas cubren las paredes. Suaves suelos de mármol se extienden bajo nuestros pies. La luz de las enjoyadas arañas baña estatuas de preciosas siluetas.

Ivy me dirige hasta una pasarela brillante. Ejes dorados se arremolinan para formar crisantemos reales. Los suelos del palacio que hay debajo bullen de actividad. Los balcones están abarrotados de flores, hombres y mujeres charlan animadamente y el servicio va de un lugar a otro. Vendedores reales empujan carritos llenos de tartas que dejan aromas de mantequilla y azúcar en cada rincón.

—¿Tú también tenías un guardia?

—Sí, una soldado llamada Émilie.

—¿Dónde está ahora?

—La enviaron a las Islas Especiadas a proteger las aguas sureñas, yo ya no soy un bien tan valioso —explica, luego gira a la izquierda.

Pasamos por unos cuantos puntos de control de la guardia imperial. Ivy saluda a uno de los centinelas. Él le sonríe.

—No están tan mal cuando ya los conoces —se mueve bajo un arco dorado—. Esta es el ala oeste del palacio. Los aposentos residenciales de la familia real están aquí.

Los guardias recubren las paredes como si fueran estatuas.

—Este es el Salón de los Reyes y Reinas —hace un ademán hacia enormes retratos enmarcados en oro de nuestros numerosos monarcas, desde la primera soberana de Orleans, la reina Marjorie, hasta la reina actual, Celeste.

Giramos a la derecha. Las paredes centellean con placas doradas que muestran las leyes de belleza imperiales.

—Este es el Salón de la Ley y la Justicia.

Dejamos atrás miles de placas, todas escritas con adornada caligrafía.

LOS DEDOS DE PIES Y MANOS TIENEN QUE MANTENER LOS DIEZ DÍGITOS EN TOTAL PARA PRESERVAR EL NÚMERO FAVORITO DE LA DIOSA DE LA BELLEZA. LAS BELLES DEBERÁN AÑADIR O SUPRIMIR CUANTO SEA NECESARIO PARA LLEGAR A DICHO NÚMERO DIVINO.

LOS SENOS ESTARÁN LIMITADOS EN TALLA Y FORMA:
NO SUPERARÁN EL TAMAÑO DE UN MELÓN DULCE.

EL MIMETISMO ESTÁ ESTRICTAMENTE PROHIBIDO.

Du Barry nos examinó sobre esas leyes hasta que pudimos recitarlas a placer. «La población deberá ser guiada y las leyes deberán mantener sus cuerpos sanos. No se cuestionarán. Mantienen un orden sagrado», sermoneaba.

Me detengo para leer más.

NINGÚN HOMBRE PODRÁ SER MÁS ALTO QUE EL REY REGENTE.

DESPUÉS DE LA CORONACIÓN, LOS MONARCAS REALES
DEBERÁN FIJARSE UN ASPECTO PARA PRESERVAR
LA SEGURIDAD Y LA SANTIDAD DEL MAGNÁNIMO TRONO.

—¿Ayudaste a redactar las leyes de belleza actuales? —paso los dedos por el frío metal y la caligrafía angulosa.

Ivy se vuelve.

—No, nadie me consultó.

—Quiero tomar parte.

—¿Por qué?

—¿Por qué no? —replico—. Quiero hacer que la gente de Orleans se quiera a sí misma.

Ivy continúa avanzando por el salón.

—Estás aquí para hacer bellas las cosas —recuerda.

—Lo sé —respondo—. Pero...

—Los aposentos de la princesa están aquí delante —ataja Ivy.

Las sirvientas entran y salen por un par de puertas cargadas con bandejas y cestos. El emblema de la princesa brilla en la rica madera: un crisantemo florece en el interior de una pequeña corona enjoyada. Otras muchas damas salen de la habitación.

El salón enmudece. Las cortesanas se aglomeran a mi alrededor. Ivy y yo pasamos por el pesado silencio como si fuera barro. Hay curiosidad en sus rostros y detrás de sus sonrisas un recordatorio: todas quieren algo de mí.

—Se supone que tengo que prepararte para servir a la princesa Sophia.

—He estudiado mucho acerca de ella, he leído periódicos y panfletos de belleza, incluso revistas. Las robaba del buzón de Du Barry...

Ivy me presiona un dedo contra los labios.

—Ni una sola palabra de las que hayas leído te puede preparar para la realidad.

Se abren las puertas.

Suena un toque de trompeta. La princesa entra tranquilamente al salón. Lleva un vestido amarillo mantequilla que le complementa a la perfección con su nuevo color de piel: un moreno marrón claro, como leche caliente aderezada con canela y nuez moscada. Un remolino de pelo rojo le descansa en la coronilla como si fuera una bandeja de postres de distintos pisos.

—¿Todavía le haces el trabajo de belleza? —pregunto.

—Sí —responde Ivy en un susurro mientras hace una reverencia.

—He oído que la nueva favorita estaba fuera de mi tocador —comenta la princesa.

Me uno a Ivy y hago también una profunda reverencia hasta el suelo. Me enderezo de nuevo y la princesa me coge las manos y me besa ambas mejillas.

—Su Alteza —saludo.

—Llámame Sophia —huele a miel y anís.

Un enjambre de mujeres se agrupa detrás de ella. Los periodistas envían sus globos apuntadores de color azul marino por encima de nuestras cabezas con la intención de capturar cualquier trocito minúsculo de nuestra conversación. Los ojos de Sophia me examinan el rostro, con la mirada concienzudamente fija, como si intentara memorizar todas las partes.

—Me gusta tu aspecto —afirma, alargando una mano para tocarme una mejilla—. Pasaremos tiempo juntas pronto. Tengo muchas preguntas.

Un asistente se acerca y hace una reverencia delante de nosotras.

—Su Alteza.

Ella se gira para dirigirse a él.

—¿De qué se trata?

—El personal de la enfermería está listo —responde.

—Llevadla —ordena Sophia antes de girarse de nuevo hacia mí—. Camelia, mi madre me ha mandado llamar. Y cuando la reina llama... —Suspira—. No puedo ignorarla, por mucho que me gustaría —me toca otra vez la mejilla—. Pronto tendremos más tiempo. Estoy muy emocionada contigo. —Sus ojos centellean con impaciencia. Su procesión de mujeres y asistentes y periodistas la siguen por el salón como un ejército de hormigas.

Las puertas de sus aposentos se abren de nuevo. Unas

asistentes llevan una mujer joven en una camilla. Sus extremidades cuelgan como un pez moribundo. Los gemidos retumban por los salones y mandan mujeres ruidosas en docenas de direcciones.

—¿Qué crees que le ha pasado? —pregunto a Ivy.

Ella se pone rígida y traga saliva tan fuerte que casi resuena.

—Princesa Sophia —dice.

19

Una exhibición de fuegos artificiales vespertinos explota por todo el Puerto Real para celebrar el cumpleaños de la princesa. Los ruidos de estallidos y chasquidos retruenan por mis aposentos. Los observo desde el balcón. Coloridas telarañas de luz cruzan el cielo; plateado, blanco y verde esmeralda ondean la exhibición más preciosa y terrorífica para dibujar la hora de nacimiento de la princesa. Los arcos y terrenos del jardín bullen de movimiento mientras el palacio se prepara para la regia fiesta de cumpleaños. Un pensamiento lleno de esperanza me nace en el pecho: es muy probable que mis hermanas acudan a la fiesta. Es una festividad oficial en todo el reino.

Preparo dos globos mensajeros urgentes: uno para Edel y el otro para Ámbar.

Edel,
> *¿Va un poco mejor? ¿Estarás en el palacio esta noche?*
> *Por favor, ven. Necesito verte. Tenemos que hablar.*
> *Te quiere,*

Camille

Ámbar,

¿Qué te pasó en el palacio? Corren rumores, pero no me los creo.
Lo siento. Por favor, escríbeme. Espero verte en el palacio esta noche.
Te quiere,

Camille

Espero que los fuegos artificiales paren un momento y envío los dos globos mensajeros oficiales de palacio por el balcón. Un cartero aéreo comprobará las brújulas y los enviará a sus destinaciones esta misma tarde. Solo deseo que Ámbar lea la nota y me responda, y quizás hasta venga a la fiesta esta noche. Necesito verla. Observo hasta que las formas lilas desaparecen entre las nubes.

Un vestido violeta y una máscara de plumas de pájaros cantores llegan al salón principal. La fiesta de máscaras en el jardín que ha organizado la princesa empezará en el tiempo que transcurran dos relojes de arena. Toco la campana que cuelga cerca del tapiz de Orleans.

—¿Sí, mi señora? —pregunta Bree.

—¿Dónde está Ivy?

—Iré a...

Un pesado golpe hace traquetear la puerta de mis aposentos. Bree corre a abrir. Las gruesas botas de Rémy resuenan contra el suelo de madera.

—Lady Camelia —su voz tiene un único tono, nada afectado; su timbre me retumba en el pecho como si el chico hablara a través de un megáfono.

—Me puedes llamar Camille —respondo.

—Lady Camelia —repite sin establecer contacto visual.

—Lady Rémy.

182

Se aclara la garganta y suspira.

—Estoy aquí para discutir el plan para las festividades de esta noche y para revisar el protocolo con usted.

Suspiro.

—Claro que sí.

Se ajusta la chaqueta del uniforme.

—Cuando se dirija a las estancias de la princesa, yo estaré apostado justo en la puerta. Cuando esté en los jardines, no puedo permitirle alejarse más de quince pasos de mí. Durante la cena, estaré detrás de usted con los otros guardias —habla como si yo fuera una niña que necesitara una correa. Y quizás lo soy.

—¿Vendrás conmigo al aseo, también? ¿Estarás de pie a mi lado mientras lo uso?

—Estaré fuera, en la puerta.

—Era una broma —explico.

—Hay riesgos en la corte —afirma con los ojos entornados.

De pronto me vienen a la cabeza las rosas del baño.

—¿Dónde está Ivy?

—No se ha requerido su presencia —responde.

—Bueno, pues quiero que venga.

Se gira sin pronunciar otra palabra y se va. Me baño y me visto, luego vuelvo al salón principal. Rémy vuelve a aparecer con Ivy.

—¿Vendrás conmigo esta noche? —le pregunto.

—No me han invitado.

—¿Por qué no?

—Camelia, mi tiempo se ha acabado. Ya no valgo, más que para hacer los trabajos de belleza hasta que confíen en ti para hacerlos, y para entrenarte para reemplazarme.

El modo en que habla me recuerda a Du Barry hablando de un par de zapatos demasiado gastados. Aprendimos que después de que finalice nuestro tiempo en la corte o en los salones de té, entrenamos a la próxima generación durante un mes antes de volver a casa a La Maison Rouge de la Beauté para convertirnos en mamans y criar al próximo grupo de belles. Maman una vez me dijo que todo pasó tan rápido que le pareció que solo había estado en la corte durante una única emisión del televisor.

—No estoy de acuerdo —sujeto su mano enguantada.

—Parece que no haces otra cosa —responde y, si pudiera verle el rostro, hasta diría que tiene una sonrisa diminuta bailándole en los labios.

—¿Estarán aquí mis hermanas esta noche? —pregunto.

—Todas las belles oficiales están invitadas.

—¿Oficiales? ¿Qué quiere decir eso?

—Exactamente lo que he dicho.

Su habilidad para usar siempre la menor cantidad de palabras posible me enfurece. Es como una puerta cerrada que no puedo abrir para mirar dentro.

Las puertas de los aposentos belle se abren hacia delante. Un asistente anuncia:

—La Real Ministra de Belleza.

La Ministra de Belleza entra a grandes zancadas. Lleva la maqueta de un barco en el nido que dibuja su moño.

—Camelia, la princesa ha requerido tu presencia mientras se viste para su fiesta. Esta es una gran oportunidad para conocerla a ella y también sus preferencias.

—Sí, Madame Ministra —unos nervios súbitos hacen que

me tiemblen las manos. Es la primera vez que la princesa ha pedido verme.

La Ministra de Belleza mira a Ivy.

—¿Qué haces aquí?

—Lady Camelia me ha mandado llamar —murmura Ivy.

—Me parece altamente innecesario. No podrás asistir. No tengo acceso a la disposición de asientos.

Ivy da un paso atrás.

—Ivy tiene que venir conmigo al tocador de la princesa —intervengo—. Necesito sus consejos.

La Ministra de Belleza suspira.

—La *favorita* tiene lo que la *favorita* quiere —nos dirige a Ivy, a Rémy y a mí hasta el exterior de los aposentos, por el largo camino hasta las habitaciones de la princesa. Sin embargo, el recorrido parece más corto esta vez. El servicio entra y sale de las puertas, llevan bandejas y cestos. Unas risas se escapan hasta el salón.

—Parece que está de buen humor. Es una buena señal para el día —la Ministra de Belleza comprueba su diminuto reloj de arena de bolsillo—. Está previsto que su ritual de aseo comience de aquí un instante. Vais justo a tiempo.

—¿Usted no se queda? —El pánico estalla en mi interior.

—No, querida mía, hoy no. Tienes que unirte a la princesa Sophia. Pronto te encargarás de todo el trabajo de belleza de la familia real al completo —llama a la puerta—. Muestra tu lado más encantador. Y tienes a Ivy para ayudarte, Rémy estará justo en la puerta.

—No es que él sirva de mucho consuelo —susurro.

Ivy me da un codazo. Rémy me mira con el ceño fruncido.

—Venga, venga —responde—. No le entrenaron para eso.

Una sirvienta abre el enorme par de puertas. Junto las manos y las aprieto para evitar que me tiemblen y mantengo la cabeza bien alta.

La Ministra de Belleza entra. Yo la sigo con Ivy pisándome los talones.

El tocador es una caja enjoyada: todo es rosa, crema y dorado, un aroma de flores flota por el aire y tres arañas de cristal cuelgan del techo. Farolillos de belleza enjoyados navegan por encima de nuestras cabezas y bañan la habitación con la cantidad perfecta de luz. Las cortesanas entran y salen de un salón de té adyacente, se entretienen hasta que empiece la ceremonia.

Los detalles de un ritual de aseo con todas las de la ley para una reina y princesa nos tomó semanas y semanas de mucho estudiar e interminables días de exámenes para Du Barry. Sin embargo, los detalles de esas lecciones desaparecen de mi memoria tan pronto como me hundo en la enormidad de esa sala. Llena de actividad, conjuntos de sirvientas cargan pesados sofás y mesas de tocador y estantes con distintos pisos dorados de *macarons* y tartaletas. Disponen los artículos en preciosas telas brocadas bajo la atenta mirada de tres señoras bien vestidas. Suntuosos collares les envuelven las gargantas y muestran los emblemas de sus casas. Cada blasón contiene un crisantemo retorcido en el interior del símbolo de sus altas casas para representar su relación con la familia real.

Fijan su atención en nosotras. El rubor me sube por el cuerpo. Susurran detrás de sus abanicos y me observan. Ordeno a mi corazón que vaya más despacio.

Al final de la habitación, un gran biombo cuelga alrededor de la silueta de una bañera con patas en forma de garra.

Una barrera que llega a la altura de la cintura la aísla del resto del espacio.

—Su Alteza —llama la Ministra de Belleza.

—Sí, Madame Ministra —responde la voz de la princesa.

—Tengo a la nueva favorita, la señora Camelia Beauregard, aquí —me estira hasta colocarme delante de ella y tamborilea sobre mis hombros con sus uñas pintadas de rojo—. Y el resto de la nobleza espera impaciente delante de sus puertas.

El agua salpica cuando la princesa sale de la bañera. Las sirvientas corren hacia ella. Retiran el biombo. Ruborizada y enrollada en una telaraña de toallas, lleva su albornoz y no parece la Princesa Imperial, heredera de la Casa de Orleans. Parece más bien una chiquilla lista para jugar a los disfraces. Su aspecto ha vuelto a cambiar: piel pálida como un copo de nieve, con el pelo casi del mismo tono y los ojos azul brillante. Me sonríe dulcemente. Me relajo un poco. Todo irá bien.

La princesa me hace una señal para que me acerque. Me inclino por encima de las barreras y al besarme ambas mejillas deja una cálida humedad tras de sí.

—Es un placer volver a verte.

Hago una reverencia hasta el suelo.

—Feliz cumpleaños, Su Alteza.

—Gracias —responde.

La Ministra de Belleza se aclara la garganta.

—Te dejo aquí, Camelia, para que os conozcáis y seas testigo del ritual de aseo que solo corresponde a una princesa y futura reina. Te veré más tarde, esta noche, para los juegos reales y el banquete —se abren las puertas del tocador, la Ministra de Belleza desaparece y un enjambre de mujeres entran en su lugar.

Las estudio: la mayoría son princesas de la familia real, sobrinas del rey y la reina, y unas cuantas niñas y mujeres de las mejores casas. Cuando las cortesanas reciben sus citas, sus retratos llenan todos los periódicos y panfletos de belleza. Los monarcas bañan a las familias favoritas con tierras, títulos, regalos y notoriedad.

—Presta mucha atención —me susurra Ivy antes de escabullirse hacia el creciente grupo de espectadores.

Las mujeres se organizan por rangos y esperan pacientemente que empiecen sus roles. Unos cuantos hombres se estrujan entre el grupo.

Llevan un enorme neceser hasta el centro de la habitación. Grandes espejos reflejan la luz de los farolillos de belleza. Cajas esmaltadas exponen relucientes productos belle, coronados con el rico y brillante blasón belle. Recipientes de cristal contienen líquidos de colores. Agujas doradas sobresalen de un cojín de terciopelo rosa. Carritos llevan pisos de pastas glaseadas de pétalos de color rosa como los de las flores y blancos como las perlas y rojos como las manzanas; copas a rebosar de líquidos de tonos como los de las joyas, y fresas espolvoreadas con azúcar y granadas que reposan en boles de cristal. Hay jarrones por doquier con flores de los colores del arcoíris.

Dirigen a Sophia hasta un asiento acojinado delante del tocador. La toalla que lleva en la cabeza se retuerce y de pronto sale de ella un monito de peluche animado.

—¡Singe! —grita ella—. ¿Cómo has entrado ahí?

El monito de peluche salta de mesa en mesa al tiempo que

el servicio intenta atraparlo. Las damas de honor gritan hasta que vuelve a estar bien encerrado en su pequeña jaula de oro.

—¿Por qué tienes que tener esa criatura con nosotras en el tocador? —cuestiona una de sus damas.

—Singe se rige por sus propias reglas —contesta Sophia.

—La femme de cámara —anuncia una asistenta. Una mujer pequeñita da un paso al frente con un libro abierto en sus temblorosas manos.

Sophia echa un vistazo a las páginas de opciones de vestuario. Extrae una aguja centelleante del cojín y la clava en las páginas. Lo hace tres veces. Un grupo de mujeres lanzan gritos ante sus selecciones. Una doncella entra con un biombo, la princesa se esconde detrás y se desviste, deja caer el albornoz húmedo al suelo.

Las sirvientas le llevan su vestido de jardín después de mostrarlo a los espectadores, quienes lo adulan con fervor.

La asistenta da un paso al frente.

—Lady Gabrielle, princesa *du sang*, y primera dama de honor de Su Alteza Real, por favor, acérquese.

Entregan el vestido de Sophia a Lady Gabrielle, quien se mete detrás del biombo con ella.

—Camelia, mis damas se presentarán ellas mismas, ¿verdad, chicas? —grita Sophia.

Lady Gabrielle se pone ante mi vista de nuevo. Tiene los ojos brillantes y la piel del color de los dulces de azúcar calientes que mis hermanas y yo robábamos de la cocina.

—Soy Lady Gabrielle Lamballe, una princesa *du sang*, de la Casa de Orleans. Su prima favorita —lanza una sonrisa a la habitación—. Soy la superintendente y primera dama de honor. Me llamo a mí misma la Señora de Todas las Cosas.

—Es un placer conocerla, mi señora —digo al tiempo que hago una reverencia.

Gracias a las lecciones sobre la sociedad real, sé que Gabrielle aconseja a la princesa y supervisa a las otras damas.

—Ahora que te veo de cerca, eres muy bonita. Los periódicos tenían razón por una vez —Gabrielle me repasa de arriba a abajo—. La mayoría de las belles son increíblemente aburridas. Como la última. ¿Cómo se llamaba?

—Su nombre es Ambrosia —respondo. Las palabras suenan demasiado duras. Demasiado protectoras.

Gabrielle retrocede como si la hubiera pinchado.

—La llamamos Ámbar —añado para suavizarlas.

—Sí. Ámbar. Aburrida como una mala cosa. —Gabrielle esboza una sonrisa de satisfacción—. Tú tienes pinta de ser divertida.

No sé decir si me siento halagada o insultada. Tartamudeo un agradecimiento.

La siguiente dama de honor no se mueve de su lugar, despatarrada en uno de los sofás. Apenas se gira para mirarme, está demasiado ocupada metiéndose una tarta de fresa en la boca.

—Soy Lady Claudine, duquesa de Bissay —gruñe y saluda con la mano.

—Cuida tus modales —espeta Gabrielle.

Entonces le dedica una sonrisa llena de trocitos de comida.

—Y la Señora de los Vestidos, aunque creo que no he ayudado demasiado al Ministro de Moda últimamente con los vestidos de Su Real Majestad —su pelo es un nido ensortijado que envuelve su rostro blanco y rollizo.

—Mi señora —digo con otra reverencia.

—No le hagas caso, todavía se lamenta por su último intento de matrimonio —se mofa Gabrielle—. Aunque tal vez jamás volverá a tener otra si no para de comer.

Claudine se mete dos tartas en la boca y se relame los dedos ruidosamente para que tanto Gabrielle como la princesa se estremezcan, igual que el resto de personas que hay en la habitación.

—Me limitaré a hacer que una de las suyas —me apunta con un pegajoso dedo—, me arregle. Que me haga adelgazar todavía más la próxima vez para tener más espacio para llenar.

—O quizás podríamos hacer que las curvas vuelvan a ser tendencia. Tiene una silueta preciosa —le digo—. Más mujeres deberían codiciar su estructura natural.

Claudine me guiña un ojo.

—Aun así, me gustaría ver lo pequeña que puedo ser.

Sophia sale de detrás del biombo. El vestido le abraza la figura, un tornado de tul y encaje de colores esmeralda, turquesa, ciruela, cobalto y dorado. Una máscara de plumas de pavo real le cubre el rostro.

Todo el mundo aplaude y silba y grita halagos. Yo me uno. Ella airea una mano y la habitación enmudece.

—Claudine, sabes de sobra que mi madre ha prohibido por ley cualquier reestructuración corporal profunda —recuerda Sophia—. Ser demasiado delgada está prohibido.

—Pero todas sabemos que tú vas a cambiarlo cuando seas reina —replica Claudine, y una sonrisa de satisfacción se esparce por su rostro.

Sophia entorna los ojos. Una energía extraña se cuela en

la habitación. Nadie habla hasta que la última dama de honor asoma la cabeza por detrás de una silla de respaldo alto. Es la más joven, apenas mayor que la niña, Acebo, de la noche del carnaval. Hace una reverencia, su vestido recuerda a una flor, la campánula azul.

—Soy Lady Henrietta-Maria —se aparta de un golpe los rizos que caen de su larga trenza negra y se mete un libro en la faja. Sus ojos lo observan todo con indiferencia. Tiene muchas pecas y me recuerda a una galletita con gotas de caramelo. Hace un gesto hacia el sillón acojinado de un rincón cercano para que me siente, antes de retirarse de nuevo a su lugar cerca de la ventana—. Y no me encargo de nada.

—Eso no es cierto, Henrietta-Maria. Tú eres mi preferida. Ven aquí —llama Sophia con los brazos extendidos.

Henrietta-Maria corre hacia ella y Sophia le planta un beso en la frente.

—Venga, ¿recuerdas lo que te dije la semana pasada? Serás la Señora de las Joyas.

Los ojos de color avellana de Henrietta-Maria se iluminan.

—Ay, sí, se me olvidó.

—Ve a coger los joyeros.

La niña sale brincando.

—Camelia —dice Sophia, girándose hacia mí—. Quiero muchísimo a mis damas y a mi corte. Siempre me han apoyado mucho y han sido muy leales. Me gusta recompensar a los que son buenos conmigo.

Henrietta-Maria vuelve empujando un carrito acojinado cubierto de estantes de joyas, todos ellos repletos de brazaletes, pendientes y collares. Las gemas centellean bajo los farolillos de belleza.

Las damas de la corte de Sophia se quitan sus joyas. El servicio se mueve aquí y allí recogiendo las piezas y guardándolas en cajas de terciopelo. Las mujeres juntan las manos llenas de anticipo.

—Escoged algo nuevo —indica Sophia.

Las mujeres se echan hacia delante, se amontonan sobre el carro de las joyas y se pelean por ver quién cogerá una pieza u otra. Gabrielle va repartiendo órdenes.

—Su Alteza es demasiado buena —opina una voz.

—Qué magnánima —añade otra.

—Camelia, ¿te gustaría coger un collar? —pregunta Sophia.

—Es demasiado gentil, Su Alteza. No podría aceptarlo —respondo.

—Puedes y lo harás —pide que nos acerquen el carrito—. Escoge uno.

Mis dedos se pasean por las piezas relucientes como si fueran tartaletas listas para comer. Escojo un collar con un rubí del tamaño de una cereza. Me ayuda a colocármelo en el cuello. El broche me pellizca tan fuerte que parece la punzada de una aguja. Me estremezco.

—Perdona, favorita. Mis joyas tienen tendencia a morder.

Sus damas de honor sueltan risitas e intercambian miradas.

—Fuera —ordena Sophia a todos—. Por favor, dejadme, ahora que ya tenéis vuestros regalos. Quiero un poco de privacidad. Es mi cumpleaños, a fin de cuentas.

—Su maquillaje no está listo, Su Alteza —responde su asistenta.

—Camelia me dirá si es bonito. No necesito todas vuestras opiniones hoy —echa fuera de la habitación a todo el mundo, excepto a sus damas y a un puñado de sirvientas. Todos refunfuñan mientras abandonan en fila—. Tú también, Ivy.

No estoy lista para que me deje aquí ya, pero se va con el resto del grupo. Después de que se cierre la puerta, las chicas retoman su conversación.

—¿Sabías que Patrice traerá a su nueva dama esta noche? —informa Gabrielle a Claudine, quien gruñe por toda respuesta.

—He oído que es una cantante maravillosa —Sophia hace un gorgorito. Gabrielle se echa a reír.

—¿Estás preparada para verlo con alguien nuevo? —pregunta Gabrielle.

—Bueno, no tengo otra opción, ¿no? —espeta Claudine.

Gabrielle le arrebata una tartaleta que tiene en las manos y forcejean entre ellas hasta que Claudine ordena a alguien del servicio que le traiga otra.

—Estoy triste, déjame en paz.

—Harás pasar vergüenza a la corona. Ya nos estás avergonzando a nosotras delante de la belle —escupe Gabrielle.

—Me llamo Camelia —le recuerdo—. Aunque prefiero Camille.

La chica pega un salto como si la hubiera golpeado.

Claudine se echa a reír.

—¿Ya se te empiezan a olvidar nombres, superintendente Gabrielle?

—A mí no se me olvida nada —el enojo se adivina en sus ojos. El sudor me corre por el cuello. Empiezo a sentir ligeros temblores en las manos. Sujeto la falda de mi vestido y no rompo el contacto visual hasta que se gira para mirar a Claudine.

Gabrielle da órdenes al servicio, les indica cómo llevará el pelo la princesa esta noche —tres trenzas sencillas enhebradas en un moño bajo— y explica a las otras damas de honor cómo colmarla de joyas. Sus delgados brazos marrones baten como alas mientras lanza cada orden.

Colocan un espejo de cuerpo entero ante Sophia, quien gira sin cesar y luego se da un golpe en las piernas con las manos.

—Odio este vestido.

Sus damas de honor entran en acción al instante. Alborotan a su alrededor como si hicieran una competición para decirle lo preciosa que es. Hasta la pequeña se prepara para intervenir, con una borla de plumas de cisne, lista para rociar a Sophia con un pulverizador de perfume. Las doncellas de Sophia pegan más plumas al vestido y crean pliegues que cuelgan como si fuera la cola de un pavo real. Cosen más cuentas brillantes por las mangas y le colocan una diadema en el pelo.

—Tengo que ser la chica más preciosa de mi fiesta.

—Por supuesto que lo serás —replica Gabrielle.

—¿Por qué no tendrías que serlo? —añade Claudine.

—Henrietta-Maria, diles que traigan las pizarras de belleza —ordena Sophia. Henrietta-Maria corre hasta la puerta y luego desaparece en una habitación adyacente. Cuando vuelve, la sigue un equipo de sirvientas que llevan pizarras de lienzo y caballetes.

—Camille —ladra Sophia.

Me levanto de la silla como un resorte.

—¿Qué te parecen? He ordenado a mi gabinete de belleza que los confeccione. Y mi madre no para de entrometerse para editarlos.

Rodeo las pizarras que plasman distintos aspectos: formas de nariz, pelo y colores de ojos, estructuras faciales, texturas capilares, formas corporales y tonos de piel, todos ellos a conjunto de muestras de telas y pintalabios y lacas de uñas.

—Son fantásticos —respondo. Y aburridos.

Sophia se me acerca tan rápido que doy un paso atrás. Me coge las manos entre las suyas.

—No quiero ser solo preciosa. Quiero ser la *más* preciosa —no parpadea y tiene los ojos tan abiertos como si intentara absorberme con ellos—. Necesito aparecer en los bellezascopios esta semana. Es mi cumpleaños.

Jamás la he visto en los bellezascopios. Ni una sola vez. Es como si los periodistas la ignoraran a propósito. Sin embargo, su hermana, Charlotte, los frecuentaba a menudo hasta que cayó enferma.

—Tengo un secreto para ti —me confiesa. Se inclina hacia mi oído, su labio inferior me roza la oreja—. Yo te quería a ti. Mi madre quería a tu hermana —sus palabras me queman del cuello hasta el pecho como una lágrima ardiente que me escalda—. Tu hermana no me podía dar lo que quiero, pero sé que tú sí puedes. Lo sé desde la noche del Carnaval Beauté—se echa para atrás y me mira con fijeza. Me siento petrificada en el sitio, como una mariposa clavada bajo un marco de cristal.

Abro la boca para preguntar lo que realmente pasó con Ámbar, pero suena una campanada.

Una asistenta se acerca.

—Su Alteza, su fiesta empezará en cuestión de instantes. Es hora de ir a los jardines.

Ella alza la mano.

—Un momento —se gira hacia mí y me toca la mejilla—. Dame un peinado que no se haya visto jamás.

Su desafío cae con un ruido sordo en mi estómago. El sudor se abre paso por mi ceño y se me sonrojan las mejillas.

—¿No deberíamos esperar a tener nuestra primera cita de belleza oficial?

—No, lo quiero ahora, Camelia. Antes de mi fiesta. Tengo el presentimiento de que mis padres van a presentarme a posibles pretendientes esta noche. Todo el mundo habla de ello —me pone ojitos. Su monito de peluche animado, Singe, empieza a dar patadas contra el suelo y a estirar las patas a través de los barrotes de la jaula—. ¿Lo ves? Singe está de acuerdo.

El estómago se me retuerce lleno de preocupación. Ivy todavía no me ha explicado qué le gusta a la princesa. La palabra «no» me palpita en la lengua. Pienso en Ámbar. Pienso en todo lo que he hecho para llegar hasta aquí. Pienso lo mucho que deseaba ser la favorita.

—Veamos si tenía razón contigo —reta Sophia. Y veo el desafío, la amenaza, claramente ante mis ojos.

—Necesito mi caja de belleza, Su Alteza —respondo.

—Gabrielle —llama Sophia.

Gabrielle suelta un profundo suspiro y luego se desliza de su silla y se va de la habitación.

Sophia se sienta en su enorme tocador. Farolillos de belleza enjoyados se apiñan encima de nuestras cabezas. Le quito la diadema y la coloco delante de ella. Le deshago el moño bajo y las tres trenzas simples. El pelo cae alrededor de su rostro como si fuera una nube suave de rizos rubio platino. Le paso los dedos por la melena. Noto sus ojos observando todos y cada uno de mis movimientos. Pienso en todas las imágenes que he visto de ella. La princesa siempre apuesta por las tonalidades doradas y melosas.

—¿Debería pedir que le trajeran té de rosa belle? —pregunto.

—No, intento dejar de tomarlo. Me gusta estar alerta ante los pequeños cambios.

Gabrielle vuelve con Bree, quien arrastra mi caja de belleza. Me guiña un ojo y yo le sonrío. Bree trabaja deprisa para soltar el centenar de cierres y abre de golpe los compartimentos. Paso los dedos por encima de los botes de pasta capilar y dejo que la suavísima melodía chasqueante de sus tapas calme mis temores. Cojo un amarillo girasol y un blanco plateado de la bandeja.

—Bree, ¿puedes empolvarla, por favor? —pido, intentando ganar tiempo para tomar una decisión.

—Sí, mi señora —coge el montón de cosméticos en polvo de un cajón y los espolvorea por el pelo y el cuero cabelludo de Sophia.

Las últimas tendencias capilares consisten en añadir destellos coloridos o en mezclar colores como el negro y el rojo. No puedo hacer ninguna de ellas, han aparecido demasiado en los folletos. Echo la vista hacia el cielo nocturno que recortan las ventanas. El sol sangra por el cielo y deja un rastro estridente de rojos y naranjas y amarillos. Una idea me cruza el pensamiento.

Uso un cepillo para pintar las raíces del pelo de Sophia de color dorado. Gotea como la miel a lo largo de sus mechones. Hundo las puntas de su pelo en el bote de color plateado y reparto el color hacia el medio.

Sophia me sonríe. Da un hondo suspiro y cierra los ojos.

Las arcanas despiertan en mi interior. Tiro de los mechones de pelo y caen hasta su cintura. Enredo uno de ellos en mi dedo para dibujar una onda suelta en su pelo. El color dorado se funde con el plateado hacia la mitad y hasta las puntas.

Tiene el rostro enrojecido y sudoroso y jadea.

—¿Su Alteza, se encuentra bien? —pregunto—. ¿Al final querrá un poco de té?

—No, no —hace un ademán en el aire—. Continúa, estoy bien.

Extraigo botes de grafito tierra de mi caja de belleza e incrusto los copos en los mechones de pelo, de modo que ahora parecen relucir.

Su respiración se acelera.

—Ya estoy, Su Alteza.

Sophia abre los ojos y se mira en el espejo. Una sonrisa le colma el rostro. La boca de Gabrielle no puede estar más abierta. A Henrietta-Maria se le cae el libro. Claudine se queda congelada con una pasta flotando justo delante de sus labios.

—Jamás había visto... —empieza a decir Sophia, pero se detiene y se pone en pie para admirarse. Gira y deja que el pelo flote a su alrededor, entonces se inclina hacia delante para besarme una mejilla. Yo pego un salto hacia atrás, sorprendida. Claudine, Gabrielle y Henrietta-Maria corren hacia delante.

Me lleno de satisfacción.

—Déjeme ajustarle el maquillaje para que vaya a conjunto.

—¿Puedes cambiar el maquillaje de alguien? —pregunta Gabrielle.

—Bueno, no debería, pero no creo que ninguna de vosotras se lo vaya a contar a Madame Du Barry —les guiño un ojo con la intención de hacerlas reír, pero se limitan a mirarme con ojos impacientes y labios apretados.

Extraigo el capullo de una rosa que tengo cerca. La hundo en la suave panza de un bote de colorete de su tocador. El color abandona la rosa mientras yo añado pigmentos blancos y de un color rojo más subido al maquillaje. Las observo y espero sus reacciones.

Las chicas aplauden mi diminuta mejora de belleza.

—¡Espléndido!

—¡Qué inteligente!

—Eso ha sido precioso.

Añado el nuevo colorete a las mejillas de la princesa Sophia con un pincel. Cuando acabo, le brillan los ojos con deleite.

—Que siempre encuentre la belleza, Su Alteza —digo.

La asistenta real vuelve para escoltarnos a los jardines. Sophia desliza su mano en la mía.

—Seremos las mejores amigas del mundo —susurra—. No me cabe duda.

Unas escaleras de mármol bajan hasta los jardines del palacio para el juego de cumpleaños de Sophia. Damas de la corte reparten máscaras preciosas. Los invitados de la fiesta andan dando bandazos mientras se colocan las máscaras sobre los rostros, todos determinados a ser el primero que gane la caza del tesoro. Sophia y sus damas se detienen para hablar y posar para los periodistas. Hombres y mujeres jóvenes se mezclan, impacientes para entrar en el laberinto de setos y empezar el juego.

Me gusta ver cómo la gente sonríe, se toca y ríen entre ellos. Farolillos de jardín planean por encima de enormes setos geométricos y unos dirigibles transportan velitas mientras se deslizan por el intrincado laberinto. Me pongo la máscara, las plumas de suimanga sobresalen entre mi pelo como cuernos de carnero. Me sujeto el vestido y empiezo a saltar. Necesito encontrar a mis hermanas. Necesito encontrar a Ámbar.

—Quédese cerca —indica Rémy.

—No —me zambullo en la primera entrada.

Intenta cogerme del brazo, pero ya no estoy a su alcance. Me gusta como se le retuerce el rostro de la rabia y como sus ojos centellean de irritación. Es la máxima emoción que jamás haya visto en él.

—No es momento de jugar —gruñe—. Su seguridad...

—Es el momento perfecto. ¡Es un juego!

Me dirijo hacia el grupo de gente más grande mientras Rémy lucha para navegar educadamente entre la multitud. Es alto y corpulento e incapaz de deslizarse por los agujeritos que hay entre la gente como hago yo. Doy rodeos sin sentido hasta que no lo veo más. Oscuros pasajes en el jardín se llenan invitados y risas. Me uno a ellos. Ignoro los peligros de separarme de mi guardia. Ignoro el hecho de que maman y Du Barry se disgustarían si me vieran romper el protocolo.

Me imagino a mis hermanas conmigo: Edel probaría los distintos manjares ofrecidos en cada pabellón y me felicitaría por seguir rompiendo las normas; Padma recogería todas las flores interesantes que se encontrara en su camino; Hana hablaría con todos los chicos e interrogaría a las chicas acerca de enamorarse; Valerie bailaría y cantaría hasta que nuestros oídos no pudieran soportarlo más; y Ámbar y yo encontraríamos rincones en los que cuchichear. Le preguntaría qué ha pasado. Me disculparía por nuestra pelea.

Cuando siento que perdido del todo a Rémy, me separo de la multitud y tomo la dirección opuesta. Un aire fresco encuentra un camino hacia el interior del bolero de pieles que me cubre los hombros y me lo ciño más. La promesa de los meses de nieve parece más cercana. Paso los dedos por las hojas naranjas y amarillas. Me recuerdan al color del pelo de Ámbar y me traen recuerdos de cuando éramos niñas y nos llenábamos las trenzas de pétalos de flores. Sentimientos mellizos de enfado y tristeza me embargan.

Merodeo por los pasajes, giro a izquierda y derecha, derecha e izquierda. Hay estatuas en los rincones y fuentes que rocían aguas de los colores del arcoíris por el aire. Entre risas, las damas corren como riachuelos y los caballeros las siguen de cerca. Sonríen y me señalan, y susurran mi nombre junto con las palabras «favorita» y « belle» y «belleza». Incluso con la máscara me reconocen.

Hay cenadores y pabellones enjoyados esparcidos por los jardines, en los cuales se sirven diferentes tés, cafés y dulces. La música sale flotando de ellos, risitas estallan en otros y el aroma de pastas dulces se mezcla con el néctar de las flores. Examino los grupitos de gente en busca de moños belle.

El sol se hunde del todo en el horizonte. Los farolillos nocturnos se encienden. Cruzo con pasos firmes un puente de madera que cruza un pequeño río del jardín, un afluente del río del Palacio áureo que recorre el perímetro de los terrenos del palacio. Doy otro rodeo y veo el vestido de Sophia. Las joyas y plumas brillan como insectos fluorescentes en la oscuridad y su brillante pelo centellea bajo los farolillos.

Estiro el cuello para ver al otro lado del seto. La rodean los brazos de un joven: piernas, brazos y labios pegados. Sus máscaras yacen en el suelo. El ribete verde de su chaqueta revela que pertenece a la mercantil Casa de los Sastres, y como tal es inelegible para ser su prometido. El chico se agarra al vestido de la princesa como si fuera un regalo que se muere por desenvolver. Ella dirige las manos de él, le mueve la cabeza de izquierda a derecha, tiene el absoluto control de todos los movimientos del chico y del beso. Los dedos me vuelan hasta la boca para cubrirla.

Vigilo para quedar fuera del alcance de su vista. Sus damas de honor revolotean a su alrededor como si fueran su guardia, vigilan la zona y ahuyentan a la gente que pasea por allí. Ver las manos del chico levantándole el vestido hace que el cuerpo se me caliente, como cuando me preparo para usar las arcanas. Las venas de brazos y piernas se me hinchan. Dentro de mí se despierta la curiosidad.

Me estremezco ante la absurdidad de mis pensamientos. Me giro para marcharme, pero piso una rama. Y cruje.

Me quedo petrificada.

Sophia para de besar al joven. Mira por encima del hombro de él y se mueve hacia una de sus damas.

Gabrielle da un paso al frente.

—¿Quién anda ahí? —su preciosa piel se camufla en la oscuridad de los rincones del jardín.

Respiro hondo, me agarro bien las faldas y echo a correr. Giro a izquierda y derecha y luego de nuevo a izquierda sin dirección. Oigo a las chicas gritando detrás de mí. Deseo que no puedan ver quién soy. No me detengo hasta que los pulmones me amenazan con rendirse. Me siento como si jamás fuera a recuperar el resuello.

Un pie se me engancha en una rama y me caigo. Me duelen las piernas y el sudor se me acumula bajo la máscara. Primero quiero llorar, ojalá mis hermanas estuvieran aquí conmigo, pero después, en lugar de eso, me descubro riendo ante tanta locura. Pienso en el rostro desaliñado de Sophia; en el pintalabios que manchaba su boca y la de él; en su pelo, ahora un caos de mechones, y en la expresión enfadada de Gabrielle.

—Te has metido en un buen lío.

Un joven escudriña por encima del seto. Alto y majestuoso, con pelo oscuro y ondulado, su máscara tiene plumas y me hace pensar en las golondrinas que los marineros pintan en sus barcos. Alarga una mano para quitarse la máscara.

—¡No! Perderá el juego —exclamo. Pero no se detiene y revela su rostro.

Es Auguste Fabry. El chico que había al otro lado de la verja.

—Ya no tengo muchas opciones de ganar a estas alturas —roza el pico de la máscara y me ofrece una mano.

Dudo. La imagen de Sophia y el chico enredados el uno en los brazos del otro me viene a la mente. No le cojo la mano.

Yo también me quito la máscara. Sonríe al reconocerme, sus ojos se clavan en mí. Una oleada de nervios me sube por el estómago hasta el cuello.

—Me mira como si hubiera hecho algo malo —observo.

—Solo tengo curiosidad.

—Bueno, pues no debería —intento ponerme de pie, pero me enredo todavía más con los arbustos.

—¿Por qué no? —me ofrece su mano de nuevo.

—¿Siempre se arriesga tanto en la vida? —echo un vistazo alrededor por si está Rémy o algún otro mirón antes de hacer ademán de cogerla, me siento como si alargara la mano hasta el otro lado del mundo, de los océanos, de los cielos y de los reinos. La calidez de su palma se filtra por mis guantes de encaje. Mi corazón aletea como una de las velas de los farolillos que tenemos cerca. Quiero que se relaje. Cuando vuelvo a estar en pie, dejo caer su mano y me froto la palma contra el vestido como si pudiera deshacerme de esa sensación.

—No me asusta nada —afirma.

—A mí tampoco —respondo, aunque me empieza a parecer una mentira.

Me sacudo un poco, pero la cola de mi vestido sigue enganchada en el seto. Forcejeo para liberarla y él se apresura a ayudarme.

—Estoy bien —espeto.

—Estás enganchada. Y te destrozarás el vestido como sigas así.

Me tenso y me estremezco cuando me coloca la mano en la parte baja de la espalda.

—Parece que yo te asusto —comenta, tirando con gentileza de los pliegues.

—No es verdad. Es solo que...

—No deberías estar hablando contigo. Lo sé. Ya establecimos este hecho —libera la cola de mi traje del seto—. Solo tiene un roto muy pequeño. No sé por qué todas lleváis estos vestidos. Demasiada tela. ¿No pesa mucho?

—Tendría que probarse usted uno.

Se echa a reír y tira la máscara sobre el seto. Mechones de pelo le caen por la cara y se los coloca detrás de la oreja.

—He visto un millón de artículos sobre ti en los periódicos. La nueva favorita. Tu nombre está por todas partes.

—¿Quiere decir que tienen periódicos en el lugar de donde viene? ¿Dónde dice que era, el *Loro*?

—Es el *Lince*. Acuérdate, por favor. No la insultes, es sensible.

Me río.

—Acabo de terminar mi trabajo allí. Es mi primera embarcación. Bueno, si no cuento el pequeño bote de remos que me hizo mi padre cuando era un niño que aprendía a navegar. Decía que todo el reino ha desarrollado un tonto delirio contigo.

—¿Un tonto delirio? —repito.

Se pasa la mano por la barba incipiente.

—Quería decir que todo el mundo te adora.

—¿Y no deberían?

—Seguro que a ti te encanta.

—Todavía no sé cómo sentirme al respecto. ¿Han dicho algo de mi hermana?

—¿No has leído los periódicos?

—No se lo preguntaría si lo hubiera hecho.

Me devuelve la sonrisa.

—La llaman la favorita caída en desgracia.

La palabra «desgracia» me golpea el estómago. El dolor que causa grita en todas direcciones. Una determinación se hincha en mi interior. Tengo que encontrarla. Seguro que está aquí.

—Pero los periodistas no saben de qué hablan. Solo quieren vender periódicos.

Tira de un farolillo nocturno y ata las cintas de su cola al seto que hay detrás de nosotros.

—¿Le da miedo la oscuridad?

—Es para verte mejor —responde.

—Ah —es todo lo que puedo decir, y aparto la mirada.

Él me mira con fijeza. Noto sus ojos saltando de mi pelo a mis ojos a mis labios. Me giro, lista para irme y seguir con la búsqueda de mis hermanas.

—¿Te molesta ser la segundona, ahora que estás aquí? —pregunta, lo que me sienta como una bofetada—. No quería ofender —añade rápidamente.

—Entonces, ¿qué quería decir exactamente?

Me quita unas cuantas hojas del pelo. El roce de sus dedos junto con caer en la cuenta de que nunca me habían tocado de ese modo genera un estremecimiento en mi interior. Me suaviza y calma los nervios.

—¿Es difícil que te escojan en segundo lugar?

—Esto es todo cuanto siempre he querido.

Se ríe como si lo que he dicho fuera divertido.

—Eso no responde a la pregunta, ¿o sí?

—Su pregunta no merece una respuesta.

—Eso no ha sido demasiado amable.

—Jamás he dicho que yo lo fuera.

—Se espera que las mujeres sean dulces. Las belles todavía más.

Profiero un ruido mordaz.

—Eso es lo que me dijo mi madre —ríe.

—¿Y qué sabe de las belles?

—Que son mágicas.

—Vuelva a intentarlo —me burlo.

—Que tienen habilidades mágicas.

—Más bien sangre bendita.

—¿Qué quiere decir eso?

—Que nuestras arcanas, no nuestras habilidades mágicas porque no hay nada de magia en ellas, están en nuestra sangre.

—Ah —responde.

—¿Les instruyen sobre nosotras?

—Un poco... Y si yo fuera tú, prohibiría esa horrible moda de los tonos de piel de mosaico. Es toda una sensación en las Islas Áureas. La gente va por ahí pareciéndose a un calidoscopio.

—Suerte que no es usted una belle.

Se ríe.

—¿Te cuesta aceptar que te den consejos?

—¿Siempre tiene que dar tu opinión cuando no se le pide? —intento sonar exasperada, pero la verdad es que me gusta este tira y afloja con él.

—Eso diría mi madre. Supongo que mi padre también. Mis dos hermanos mayores intentaron hacerme callar durante toda la vida, pero supongo que no funcionó. ¿Me estás diciendo que no te gustan mis opiniones?

—Esto...

—¡Camelia! —Rémy viene corriendo. Tiene el ceño empapado de sudor. Clava la mirada en Auguste y se lleva una mano a la empuñadura de la espada—. ¿Qué está pasando aquí?

Auguste ríe.

—Un guardia imperial al rescate. Eres muy importante —se abotona la pechera de su chaqueta para que Rémy pueda ver sus emblemas navales. Levanta las manos y dice—: No llevo la daga. No hay necesidad de arrestarme. Ya me voy.

Se escabulle y deja tras de sí un rastro de risa pesada. Rémy espera hasta que Auguste está fuera de nuestros campos de visión, luego se gira hacia mí con fuego en los ojos.

—¿En qué estaba pensando? —exclama—. Huyendo de ese modo.

—Solo quería explorar.

—La corte no está hecha para divertirse. No está hecha para gente como usted y como yo. Está usted aquí para prestar un servicio.

—Lo sé.

—No lo parece.

—Jamás he visto nada.

—No todas las cosas merecen la pena verlas.

Dejo que Rémy me guíe hacia delante. Da giros cerrados, navega por el laberinto con precisión experta. Los invitados pasan zumbando a nuestro lado, sus risas son un eco distante y distorsionado. Las escaleras de mármol blanco brillan en la oscuridad mientras nos acercamos. La risita de una chica corta el jardín. Lleva el pelo recogido en la coronilla con cintas y joyas que centellean en la oscuridad.

—Espera —toco el brazo de Rémy—. ¡Es Hana! —se me acelera el pulso de la emoción.

Corro detrás de la mujer, me hincho de felicidad a cada segundo que pasa.

—Perdonen.

Zigzagueo entre los cortesanos.

—Disculpen.

Entonces grito:

—¡Hana!

Pero no se gira.

Alcanzo su brazo y se gira de golpe.

—Sí, mi señora, ¿puedo ayudarla? —responde la mujer, con la expresión pintada en los rasgos de su rostro.

No es ella.

La decepción casi me hace perder el equilibrio.

Rémy me coloca una mano en la cintura.

—Sus hermanas han rechazado sus invitaciones para esta noche.

—¿Qué? ¿Por qué?

—No puedo hablar por otros —responde antes de llevarme lejos de allí.

21

Me hundo en el Salón del Gran Banquete: los candelabros y los centros de mesa relucen de blanco y dorado, los frescos animados del techo trazan el árbol genealógico de la familia real, las rosas se abren y se cierran para liberar sus aromas. La mesa está parada para miles de comensales y los enormes farolillos de salón de baile proyectan tanta luz por encima de nuestras cabezas que todo centellea: los melones dulces y las fresas en boles; las torres de *macarons* drapeadas con redes de sirope de azúcar y miel dorada; las terrinas de plata llenas de sopas especiadas; los peinados y sombreros de las señoras; los pañuelos y trajes de los señores.

Du Barry y Elisabeth me observan desde el otro lado del salón mientras los asistentes reales sirven vino y *hors d'œuvres* a los invitados. Levanto la cabeza y me yergo, consciente de que debo impresionar.

Los cotilleos fluyen más rápido que el agua que circula por la fuente del centro de mesa del salón.

«Una de las queridas del rey ha acudido esta noche. Lleva el emblema. ¡Mira!».

«Me pregunto si la nueva favorita es mejor que la anterior. A mí ya me gustaba la original».

«La Casa Kent se está yendo al traste, están en bancarrota. ¿Has visto el vestido de la Señora Kent? Lleva el dobladillo deshilachado».

«He oído que la princesa echó a la vieja favorita del palacio».

«Me han dicho que la princesa Charlotte puede despertar en cualquier momento. La reina lo anunciará durante la Ceremonia de Declaración de Herederas, ya lo verás».

«En realidad a la reina no le gusta la nueva favorita. Si le gustara, la habría escogido desde el principio».

Intento ignorar las partes que hablan de Ámbar y de mí, y me embadurno una firme sonrisa en el rostro.

Convidan a los invitados a sentarse. Etiquetas escritas a mano nos indican dónde está nuestro sitio. Parientes reales, ministros y cortesanos con títulos de las casas altas y de comerciantes abarrotan la mesa. Examino los nombres en busca de mis hermanas, con la esperanza de que Rémy hubiera mentido, pero no los veo.

Una asistenta se me acerca.

—Lady Camelia, ¿puedo escoltarla hasta su asiento?

Hago un gesto afirmativo con la cabeza, feliz de que me alejen de la presencia vigilante de Rémy y de que me coloquen entre la Ministra de Belleza y el Ministro de Moda.

Auguste entra en el salón, levanta la mirada y me pilla observándole. Me guiña un ojo y me río al tiempo que aparto la mirada, ojalá desaparezca el sonrojo que me sube por las mejillas. Le encuentro absolutamente ridículo, aunque un poco interesante si soy honesta conmigo misma. Miro a mi alrededor, preocupada por si alguien lo ha visto, y finjo participar en la conversación de mi lado de la mesa. Es una especulación completa sobre las asignaciones de tocador de la reina y de las nuevas leyes de belleza. Tengo que ser cuidadosa. Tengo que ser perfecta. Especialmente si alguno de todos esos cotilleos sobre Ámbar es cierto.

—He oído que la reina quiere extender las restricciones de belleza reales hasta los cortesanos de las casas altas. Todos nosotros quizás tengamos que estancarnos también en un único aspecto —comenta una mujer.

—Creo que todo eso son solo cotilleos y bazofia periodística —responde otra.

—Estoy impaciente para que anuncie las nuevas asignaciones de tocador. Me muero por comprar. Las Pomanders lanzarán pronto sus nuevos perfumes y no quiero quedarme con las sobras —añade una tercera.

Las puertas se abren y la familia real emerge: el rey, la reina y la princesa. Los invitados enmudecen.

—Estamos verdaderamente eufóricos de que os podáis unir a nosotros para celebrar el cumpleaños de nuestra querida hija —el rey habla a través de un megáfono y sus palabras resuenan en una caja de sonido que asoma por el centro de flores de nuestra mesa. Parece como si estuviera de pie justo a mi lado—. Mi niñita ya se ha hecho mayor.

El aplauso es atronador. Observo los ojos de Sophia, que centellean al mirar a su padre.

El rey coloca una mano sobre el hombro de la reina.

—Primero el festín, luego la presentación de los regalos y concluiremos con mucho baile y diversión. *Bon appétit.*

El servicio lanza un conjunto de globos chispeantes por los aires. Brillan por encima de nuestras cabezas y dejan un rastro fulgurante por la mesa hasta que explotan con luz y color, y trazan la forma del emblema real de Sophia. El crisantemo es tan rutilante que me ciega.

—Feliz cumpleaños, mi amor —el rey le sopla un beso—. Papá te quiere mucho.

Verlo me hace preguntar cómo debe ser tener un padre. De pequeñas, mis hermanas y yo nos preguntábamos por los nuestros después de haber leído historias llenas de madres y padres y sus hijos que se portaban mal. Nos dijeron que las belles teníamos madres. Muchas, de hecho. Nos dijeron que las belles no teníamos nada más.

El rey y la reina están sentados en sus sillas de respaldo alto. Sophia y sus damas son dirigidas hasta el extremo opuesto de la mesa.

La reina se levanta de nuevo. Todo el mundo deja de hablar.

—Mi esposo olvidó presentar a otro nuevo miembro de la corte esta temporada. Nuestra nueva belle favorita de esta generación, Camelia Beauregard —mi nombre estalla a través de la caja de sonido como una explosión. Inesperadamente estruendosa.

El Ministro de Moda se pone de pie y me retira la silla para que pueda levantarme.

Les dedico a todos mi mejor sonrisa y camino hacia la reina. Ejecuto una reverencia completa antes de cogerle la mano.

—Su Majestad —susurro.

Los ojos de la reina se mantienen fríos, su rostro y sus

palabras formales. Ojalá me mirara como miró a Ámbar después de nombrarla favorita. Eufórica. Emocionada.

El estómago se me cierra. Miles de ojos me repasan de pies a cabeza. Me tiemblan las rodillas y agradezco las gruesas capas de tul.

Levanto la mirada y veo los ojos de Auguste clavados en mi rostro. El calor que siento en las mejillas amenaza derretir mi maquillaje.

Un aplauso respetuoso resuena por el salón.

Hago otra reverencia, con la vista clavada en el suelo. Vuelvo a mi asiento. El sudor se me encharca bajo los brazos y uso un pañuelo de encaje para secarme el rostro.

Nos traen la comida. No puedo llevar la cuenta de todos los platos servidos en vajilla de plata que aparecen y desaparecen delante de mí.

Una sirvienta sumerge una cuchara en el bol de la princesa para probar su contenido. Sophia estudia el rostro de la chica mientras traga y luego, después de unos instantes, hace un ademán para que se vaya. Me ve observando el intercambio y frunce el ceño. Bajo la mirada y hurgo en la cuña de queso que han dejado a la izquierda de mi pan.

—¿No es sencillamente maravilloso este queso de cabra, Camelia? —la Ministra de Belleza se inclina hacia mi oído—. Sigue sonriendo y finge que estamos hablando del queso. Guárdate de mirar demasiado. Sé que este entorno puede ser sorprendente. Te prometo que Madame Du Barry os protege demasiado para mi gusto.

—Pero ¿qué hace esa mujer con la comida de la princesa? —susurro.

—Esa mujer es una catadora de comida. La lengua de esa chica ha sido entrenada para detectar más de noventa y ocho tipos de venenos que se pueden encontrar en el reino.

Intento evitar que la sorpresa se me note en la cara. En lugar de eso sonrío y hago otra pregunta.

—¿Es normal encontrar veneno en la comida de palacio?

—Los envenenamientos se han vuelto más comunes que las dagas para los asesinos, querida mía. La enfermedad de la princesa Charlotte ha hecho que la reina esté todavía más pendiente y alerta a la hora de cuidar de sus hijas.

Habiendo dicho eso, se gira para dedicar su atención a otro cortesano. Recuerdo una imagen de la princesa Charlotte que aparecía en nuestros libros de historia y en los periódicos. Dos años mayor que Sophia, se sumió en un sueño profundo después de su quinceavo cumpleaños y, pasados cuatro años, todavía no se ha despertado. Periódicamente, la reina publica nuevos retratos de la princesa, que duerme profundamente en una cama con dosel, para asegurar al reino que su heredera sigue viva.

Me colocan otro plato delante. Empiezo a comer para distraerme.

—Camelia —la voz de la reina viaja de nuevo a través de la caja de sonido.

Mi tenedor choca contra el plato. La gente me mira con fijeza, las cejas enarcadas, las expresiones sorprendidas. Mis modales normalmente son impecables, dimos lecciones durante años. Sin embargo, ahora Du Barry tiene la mirada clavada en mí, consternada.

—Discúlpeme, Su Majestad —digo.

—¿Cómo vives los primeros días en la corte? —pregunta la reina.

La Ministra de Belleza me da un golpecito para que me acerque a la caja de sonido.

—Háblale por aquí —me susurra.

—Han sido maravillosos, Su Alteza —respondo—. Le agradezco muchísimo su amabilidad y generosidad, y también esta segunda oportunidad.

El ruido de mi voz se extiende por la larga mesa. Du Barry asiente satisfecha.

El Ministro de Moda desvía la atención de la reina con una pregunta sobre la producción de seda de gusanos y los trajes de invierno. Exhalo.

La voz de Auguste viaja mientras explica una gran historia sobre el monstruo marino que hubiera hecho zozobrar la flota imperial el año pasado de no haber sido por él. Las mujeres no le quitan los ojos de encima. Elisabeth se acerca una trompetilla auditiva al oído para no perderse ni una palabra.

—¿Capturaste la criatura? —pregunta Sophia.

—Por supuesto —alardea él—. Soy bastante fuerte.

—¿Le cortaste la cabeza para hacer de ella un trofeo? —pregunta Gabrielle, la dama de honor.

—Llevo uno de sus tentáculos en el bolsillo.

Las mujeres se echan a reír y los hombres sueltan risitas ante la extravagancia del chico. Escondo la risa con un bocado de ensalada. Los camareros nos retiran los platos. Nos sirven el cuarto y quinto plato y luego preparan la mesa para los postres. Tres mujeres aparecen con una tarta de crepes de mil capas con enormes fresas del tamaño de globos de nieve. La princesa y sus damas dejan la mesa y posan delante de la tarta. Los periodistas trazan retratos para las ediciones vespertinas. Las velas de la tarta se apagan y las chispas refulgen en cada capa del pastel.

Todo el mundo grita «¡Feliz cumpleaños!» y Sophia sopla el centenar de velas con la ayuda de sus amigas.

Cortan y sirven la tarta, y traen los regalos a Sophia. Un asistente oficial desfila con un tigrecito de peluche animado completamente blanco que luce un collar enjoyado de parte de la Casa Lothair. La correa le tiembla en la mano mientras pasea el precioso animal por la mesa. Una exposición de joyas de color ciruela y collares de diamantes vienen de parte de la mercantil Casa de Bijoux. Un dragoncito de peluche animado entra planeando por una de las puertas con la bandera de la Casa Glaston en sus fauces.

Los invitados aplauden y comentan mientras más regalos bañan a la princesa. Parece que todos los tesoros complacen a Sophia y sus damas. Especialmente el dragoncito.

El rey da unos golpecitos a su copa y la mesa enmudece.

—Mi querida niña —le dice a Sophia—, baila esta noche, pues por la mañana y el resto de días que están por venir tendrás más responsabilidades cuando tomes tu puesto en este mundo. Tu madre y yo hemos seleccionado tres posibles pretendientes para que se abran paso hasta tu corazón. El matrimonio está en el horizonte.

La multitud aplaude. A Sophia se le iluminan los ojos. Sus damas de honor están sentadas al borde de sus sillas con una sonrisa perpetua grabada en sus labios.

—De parte de nuestra familia al completo, la reina Celeste y yo querríamos extender nuestra más calurosa bienvenida a Sir Louis Dubois y a su hijo Alexander, de la Casa Berry; a Sir Guillaume Laurent, su esposa Lady Adelaide, y su hijo Ethan, de la Casa Merania; y al Ministro de los Mares, el comandante Pierre Fabry, y a su hijo Auguste, de la Casa Rouen —levanta la copa—. Gracias por ser pretendientes adecuados para nuestra hija.

Un inesperado nudo se me forma en la garganta cuando Auguste se levanta. Saluda y disfruta de los vítores y de la generosa atención que recibe. Me tiemblan las manos cuando sujeto el cuello de mi copa para el brindis. Auguste es uno de los pretendientes formales de Sophia. La constatación de esa realidad se me antoja extraña, antes solo era un chico insoportable y demasiado hablador. Y ahora es alguien importante. Alguien en quien no me concierne pensar. Me bebo de un trago el champán burbujeante.

Las damas de honor de Sophia silban y aplauden.

Todo el mundo bebe a la salud de los pretendientes y de la princesa. La orquesta real entra con instrumentos de cuerda y violines y cellos, y empieza el primer vals de la noche.

El Ministro de Moda me ofrece su mano.

—¿Un baile con la favorita?

—¿Se permite? —bromeo.

—Soy muy importante y tengo inmunidad: la corte de la reina no puede encarcelarme. Puedo correr el riesgo —cuando sonríe, todas sus pecas se funden en una.

—Jamás he bailado con un hombre.

—Apuesto a que hay una larga lista de cosas que no has hecho nunca —me pone una mano en la cintura y me hace girar—. Es un honor para mí ser el primero.

Otras parejas nos miran de soslayo. Observo cómo se convierten en coloridas peonzas que no paran de rodar. El Ministro de Moda me hace girar como si estuviéramos en el Carrusel Imperial. La habitación se convierte en un espiral de luz y de color. La rica cena se me revuelve en el estómago.

—Tengo que parar —advierto.

—¿Tan pronto? —el ministro se detiene.

Las piernas me tiemblan y me fallan. Un sudor pegajoso me sube por la piel. La gente se me queda mirando cuando pasan bailando a nuestro lado. Me aprieto las manos contra la boca y vomito en ellas.

La Ministra de Belleza se disculpa ante los invitados. Menciona la frágil constitución de las belles. Du Barry da instrucciones al servicio para que me atienda. Elisabeth se ríe. Mucha gente cuchichea sobre mi traje manchado. Sus rostros se emborronan y sus voces se convierten en un zumbido de ambiente como el ruido de los pantanos.

Bree corre hacia mí para ayudarme a limpiarme, pero mi vestido es un desastre. Restos de la suntuosa cena de cumpleaños manchan los pliegues violetas. Estoy asquerosa.

La reina se me acerca y de pronto vuelvo a estar mareada.

—Camelia —llama.

—Sí, Su Majestad —le respondo con una reverencia.

—Te acompañaré fuera.

El pecho se me agita de pánico. Sus ojos me queman. Nos siguen risitas y susurros.

Hace un ademán a su asistente imperial para que se vaya y me acompaña ella misma hasta el largo pasillo. Rémy y un miembro de la Primera Guardia nos siguen de cerca. Los periodistas mantienen la distancia pero esbozan dibujos y envían globos mensajeros de cotilleos negros hacia nosotras. Tanto Rémy como su guardia los destruyen como si fueran animales de papel.

Me preocupa el hecho de presentar un aspecto y un hedor terribles. No soporto que la reina esté tan cerca de mí. No soporto que haya pasado todo esto. Se me hace un nudo en el estómago de nuevo, que amenaza con vaciar todo lo que no ha escapado todavía.

La reina me mira de pies a cabeza.

—¿Te encuentras bien, chiquilla? —me toca la mejilla como si me tomara la temperatura.

—He comido y bebido demasiado. Jamás había bebido champán de verdad hasta hoy.

—¿Puedes hacerlo? —me pregunta.

—¿Hacer qué, Su Majestad?

—Ser quien necesito que seas.

—Haré todo lo que usted quiera que...

Me coloca un dedo sobre los labios.

—Ya veremos. Todavía no estoy convencida —vuelve a entrar al Salón del Gran Banquete.

Sus palabras me atrapan, todas y cada una de ellas se me clavan y me dejan en el sitio hasta que un montón de globos mensajeros de cotilleos negros se ciernen sobre mí como una banda de buitres.

Echo a correr.

—Más despacio —grita Rémy detrás de mí al tiempo que empieza a perseguirme por el pasillo—. Se torcerá un tobillo y luego tendré que llevarla en brazos.

Creo que intenta bromear.

Me quito los zapatos y los llevo en la mano para ir todavía más deprisa. El mármol frío me reconforta los pies hinchados.

Las botas de Rémy retumban contra el suelo y me alcanza antes de que pueda llegar a la escalinata.

—Está yendo en la dirección equivocada —me dice—. Y está demasiado enferma para correr —parece que esté metiendo el dedo en la llaga—. Sus aposentos están en lo alto de la escalinata del ala norte; esta es la escalinata sur.

La frente le brilla de sudor y se curva como una avellana.

—Muéstrame el camino, pues —espeto y me agarro los pliegues de mi vestido mojado. Quiero alejarme tanto como sea posible del Salón del Gran Banquete y de los periodistas y del vergonzoso recuerdo.

El chico camina a mi lado.

—¿Se encuentra mejor?

—¿Por qué eres simpático conmigo? —pregunto—. Hasta ahora no has sido más que instrucciones y protocolos.

—Mi comandante dice que tengo que «suavizar mi actitud» —explica, sin duda repitiendo las instrucciones—. Cree que mi comportamiento brusco es la razón por la cual desobedeció usted las órdenes en el jardín.

—Ah, entonces no es porque quieras.

—No quería decir eso —se encoje de hombros—. No se me dan bien las palabras. Y lo estoy haciendo fatal. Jamás lo había hecho. Mi comandante dijo que la mejor manera de proteger a una persona es empezar por conocerla.

—No me apetece charlar —afirmo.

—Bueno, pues a mí sí —repone—. El tercer plato ha

sido mi favorito, aunque el pato estaba ligeramente demasiado hecho, en mi opinión. Y comer en las cocinas no es precisamente lo ideal.

Ignoro sus palabras. La vergüenza de esta noche me golpea una y otra vez. Me pregunto si me llevará a aparecer en una revista de cotilleos y de escándalos o en el noticiario de la última hora de la noche. Me pregunto si ha sido por eso que la reina me ha hecho esa pregunta, si piensa que no soy capaz de ser la favorita.

Los titulares potenciales empiezan a desplegarse en mi mente:

LA FAVORITA SE VOMITA ENCIMA

CAMELIA BEAUREGARD NO ESTABA TAN PRECIOSA ESTA NOCHE

DEVOLVEDNOS A LA ANTIGUA FAVORITA;
ELLA NO SE MANCHABA EL VESTIDO

SE HA ESCUCHADO A LA REINA PREGUNTARSE
POR LAS CAPACIDADES DE LA FAVORITA

Acelero el paso, consciente de que necesitaré al menos siete sanguijuelas esta noche. Rémy da otros tres rodeos y los pies se me enfrían cada vez más.

—¿Estás seguro de que sabes adónde vamos?

Se le tensa la espalda y se gira para mirarme de hito en hito.

—Creo que semejante pregunta no es digna de respuesta.

Entramos en un vestíbulo pequeño y bien iluminado, y lo que me rodea empieza a resultarme más familiar. Una escalinata ricamente enmoquetada dirige hasta los aposentos belle. Unos farolillos nocturnos se apiñan sobre las puertas, brillan con el emblema belle.

—Gracias —escupo, lista para deshacerme de su compañía. Subo los escalones de dos en dos, pisando fuerte.

—Debo comprobar que sus aposentos son seguros antes de que se retire. Es un nuevo protocolo que se implantó después de encontrar rosas muertas en su cuarto de baño.

—¿Espías mi onsen?

—Es mi trabajo saberlo todo.

—Creo que las rosas eran de mi hermana Ámbar. Está enfadada —explico—. No hace falta comprobar nada. Quiero entrar, quitarme el vestido y volver a la fiesta.

—Dicen que no debe volver.

Las noticias me golpean fuerte.

—¿Qué?

—Ahora espere aquí. No puede estar segura y no quiero correr ningún riesgo.

Suspiro, pero él se queda al lado de las puertas. No enciende ni una sola vela ni suelta ninguno de los farolillos que cuelgan en línea al lado de la entrada. Mira por todas partes en la oscuridad.

El servicio corre por el salón.

—¿Qué ha pasado, Lady Camelia? —pregunta una sirvienta.

—La sopa —miento. Examina las manchas de mi vestido. Levantan la tela y fruncen el ceño—. Tranquilas —les digo—. No hace falta que entréis. Puedo desvestirme sola. —No quiero que nadie me moleste.

Parecen alarmadas, pero asienten y hacen una reverencia.

Entro en los aposentos, impaciente por dejarlas fuera. Quiero quitarme el vestido. Quiero olvidar esta noche. Oigo el chasquido del cerrojo de las puertas del invernadero, luego las de mi dormitorio.

Rémy vuelve con un gesto satisfecho pintado en el rostro. Cuando me ve, su expresión muta a un ceño fruncido.

—¿Por qué no puede seguir las instrucciones?

—Todo el mundo me dice siempre lo que hacer —respondo.

—¿Se siente a salvo aquí? —pregunta.

—Sí.

—Respuesta equivocada. No debería —entrecierra sus ojos marrones—. En el momento en que empiece a sentirse demasiado a gusto, será cuando sepa que las cosas están condenadas a ir mal.

—Gracias por el consejo —arrojo los zapatos a un rincón y chocan contra la pared, más fuerte de lo que pretendía.

Empieza a esbozar una sonrisa y es bonita. Me pregunto cuántas chicas le irán detrás, un oficial militar condecorado.

—No es tan delicada como parece. Como todas las belles parecen ser —comenta.

—No soy una flor.

—Bueno, la visten como si lo fuera.

Aprieto los dientes.

—Parece que quiera pegarle una bofetada a alguien —observa.

—Sí, a ti —respondo, y me doy cuenta de que no es verdad.

—Siento hacerla enfadar tanto. Mis hermanas dicen lo

mismo y también se quejan de que me huelen los pies —baja un poco la mirada y yo no puedo evitar echarme a reír.

—¿Por qué me cuentas eso?

Encoje los hombros.

—Para distraerla de lo que ha pasado.

Quiero darle las gracias, pero no alcanzo a esbozar las palabras.

—Apuesto que jamás le había pasado algo así.

—Jamás me había vomitado todo el vestido, no —sonrío—. Ya sabes a qué me refiero.

—La primera vez que vi al Ministro de Guerra me desmayé —explica—. Tenía trece años y esa mañana no había podido comer nada. Los nervios me revolvían el estómago. De modo que cuando marché hasta su oficina, lo miré y me caí al suelo.

Suelto una risita.

—Pensé que el ministro me echaría de la academia. Que me mandarían a casa. Deshonrado. Pero me dio un chocolate caliente y me pidió que fuera su pupilo... solo si prometía comer.

Cuanto más me cuenta, más preguntas tengo sobre su vida antes de que llegara al palacio. ¿Dónde creció? ¿Cuántas hermanas tiene? ¿Tiene a alguien a quien amar? ¿Alguien con quien se pudiera casar? ¿Siempre quiso ser un soldado?

No le pregunto nada de todo eso.

—Ahora tomo un poco de chocolate cada día. Para recordar. Me podría haber mandado a casa, podría haber pensado que era demasiado débil, pero no lo hizo.

Durante un momento, la espada que lleva en el cinto, la armadura que le cubre el pecho ancho y la profunda cicatriz grabada en su piel morena desaparecen y solo es un chico joven que intenta hacer su trabajo.

Un globo mensajero de color naranja atardecer entra en el salón principal, refulge brillante con el emblema del Salón de Té Ardiente. Sus cintas azotan y chasquean. Corro a cogerlo, lo abro y extraigo la nota. La caligrafía apresurada de Edel se desparrama por la página.

Camille,

    Todo es terrible. Trabajo de sol a sol. Oigo llantos y gritos todas las noches. No puedo dormir.

    Hay demasiadas mujeres. Demasiados hombres. Demasiadas niñas. Demasiados niños. Demasiadas citas. Siempre estoy exhausta.

    No puedo hacerlo.

    Gíralo. Sabrás qué hacer. Luego quémalo.

    Te quiere,

                                       Edel

Giro el pergamino y veo hileras de manchas de colores. Es el alfabeto secreto que inventamos cuando éramos niñas para comunicarnos sin que Du Barry ni nuestras mamans se enteraran. Pasábamos notas bajo las puertas de las otras o las dejábamos en nuestros pupitres, llenas de coloridas promesas de travesuras nocturnas.

Su mensaje secreto reza: «ME VOY A IR. TENGO UN PLAN».

Aprieto la página contra mi pecho y respiro hondo.

—¿Va todo bien? —pregunta Rémy.

—Sí —no aparto la mirada de la nota de Edel. Necesito verla antes de que haga nada precipitado. Necesito saber qué pasa.

—Debería dejar que se preparara para ir a la cama —Rémy da un paso atrás—. He hablado demasiado.

—No es verdad —tiro de una cuerda que hay en la pared. Una campana suena y una enfermera aparece detrás de una puerta lateral.

—Las sanguijuelas, por favor —pido—. Al menos siete. Y dile a Bree que quiero verla.

—Sí, Lady Camelia —responde.

Du Barry estaría orgullosa. Maman aprobaría con un asentimiento. Estoy protegiendo mis arcanas. Me estoy asegurando de deshacerme de nervios y emociones innecesarios. Estoy siguiendo las reglas.

Bree aparece.

—¿Qué ha pasado?

—He comido demasiado y el Ministro de Moda me ha hecho girar demasiadas veces —me encojo de hombros—. Necesito agua fría y un vestido nuevo. ¿Puedes traerme también pergamino y colores pastel, por favor?

Asiente y se va.

—Estaré justo en la puerta por si me necesita —informa Rémy.

—Tranquilo, no te necesitaré —respondo, e inmediatamente quiero retirar las palabras—. Quería decir que... Estaré ocupada.

—Lo entiendo —dice.

La enfermera vuelve con un jarrón de porcelana.

—Estaré aquí por si acaso —añade Rémy y hace una ligera reverencia antes de salir.

Tan pronto como se ha ido, uso los colores pastel para escribir a Edel una nota en nuestro código secreto.

NO HAGAS NADA HASTA QUE HABLEMOS.

La deslizo en una caja de seguridad y la meto en el compartimento interior del globo, ajusto la brújula dorada diminuta y envío el globo mensajero oficial de palacio por el balcón. Lo observo hasta que su cuerpo lila desaparece en la oscuridad.

22

UN SOL TEMPRANO SE ABRE CAMINO POR EL DOSEL VAPOROSO de mi cama. Me doy la vuelta y alargo la mano para coger el mango de goma más cálido de la cama para acercarlo, pero está frío. Me siento. Los ruidos del oleaje se filtran por las puertas del balcón. Voy con cuidado para no hacer ningún ruido y alertar a las enfermeras matutinas, quienes esperan que me despierte. No me importa seguir este consejo de Ivy.

Un extremo del dosel de mi cama se levanta.

—¿Está despierta? —susurra Bree.

—Apenas —respondo.

—Tengo algo para usted —me pasa un puñado de los últimos periódicos, revistas y folletos—. Mire las noticias —me dice y sube a la cama.

El corazón me late con fuerza.

—¿Es malo?

Hojeo los periódicos, cuyos titulares se esparcen y se vuelve a unir —la tinta animada sube y baja— mientras Bree pasa las páginas demasiado deprisa.

Entonces abre una revista de cotilleos y señala.

LA NUEVA FAVORITA ES UNA FRÁGIL FLOR,
QUIZÁS NO ES LO BASTANTE FUERTE

SE RUMOREA QUE LA REINA QUIERE REEMPLAZAR
LA NUEVA FAVORITA POR OTRA, DE NUEVO

El corazón se me hunde en el pecho. El episodio del vómito de anoche vuelve. La vergüenza se me antoja como una quemadura reciente.

—Mañana ya se habrán olvidado —asegura Bree—. Pero hay otro, sobre una de sus hermanas, que pensé que querría ver.

—¿Dónde? —me pongo de rodillas y me cierno sobre el manojo de periódicos y revistas.

Los examino.

Bree alisa la página.

—Aquí.

SE RUMOREA QUE LA BELLE DEL SALÓN DE
TÉ ARDIENTE HA HUIDO EN PLENA NOCHE

Toco las palabras. ¿Ya se ha ido?

—No, Edel, no.

Bree me mira sorprendida.

—No lo sé, señora. Quizás ni siquiera sea cierto, pero pensé que querría verlo.

—Gracias. Solo hay un modo de averiguarlo. —Me pongo el batín, cojo el periódico y echo a correr al salón principal. El servicio matutino se apresura a traer los carritos del desayuno y a disponer el té y la vajilla. Presiono el oído contra el panel de la pared que esconde la oficina de Elisabeth. El sonido metálico del circuito de teléfonos resuena al otro lado y puedo sentir pequeñas vibraciones en mi pecho.

Llamo. Como no hay respuesta, llamo más fuerte.

La puerta se abre de golpe. Una soñolienta Elisabeth, todavía en pijama, me devuelve la mirada.

—Apenas he salido de la cama y todavía no he desayunado —se queja—. ¿Qué pasa?

—¿Es cierto? —le planto el periódico en la cara.

Entrecierra los ojos y me lo arrebata para mirarlo más de cerca. Luego se echa a reír.

—Edel siempre ha sido muy dramática.

—Llama al Salón de Té Ardiente —exijo.

—No. No seas tonta.

—Entonces lo haré yo —intento apartarla para entrar en su oficina.

Ella me cierra el paso.

—Solo es un rumor. Es evidente que no puedes aguantar leer estas cosas —airea el periódico delante de mis narices—, y te las tomas demasiado en serio. —Elisabeth llama a las sirvientas del salón principal—. A partir de ahora no llevaréis periódicos ni revistas ni cotilleos a los aposentos de Lady Camelia, solamente folletos de belleza y bellezascopios.

—No le hagáis caso —replico.

—Oh, claro que lo harán —ataja. Elisabeth coge un pastelillo de luna de un carro de desayuno cercano y se lo mete en la boca—. Estoy al mando aquí. Y cuando se lo haya contado a mi madre, valdrá como la ley. —Se gira hacia el servicio—: Si descubrimos que alguna de vosotras lleva artículos de con-

232

trabando —da un golpecito en los periódicos—, será azotada o puesta en una caja de inanición. Me aseguraré de ello.

—Elisabeth...

—Tú, Camelia, deberías centrarte en ser perfecta para no perder el título de favorita —espeta Elisabeth antes de desaparecer de nuevo en su oficina.

Ardientes lágrimas de ira se me agolpan en los ojos. Aporreo la puerta de nuevo, pero no me contesta.

Escribo cartas con furia. Cinco globos mensajeros flotan a mi izquierda, a la espera de mis mensajes y de que les libere por el balcón.

Valerie,

¿Sabes algo de Edel?

Estos días odio todavía más a Elisabeth Du Barry. No sabía que fuera posible.

Echo de menos oír tu risa. ¿Están muy grandes las bebés belle ya?

Te quiere,

Camille

Hana,

Hace tiempo que no sé de ti. ¿Va todo bien? ¿Has descubierto algo de los ruidos? ¿O preguntado a tu madame si hay otras belles en el salón de té?

¿Has visto ese titular sobre Edel? ¿Has hablado con ella?

Te echo de menos. Y no te creerás cómo se está comportando Elisabeth Du Barry en la corte. Es peor que cuando estábamos en casa.

Te quiere,

Camille

Padma,

¿Te ha escrito Edel? ¿O Ámbar, aunque sea? No puedo contactar con ninguna de las dos.

¿Sabes si todo va bien?

Te quiere,

Camille

Ámbar,

Por favor, escríbeme.

¿Has visto el titular sobre Edel?

Espero que estés bien.

Lo siento.

Te quiere,

Camille

Edel,

Hay un titular sobre ti en el Tribuno Trianon. ¿Es solo un rumor? No te vayas. Ven primero a verme aquí. Puedo ayudarte.

Te quiere,

Camille

Enrollo todos los pergaminos diminutos y los deslizo en cajas de seguridad más o menos del tamaño de mi índice. Las meto en los compartimentos del interior de los globos, enciendo el carbón del correo, luego los vuelvo a cerrar y salgo al balcón sujetando los globos por las cintas. Debajo, los barcos abarrotan el mar y las olas les golpean.

Pienso en las listas que mis hermanas y yo escribíamos en nuestra sala de juegos cuando éramos niñas, anotábamos todo cuanto queríamos ver cuando creciéramos y nos fuéramos de casa: los telares en acción en los mercados de vestidos; cinemagrafías y retratos de personalidades famosas de la corte por el paseo de Trianon; las tiendas de animales con elefantitos y tigres de peluche animados, alineados en los escaparates listos para ser vendidos; las pastelerías a rebosar de tartas, pasteles y galletas; la playa real con sus granos de arena rosa y las embarcaciones blancas. Todavía deseo poder hacer todas esas cosas juntas.

Echo los globos a volar por la terraza. Vagan a la deriva hacia el mar real, luego toman distintos rumbos al obedecer sus diminutas brújulas: al sureste para la Bahía de Seda para Padma; al norte hacia casa y Valerie; al otro lado de la Plaza Real para Ámbar; al oeste hacia las Islas de Fuego y Edel, y para Hana en las Islas de Cristal, cerca de las fronteras de Orleans. El sol ilumina un camino para mis globos mientras se ciernen sobre el oscuro océano, con cuidado de no enredarse en los mástiles de los grandes barcos imperiales. Carteros aéreos se deslizan en dirigibles descapotados con ganchos y palas para ayudar a los globos a ir en la dirección correcta.

Los observo hasta que ya no puedo ver ninguno.

Alzo el pestillo de mi caja de belleza. Los compartimentos apilados se abren de golpe para exponer un batiburrillo de instrumentos de belleza colocados en rincones y grietas. Busco un lugar para guardar los colores pastel. Paso los dedos por el interior rojo rubí y descubro un cajón secreto en el mismo fondo. Un escalofrío de emoción me recorre las manos. ¿Cómo puede ser que no lo hubiera visto antes?

Lo acciono con dulzura. Se mueve unos centímetros y lo meneo hasta que queda abierto por completo. El diminuto cajoncito contiene un libro envuelto en encaje. Quito la tela para encontrar un retrato de mi madre, que me mira desde el centro del cuero.

Su sonrisa me llena los ojos de lágrimas. Es su libro belle. Lo aprieto contra mi pecho y deseo traerla de vuelta de algún modo, como si pudiera volver a hacerse de pergamino y músculos y tinta y recuerdos. La encuadernación está ajada y la cuerda que pasa por su centro apenas sujeta las hojas. Sus flores características, las flores gemelas, están repujadas de dorado por el tallo; los capullos gemelos se curvan hacia abajo.

A menudo la veía hojeando el libro a altas horas de la noche cuando se suponía que yo estaba dormida. Recuerdo encontrar el coraje, por fin, para preguntarle qué era.

—Es mi libro de belleza —pasó los débiles dedos por el lomo—. Tiene todas las notas que tomé mientras estaba en la corte. Tú empezarás uno tan pronto como dejes esta casa. Jamás le digas a nadie que has visto el mío.

Los recuerdos me traen lágrimas a los ojos. Coloco sus piedras mortuorias en el escritorio.

Se fue de mi lado antes de la estación cálida y ahora ya casi tenemos encima la estación ventosa. No llegamos a coger los botes de remos para ver las libélulas, ni andamos por el perímetro del bosque oscuro cuando las rosas belle florecieron por última vez antes de que el frío se cerniera sobre ellas, ni probamos la menta del jardín de nuestro chef de cocina, ni esperamos hasta ver que los barcos imperiales asomaban la nariz en los pantanos.

«No llores», me dijo cuando las otras madres empezaron a enfermar y cuando algunas de ellas murieron. «Todo irá bien. Ha sido así siempre».

Coloco mi libro belle al lado del suyo. Paso los dedos por el grabado de su rostro, luego abro el libro. Al tocar su caligrafía, me imagino que no se ha ido de verdad, que solamente pasa unos días fuera, de visita a un viejo cliente que se mudó de la corte a las Islas Áureas.

Cierro los ojos y la veo ante mí antes de que se pusiera enferma: el pelo del rico color de las llamas; la piel como plumas de paloma; ojos esmeralda brillantes; una diminuta sonrisa traviesa.

Giro la página y descubro un trozo de papel doblado con mi nombre escrito en él. Lo abro.

Camelia...

Querida mía, si lees esta carta entonces acabas de empezar la época más extraordinaria de tu vida, y yo no estoy. Dentro de este libro encontrarás cosas que te ayudarán a adaptarte a nuevos retos. Guárdalo. No debes tener el libro de belleza de otra belle. Du Barry lo tiene prohibido. Tendrían que haberlo quemado junto con mi cuerpo, pero necesitaba que lo tuvieras. Ojalá mi madre me hubiera dado el suyo, habría sabido más. Quiero que estés preparada.

Te he dejado un espejo metafísico, hecho del magnífico vidrio de las Islas de Cristal. Es un espejo que siempre dice la verdad. En la corte y en los salones de té, descubrirás que lo que ves y sientes y oyes no siempre es real. La gente no siempre es quien dice ser. Este espejo refleja el alma. Úsalo cuando te sientas perdida. Pínchate un precioso dedito y derrama la sangre en el mango, y siempre te mostrará lo que necesitas ver.

Te quiero, ma petite. *Estaré siempre contigo. La mejor parte de mi vida fue el tiempo que pasé contigo.*

Con todo mi amor,

Tu maman

Me seco una lágrima y cojo el diminuto espejo dorado escondido en un pliegue del libro. Miro el cristal, pero está vacío, no refleja nada.

—Qué raro —murmuro.

Hay unas rosas diminutas grabadas en el relieve y me cabe en la palma de la mano. Una cadena fina cuelga de una abertura en el mango. Caminos acanalados y muescas viajan por todo el vidrio como una serie de ríos y riachuelos.

Cojo una aguja de mi caja de belleza, pero dudo ante la punzada. Me preparo para el pinchazo de dolor que generará clavarme la aguja en el índice. Una pequeña cuenta de sangre mana. Aprieto el dedo contra la punta del mango del espejo y la sangre se acumula en una muesca. El líquido corre por la larga línea, como si fuera una cuerda que estiraran hacia delante. La veta avanza por las ranuras doradas en dirección al cristal. Serpentea y avanza hasta la parte superior. El riachuelo rojo rodea el cristal y baña las pequeñas rosas. Se enrojecen y sus tallos espinosos se alargan y retuercen para formar las palabras: SANGRE PARA LA VERDAD.

El cristal se llena con mi imagen: el maquillaje perfectamente aplicado, el moño Belle sin un solo pelo fuera de lugar, los ojos sonrientes. El espejo se enturbia y se vuelve a disipar antes de que aparezca una nueva imagen. Unos ojos ribeteados de rojo y llenos de lágrimas me devuelven la mirada. La boca me tiembla como si estuviera a punto de liberar un profundo sollozo. Unas mejillas marrones e hinchadas están manchadas de pintalabios y colorete. Mi soledad parece una nube oscura que se pudiera atrapar en un tarro.

Voy al tocador de mi cuarto y me miro en ese espejo. Tengo el maquillaje intacto. Bajo la mirada de nuevo hacia el diminuto cristal y saco la lengua, pero la triste imagen no cambia. La tapo con la palma de la mano, intento deshacerme de ese sentimiento abatido. Leo la carta de maman de nuevo y paso los dedos por encima de las palabras: «Este espejo refleja el alma».

Limpio la sangre del espejo y me paso la cadena por la cabeza. El frío metal me raspa la piel.

Sigo pasando páginas del libro de belleza de mi madre y lo devoro todo: dibujos hechos con tinta, manchas de pintalabios de colores, pétalos de flores y pequeños cuadros hechos al collage; folletos de belleza, precios en espíntrias, diagramas de cuerpos de mujeres. Columnas bien organizadas anotan los nombres de las damas de la corte, sus servicios de belleza y secretos, y las propinas por enfrentarse a desafíos de tratamientos imprevistos, como pecas tozudas o huesos perdidos.

Las páginas producen un crujido encantador mientras estudio la lista de precios para los tratamientos de su generación.

MODIFICACIONES SUPERFICIALES:

COLOR CAPILAR   45

TEXTURA CAPILAR   62

RESTAURACIÓN DEL COLOR OCULAR   30

AJUSTE DE LA FORMA OCULAR   45

RESTAURACIÓN DEL COLOR CUTÁNEO   40

TENSAMIENTO CUTÁNEO ANTIEDAD   55

MODIFICACIONES PROFUNDAS:

ROSTRO:

ESCULPIR PÓMULOS   3.000

RECOLOCAR Y REFORMAR LA BOCA   2.275

RECOLOCAR Y REFORMAR LAS OREJAS   2.275

CUERPO:

ESCULPIR PIERNA Y BRAZO   3.250

ESCULPIR TORSO, PECHO, ESTÓMAGO   5.100

MOLDEAR CADERAS Y TRASERO   5.000

SUAVIZAR HOMBROS Y CUELLO   2.107

AJUSTAR MANOS Y PIES   1.200

Du Barry anunciará pronto los precios de esta temporada. Se publicará en todos los periódicos, se anunciará en todas las publicaciones y revistas y panfletos. Mi uña rodea el símbolo de una pequeña espíntria y me pregunto cómo cuantifican Du Barry y la Ministra de Belleza el precio de la beldad. Recuerdo escuchar a escondidas cuando era una niña mientras la Ministra de Belleza y Du Barry hablaban en su oficina sobre tendencias de belleza y partes del cuerpo y cuánto deberían pagar las masas para ser bellas.

Se abre la puerta de mi cuarto.

—Lady Camelia —llama una sirvienta.

Coloco de nuevo el libro en la base de la caja de belleza.

—¿Sí?

—Es hora de su primera sesión de belleza.

23

EL LIBRO DE CITAS MATUTINAS INDICA LAS SIGUIENTES:

Princesa Sabine Rotenberg, Casa de Orleans (du sang) 9.00
Lady Marcella Le Brun, Casa Millinery 10.15
Baronesa Juliette Aubertin, Casa Rouen 11.15

Me recojo el pelo en un moño belle y me enfundo un vestido oscuro de algodón y un mandil para trabajar. Bree me coloca la faja.

—Más estrecha —susurro, con el objetivo de aplacar el aleteo que siento en el estómago. Sujeto el colgante del espejito que llevo en el cuello y me lo coloco bajo el vestido.

—¿Qué es eso? —pregunta Bree.

El metal me enfría la piel demasiado caliente.

—Algo para tener suerte.

—El dios de la suerte ya la ha bendecido —me aprieta el brazo. Un par de ojos azules descoloridos me miran con fijeza. Unos rizos secos aparecen bajo su sombrero. Un deje gris pervive justo debajo de la blancura de su piel y diminutos puntos de vello asoman por sus mejillas.

Le devuelvo la sonrisa y luego le acaricio el rostro.

—Te daré unos pocos retoques de belleza.

—No podría permitirlo, mi señora. No dispongo de ningún bono de belleza. Además, ya tengo una cita en el Salón de Té de Seda para la última hora de la noche del sábado. Es cuando atienden a los miembros del servicio.

—Puede ser nuestro secretito.

Se le iluminan los ojos.

—No podría...

—Insisto. Y tienes que hacer lo que yo diga —le tomo el pelo—. ¿Verdad?

Sus labios luchan contra una sonrisa.

—Bueno, sí.

—Hecho, entonces. Si te causa algún problema, di que te dejé marchar temprano para que fueras al salón de té. Diles que soy una tirana de la belleza.

Bree suelta una risita.

—Me aseguraré de que le lleguen las revistas y los periódicos.

—No. No te arriesgues a recibir el castigo.

—Lo haré. Es lo mínimo que puedo hacer —me abraza y luego se aparta de golpe—. Lo siento mucho, mi señora. No sé qué me ha pasado.

La envuelvo con mis brazos y la abrazo todavía más fuerte. Me suelta y luce una sonrisa todavía más brillante en el rostro.

—Me aseguraré de que las preparaciones finales están listas —hace una reverencia y se escabulle de la habitación.

Echo un último vistazo al libro belle de maman, reviso las notas de la primera sesión de belleza que tuvo. «Sé gentil y sé rápida». Doy un hondo suspiro y lo guardo en el espacio secreto de la base de mi caja de belleza.

Ivy entra en el dormitorio con un globo mensajero de color azul océano.

—Ha llegado esto para ti.

Le cojo las cintas de la mano. Jamás había visto un globo mensajero como ese. De cerca está cubierto de olas pequeñitas y produce un sonido parecido al del oleaje.

—¿Estás lista? —pregunta.

—Sí, creo que sí.

—Estaré en el salón principal.

Abro la parte posterior del globo y pesco la nota del compartimento. Los dedos me tiemblan de curiosidad, confusión y emoción. Abro la caja de seguridad, rompo el sello.

Novísima belle favorita,
  Asegúrate de no pintar a nadie de morado.
  Buena suerte.
  Tuyo,

                                              Auguste

Me echo a reír y leo sus palabras tres veces. Bree vuelve a la habitación.

—¿Qué es tan divertido, Lady Camelia?

—Nada —respondo, sujetando el papel contra el pecho.

—Su Real Alteza la princesa Sabine ha llegado. Está en el salón principal.

Me giro.

—Vamos, pues.

Meto el papel dentro de mi libro belle, luego me aprieto una mano contra el pecho con la intención de relajar mi corazón. La fría superficie del espejo me roza la piel. Doy una honda bocanada de aire, la contengo y luego echo a andar hacia el gran salón.

«Estoy lista».

Ivy está sentada en un extremo de la habitación; casi se camufla con los tapices de las paredes, como si fuera un jarrón de flores. La princesa Sabine Rotenberg descansa en un mullido sofá de color crema, mechones grises y blancos serpentean por la melena negra. Una asistenta me anuncia. La mujer se gira de repente y salta del sofá.

—Lady Camelia —me coge las manos y me atrae hacia sí para abrazarme. Huele a agua de rosas.

—Su Alteza —me retiro y luego me sacudo discretamente los brazos y el rostro. Tengo las manos cubiertas de maquillaje.

—Discúlpame. He esperado muchísimo tiempo para verte, he tenido que recurrir al uso de cosméticos para ocultar el gris de la piel y hasta llevo películas oculares. Son muy dolorosas, ¿sabes? Por poco estuve a punto de rendirme e ir al Salón de Té del Crisantemo. Cuanto más mayor me hago, con más intensidad se me nota —se seca la frente con un pañuelo—. Es asqueroso, como en los viejos tiempos. La gente anda por ahí pareciendo un pollo podrido listo para que lo frían. —Me deposita una llave de belleza en las manos—. Y toma, antes de que se me olvide.

—Sí, y gracias.

Bree se acerca, coge la llave y la coloca en una ranura que hay en la tabla de pana.

La princesa Sabine es extraordinariamente bella a pesar de los más ínfimos vestigios de gris. La piel del color de la arena, una nariz perfectamente trazada y una boca de flor. Lleva uno de los nuevos vestidos *vivant* del Ministro de Moda que cambia de color cada pocos segundos. El suyo va del gris al azogue al azul tormenta. Hace un ademán hacia una de sus asistentas, que coloca un caballete con una pizarra de belleza en él. La superficie está cubierta por retratos de cortesanos y diminutas cuentas de bellezascopios rotos. Paso los dedos por las muestras de colores que ha pegado y las manchas de pintalabios dispuestas en los extremos.

—Quiero que combines unos cuantos aspectos —explica mientras se reclina de nuevo en el sofá. Bree trae la bandeja del té y la mujer toma una taza—. Mis asesores de belleza se han reído de esto. Están seguros de que la próxima tendencia de belleza serán los recogidos altos con textura, labios y rostros en forma de corazón a conjunto, y piel pecosa. ¿No te encantan las pecas? Y quiero tener la cintura tan estrecha como sea posible dentro de los límites de la reina. Después de mi último bebé, trabajar a fondo mi cuerpo a la altura de la cintura ya no da los mismos resultados. Una rebanada de pan de más me envía de vuelta a las belles muy a menudo.

Asiento al tiempo que almaceno cada petición en la memoria:

—Planeo traer de nuevo a la moda las cinturas redondeadas, igual que el año pasado.

Se muerde el labio inferior.

—Lo probaré la próxima vez. Por ahora, más pecas. ¿Ya te lo había dicho? Rejuvenecen mucho. Sobre todo en la nariz, como si fueran hormiguitas en un tronco. ¿Podrías deshacerte de algunas de estas arrugas también? Y me gustaría tener la nariz más pequeña esta vez. Pero sin pasarse. Una vez, el año pasado, una belle me hizo la nariz tan pequeña que casi no podía respirar. Jamás tendría que haber ido con nadie que no fuera Ivy, pero era una emergencia. Tenía una gala. Me sentí mareada durante una semana. Me tenían que llevar a todas partes en un palanquín. Me cansé de contratar al hombre fuerte para que me llevara —suelta una risita.

—La forma de su nariz le queda muy bien. La forma de corazón...

—Eres muy amable —me da un golpecito en la mano y acaba de beberse el té—. ¿Os entrenan a todas para mentir así de bien? —Hace un ademán con la taza en sus manos para que una sirvienta se la retire—. Bien, usaré el bono de belleza para el ajuste de cintura y pagaré espíntrias por los otros servicios. Me gustaría tener un color de ojos parecido al tuyo, sé que es imposible tener tus ojos ambarinos, pero intentémoslo, ¿eh? Y empecemos mi transformación hacia el rubio. Primero rubio ceniza y luego iré gradualmente hacia el blanco a medida que llegue la nieve, sí, sí, eso haré. Mis damas se divertirán. Quizás los periodistas se lo pasen bien con la transformación. Saldré más en la prensa. Tal vez me retraten de nuevo en los bellezascopios o, todavía mejor, los bellezascopios y un perfil en el folleto *Dulce*. A mi marido le gusta el pelo oscuro, pero me da igual —se pone de pie y se dirige al espejo—. Además, si tenemos tiempo, ¿podrías arreglarme los labios? Hoy parece que sean de pescado.

—¿Está segura que quiere hacer todas esas cosas a la vez? ¿Qué me dice del dolor?

—Por supuesto —se mofa y luego me mira de hito en hito—. Si pudiera hacer que me retocaras entera desde los huesos, también lo haría. Puedo tolerar el dolor, soy fuerte —sus ojos están llenos de lágrimas—. Haría lo que fuera para ser preciosa.

La afirmación me golpea en el pecho. Muy fuerte. Las palabras de maman resuenan en mi interior: «La gente de Orleans no soporta su aspecto».

Da un hondo suspiro y las lágrimas desaparecen.

—No necesitaremos todo eso. Nos podemos limitar a retocarle la piel y...

—¡Para de mentirme! —grita—. Sé qué aspecto tengo.

El movimiento de la habitación queda congelado. Sorprendida, me vuelvo para mirar a Ivy. Ella junta las manos y se las aprieta bien fuerte y con tensión. No respiro. ¿Por qué he vuelto a cuestionar una clienta?

La princesa me coloca una mano en el hombro.

—Lamento haber chillado. Es solo que, cuando no tengo mi mejor aspecto, no me siento bien por dentro ni confío de verdad en mí misma —se sienta bien erguida—. Puedes suavizar mi carácter mientras me trabajas, también. Tengo que ser más agradable, más dulce. Estoy un poco arisca estos días —suspira—. Estoy lista. Estoy impaciente por pasar tiempo contigo —chasquea los dedos hacia sus asistentas, que la dirigen hacia los baños onsen. Los nervios aletean en mi interior como las libélulas en los pantanos.

—Haz lo que te dicen —me susurro—, y todo irá bien.

Le doy la vuelta al enorme reloj de arena que hay en la repisa de la chimenea del salón de tratamientos. La arena se desliza de un extremo al otro y lleva la cuenta del tiempo del tratamiento de belleza.

Respiro profundamente. La princesa Sabine yace bajo una tela de encaje. El blasón de la Casa de Orleans es todo lo que lleva: una diminuta serpiente esmeralda que engulle un crisantemo por encima de su tatuaje identificativo. Indica que es una pariente directa de la reina. El collar reposa sobre las clavículas desnudas.

Sabine es la primera de muchos. Habrá más hombres y mujeres esperando ser cambiados, anticipando resultados perfectos. Hay expectativas: ser mejor que Ámbar, contentar a Sophia, satisfacer a la reina a pesar de que me escogiera en segundo lugar, hacer que el reino se enamore de mí. La presión se arremolina a mi alrededor como la serpiente del emblema de la princesa Sabine. Observo su cuerpo. Sus deseos desfilan por mi mente como una serie de imágenes de televisor, cada uno más complejo que el siguiente.

El servicio entra con bandejas de distintos pisos repletas

de pastillas de colores cutáneos y tarros de colorete, pinceles y pintas y tenacillas, tónicos y cremas, cosméticos, ceras y perfumes, varas de medir e instrumentos metálicos, y afilados lápices. Mi caja de belleza está detrás de mí, abierta de tal modo que el conjunto de instrumentos que hay dentro centellean bajo la suave luz. Pienso en el libro belle de maman, escondido en la base de la caja y me reconforta pensar que tengo algo suyo cerca.

Grupitos de farolillos de belleza planean por encima de la princesa como estrellas nocturnas. Proyecciones perfectas de luz revelan el rojo cereza de sus ojos centelleantes y el gris de su piel. Subrayan lo que se tiene que hacer.

Observo la pizarra de belleza que reposa en el caballete. Manchas de color se esparcen por ella y definen la paleta de colores que la princesa Sabine ha escogido para su piel, pelo y ojos, junto con las proporciones corporales.

Ivy observa todos mis movimientos. Intento ser perfecta.

—Princesa Sabine —me inclino hacia delante—. ¿Está lista?

—Sí —afirma—. Sí, sí.

Retiro el encaje para exponer sus piernas grisáceas. Sus cuerpos siempre se deterioran antes que sus rostros. Al final de cada mes, el color de la piel se desvanece como polvo llevado por el viento.

—Por favor, retire el vello de las piernas de la princesa —indico a una sirvienta.

—Sí, señora —responde antes de empezar a cubrir las piernas de Sabine con cera con olor a miel.

Una vez mi clienta está depilada, le deslizo un lápiz por la piel como si fuera pergamino. Líneas de simetría corren por su cuerpo como la arquitectura de los edificios preciosos. Crea la armonía perfecta preferida por la diosa de la belleza.

Marco los senos de Sabine para que crezcan hasta alcanzar la forma de melones dulces y muevo el lápiz hacia su estómago para trazar una serie de líneas paralelas y así suavizar las pequeñas depresiones. Dibujo círculos en su cintura y sus piernas para indicar los puntos a pulir. Le coloco encaje para medir en el rostro y me tiembla la mano mientras dibujo los contornos por la tela encima de la nariz y la frente y las mejillas de la mujer.

Cojo las borlas de polvos de mi caja de belleza y las sacudo por encima de la princesa. Los copos blancos la cubren como si fuera harina. Uso un pincel para esparcir los polvos, un truco que me enseñó maman, y repartirlos con uniformidad.

—Muy bien —susurra Ivy.

Su halago me espolea.

Las profundas líneas de lápiz marcadas en el estómago de Sabine se ven bajo los polvos como si fueran avenidas cubiertas de nieve. Doy un paso al frente. Le cojo los brazos y se los cruzo por encima del pecho. Su peso vacío me recuerda a los de maman antes de que muriera.

—Pastillas, por favor —pido.

Bree acude con un carrito de platos hondos. Bloques de color triangulares reposan en bandejas apiladas como una serie de tartaletas azucaradas. Se derriten en tarros de cristal de tonos de piel y crean todos los pigmentos imaginables: negro tinta, beige arena, blanco cáscara de huevo, pardo desierto, amarillo crema, grava suave, sirope de azúcar marrón y muchos más.

Uso una hoja plana de mi caja de belleza para cortar una

rodaja de los bloques blanco marfil y beige arena. También cojo una porción de la arena suave para las pecas. Bree me pasa un bote de pigmentos vacío. Remuevo los colores hasta que alcanzan una riqueza que conjunta con una almendra partida. Le esparzo la mezcla por un brazo y se filtra en los pliegues secos y arrugados.

Identifico todos los pigmentos más pequeños, los ricos marrones y tostados y blancos, que contribuyen a hacer la tonalidad brillante y uniforme. Maman siempre me hacía decirle todos los pigmentos que componían el rojo profundo de una manzana o el marrón de un cacahuete. Era el examen que me hacía pasar por las noches cuando estudiaba las transformaciones cutáneas. Mientras las otras madres forzaban a mis hermanas a trazar sus caligrafías en cursiva, yo trabajaba en las tonalidades y los matices. «El corazón de la belleza es el color», me recordaba maman cuando me quejaba por los ejercicios.

Las tres arcanas se despiertan en mi interior. Suavizo el carácter de la princesa, hundo el color en su piel y suavizo las diminutas arrugas.

Los gemidos suaves de la mujer resuenan por las paredes.

Retiro la pasta. El color sube por el cuerpo de la mujer, cambia de gris pálido a beige suave con matices que tiran a amarillo.

Ivy me rodea y me observa por encima de mi hombro.

—Pregúntale cómo está —me susurra.

—Princesa Sabine, ¿cómo se encuentra? —le pido cerca del oído.

—Estaré bien —me responde con una mueca.

Se mueve un poco. Cierro los ojos e imagino su cuerpo.

Pienso en sus caderas como un par de tartas de crema demasiado tostadas. La herramienta raspa las capas. La mujer se retuerce y suspira. Levanto la hoja y empiezo a preguntarle si querría dejar su forma natural como está, pero la mano de Ivy encuentra la mía.

—No te detengas —susurra.

Vuelvo a pasar el instrumento por su estómago, que se alisa con cada embate, la piel y la masa sobrantes que hay debajo se deshacen, su cintura se va estrechando.

La princesa agarra los bordes de la camilla. Se le ponen blancos los nudillos. Empiezo a trabajar más rápido. Moldeo los huesos pélvicos, solo un pellizco en cada uno.

La mujer grita.

—Es mucho más doloroso que normalmente. No puedo soportarlo.

—Más té de rosa belle le vendrá bien —le hago un ademán a Bree, que se acerca con una taza y ayuda a la princesa Sabine a sentarse. Le brillan el estómago y las caderas en la sutil oscuridad. Se aparta la malla facial y se bebe el té de un trago.

—¿Por qué el Apotecario Real no nos puede dar algo más fuerte para soportarlo?

Mi mente es un embrollo de nervios y preocupaciones.

—Yo... Eh...

Ivy da un paso al frente.

—Princesa Sabine, soy yo, Ivy.

—Ay, Ivy.

—Sí —la suave voz de Ivy relaja a la princesa Sabine—. Cualquier cosa más fuerte que las rosas belle entumecería la sangre, Su Alteza. Las arcanas no funcionarían —sujeta la base de la taza de la princesa Sabine y la ayuda a dar tragos más largos—. He puesto elixir de rosa belle en este té. Le resultará un poco más fuerte.

Los párpados de la princesa caen y se le relaja la boca.

—Sí, supongo que ha funcionado. Me siento mucho mejor —Bree la ayuda a recostarse de nuevo.

—Ve más rápido —me dice Ivy—. Estás tardando mucho, dudas demasiado por querer perfeccionarlo todo. No pueden soportar el dolor en grandes dosis y tampoco es bueno para ti.

—Pero me ha dicho que lo quería todo de golpe.

—Siempre lo quieren todo de golpe, pero tenemos que guiarles. Tenemos que ser más sabias.

Asiento y miro el reloj de arena. Ya casi es la hora de mi próxima cita.

En mi mente, el resto de peticiones de belleza están organizadas en forma de lista:

Cambiar la nariz
Suavizar las arrugas
Cambiar el color de los ojos
Iluminar el color de la piel
Cambiar la forma de la boca
Pecas
Estrechar la cintura
Aclarar el pelo
Suavizar la textura del pelo
Endulzar el carácter

El sudor me colma la frente. He prometido a Sabine que lo haría todo. Me tiemblan las manos. La mujer aprieta los dientes, rechinan demasiado fuerte para que yo pueda soportarlo.

Me apresuro para hacer los cambios en su rostro. Se me nubla la vista por el cansancio. Intento aguantarme, pero las piernas me empiezan a fallar. Se me cae la vara metálica, la habitación empieza a girar en un calidoscopio de colores y luego... Oscuridad.

—¡Camelia!

   —¡Camelia!

   —¡Camelia!

Me tiemblan los brazos y abro los ojos. Ivy está de pie a mi lado.

—Has hecho demasiadas cosas de una vez.

La princesa Sabine está inclinada en el borde de la camilla, vomita en un cubo, chilla y llora mientras escupe. Tiene la piel enrojecida, como si acabara de salir de un baño ardiente. Dos sirvientas le colocan una tela de encaje encima para cubrirle el cuerpo desnudo. Otra le aguanta su nuevo pelo de color miel por encima de la cabeza. Bree intenta sujetar con firmeza el cubo.

—Lo... Lo lamento —me siento como si la cabeza me estuviera a punto de echar a flotar, como uno de los farolillos de belleza.

—Princesa Sabine, discúlpenos —ruega Ivy.

Las sirvientas ayudan a Sabine a volver al cuarto de baño para sumergirla en agua helada. Ivy me sujeta antes de que se me vuelvan a cerrar los ojos.

La suave calidez de un trapo húmedo me despierta. Durante un instante vuelvo a estar en casa. El dosel de la cama aletea por la ventana abierta. La melodía de los pájaros del pantano flota por la habitación. Maman está inclinada hacia mí, sus dedos acarician mis rizos. Me besa en la frente. «Te matarías para ser la mejor», me susurra al oído. «Siempre haces demasiado».

Me estiro para cogerle la mano, pero me noto los brazos clavados a lado y lado.

—Camelia, despierta. ¿Me oyes? —pregunta una voz—. Camelia.

El rostro de maman se desvanece como el polvo. Abro los ojos como platos. El oscuro velo de Ivy me asusta. Intento sentarme, pero tengo agujas clavadas en los brazos y unos tubos serpentean por las mantas.

Me entra el pánico e intento arrancármelas de la piel.

Ivy me detiene.

—¡Para! Te han puesto suero.

—¿Qué ha pasado?

—Calla —susurra, luego echa la vista atrás—. No quiero que las enfermeras sepan que ya te has despertado.

Sube a la cama y luego cierra las cortinas. Nos baña la oscuridad hasta que enciende un farolillo diurno y lo hace flotar por encima de nosotras. Me ciega.

—¿Qué pasa? —pregunto.

—Necesito que prestes atención.

La cita de belleza con la princesa Sabine me inunda como una ardiente oleada de vergüenza y humillación.

—¿La princesa Sabine...?

—Está bien. Está en una de las salas de recuperación. Te has forzado demasiado, a ti misma y a las arcanas, cuando has intentado ir más rápido —explica—. No puedes hacer estos tratamientos en una sola sesión. Tienes que aprender a decir que no. Solamente tendrías que hacer dos o tres en una sesión, especialmente si tienes citas encadenadas. Tus niveles de arcana bajaron en picado.

—¿Por qué no me lo dijiste cuando Sabine hacía sus peticiones?

—Pensé que serías más responsable.

—¿Cómo tengo los niveles?

—Tres coma cinco de Comportamiento, tres coma dos de Edad y dos coma cuatro de Aura —enumera Ivy, y me sienta como un golpe en el estómago—. Has dormido todo el día y toda la noche a causa de eso. Perdiste tus otras dos citas.

¿Todo el día y toda la noche?

—Los completé en tu lugar.

—Gracias —digo. Inesperadamente, el rostro de Edel me viene a la mente—. ¿Sabes algo más de mi hermana Edel?

—Solo era un rumor. Está bien. Oí a Du Barry hablando con Madame Alieas del Salón de Té Ardiente. Dijo que eran puras patrañas.

Una sensación de alivio me rodea, pero tengo más preguntas. Edel me confesó en secreto que se fugaría y después apareció un titular sobre ello. ¿Cuántas probabilidades había? ¿Quizás alguien la oyó diciendo que quería irse y un periodista se enteró? Espero que vaya con más cuidado.

Intento sentarme otra vez, pero estoy débil y temblorosa.

—No intentes moverte. Si haces demasiado ruido, las otras sirvientas alertarán a la Ministra de Belleza de inmediato. No tenemos mucho tiempo —se inclina hacia mí—, lejos del resto.

La tengo tan cerca que puedo mirar un poco bajo su velo y se queda allí, como si quisiera que lo hiciera. Pliegues diminutos le rodean los ojos y la boca. ¿Por qué tiene arrugas? Nosotras no envejecemos como los grises. Maman apenas tenía arrugas, incluso antes de morir.

—Tienes que relajarte. Ni siquiera hace una semana que estás aquí —me recuerda.

Reposo la cabeza entre las manos.

—Quería que dijera a toda la corte que yo le había dado todo lo que ella quería —admito—. Quería demostrar que me tendrían que haber escogido favorita desde el principio.

—Te consumirás si haces un esfuerzo excesivo y acabarás como Ambrosia.

—¿Qué le paso en realidad?

Ivy duda, pero luego baja la voz a un susurro casi inaudible.

—La princesa Sophia le hizo...

El dosel se abre de golpe. Los farolillos diurnos se apagan de repente. Una de las sirvientas de la Ministra de Belleza nos mira fijamente.

—Ah, ¿estás despierta? —asoma la Ministra de Belleza—. Ivy, por todos los dioses, ¿qué haces en la cama con la favorita? ¿Y si esto llegara a las revistas del corazón? Sería un escándalo de incesto.

Ivy se escabulle de la cama.

—Solamente comprobaba cómo estaba, Madame Ministra.

—Bueno, pues ve a ocuparte de otra cosa. Las enfermeras están aquí para cuidarla. No necesita más atención que esa —echa a Ivy con un ademán de su delicada muñeca—. ¿Cómo te encuentras, querida?

—Un poco cansada, pero mejor.

—Levantadla —ordena a sus sirvientas y a las mías—. Y traedle un té y algo para comer al salón principal. Necesita fuerzas.

Bree se acerca deprisa con una sonrisa. Me quita las agujas de los brazos y me ayuda a salir de la capa. Me pongo una bata de borreguito. Siento las piernas suaves y gomosas e incapaces de soportar mi peso. Bree me sujeta.

—Te tengo —me susurra.

—Gracias —respondo. Recupero el paso y camino detrás de la Ministra de Belleza hasta el salón principal. Nos sentamos en un par de sillas a conjunto.

—Lo hiciste maravillosamente con la princesa Sabine. Ha estado alardeando sobre ti —se inclina hacia delante y me besa las mejillas pegajosas—. Ahora ya tienes una lista de espera para un mes.

—¿De verdad? No pensé que fuera tan bien.

—Le diste todo lo que quería. Se muere por tener otra sesión conmigo.

El alivio me colma entera.

—¡Y mira! Has recibido un globo mensajero de felicitación de parte de Madame Du Barry y otro de parte de la princesa. Han dejado un caminito de purpurina por todas las habitaciones. —Los globos mensajeros escupen como fuegos artificiales, uno es carmesí y el otro de color rosa y crema como los pétalos de una rosa. Danzan por la habitación como niños. Sus cintas hacen frufrú y rozan el suelo. Pienso en el que me mandó Auguste y el recuerdo de sus palabras me hace sonreír: un deje de luz entre tanta oscuridad.

El servicio coloca carritos con comida a nuestro lado, están repletos de torres de queso, construcciones de tomate y montones de pan dulce y carne troceada. La ministra da mordisquitos y yo como con voracidad.

—¿Cuándo podré trabajar con la reina? —quiero enseñarle lo que soy capaz de hacer y demostrarle que puedo ser quien necesita.

La Ministra de Belleza ahoga una risotada, luego levanta la vista de su taza de té.

—No puedes esperar, ¿verdad? Tienes que trabajar mucho antes de eso.

—Pero tengo una lista de espera.

—Paciencia, cielito —me sonríe con indulgencia—. Come. Tienes otra cita de belleza esta tarde.

—¿De verdad?

—La princesa te ha requerido —la Ministra de Belleza me da un golpecito en el brazo—. Aunque normalmente espera para ver cómo se adapta la favorita. El nuevo pelo que le diste para la fiesta de su cumpleaños fue de lo más impresionante. Muy inventivo. La hizo entrar en los bellezascopios por primera vez. Al cuerpo de prensa le encantó.

—Gracias —le digo, llenándome a partes iguales de emoción y de preocupación—. Quería que estuviera contenta.

—Espero que puedas seguir haciéndolo —me confiesa.

Después de comer, Bree y Rémy me acompañan a los aposentos privados de la princesa. Bree arrastra una maletita con mi caja de belleza. Los cortesanos señalan y susurran cuando pasamos a su lado por los pasillos del palacio. Me yergo e intento sentirme menos cansada. El globo mensajero de un periodista merodea encima de nuestras cabezas. Rémy lo aparta de un golpe.

—No soporto estas cosas —afirma.

—¿No son lo bastante emocionantes para ti? —pregunto.

—Los periódicos no sirven para nada.

—Algunos sí.

—La mayoría esparcen mentiras.

—Algunas mentiras son deliciosas —opino.

No se ríe.

—Las mentiras son tan peligrosas como una espada. Pueden cortar hasta el hueso.

Rémy se coloca al lado de las puertas de la princesa como una estatua. Ya vuelve a estar como siempre, el Rémy frío que me presentaron al principio, en lugar del que intentó hacer bromas y preguntarme cosas la noche del cumpleaños de Sophia. Lo miro con un suspiro. Su expresión permanece inalterable.

Bree alza el picaporte de latón. Su estruendo pesado radia a través de la habitación. Una sirvienta abre la puerta de par en par.

—Lady Camelia, bienvenida —me saluda—. Ya estamos casi listas para usted.

La sirvienta se escabulle a la habitación adyacente y nos deja solas en el vestíbulo. La habitación de las joyas ya no es rosa, crema y dorada. Paredes cerúleas tienen flores de lis doradas y el emblema real de la princesa. Sillas y sillones de color blanco escarcha se abarrotan alrededor de las mesas como cisnes que flotan en una balsa serena.

La sirvienta vuelve a buscarnos.

—Ya está lista.

El miedo se me instala bajo la piel y me tiemblan las manos. Sin embargo, sé que puedo hacerlo, puedo impresionarla. Debo hacerlo. Seguimos a la criada hasta un enorme salón de tratamientos. Paredes doradas nos abrazan como si estuviéramos atrapadas en el sol. Los armarios están tan repletos de productos belle, que podría ser el almacén que tenemos en casa. Docenas de farolillos de belleza enjoyados proyectan la cantidad perfecta de luz en cada rincón. Una no puede sino sentirse preciosa en ese lugar. Bandejas apiladas de pintalabios, tartas de crema para la piel, botes de tonos cutáneos y cremas de colores capilares centellean como diamantes bajo la luz.

—Camelia —la princesa Sophia se levanta corriendo, lleva un traje de baño con transparencias. Desliza su mano en la mía—. Te necesito.

Sus palabras se llevan todas mis preocupaciones.

—Mis padres han organizado citas con mis pretendientes y no tengo el aspecto adecuado. No sé qué hacer —se aferra a mí como si fuera su última esperanza de supervivencia—. La primera es esta noche, con Alexander Dubois de la Casa Berry.

—Estoy aquí, princesa. Encontraremos el aspecto adecuado.

Se aleja y me mira radiante.

—Sabía que serías perfecta. —Sophia se dirige hacia un carrito lleno de frasquitos—. La forma como me cambiaste el pelo para mi fiesta de cumpleaños solo era el principio. Eres lista. Pasaste mi primer primera prueba.

¿Aquello era una prueba?

—Gracias, Su Alteza —respondo.

—Quiero que te conviertas en mi catadora de belleza. Una reina que marque tendencia, y no como mi madre. No es ningún secreto que jamás había aparecido en un bellezascopio. Al menos, no hasta que llegaste tú. Te lo juro, es como si los periodistas se estuvieran vengando conmigo —pasa los dedos por los frasquitos, coge uno lleno de un líquido violeta y le quita el tapón con un ruidoso *pop*—. He preparado mi propio elixir de rosa belle y lo he mezclado con otras plantas medicinales. Los elixires que proporciona Madame Du Barry no son lo bastante fuertes para soportar todos los cambios que quiero —se bebe el frasquito entero y luego se seca los labios.

Se quita el traje de baño y se queda desnuda de pie.

Me vuelvo enseguida.

—Su Alteza.

—Ay, no seas tímida. Seguro que ya has visto infinidad de cuerpos desnudos.

—Bueno, sí, por supuesto, pero...

—¿Cómo queda el mío?

Se me revuelve el estómago.

—¿Qué quiere decir?

—Cuando mi cuerpo vuelve a su estado natural, me pregunto cómo queda respecto a los otros. Estoy demasiado asustada para dejar que se torne completamente gris y ver cómo nací exactamente. Así que dime...

—Sería inapropiado comparar, Su Alteza. Además...

—Mírame —grita, luego se relaja—. Limítate a mirarme.

Su orden me sacude por completo. Me giro lentamente. Tiene las manos en jarras, los pechos como manzanas pequeñas y el estómago suave.

—¿No nos cuantificáis? Nos partís en trozos y determináis qué rasgos son más bellos que otros, ¿verdad?

—Sí, pero...

—Entonces seguro que tienes una opinión.

—Yo no lo veo de ese modo.

—Qué noble por tu parte. Apuesto a que Du Barry te enseñó a decir eso. Para hacernos sentir mejor.

—No escucho todo lo que dice Du Barry.

Me sonríe.

—No debería decir...

Ella levanta una mano y corta mi disculpa.

—No hace falta. No se lo diré —usa un pequeño taburete para subir a la camilla de tratamientos. Las sirvientas la ayudan.

—Estoy lista. Ven.

Sophia alarga la mano hacia mí. Se la cojo y aprieta.

—Hazme la más bella —me pide antes de cerrar los ojos.

Bree le cubre el rostro con el encaje de medidas. La tela sube y baja al compás de la respiración profunda de Sophia. Me sacudo los nervios de los dedos. Bree asiente para darme coraje. Me aprieto el estómago con las manos, luego los deslizo hasta las tartas de máscara y las pastillas de cera y las pomadas de color capilar y las varitas de textura.

La respiración de Sophia se relaja. Hay tanto silencio en la habitación que puedo sentir cada inhalación y exhalación. La cubro de polvos cosméticos y se los espolvoreo por el pelo. La doble tonalidad de color de pelo que le di todavía refulge brillante. Me tiemblan las manos. Me ha pillado con la guardia baja. Si hubiera sabido que hoy tendría que trabajar con Sophia, habría planeado todos y cada uno de mis movimientos.

«Haz que su belleza signifique algo». La sabiduría de maman me resuena por dentro.

—¿Piensas empezar o te vas a limitar a juguetear con mi pelo? —pregunta Sophia.

—Sí, Su Alteza —mi mente zumba por docenas de apariencias como si fuera una ruleta girando, imágenes suyas en las revistas de cotilleos, en las páginas de escándalos, en los periódicos y en las revistas de belleza. Tomo algunos esquemas de color y texturas de pelo en consideración. Quiero hacer algo original.

Cierro los ojos.

Los nervios me cosquillean con poder. Las arcanas se mezclan en mi interior como velas parpadeantes. El calor me sube de la base de los dedos de los pies hasta la coronilla de la cabeza y baja hasta las mismas puntas de los dedos de las manos. Bree me ayuda a pintar el pelo de la princesa con crema capilar de aceite negro, luego lo ribeteamos de rojo. Hundo las manos en los mechones para impulsar el color a través de ellos. Enrollo un zarcillo en una vara para darle los rizos perfectos y mezclo dos tonos de piel: blanco como una concha marina y marrón citrina oscuro. Los colores de piel que su padre y su madre escogieron para ellos mismos.

No le aparece ni siquiera una gota de sudor en el rostro. Las marcas del lápiz trazan un mapa de los cambios que haré: unos pómulos más marcados como los de su madre, una nariz de botón como la de su padre, y unos profundos ojos sesgados. Recuerdo la advertencia de Ivy y lo que pasó la última vez y resisto el impulso de hacer más.

—Su Alteza —susurro.

—Sí —responde.

—Ya he acabado.

—¿Tan rápido? No has hecho ningún trabajo corporal.

—Primero quería estar segura de que iba en la dirección correcta.

Sophia se levanta de un salto.

—Traedme el espejo de cuerpo entero —se viste de nuevo con el traje de baño.

Espero su alabanza, se me antoja como un pastelillo de luna caliente.

Tres sirvientas se acercan con un espejo dorado. Sophia se observa a sí misma, se pasa las manos por el pelo y la piel, luego se inclina para acercarse al espejo e inspecciona sus nuevos pómulos y nariz. Pestañea y se gira para verse de perfil.

—Me parezco demasiado a mi madre.

—Lo he hecho a propósito, porque la reina es increíblemente preciosa —busco en su rostro algún deje de felicidad.

—Ya sé que es preciosa, pero no quiero parecerme a nadie en todo el reino —estudia su cuerpo desnudo—. Vuelve a intentarlo, favorita. Y dame unos senos más grandes. Del tamaño de granadas. Siempre parecen menguar a mediados de mes. También párpados que no se arruguen, están de moda ahora.

El aire se me escapa como si fuera un globo mensajero pinchado.

La princesa se bebe de un trago otro frasquito de elixir de rosa belle. Sus sirvientas la ayudan a volver a la camilla de tratamientos.

Respiro profundamente. Bree me da una onza de chocolate y me susurra:

—Para tener fuerza —me guiña un ojo—. Y paciencia.

Le sonrío.

—Gracias.

El chocolate se me disuelve en la lengua y pienso en los montones que llegamos a devorar en las salas de lecciones. Recuerdo cuando Du Barry nos puso por parejas para modificar a nuestra primera persona. En nuestras aulas estábamos de pie al lado de las camillas y Penelope, la *sous chef*, yacía en la mía. Hana y yo nos dábamos las manos mientras le conferíamos un color de pelo y de ojos nuevos y una nueva tonalidad de piel. Sin embargo, todo se volvió naranja estridente y tuvimos que hacer tres intentos más para conseguir arreglarlo. Du Barry nos dio tabletas de chocolate para ayudarnos a mantener nuestra resistencia.

Suprimo el nuevo color de piel de Sophia y lo hago beige como una crepe. Uso una plancha manual para alisarle los rizos del pelo y dejarle los mechones tiesos como tablas. Concedo una curvatura de lágrima a sus párpados y borro el pliegue. Añado trece pecas diminutas a una nariz nueva y más esbelta. Uso unas tenacillas metálicas para tirar de su piel y añadir volumen a los senos y a la curvatura a su cintura.

Se parece a Hana, lo que me hace añorar a mi hermana.

El sudor me perla las mejillas. Bree me da un vaso de agua, que me bebo de un trago.

—Ya estoy —anuncio.

Salta de la camilla y vuelve corriendo al espejo para examinarse desde todos los ángulos.

—Los senos son perfectos y me gustan las caderas. Sin embargo —se gira hacia mí—, jamás me ha gustado el pelo oscuro —se pasa los dedos por los mechones largos hasta la cintura—. Siempre ha sido el tono preferido de mi madre y de mi hermana —Sophia me besa la mejilla—. Eres fuerte, ¿verdad?

—La más fuerte —respondo.

Suelta una risita.

—Probemos de nuevo entonces. No estoy del todo satisfecha.

Fuerzo una sonrisa y me giro de espaldas a ella, finjo que rebusco en mi caja de productos belle. Sophia se bebe otro frasquito de elixir de rosa belle y sube de nuevo a la camilla. Me presiono una mano contra el estómago e intento relajar la respiración. El cansancio me azota todo el cuerpo.

Hago una señal a Bree.

—Tráeme las sanguijuelas, por favor, y rápido.

—Sí, mi señora —se va corriendo.

Paso los dedos por los tarros de cristal, los abro y los cierro fingiendo que preparo algo, hasta que Bree vuelve un segundo después. Abre el bote de porcelana y deja entrever su contenido viscoso. Meto los dedos dentro y cojo una sanguijuela, se retuerce ante mi fuerza. Me coloco la criatura en la nuca y sus diminutos dientes me muerden la piel. Espero a sentir el cosquilleo de sus secreciones bombeando en mi interior.

Me fortalezco y vuelvo al lado de Sophia. Mezclo un nuevo color de piel: rico blanco perla y amarillo mantequilla. Recreo el mismo tono bicolor con un escarlata profundo y un rubio cenizo. Le doy el rostro de mi madre: una nariz fina y larga, pecas marrón claro, una boquita rosa. En mi estado actual, solamente me viene a la cabeza la tez de mi madre.

—Hecho —repito casi sin respiración.

—Un espejito —ordena Sophia. Su asistenta sujeta el espejo de mano sobre ella, que sonríe—. Ahora está perfecto. Un buen comienzo —los ojos de Sophia se abren y se cierran—. He tomado demasiado elixir de rosa belle para seguir con esto.

Sus asistentas la ayudan a enfundarse una bata y a salir de la habitación. Cuando las puertas se cierran detrás de sí, me derrumbo encima de la camilla de tratamientos.

—¿Todo bien, mi señora? —pregunta Bree, pero tengo la boca demasiado cansada para abrirse. Me ayuda a sentarme en una silla.

El abuso de arcanas me atonta los sentidos; la habitación parece más gruesa a mi alrededor y yo me siento demasiado delgada para formar parte de ella. Me tiemblan las piernas y estoy cubierta de sudor. Mis extremidades son ligeras como plumas, listas para que se las lleve el viento.

Bree me alcanza una taza de té especiado picante y otra onza de chocolate, y me añade una sanguijuela a cada muñeca. Cierro los ojos y me hundo en el sueño.

Bree me sacude el hombro.

—Lady Camelia, es hora de irnos. ¿Se siente mejor?

Me despierto a trompicones.

—Sí. ¿Cuánto tiempo he dormido?

—Un reloj de arena entero.

Salimos del salón de tratamiento. Siento las piernas más de masilla que de hueso. El carrito de Bree traquetea detrás de mí. Tengo que fijarme en cada paso, ordenar a mis pies que se muevan.

Las puertas del tocador se abren de golpe. Rémy espera en el mismo lugar donde le dejé. Sus ojos oscuros están llenos de preocupación.

—¿Necesitas ayuda?

—No, estoy bien.

Los bordes del salón se disuelven en neblina.

Bree me da otra onza de chocolate.

—Vendré a buscarla a su habitación —me tranquiliza, luego se va en dirección a los ascensores de servicio.

Rémy me ofrece el brazo.

—¿Dónde vas? —pregunta una voz.

Es Auguste.

AUGUSTE ESTÁ APOYADO CONTRA UNA DE LAS COLUMNAS DE mármol, golpea un farolillo nocturno a punto de extinguirse. No lleva el pelo recogido en el moño de siempre, sino que le cae enredado por los hombros. Sus pecas crean un caminito por las mejillas. Luce un broche desposorio en la solapa, un recordatorio de que es uno de los pretendientes de la princesa.

Un escalofrío inesperado me recorre. Echo los hombros atrás, abro bien los ojos e intento sentirme —y parecer— menos exhausta. Me sonríe y me mira fijamente como si esperara que yo diga algo en primer lugar. Me muerdo el interior de la mejilla y hago un ademán con las manos, aunque solo sea por tener algo que hacer.

—¿Qué hace aquí? —es todo lo que alcanzo a preguntarle.

—¿No puedo estar en el salón? —responde.

—Esto...

—Pensabas que te estaba esperando a ti —afirma.

—Yo no he dicho...

—No te estoy siguiendo, si es eso lo que te preocupa —cambia de posición y se acerca.

Rémy da un paso al frente, tiene la mandíbula apretada, y desliza una mano hacia la daga que lleva en el costado.

—No hay de qué preocuparse —asegura Auguste—. No tengo intención de hacerle daño.

Me burlo.

Auguste sonríe y señala a Rémy.

—Te ha tocado el serio.

Ahogo una risotada.

—Quizás ella me sigue a mí —le dice a Rémy.

Rémy no se ríe. Su mueca se ensancha.

—Solo he venido por una sesión con la princesa —explico.

—Bueno, estás de suerte.

—Estoy cansada más bien —me acerco a Auguste, dejo atrás a Rémy. Parece que haya entrado en una burbuja con él. La gran escalinata del salón y las columnas de mármol blanco desaparecen. Los cortesanos que había por allí también se desvanecen. Rémy se convierte en una estatua. Las normas que Du Barry me hizo tragar acerca de fraternizar con hombres y chicos fuera de los tratamientos de belleza desaparecen. Solo estamos nosotros dos, hablando, y se me antoja deliciosamente aterrador y fascinante a la vez. Soy un enredo de risitas y distracciones y delirio. Tendría que haber vuelto a los aposentos belle. Tendría que comprobar mis niveles de arcana. Tendría que descansar después de horas de trabajo.

—¿Recibiste el globo mensajero que te envié?

—Ah, sí —el recuerdo todavía está fresco.

—Bueno, ¿y no me vas a dar las gracias? ¿O enviarme uno a mí?

Suelto un bufido y siento que inmediatamente se me sonrojan las mejillas.

—Me lo envió ayer por la mañana, no me ha dado mucho tiempo.

—Demos un paseo juntos.

Lucho contra una sonrisa e intento fruncir el ceño.

—¿Por qué debería hacerlo?

—¿Y por qué no deberías?

—Es un desconocido. Y...

—Sabes mi nombre. Soy Auguste Fabry, el horrible hijo del Ministro de los Mares. Nos hemos visto antes. Somos mejores amigos, aunque sospecho que no te gusto demasiado. Además, te he enviado un globo mensajero.

—He recibido muchos globos mensajeros. ¿Se supone que tengo que dar un paseo con todos y cada uno de los remitentes?

—¿No eres popular?

—Lo soy. ¿No me ha oído?

—¿Oír qué?

Me inclino hacia él y susurro:

—Soy la favorita.

—Ah, ¿sí? —Sus labios esbozan una sonrisa que descubre los hoyuelos de sus mejillas—. No lo había oído. Debo vivir en el rincón más recóndito del mundo.

—Sin duda —respondo—, en la frontera rocosa del reino, seguro.

Se ríe. Me río. Nuestros ojos se encuentran un segundo y luego desvío la mirada. La emoción me burbujea en el pecho como si flotara en una copa de champán. Mi boca, cansada hace un momento, ahora no puede detenerse.

Rémy se aclara la garganta y la burbuja estalla. Cortesanos bien vestidos bajan de carros centelleantes que llevan a la gente de un piso a otro del palacio. Sirvientes imperiales carretean bandejas dentro y fuera de las habitaciones. Los periodistas mandan sus globos mensajeros de cotilleos negros y globos mensajeros de historias azul marino por los salones, con la esperanza de atisbar cualquier pedazo de lo que sea para llenar las rotativas y las revistas del corazón y las publicaciones de escándalos. La gente se lleva los binóculos a los ojos y deslizan trompetillas auditivas de los bolsillos.

—Demos un paseo juntos —pide Auguste otra vez.

Y aunque a nuestro alrededor el mundo haya vuelto a la vida de nuevo, asiento. Parece que no puedo contenerme.

—Eres fácil de convencer.

—También puedo volver a mis aposentos como si nada.

—No, ven —me ofrece el brazo, pero sacudo la cabeza—. De acuerdo. Esas normas de nuevo. Creía que dijiste que no las seguías.

—No lo hago, pero solo porque no quiera cogerte del brazo no significa que no siga el protocolo. Quizás me preocupa que puedas contagiarme alguna enfermedad. O quizás no hueles demasiado bien.

Se olfatea.

—Me aseguraré de ponerme colonia la próxima vez, así no oleré a mar y al mercado de los embarcaderos.

—No hueles a...

—De todos modos, yo tampoco quería cogerte del brazo —sonríe con satisfacción.

Pongo los ojos en blanco y caminamos hacia una salida pequeña del palacio. Rémy nos sigue de cerca. La quemazón de su mirada en mi espalda es como el calor de una vela demasiado cerca de la piel.

Uno de los setos podados en forma de arco que lleva hacia los jardines del palacio está lleno de florecillas iridiscentes. Farolillos nocturnos refulgen tan brillantes como la luna que nos vigila; el fulgor se pega a los setos curvados en un arco por encima de nosotros y roza la superficie del río del palacio que tenemos delante. Pájaros brillantes como gemas reposan en jaulas colgantes y prestan sus dulces canciones a los rincones silenciosos del jardín.

—¿Qué tal sienta volver a estar en la corte? —Sus preguntas siempre son como desafíos.

—Fenomenal —respondo, pero el rostro de Ámbar me viene de pronto a la cabeza.

—A mí jamás me ha gustado demasiado la corte. Tuve suerte de estar en el mar con mi padre la mayor parte del tiempo. Me está preparando para una vida aburrida en un barco.

—¿No es eso lo que quieres?

—Es lo que quiere mi padre —responde—. ¿Tú siempre quisiste ser una belle?

—Sí. No sé qué sentido tendría ser otra cosa.

—¿Te lo has preguntado alguna vez?

—No.

Frunce el ceño, como si esa fuera una respuesta errónea para su pregunta.

—¿Qué más hay?

—La vida ordinaria.

—¿Qué es eso? —Pregunto entre risas—. Y, ¿quién la querría?

—Podrías ser una cortesana famosa. Solo tendrías que preocuparte por los vestidos y los cotilleos y en aparecer en los bellezascopios y los periódicos.

—Prefiero tener las responsabilidades que tengo —replico—. El deber.

—¿Y si alguien encontrara la forma de curarnos? —pregunta—. Un elixir que se pudiera embotellar y pudiera hacer precioso a todo el mundo. ¿No sería más sencilla, tu vida?

Un enojo ardiente llena cada parte de mí.

—Lo que yo, lo que mis hermanas hacen, ¡jamás podría embotellarse!

—No quería ofenderte. Es solo que a mí me gusta tener una vida despreocupada. Supongo que estar en el agua fomenta ese tipo de temperamento. El dios de los mares no tiene lealtades.

—No deberías dar por hecho que todo el mundo es así —espeto.

—Tienes razón.

Luego entrecierra los ojos y se inclina hacia mí.

—Tienes algo en el cuello. —Auguste toca una sanguijuela allí olvidada, pega un salto hacia atrás y grita—. ¿Qué es eso tan asqueroso?

—Ah, solo es una sanguijuela. ¿Te da miedo? —la meto de nuevo en su escondite bajo un volante del cuello de mi vestido.

—¿Por qué tienes eso? —se ha puesto un poco verde.

—Otro secreto de las belles.

—Un secreto horrible.

—Nos ayudan a restablecer nuestras arcanas y a purificar nuestra sangre. Y no insultes a las sanguijuelas.

Enarca las cejas con curiosidad y me doy cuenta de que he hablado demasiado. La voz de Du Barry estalla en mi interior: «No reveles los secretos de las belle». El calor de mi error se asienta en mi estómago.

—Abran paso —grita un asistente.

Cuatro siervos imperiales cargan un palanquín con ventanas. Sus bordes dorados brillan como un sol atrapado en la oscuridad temprana del atardecer. Dentro descansa la princesa Charlotte sobre un cojín bordado. Una mujer con un velo y una corona anda al lado del palanquín con una mano apoyada en el cristal. Un grupo de periodistas les siguen de cerca.

—¿Adónde la llevan? —pregunto—. Y ¿quién es la mujer que va con ella?

—La princesa está... —empieza a decir Auguste.

—La princesa Charlotte toma el aire cada noche más o menos a esta hora. Esa es su belle, Arabella —interrumpe Rémy—. Deberíamos irnos, Lady Camelia. Me han informado de que la cena ya está servida en sus aposentos y Madame du Barry la espera.

La realidad me abruma como una pesada ola del océano.

—Gracias por el paseo —le digo a Auguste.

—Me sabe mal que se acabe tan pronto —me sonríe espléndidamente.

Las mejillas me arden de nuevo.

—Buenas noches.

—Buenas noches —repite—, y no te olvides de escribirme. Aguardaré. Espero una respuesta.

—Sí, claro.

Sigo a Rémy de vuelta al interior. Sus pisadas retumban.

Empiezo a darle las gracias por no insistir en volver de inmediato a los aposentos belle. Sé que no puede ser emocionante seguirme a todas partes, no si estás acostumbrado a defender el reino o a entrenar para batallas. Sin embargo, no me salen las palabras y para cuando hemos vuelto y él ya monta guardia fuera de las puertas, el momento parece perdido.

Los carritos con la cena reposan en el salón principal, están llenos a rebosar de comida muy caliente.

Bree me saluda.

—¿Dónde estabas?

—He salido a pasear —me quita la sanguijuela del cuello y me ayuda a deshacerme la faja.

—Estás sonrojada y tienes la piel muy caliente —me sonríe—. Además, ha llegado un globo mensajero para ti hace unas cuantas horas, del Salón de Té del Crisantemo. Está atado al escritorio.

Me lanzo hacia mi dormitorio.

—¡Llevas el vestido medio desabrochado! —grita entre risas.

Un globo mensajero magenta flota por encima de mi escritorio. El emblema del Salón de Té del Crisantemo brilla en un lateral. Abro la parte trasera y pesco la carta de su compartimento. Los dedos se pelean con el pliegue. El corazón me retumba. Se me cae la nota, la recojo enseguida.

Camille,
    Yo también lo siento. Y estoy bien.
    Te echo de menos.
    Cuídate,

                                             Ámbar

Giro la carta. Colores pastel trazan una serie de líneas. Otro mensaje dice:

CREO QUE EDEL SE HA ESCAPADO. UN INVESTIGADOR IM-PERIAL VINO AL SALÓN DE TÉ EN BUSCA DE ELLA. SIN EM-BARGO, ALGUNOS DE MIS CLIENTES ME HAN DICHO QUE LOS TRATAMIENTOS DE BELLEZA SIGUEN EN PIE ALLÍ. ¿SA-BES QUÉ PASA?

EL DOSEL DE MI CAMA SE ABRE DE GOLPE. UNOS FAROLILLOS nocturnos entran flotando, su luz me alumbra, brillante. Me cubro el rostro. Después de mucho girar y retorcerme, preocupada por Edel, me siento como si acabara de quedarme dormida y no pudiera ser ya de día.

—¿Qué pasa?

Una Bree con ojos soñolientos me devuelve la mirada.

—Te han llamado.

—¿Quién? —me froto los ojos—. ¿Qué hora es?

—Su Alteza, la princesa Sophia —me aparta las mantas—. Y son dos horas pasada la estrella de medianoche.

—¿Por qué?

—Su primera criada, Cherise, no me lo ha contado. —Bree me coloca una bata recubierta de pieles por encima de los hombros y yo me enfundo las zapatillas—. Ha dicho que la princesa quiere que vayas tal y como estás.

Me peleo con mi pelo, me quito el pañuelo de seda e intento recoger el embrollo de rizos ensortijados en un moño belle.

—Vamos, rápido. Está de mal humor y no le gusta esperar. —Bree me apresura a salir de los aposentos belle, donde me espera Rémy.

—Buenas noches —digo.

—En realidad son buenos días —me corrige.

Suspiro.

—¿Tienes idea de lo pesado que eres?

—Mi hermana mayor me lo dice a menudo —anda por delante de mí. Ya he memorizado el camino hacia los aposentos de Sophia, pero vamos en dirección contraria: hacia el ala sur del palacio. Pasamos por grandiosos salones de baile e invernaderos de cristal y salas ornamentadas.

—¿Adónde vas? —pregunto a Rémy.

—Donde me han indicado que te lleve.

—Y te preguntas por qué no me gusta tenerte por aquí.

Se detiene y me encara.

—Intentaba bromear contigo.

—Bueno, pues se te da fatal.

—Me esforzaré más la próxima vez —vuelve a echar andar—. La princesa ha requerido que te dirijas a su taller privado.

—¿Sabes por qué?

—No me pagan para saber, solo para seguir órdenes.

Unas puertas oscuras brillan intensamente con el emblema de la Casa de Inventores: un crisantemo que crece en una torre de ruedas dentadas y herramientas. Un trío de guardias imperiales bloquea la entrada. Rémy saluda, se hacen a un lado y adopta su lugar con ellos.

Las puertas se abren. Estanterías enormes escalan las paredes y dan lugar a centenares de balcones. Los libros ahogan todos los rincones libres. Farolillos de trabajo de color gris plateado cuelgan por encima de mesas largas, cuyas superficies están repletas de vasos de precipitación, tubos, cuentagotas, cucharas, un equipo de morteros y manos, y ralladores. Un animal enjaulado que se parece a un gato con pelaje rubio con manchas negras ronronea. Hay canastos llenos de pétalos de flores y un brasero monstruoso suelta nubecitas de humo en un rincón. Las estanterías están colmadas de botellas de apotecario que centellan como joyas, también tarros claros y magníficos frascos que contienen resinas, bálsamos, ceras y aceites hechos de flores, secreciones de plantas y extractos. Borlas, pinceles y barras de labios reposan como *macarons* en una bandeja de dulces.

Sophia escudriña dos terrarios de flores y da golpecitos con el dedo en el cristal. Uno de ellos contiene sanguinarias, una flor de pétalos blancos y centro amarillo. El otro presenta unas flores blancas y rosa pálido en macizos brillantes: un laurel de montaña. La princesa hace gorgoritos a las flores como si fueran cachorritos, su pelo es una nube rellena estática que le vuela por los hombros, su piel pálida está sonrosada por la ansiedad. Todavía tiene el aspecto de mi madre y lamento la decisión. Me revuelve el estómago.

—Camelia —Sophia corre a mi encuentro. Su camisa de dormir vuela tras ella como una cola—. Quiero enseñarte algo especial. —Huele a sudor y a sal. Tiene las escleróticas inyectadas en sangre—. Mi favorita —me coge de la mano y me arrastra hacia delante con alegría, es como si fuera una de mis hermanas y fuéramos a clase o a desayunar o a escabullirnos a algún lugar indebido—. Necesito tu ayuda otra vez.

Una parte de mí está encantada de ser quien la ayude. Es lo que quería.

Dejamos atrás los terrarios.

—¿Sabes mucho de plantas? —me pregunta.

—Sí. En general solo las estudiamos para trabajos de pigmentación y tonalidades, y para los productos belle.

—Las flores están tan infravaloradas —echa la vista al techo—. Solo se codician por su belleza, cuando son capaces de ayudar a solucionar muchísimos problemas —me tira hacia delante, hacia una gran mesa repleta de montones de boletines, panfletos de belleza y revistas de escándalos. Imágenes arrancadas están clavadas en pizarras. Ojos, piernas, senos, pelo, complexiones, rostros. Cajas de belleza reposan en hileras, sus contenidos expuestos.

Sophia me dirige hacia una pizarra de belleza dispuesta en un caballete. Dos mujeres idénticas nos devuelven la mirada: pelo rubio níveo, ojos de color verde pera, piel marrón oscuro y bocas en forma de corazón.

—Estas son mis primas: Anouk y Anastasia —pasa los dedos por sus rostros—. Solo se permiten tener unas pocas diferencias diminutas entre ellas. Tienes que buscarlas.

—Son preciosas —opino.

—Ahí está el problema.

Me resiento.

—Las he controlado estos últimos días. He seguido sus tratamientos de belleza, acaban de volver de unas vacaciones en las Islas de Seda y de ver a tu hermana Padma.

—¿Ha seguido sus tratamientos de belleza?

—Ay, no te he enseñado mi obra maestra —tira de una serie de cuerdas trenzadas que cuelgan por la pared y se alza un tapiz detrás, que revela una pared completa de retratos de porcelana rosa dispuestos en una red rizada de tubos de latón. Cada lugar y rincón está lleno, todos ellos marcados con un nombre y un título y un emblema real,

Un ligero zumbido de líquido serpentea por los tubos. Algunos de los retratos cambian: el pelo crece o se encoge, las narices se contraen, los tonos de piel se ruborizan con colores mejorados o completamente nuevos, texturas capilares se transforman, bocas se hinchan.

Alargo la mano.

—No toques nada —advierte Sophia—. Son muy sensibles.

—¿Qué son?

—Es como veo a todo el mundo —los admira—. Lo preciosa que es mi corte.

—Pero ¿cómo? —se me retuerce el estómago.

—Es un secreto —me coge la mano y la aprieta—. ¿Puedo confiar en ti?

—Sí —el corazón me galopa en el pecho.

Sophia vuelve a la mesa y abre una de las cajas de belleza. Las cajas de terciopelo contienen ornamentados brazaletes y pendientes en forma de lágrima y collares cargados de oro y gemas.

—Uno de mis inventores reales los hizo para mí. ¿Recuerdas cuando viniste por primera vez a mi ritual de aseo, el día de mi cumpleaños, y repartí joyas?

Asiento al recordar como las damas de la corte habían pedido las joyas a voces.

—Extraen diminutas cantidades de sangre. Solo necesito un poco y cuando la mezclo con tu sangre, sangre de belle, pasan cosas extraordinarias.

—¿Mi sangre?

—Sí, hago que drenen tus sanguijuelas y a veces también las de tus hermanas en los salones de té.

Intento evitar que se me note el disgusto en la cara.

—¿Cómo?

—Ay, no te preocupes —me da un golpecito en el hombro—. Lo descubrí hace mucho tiempo, cuando era una niña y la favorita de mi madre, Arabella, me cambiaba el color de pelo y de ojos en la sala de juegos. También es mi favorita, todavía. Aunque quizás la acabes superando —me pone ojitos—. De niña mordía a Arabella para jugar y gotitas de su sangre manchaban mis vestiditos y delantales. Obligaba a mi niñera a recortar y guardar las partes de tela manchadas de sangre. Un recuerdo raro, lo sé, pero me fascinaba lo que podéis hacer.

Me alejo un paso de ella. Busco en su rostro y sus ojos y me pregunto si habla en serio. Me mira radiante, el orgullo rezuma de cada rincón de su cuerpo. ¿Quiere que me sienta honrada de que a ella la fascinen las belles?

—Fue entonces cuando hice el descubrimiento. Es cuando empecé a entender el poder que tenía. Si la sangre de Arabella me tocaba la piel, el color se reconstituía momentáneamente. ¡Imagínate! Pensé que las belles tenían más poder que las reinas. Quería ser así —pasa los dedos por las joyas, pasea la punta de su dedo por los diminutos lugares por donde salen las agujas y los compartimentos ocultos metidos en el interior de las joyas crestadas—. Chupaba la tela y a veces robaba las sanguijuelas de Arabella para comérmelas. Pensé que si ingería la sangre me convertiría en alguien como tú. Como Arabella. Como las belles que veía en los salones de té. Pero no funcionó, solamente me ponía enferma.

La turbación se me instala en el estómago.

La princesa se vuelve hacia la pared.

—Al hacerme mayor, mi hermana, mis primas y amigas se volvían más y más bellas que yo. Mi madre no me dejaba hacerme cambios físicos profundos; empezó a promulgar leyes y a huir de los cambios radicales. Yo me sentía ordinaria. Olvidada. Simple. Mi hermana hacía que pareciera muy fácil ser bella; los colores que ella escogía y los cambios sutiles le conferían un aspecto extraordinario, más encantador después de cada cita con Arabella. Yo necesitaba que la gente me prestara atención del mismo modo. Necesitaba ser mejor que nadie. Necesitaba tener los mismos instintos de estilo y belleza.

Se inclina hacia uno de los retratos cambiantes.

—¡Mira! —Me atrae hacia sí—. Lady Christiana ha hecho que le cambien el color del pelo de marrón a púrpura ciruela. Un color espantoso. Y a estas horas. Me pregunto a qué salón de té irá.

Observamos cómo cambia la imagen. La nariz se transforma de una punta esbelta a una naricita de botón. Los pómulos se realzan y la línea de la mandíbula se suaviza. La piel se le oscurece: de marfil a marrón miel. Es como ver un carrete de televisor de cambios minuto a minuto.

—Tus poderosas arcanas las conecta a mi pared —explica—. Es más inmediato que con la de tus hermanas o incluso la de Arabella. Hasta con solo unas pocas gotas de su sangre mezclada con la tuya, puedo ver lo que hacen.

—No lo entiendo —y no sé si quiero hacerlo.

—Cambio las joyas cada semana para tener un suministro fresco de su sangre. Y por alguna razón, que incluso escapa a mis científicos, tu sangre me permite verlas.

—No sé qué decir.

—Emociónate. Eres fuerte —me agarra la muñeca—. Y serás una de las que me ayudarán a alcanzar mis objetivos, por fin. Quiero ser la mujer más preciosa de todo Orleans y del mundo.

—Pero si ya es deslumbrante.

—Mientes con mucha facilidad, lo que me lleva a preguntarme qué más no me estás contando —el tono de su voz envía escalofríos por todo mi cuerpo. Sus ojos arden en los míos.

—No estoy mintie...

—Sé que no soy la más bella. Vengo aquí dos veces al día y lo recuerdo cada vez que veo imágenes de mi hermana en los salones reales. Cuando veo los aspectos que crean tus hermanas. Cuando veo a mi madre. Sé que como mucho soy del montón. La diosa de la belleza no me bendijo con un patrón natural superior. No tengo una buena base con la que trabajar.

Me recuerda a mí misma, queriendo ser la mejor, investigando y conspirando y planeando para asegurarme que iba por delante del resto.

—Pero ¿cómo puede saber quién es más bella? Todas tienen aspectos distintos —pregunto.

—¿Entiendes lo que quiero? —alza la voz.

Empiezo a sudar. Se me acerca y su respiración pesada es casi jadeante.

—Quiere ser la mejor —respondo, y de algún modo me

resulta demasiado familiar, como si hablara de mí misma. «Quizás yo haría lo mismo si me estuviera preparando para ser la reina». La oscuridad de darme cuenta de ello se hunde en mi interior.

Sophia sonríe abiertamente.

—Sabía que lo entenderías —me coge de la mano y la besa—. Tenemos que hacernos amigas. Mejores amigas. Después de todo, yo te quería a ti. Siempre. Desde la primera vez que te vi en carruaje del Carnaval Beauté —se dirige hacia la puerta—. Harás todo lo que haga falta para ayudarme, ¿verdad?

—Sí, Su Alteza —respondo mientras hago una reverencia, pero no sé qué me costará hacerlo.

A LA MAÑANA SIGUIENTE, IVY ME ESPERA EN EL SALÓN PRINcipal y corre hacia mí a la que pongo un pie en la habitación.

—Tengo que hablar contigo —su energía nerviosa irradia como los rayos de un sol demasiado fuerte.

—Y yo tengo una pregunta para ti. ¿Por qué Arabella no volvió a casa? —pregunto, antes de que me pueda sermonear acerca de lo que sea.

Ivy se revuelve.

—¿Cómo sabes de ella?

—¿Es una de tus hermanas? —pregunto—. La vi.

—No, es de la generación anterior a la mía. Es la belle favorita de la reina. Se la quedó en la corte para trabajar con la princesa Charlotte.

—¿Ha estado tanto tiempo en la corte? ¿Y Du Barry lo permitió?

—La reina tiene lo que la reina quiere —se limita a decir Ivy.

El servicio entra con carritos de desayuno repletos de huevos duros, carne asada y tartas de fruta, pastas, beicon frito y tostadas dulces, pero Ivy los ahuyenta y corre a la puerta de la oficina de Elisabeth. Llama tres veces y pega la oreja a la pared. La puerta no se abre.

—Bien, se ha ido —Ivy se me echa encima—. ¿Qué pasó ayer por la noche con Sophia?

—¿Cómo lo has sabido? —cojo una porción de tarta de queso y un plato del carrito y me siento en un sillón.

—Se espera de mí que sepa todo lo que tiene que ver contigo y tu transición en la corte.

—¿Como una espía? —bromeo, en un intento de hacerla sonreír y relajarse un poco.

—Como una hermana mayor —me quita el plato de las manos y lo deja en una mesa—. Necesito que te concentres y me digas exactamente qué pasó —se retuerce con furia las manos, enguantadas de encaje.

—Sophia me llevó a su taller. Vi...

—Los retratos —se pone las manos sobre la faja, como si le doliera la barriga y se la masajeara—. Ya vuelve a empezar.

—¿El qué? —alcanzo mi plato.

Ivy lo tira contra la mesa.

Salto.

—Necesito que te concentres ahora mismo. Sus problemas. Sus obsesiones. Pensé que había mejorado. Pensé que la había ayudado —se lamenta.

—Hablas de ella como si estuviera enferma.

—Está trastornada.

—Un poco, sí. Siente presión, ansiedad. Quiere ser la más bella —explico—. Creo que puedo ayudarla.

Ivy se queda paralizada. Su mirada arde.

—Yo también lo pensé. Como una tonta. ¿No lo ves? ¿No lo notas?

—¿Notar el qué?

Se sienta a mi lado en el sillón, tan cerca que puedo sentir el olor a lavanda de la crema que lleva.

—Se supone que no debo emponzoñar tus pensamientos. Du Barry y la Ministra de Belleza me dieron instrucciones muy estrictas: no debo decirte nada —le tiembla la voz. Se detiene cuando se abren las puertas de otras habitaciones de los aposentos belle.

—¿Decirme qué? —el pulso se me acelera.

Ivy echa un vistazo por encima del hombro. Las asistentas del desayuno llenan teteras con agua caliente y disponen vasijas de zumo de melón dulce.

—Espera —me susurra—. Dejadnos, por favor —les pide—. Haré sonar la campana cuando podáis volver.

Salen corriendo.

—Sophia tiene impulsos oscuros. —Ivy está quieta como una piedra—. Cuando me nombraron la favorita, ella acababa de cumplir trece años. Una de las damas de honor de la reina le regaló un cocodrilo en miniatura. Era un animalillo de peluche animado diminuto llamado Pascale, con dientes afilados y una cola larga que arrastraba como un tren de perlas. Sin embargo, Sophia hacía tiempo que deseaba un dragón. Unos pocos años atrás habían empezado a ser muy escasos porque los criaderos reales no podían conseguir que ninguno sobreviviera más que unas pocas horas después de salir del huevo. —Ivy respira hondo—. Sophia me forzó a hacer trabajos de belleza con Pascale.

—En casa trabajábamos con perritos de peluche animados y los gatitos perdidos —le recuerdo.

—Sí, pero solo les cambiábamos el color del pelaje, para

practicar las arcanas —clava la mirada en las puertas principales del salón—. Sophia me obligó a romperle la espalda —se le quiebra la voz—, y a remodelarle los huesos para que tuviera un par de alas.

Me llevo una mano a la boca.

—Tuve que romperle el cuello y estirárselo para que pareciera más un dragón que un cocodrilo. Luego ella intentó hacerlo volar.

Alzo la mano.

—No quiero oír más.

—Lo tiró por un balcón. Lo mató.

—Ivy, te he dicho que no quiero saberlo —me levanto de la silla.

—Tienes que saberlo.

—Solo era una niña.

—Eso pasó hace solo unos pocos años. ¿Y si esos impulsos han crecido con ella en lugar de disminuir?

—No quiero hablar más de esto —me voy como una exhalación del salón principal.

—Camille —me llama Ivy—. ¡Camille!

Dentro de mi dormitorio, cierro la puerta de un golpe y luego salgo a la terraza. Una brisa fría arrastra las hojas por el suelo como un prisma de colores de cosméticos para la estación ventosa: maravilla, castaña, escarlata, albaricoque. Ojalá la brisa pudiera arrastrar con ella lo que Ivy me acaba de contar, llevárselo a otro lugar.

Una hoja brillante queda atrapada en el ábaco de mi escritorio. La rescato y la rozo con los dedos. La huelo y pienso en maman. Cuando los meses cálidos se volvían ventosos, me llevaba hacia los lindares del bosque que rodeaban La

Maison Rouge de la Beauté y buscábamos hojas, recogíamos las más preciosas, las más brillantes, todavía llenas de color. De nuevo en nuestra habitación, ella me explicaba cómo usarlas para hacer pigmentos que parecieran naturales y mezclar tonos de pelo, y las prensábamos entre tomos de cuentos de hadas para mantenerlas como recuerdos de nuestras aventuras.

Abro su libro belle. Una raída hoja de revista de escándalos llamada *Los secretos de Madame Solaina* está metida entre dos páginas. El titular dice:

LADY SIMONE DU BERTRAND DE LA CASA EUGENE
MUERE CUANDO LA FAVORITA LE RESTAURA
EL COLOR DE LA PIEL

«¿Qué?».

La caligrafía frenética de maman lo acompaña:

Fecha: día 53 en la corte.

Quería la piel más blanca de todo el reino, pura como la leche fresca y una margarita recién nacida, repetía sin cesar. Su asistenta aguantó un espejo encima de su cuerpo durante toda la sesión. Yo hundía el color blanco tiza en su piel, pero se agriaba y se mezclaba con tozudas tonalidades de gris radiante. La mujer se sentó y me pegó y me obligó a hacerlo de nuevo.

Me enfadé tanto que no pude mantener su imagen en la mente. Las arcanas no me funcionaban bien. La mujer no paraba de pegarme cada vez más y más fuerte, y me amenazó con usar un cinturón si seguía sin poder darle el color adecuado. Sentí un aguijonazo en mi interior y no pude evitar imaginar la carne de la mujer cubierta de arrugas, su corazón latiendo cada vez más lento. Cuando abrí los ojos de

nuevo, los suyos se salían de las órbitas y tenía la boca abierta. Su co-
razón se había detenido. Al principio no entendía qué pasaba, pero
luego me di cuenta... de que había sido yo. La Ministra de Justicia
sentenció que había sido un caso accidental, puesto que la doctora
privada de la mujer confirmó que había tenido problemas de salud
antes de que le hicieran el tratamiento de belleza.

Doy una profunda bocanada de aire. ¿Maman mató a una clienta? ¿Las arcanas la traicionaron? ¿Cómo pudo mante-nerlo en secreto? ¿Podría pasarme lo mismo a mí?

Cierro el libro de un golpe y lo meto de nuevo en su es-condrijo dentro de mi caja de belleza.

Dos globos mensajeros entran serpenteando, dejan de-trás de ellos un rastro de hojas.

El primero: uno carmesí, arde brillante con el emblema de la casa La Maison Rouge de la Beauté.

El segundo: uno blanco plateado cubierto con un colla-ge centelleante del Salón de té de cristal.

Ato sus cintas en el gancho del escritorio. De un corte, abro primero el de casa. Extraigo el pergamino.

Querida Camille,

No sé nada de Edel. Pregunté a Du Barry, pero no para de decirme que todo va bien y que debo centrarme en mi propio trabajo. ¿Pasa algo malo?

Las pequeñas han crecido todavía más. Du Barry nos hizo celebrar su sexto cumpleaños hace dos noches. No acabo de entender cómo fun-ciona todo esto. ¿Nosotras también crecimos así de rápido? Las enfer-meras les cantan canciones y las llaman bebés de rosa. He incluido un dibujo de la que se parece a ti; podría ser tu gemela, hasta tiene tu ho-yuelo. No paro de llamarla Camille sin querer, pero a ella le da igual.

Quiere ser como tú cuando llegue a la corte. Se llama Belladona y la llamamos «Dona».

Te quiere,

Valerie

Despliego la segunda página y veo un retrato de una versión en pequeño de mí misma. Ojos brillantes, cálida piel morena, un hoyuelo en la mejilla izquierda, melena de pequeños rizos ensortijados. ¿Por qué querría crear otra belle igual que yo la diosa de la belleza? Du Barry nos dio folletos de nuestros nacimientos, nos dijo que Belleza nos había enviado a cada una de nosotras a nuestras madres, que habíamos caído de los cielos como estrellas fugaces, que ella misma había escogido todos nuestros rasgos, que todas éramos coloridas y cálidas por la sangre bendita. ¿Qué nos oculta Du Barry? Y, ¿qué pasa con la belle del Salón de Té del Crisantemo con el rostro deformado? ¿Belleza la mandó a ella también?

Abro el segundo globo mensajero, de Hana.

Camille,

Últimamente me he quedado despierta hasta tarde, intentaba descubrir quién no para de llorar. Mi Madame, Juliette Bendon, dice que son solo cortesanos demasiado borrachos en sus fiestas nocturnas, pero no la creo. Sospecho que hay otras mujeres aquí, pero nunca puedo buscar mucho rato. Estoy muy cansada estos días, no tengo ni un momento de descanso.

No sé nada de Edel, pero también vi aquel titular. No me contesta los globos mensajeros.

Hana

Paseo por la habitación. ¿Dónde estás, Edel? ¿Por qué no has respondido? Quizás Ámbar tenga razón, quizás se escapó. Pero si lo hizo, ¿cómo está sobreviviendo? ¿Adónde ha ido? ¿Cómo puede continuar funcionando el salón de té sin levantar las alarmas?

—Lady Camelia —Bree interrumpe mis pensamientos.

Escondo las cartas y me uno a ella en el salón principal.

—¿Qué pasa?

—Ven, mira esto —hace un ademán hacia las puertas de los aposentos belle—. Rémy está con sus hermanas.

Cotilleamos por un espacio que queda entre las puertas. Rémy le da la mano a una niñita que es como un cuarto de su tamaño mientras otras dos alborotan a su alrededor. La melena de la pequeña es una nube oscura de rizos y brillo, completada con hebras metálicas que parecen rayos. Todas comparten con él sus ricos colores medianoche y, todos juntos, parecen un ramo de lirios de agua negros.

—¿Cómo es? —pregunta la pequeña—. Prometiste que me lo contarías todo sobre la favorita y solo has enviado dos globos mensajeros. ¿Cómo puedes meterlo todo en solo dos cartas?

Le sonríe con un comportamiento dócil que no le había visto nunca antes.

—No nos has explicado nada —se queja la más alta. El color plateado de su traje hace que le brille la piel y le abraza las curvas como seda sobre un reloj de arena—. Hasta maman pregunta.

—Es agradable —confiesa.

El halago me llena de calidez.

—¿Y ya está? —responde la tercera pegando una patada

en el suelo. Le da un golpe a Rémy en el hombro, los labios le brillan de tono coral.

—Es un poco testaruda.

Sonrío.

—Puede ser un poco impulsiva e imprudente —añade.

Suelto un bufido y Bree una risita.

—Por eso me gusta —explica la más alta—. Hace lo que quiere. O eso parece.

—Apuesto a que es lo que más te gusta, Rémy —se mofa la tercera—. Seguramente no te hace ningún caso.

Se ríen juntos, todas las voces a una nota parecida. Un conjunto de campanas de tono cálido. Una familia. Me hace echar de menos a mis hermanas.

—¿La has rescatado? ¿Protegido del mal? —pregunta la pequeña, como si todo fuera alguna aventura de cuento de hadas.

—Más bien la he acompañado a los sitios y la he seguido a todas partes —responde él al tiempo que coge a la niña en brazos—. Mirabelle, no te estás perdiendo nada, te lo prometo —presiona su frente contra la de ella y se rozan las narices.

—Me lo estoy perdiendo todo —le tiembla el labio inferior y las lágrimas le nublan los ojos.

—¿Cantamos nuestra canción? —propone él.

—Sí —gimotea la niña.

Rémy empieza a tararear, su voz de barítono ondea por el pasillo y resuena en mi interior. La niña canta una canción sobre una rana amarilla y su nenúfar y su estanque. Rémy la besa en cada mejilla y la niña se echa a reír. La escena consigue que me surjan preguntas acerca de la vida de

296

Rémy antes de que llegara a palacio y de cómo sería, si no fuera mi guardia.

—¿Podemos conocerla? —pregunta la alta.

—No —responde con el ceño fruncido y ahora lo reconozco de nuevo.

—Pero, por favor —suplica la pequeña Mirabelle.

—Los soldados del Ministro de Guerra no deben usar sus posiciones para buscar tratamientos especiales o favores. Va contra el código.

—Eres todo normas, tú —dice la mediana.

—Siempre lo ha sido —coincide la más alta.

—No sería apropiado —responde él—. Ni siquiera deberíais estar aquí arriba vosotras tres, ya os he mimado bastante rato.

—Es que nos venía de paso —asegura la más alta.

—A nadie «le vienen de paso» las partes residenciales del palacio.

—Nos han invitado a la corte para ver el vestido de novia de la princesa —explica Mirabelle—. Vi la invitación.

Él le pellizca las mejillas.

—Yo no dudo de ti, pero supongo que tus hermanas se invitaron aquí arriba.

—¿Por qué deberías...? —empieza a preguntar la mediana.

—Lo admito, lo hemos hecho —acepta la mayor—. Te echábamos de menos.

—Eso es mentira —replica él.

—Vale. Solo queríamos saber más cosas de ella. Los periódicos dicen que es más fuerte que la otra favorita. Y el *Tribuno Trianon* dijo que es posible que tenga una cuarta arcana.

Miro a Bree y digo en silencio «¿En serio?». Ella asiente con una sonrisa en los labios.

—Ya sabéis mi opinión acerca de las revistas, los folletos de escándalos y los periódicos. Y no podéis usar mi nombre como si nada para subir aquí. No es...

—Apropiado —acaban las tres al unísono.

Bree y yo intercambiamos una sonrisa traviesa. Aliso la parte delantera de mi vestido y me aseguro de que todos los rizos de mi moño belle están en su sitio. Abro la puerta de golpe.

Las chicas ahogan un grito.

—¿Rémy? —llamo como si estuviera mosqueada.

Da un paso al frente con atención.

—Ah, aquí estás. Te estaba buscando.

Mirabelle se tapa la boca con la mano. Las otras dos están como estatuas, congeladas en el sitio.

—Hola —saludo—. ¿Interrumpo algo?

—No, Lady Camelia, ya se iban —responde Rémy.

—No sin una presentación como es debido. Rémy, ¿dónde están tus modales? —pregunto, y me encanta la mueca de horror que se le pinta en el rostro—. ¿Quiénes son estas preciosas chicas?

—Mi hermana, Adaliz.

La mayor hace una reverencia.

—Odette.

La mediana se inclina también.

—Y Mirabelle.

La pequeña se me echa encima y me abraza por la cintura con sus brazos regordetes.

—Mirab... —Rémy hace ademán de cogerla.

Aparto la niña del alcance de Rémy y le doy un beso.

—No pasa nada.

Les hablo de la corte y de su casa en las Islas Especiadas y de lo insoportable que puede ser Rémy. Se les abren los ojos como platos y las sonrisas les cruzan los rostros. Al fin, la boca de Rémy se suaviza de nuevo. Nos dicen adiós con la mano y desaparecen por la larga escalinata. Me fijo en Rémy observándolas y pienso que quizás el chico no es tan terrible.

LLAMAN A LA CORTE DE LA REINA AL SALÓN DE RECEPCIONES
para la presentación de los posibles atuendos nupciales de
Sophia. Crisantemos y rosas belle adornan el vestíbulo de
recepción y crean guirnaldas por los pilares de mármol. El
barullo de voces que cotillean llena la estancia. Yo estoy sentada con los Ministros de Belleza y de Moda en las sillas que
hay cerca de la plataforma del trono. Rémy está de pie detrás de mí.

La reina alza el cetro. La guardia imperial se afana para
traer tres enormes retratos de la princesa enmarcados en
oro, del tamaño de tapices de pared. Los marcos están nu-
merados y etiquetados: ATUENDOS NUPCIALES DE LA PRINCE-
SA SOPHIA. En cada uno, Sophia está pintada con aspectos
distintos. Las texturas de pelo van de ondas sueltas hasta
una melena tiesa como una aguja, pasando por unas ondas
muy marcadas y unos rizos zigzagueantes, y los estilos muestran cada nueva tendencia de peinados. Una versión sonriente de su rostro se presenta en un abanico de tonos de
piel. Sus vestidos varían: de un brocado dorado con volantes
de encaje de color crema, a un traje de miriñaque rosa con

flores de seda y encaje beige, a una oscura seda de color pavo real bordada con un ribete de lentejuelas, a un vestido completamente blanco de cintura estrecha y falda amplia cubierto de perlas cosidas.

Sophia se retuerce en su trono.

La reina se pone de pie.

—Mi sabia y leal corte. Por favor, uníos a mí para decidir el atuendo nupcial de la princesa. A parte de convertirse en esposa, mi hija también dará el paso hacia su aspecto definitivo, tal como la tradición exige a la familia real.

La multitud aplaude.

—Pero primero, quiero oír a la favorita. Camelia, por favor, acércate —me pide.

Salto al oír mi nombre.

La reina deja el trono, su traje de pieles se arrastra tras ella mientras señala los retratos.

Me yergo orgullosa y ando hasta su lado.

—Mi gabinete diseñó estos, pero tú y tus hermanas tenéis los secretos del arte de la belleza. Quiero saber lo que piensas.

—Sí, Su Majestad —respondo.

—¿Qué aspecto conferirías a mi hija? ¿Cuál elegirías?

Enlazo las manos delante de mí. Las preguntas que me planteó en el banquete de cumpleaños de Sophia compiten con su último desafío: «¿Puedes hacerlo? ¿Puedes ser quien necesito que seas?».

Paseo por delante de los retratos. Quiero demostrarle que ese es mi lugar.

El sonido de susurros y el zumbido de los globos mensajeros de los periodistas resuenan. Mi mente lucha por descubrir cuál sería el mejor. En las clases, Du Barry nos daba plantillas de belleza en las que trabajar: colores de pelo y piel que se complementaban el uno con el otro, las tonalidades y pigmentos más equilibrados, estructuras faciales simétricas, vestidos para distintos tipos de cuerpos, colores de maquillaje belle para cualquier paleta de colores. Sin embargo, yo nunca quería usarlas, siempre prefería crear mis propios aspectos desde cero. Mi mente es un pozo de dudas.

Desvío la mirada hacia Sophia. Nuestras miradas se encuentran. Unos ojos verde profundo se clavan en los míos. El pelo le cae hasta el regazo, baja arremolinado en un montón de rizos, y su monito de peluche animado juega al escondite entre los mechones. Me pregunto si quiere escoger su propio aspecto. Me pregunto si tiene una opinión, si siquiera le han preguntado. Su vestido empieza a hacer frufrú.

La gente empieza a reír por lo bajo. Del vestido emerge una elefantita de peluche animado, su trompa es más larga que medio caramelo de menta. El mono salta del regazo de la princesa y persigue a la elefantita por el trono. Sophia se echa hacia delante y atrapa a ambos animalillos de peluche animado entre sus brazos, luego les llena de besos.

La reina hace un ademán hacia uno de los guardias imperiales, que enseguida arrebata las criaturas de los brazos de Sophia. Los animales empiezan a gritar.

—¡Zo! ¡Singe! —llama ella—. No pasa nada, es solo ahora.

—Mi hija siente un amor desmedido por los animales —comenta la reina.

La multitud se ríe. La distracción me hace ganar tiempo para pensar.

La reina vuelve a fijar su atención en mí.

—Bien, ¿empecemos? —pregunta antes de volver a dirigirse al trono.

Rodeo los retratos. Todos los ojos están clavados en mí. Me mordisqueo el interior de la mejilla. Du Barry querría que hiciera algo simple: escoger un retrato, hacer unas cuantas sugerencias. La Ministra de Belleza querría discutir qué me gusta de cada retrato. El Ministro de Moda querría que yo subrayara qué vestido queda mejor con cada fisonomía particular.

Apago sus voces como velas.

Quiero que la reina vea lo que soy capaz de hacer, que vea que puedo ser quien necesita que sea, que sepa que puedo ayudar a su hija.

Sophia sigue patrones: siempre vuelve al pelo rubio sin importar que su piel sea de color avellana cálido o blanco como el papel o un profundo negro tinta, o si la textura de su pelo es una nube rizada o profundamente ondulado o del todo rapado.

Paso los dedos por uno de los retratos, siento la pintura grumosa bajo las puntas de los dedos. Aquellos aspectos semiaprobados no son suficiente. No puedo saber qué aspecto tendría desde atrás o si su perfil le sentaría bien.

Me giro hacia la reina.

—Su Majestad, ¿me permitiría experimentar un poco?

Su boca es una línea recta.

—Como desees.

Cierro los ojos. La habitación se disuelve a mi alrededor: las mujeres y sus abanicos ruidosos y los susurros ásperos, la mirada penetrante de la reina, los suspiros frustrados de Sophia, el ruido de los bolígrafos de los periodistas, el ligero

aleteo de globos mensajeros y farolillos, el efervescente bullicio de la anticipación.

Pienso en lo que yo haría si Du Barry nos hubiera asignado
esta tarea. Vuelvo a casa, a las aulas. Estoy con maman en su
mesa de trabajo, tiene las manos sobre mis hombros y su risa
cantarina suena en mis oídos. Su voz planea por encima de mí:
«Sabes qué hacer. Consigue que la belleza signifique algo».

Aquí no hay notas. No hay comentarios de Du Barry. No
hay una competición contra mis hermanas. Estoy solo yo.
Y las arcanas.

Puedo ver la princesa mentalmente.

El cuerpo se me calienta.

Cuentas de sudor perlan mi cuello.

El corazón me palpita.

La sangre corre por mi cuerpo.

Las arcanas despiertan.

Clavo la mirada en los retratos. Extraigo la pintura de los
lienzos. Se arremolina a mi alrededor como un tornado.

La corte estalla en gritos de exclamación.

Me presiono todavía más. Quiero mostrarles que soy inolvidable, tanto, que la reina se dará cuenta de que tendría
que haberme escogido a mí en primer lugar, tanto, que no
me dejará marchar jamás.

Hago pedazos los lienzos, los divido en partes: algodón,
lino, cola y cáñamo madurado. Se añaden a la tormenta de
viento. Uso la arcana Edad para suavizar el cáñamo, le devuelvo vida y humedad al material, luego lo moldeo en piernas,
brazos, un torso y una cabeza, como si fuera una niña que
jugara con papel maché. Le doy la preciosa forma voluptuo-
sa de mi hermana Valerie.

Uso la arcana Aura para extraer la pintura y revestir el nuevo lienzo en forma de cuerpo, lo pinto del mismo tono que la arena que cubre la playa real. Hago que sus ojos sean del color del cielo tormentoso para honrar a la gente de Orleans, pero añado girasoles diminutos alrededor de los iris para imitar el crisantemo real. Tiro de los hilos de seda de un tapiz que hay cerca, reptan por el suelo como serpientes doradas y blancas, los moldeo como un halo rubio de rizos apretados, y creo un vestido de novia de color crema.

El producto final se alza a mi lado como una muñeca de tamaño real. Las mujeres se tapan la boca con las manos enguantadas o los abanicos de encaje, y los ojos de los hombres se salen de las órbitas. Muchas personas permanecen inmóviles.

Nadie dice nada.

Mis piernas amenazan con desplomarse. Se me cierran los párpados. Me inclino un poco para hacer una reverencia, espero la reacción de la reina y escondo mi absoluto cansancio. Intento parar de jadear.

Sophia aplaude con fiereza y baja corriendo de la plataforma del trono. Me pone de pie, me abraza con fuerza y susurra:

—Sabía que eras la mejor —enlaza su mano con la mía—. Juntas seremos más poderosas que cualquier reina y favorita.

La reina empieza a aplaudir y la sigue el resto de la corte. Sophia me suelta. Hago otra reverencia, pero me cuesta levantarme de nuevo. La mano de Rémy se desliza por mi cintura y me levantan como si fuera un bebé que acaba de caerse de la silla. La palabra «Gracias» se me ahoga en la garganta.

La reina deja el trono. Baja las escaleras y admira la estatua que he creado.

—Camelia, realmente encantadora —asevera la reina y me mira con ojos evaluadores. El corazón me corre en el pecho. Otra ola de cansancio me golpea—. Jamás había visto algo así.

La corte se pone en pie y me ovaciona.

—Es más que encantadora, madre —replica Sophia—. Es espectacular.

La princesa me aparta de la reina, me abraza de nuevo y me susurra al oído:

—He hecho que esto pase, ¿sabes? Te traje de vuelta aquí y ahora has demostrado que tenía razón desde el principio.

El sudor me recorre el espinazo.

—¿Qué quiere decir? —tartamudeo.

Me dedica una sonrisa y el mundo empieza a girar: las sillas se estiran hechas una masilla de colores, las risas se descontrolan y el suelo bajo mis pies tiembla como si la tierra se estuviera derritiendo debajo de mí.

Después de la presentación del vestido de novia de Sophia, los periodistas se vuelven locos con los titulares:

LA NUEVA FAVORITA TUMBA LAS PREOCUPACIONES
DE LA REINA RESPECTO SUS HABILIDADES

LA PRINCESA SOPHIA, EXTASIADA CON LA NUEVA FAVORITA

EL VESTIDO DE NOVIA DE SOPHIA
SERÁ EL MÁS CODICIADO DEL REINO

SE RUMOREA QUE CAMELIA ES LA FAVORITA
MÁS PODEROSA QUE HA EXISTIDO JAMÁS

LAS ARCANAS DE LAS BELLES QUIZÁS PUEDAN HACER MÁS
DE LO QUE INFORMARON LAS GUARDIANAS

Mis días se aposentan en un fluir y refluir como las aguas azules cristalinas de La Mer du Roi que rompen contra la playa que hay bajo los aposentos belle. Cada vez soy más fuerte, administro bien mi energía y uso sanguijuelas para evitar desmayarme. Sophia no me ha vuelto a invitar a su taller.

La agenda de citas matutinas normalmente solo se llena con las damas cortesanas de todo Orleans.

Sin embargo, hoy indica:

Auguste Fabry, Casa Rouen (hijo del Ministro de los Mares) 09.00
   Duquesa Midori Babineaux, Casa Helie 10.00
   Condesa Anzu Charron, Casa de los Arqueros (Arquera preferida)
11.00
   Lady Daruma Archambault, Casa Especiada 11.30

Paso los dedos por el nombre de Auguste, como si la caligrafía de Elisabeth pudiera desaparecer. Cuento las letras de *Auguste*. Siete. Un número amado por el dios del mar. ¿Lo hicieron adrede sus padres? Puedo sentir la sonrisa astuta del chico casi como si estuviera en la habitación conmigo. Un aleteo diminuto me revolotea en el pecho.

Bree abre la puerta de mi dormitorio.

—La sala de tratamiento cuatro está lista.

Bajo la mirada para contemplar mi traje de trabajo y el delantal.

—Tráeme un vestido. El de color lavanda. No, el amarillo mantequilla con las mangas de volantes.

—Pero va contra la trad...

—Por favor, Bree —añado una sonrisa. Se va hacia el vestidor.

Paseo por delante de mi escritorio. Pienso en enviar globos mensajeros a mis hermanas. Pienso en contarles más sobre Auguste. Pienso en pedirles consejo: ¿está mal que sea simpática con él? ¿Está mal que me muestre amistosa?

El rostro de Edel me viene a la mente, ella me diría que flirteara y que me echara unas risas.

«Responde algún globo mensajero, Edel». Mi preocupación por ella aumenta todavía más. Tiene que estar en el Salón de Té Ardiente todavía, habrían aparecido más titulares si no estuviera allí. ¿Tal vez Du Barry haya enviado alguna de nuestras hermanas mayores para reemplazarla? Du Barry no haría algo así. Cuando una belle deja la corte, debe volver a casa y quedarse allí. Pero ¿qué hay de la belle del Salón de Té del Crisantemo?

Cojo la pluma del tintero, pero las manos me cosquillean demasiado para sujetar nada. Las sacudo.

Bree vuelve con el vestido.

—¿Va todo bien?

—Sí, claro —me cambio, luego me cuelgo el espejito del cuello. Su cristal frío se apega a mi piel demasiado cálida.

—El cliente está en el salón con Ivy —Bree abre las puertas del dormitorio.

—¿Ya está aquí?

—Sí, mi señora. Ya casi es la hora de empezar con su tratamiento.

Ando por el pasillo. Intento no echar a correr. Paso por delante de la pared de las favoritas y me detengo delante del retrato de maman antes de entrar en el salón principal; sus ojos centellean, oigo el recuerdo de su voz: «No seas tonta cuando conozcas a chicos y chicas en la corte. Tú concéntrate en tus arcanas, tu fuerza y tus hermanas».

—Camelia —Bree me toca el hombro.

Me sobresalto.

—El chico espera —recuerda.

Respiro profundamente antes de cruzar la entrada. Exhalo poco a poco, como el aire de un globo mensajero. Auguste está de pie al lado de la chimenea, tiene los ojos clavados en el tapiz que hay encima. Elisabeth lo bombardea con preguntas, pero él no contesta. Las asistentas entran y salen de la habitación y el servicio transporta suministros y empuja carritos dorados. Ivy está sentada en un sillón que hay cerca.

Bree me anuncia.

Auguste se gira de golpe con una sonrisa.

—Que tengáis una sesión fantástica —desea Elisabeth, intentando captar su atención. El chico la mira de reojo. Ella hace un mohín antes de retirarse a su oficina y cerrar la puerta detrás de sí.

Lucho contra mis labios al intentar obligarles a esbozar un fruncido serio y profesional, y no la sonrisita que amenaza dominarles.

—Hola, señor Fabry.

—¿Tan formales? ¿No somos amigos? —da un paso al frente.

—¿Amigos? —pregunto con una risotada, que luego me trago. Estar aquí de pie con él parece como intercambiar un secreto delante de todo el mundo.

Ivy se aclara la garganta.

—¿Se ha tomado el té? —pregunto.

—Sí, y está asqueroso —levanta la tapa de la tetera. Cálidos vapores emergen de ella como el humo—. ¿No le podríais poner miel o azúcar? Para hacerlo más agradable.

310

—Desafortunadamente, hacerlo contrarresta los efectos de las rosas belle.

—O afortunadamente, si te gusta el dolor.

—¿Quién disfruta del dolor?

El chico acerca el dedo a la tetera, como si quisiera sumergirlo en el líquido ardiente.

—No, quieto —hago ademán de detener su mano.

—¿Te preocupas por mí? —me pregunta.

Retiro la mano.

—Si quiere quemarse, adelante.

Lo hace e intento no soltar una exclamación.

—No me importa. A veces me recuerda que estoy despierto —me enseña el dedo, que ahora está rojo.

—Es usted raro —le digo.

—¿Raro bueno o raro malo?

—Todavía no lo sé.

Ivy da unos golpecitos al reloj.

—Es la hora —me susurra.

—¿Está listo para empezar, señor Fabry?

—Solo si dejas de llamarme así. No soy mi padre —me contesta con una sonrisa.

—¿Estás listo, Auguste?

—Sí, ahora que me lo preguntas bien —me guiña un ojo antes de dejar que su asistente le lleve al baño.

Vuelvo al salón que da a la sala de tratamientos.

Ivy se me acerca corriendo.

—Camelia —me coge del brazo—, ¿cómo puede ser que le conozcas?

—Nos hemos visto antes —respondo.

—¿Cuándo? —su voz se pone seria—. ¿Dónde?

Me agobia la necesidad de mentirle y ocultar los detalles de por qué conozco a Auguste, como si escondiera una gema rara y cara en un bolsillo secreto.

—Por ahí... Por la corte.

—No debes tener relación con hombres jóvenes.

—¿Qué hay de los viejos?

Percibo su ceño fruncido bajo el velo.

—Tienes que ir con cuidado.

—Lo sé, ya lo hago.

—Está prohibido —rechina los dientes—. Y, además, ¡es uno de los pretendientes de Sophia!

—Lo sé.

—La pasión entre dos personas puede arruinar las arcanas. Emponzoñar la sangre con toxinas.

Le toco el hombro.

—Me aseguraré de usar más sanguijuelas. Puntualmente.

—Camelia.

—Solo bromeaba. Me limito a ser simpática con él.

—Demasiado simpática —advierte.

—Me esforzaré por ser desagradable —la dejo allí de pie y me dirijo al salón de tratamientos número cuatro. Unas rosas florecen de vasijas enjoyadas. Farolillos de belleza planean por encima de mi cabeza como soles pequeños que arrojan rayos perfectos de luz encima de la camilla de tratamientos. Auguste sale de detrás de un biombo de color marfil en una bata de seda. Me sonrojo con solo verle.

—No me cabe duda de que te tomas tu tiempo —dice—. ¿Intentas incrementarme la factura?

—Estoy segura de que puedes ser paciente —replico justo antes de que Ivy entre en la habitación detrás de mí como una nube oscura. Muevo un carrito de borlas de polvos, me limito a fingir que tengo algo que hacer.

Auguste tiene los ojos clavados en mí. Su mirada envía una oleada cálida que me recorre la piel.

—Me ha costado mucho entrar en tu horario. Después de tu última proeza en la corte, mi asistente dijo que tenías la agenda llena durante diez meses seguidos.

—¿Qué has tenido que hacer? —encuentro su mirada.

—Besar a tres mujeres distintas además de enviarles flores y globos mensajeros amorosos. De los caros, de la tienda de Marchand.

—¿No puedes meterte en problemas por ello? Eres uno de los pretendientes de la princesa Sophia.

—Les hice jurar que no dirían nada. Podría ser el futuro rey y ellas piensan que todos los reyes necesitan queridas. Me ha hecho más popular.

—Asqueroso.

—Intento no decepcionar.

—Qué humilde —me río, luego me giro de espaldas a él. Enciendo velas de té diminutas bajo un calientaplatos para empezar a derretir la pastilla de color cutáneo.

—Me he metido en muchos problemas para llegar aquí.

—Suena agotador.

—Lo ha sido. Un trabajo durísimo.

Ahogo una risotada. Ivy gruñe.

—¿Qué servicios querrías?

—Hazme ser tan atractivo como ya soy.

—¿Quién ha dicho que seas atractivo?

—Las mujeres a las que he tenido que besar para robarles las citas. Además, me sacaron en los bellezascopios masculinos de la temporada pasada.

—Bien por ti.

—¿No te divierte?

Ivy se aclara la garganta de nuevo.

—¿Está enferma, señorita? Porque no puedo permitirme pillar un catarro.

—No, señor, no estoy...

—Bien, entonces, quizás debería dejarnos de todos modos. Me está entrando un poco de vergüenza con tanta gente en la sala —afirma.

Siento la mirada penetrante de Ivy a través de su velo, no me cabe duda de que está esperando que yo le pida que se quede. Frunzo los labios hasta que se levanta de su asiento.

—Si es lo que desea —dice Ivy.

—Lo es —responde él.

Ivy hace una reverencia y se va. El aire de la sala se espesa como el pudding ahora que se ha ido.

—Has mentido. No eres vergonzoso —acuso.

—Ni lo más mínimo —coincide—. Solo quería estar a solas contigo. O tan a solas como sea posible sin romper las reglas.

Se me calientan las mejillas. Aparto la mirada.

—Entonces, ¿qué servicios querrías?

—Odio que hasta yo tenga que hacer esto.

Frunzo el ceño.

—No quería decirlo así. Es solo que no me gusta —hace un ademán con la mano—, el hecho de necesitar que me alteren. Tenemos que amarrar el barco cada mes para que nos hagan el mantenimiento. Siempre me ha parecido ridículo. Innecesario.

No sé qué decirle. No sé cómo procesar su desagrado. Pensaba que a todo el mundo le encantaba que le cambiaran el aspecto. Pensé que todo el mundo lo codiciaba.

—Entonces quédate gris.

—Entonces nadie querría mirarme.

—Te librarías de todo esto —muevo los brazos para señalar alrededor.

—Pero ahora creo que me gustan más estos tratamientos, porque puedes hacérmelos tú —me mira con fijeza.

Manipulo los instrumentos metálicos de un carrito cercano.

—Quizás no pueda la próxima vez.

—Haré lo que sea necesario. Encontraré la manera.

—¿Por qué tendrías que tomarte tantas molestias?

—A decir verdad, no lo sé —responde—. Fui al Salón de Té del Crisantemo hace un par de días y no me gustó...

—¿Viste a mi hermana? —El corazón me salta en el pecho.

—Sí.

—¿Cómo está?

—Un poco gruñona. No le divirtió mi encanto.

—Creo que a mucha gente le pasa lo mismo.

Abre la boca de golpe.

—Ay.

—¿Qué te pareció?

—Después de que intentara flirtear con ella, un poco más relajada, se negó a hablar conmigo.

Me imagino a Auguste en la camilla de tratamiento de Ámbar y casi me echo a reír. Sus payasadas seguro que la pusieron de los nervios.

—Deberíamos empezar —sugiero.

—Sí —comienza a desvestirse y los sirvientes corren a ayudarle.

Me giro de golpe.

—¿Eres vergonzosa, tú? —pregunta.

—No, pero no debería verte desnudo. Tendrías haber esperado hasta que me fuera de la sala.

—No me importa mucho el deber —la camilla gime cuando se sube en ella—. Además, no estoy desnudo. No hay de qué preocuparse. No tienes que tener miedo.

—¿Cuántas veces tengo que decirte que yo no tengo miedo?

—Mil.

—Eres inofensivo.

—En realidad soy bastante peligroso —me roza el brazo juguetonamente. El tacto de sus dedos manda una cálida oleada a través de mi cuerpo. Me deshago de su agarre.

—¿Siempre te comportas así con todas las mujeres?

—No, solo contigo.

—Me cuesta creerlo.

—¿No confías en mí? —me pregunta.

—No te conozco.

—¿Qué quieres saber?

—Nada —«Todo». Bree levanta un reloj de encima de la mesa para mostrarme que solo quedan unos minutos más de su sesión.

—Es casi la hora para mi próximo cliente.

—Bueno, has hablado por los codos —replica—. De modo que debería tener más tiempo. No me has dado el valor de mis espíntrias.

—Eres tú quien ha estado haciendo preguntas. Y no me has dicho lo que quieres.

—Escoge tú. Al menos yo sí confío en ti —cierra los ojos.

Le espolvoreo el rostro con polvos y le pongo un poco en la nariz para hacerle estornudar. Solo tengo tiempo para un tratamiento rápido. Le pinto unas pecas diminutas por el puente de la nariz y los pómulos, como si fueran gotas de lluvia de caramelo. Las arcanas se despiertan en mi interior.

Paso los dedos por su rostro: tiene la piel suave y cálida, noto su respiración caliente en mis manos. Su rostro blanco pálido aparece en mi mente. Añado las pecas una por una, como si pintara delicadas flores en un lienzo.

Cierro los ojos.

Se mueve. Bree ahoga un grito.

Abro los ojos de pronto. Un Auguste sonriente y cubierto de polvos de talco está sentado a escasos centímetros de mi rostro. El calor de su piel calienta la mía. Huelo las fresas que se ha comido antes de la cita. La suavidad de su aliento aterriza en mi mejilla. Casi puedo probarlo.

Me besa la mejilla y dice:

—Para tener suerte. Confío en que no se lo contarás a nadie.

Y desaparece de la habitación.

Después de las citas matutinas, Rémy nos acompaña a Ivy y a mí a la sala de estar de la reina para una reunión privada. Ivy no para de hablarme de Auguste durante todo el camino. Sin embargo, sus palabras no pueden borrar el peligroso sentimiento de sus labios contra mi mejilla. Aunque deberían. Pensar en él casi me distrae del hecho que estoy a punto de tener mi primera audiencia casi privada con la reina.

Las grandes puertas se abren para nosotras. Las paredes de damasco rojo del salón de té de la reina lucen su emblema real: una corona de seis puntas con un rubí rutilante y un crisantemo en el centro. Algunos calientaplatos derriten pastillas medicinales y los jarrones de vapor proyectan vaho por la sala. Una chimenea sisea y chisporrotea.

Rémy se aposta cerca de las puertas con los otros guardias.

—Su Majestad... Lady Camelia, la favorita, está aquí como ha requerido —anuncia su sirvienta.

La reina mira fijamente por una ventana en forma de aro. Las arrugas echan a perder su rica frente morena.

—Siéntate conmigo, Camelia —tiene la voz suave y me recuerda a la de mi madre.

Me deslizo en la silla que queda a su lado. Una taza y un platito encuentran su camino hasta mis nerviosas manos. Bebo a sorbitos y me pregunto por qué querrá verme la reina.

—Me impresiona mucho la fuerza de tus arcanas —finalmente levanta la vista.

—Gracias, Su Majestad —respondo.

—Haces cosas con ellas que no había visto jamás —asegura—. No las tenía todas contigo, creo que ya lo sabes —me da un golpecito en la mano—. Pensaba que serías tan irresponsable como mi hija.

Trago saliva.

—Sin embargo... creo que serás quien me ayude. Después de todo este tiempo, quizás tú serás lo bastante fuerte —se levanta—. Ven conmigo. Tú también, Ivy.

Me pongo de pie y clavo la mirada en Ivy, quien me insta a avanzar y me sigue de cerca. Navegamos por una serie de pasillos en silencio. Pasamos por delante de un jardín cubierto, un baño onsen de mármol, y una serie de oficinas, hasta que nos detenemos ante una puerta blanca marcada con una rosa blanca que serpentea a través de una corona de cuatro puntas.

El servicio se hace a un lado y la reina abre ella misma la puerta. No tengo ni idea de qué esperar.

Una luz cerúlea se escapa de los farolillos curativos que flotan por la habitación. Las paredes están empapeladas con gruesas líneas negras y crema. Un fuego crepita en la chimenea, cálido y claro y reconfortante, haces cobrizos bañan una gran cama drapeada de gasa. La madera cruje al quemar y su sonido es el único de la habitación. Una preciosa mujer de pelo negro está de pie al lado de la cama, sus manos ligeramente morenas tejen una bufanda.

La reina le sonríe.

—¿Cómo está?

—Como siempre —responde la mujer, mientras se acerca a la reina para besarla en los labios.

—Camelia, ella es Lady Zurie Pelletier.

Hago una reverencia. Su amante.

Las sirvientas y enfermeras hacen una reverencia antes de escabullirse de la habitación tan silenciosamente como los ratones.

—Te presento a mi primogénita, la princesa Charlotte —anuncia la reina—, heredera del reino de Orleans —se acerca al lado de la cama y levanta la cortina delgada como un susurro.

Avanzo ligeramente para echar un vistazo: una mujer joven profundamente dormida está recostada sobre almohadones de plumas con fundas de seda; una manta acolchada ribeteada de gruesas cintas doradas la arropa. Su aspecto luce la mezcla perfecta entre el rey y la reina: su cola de caballo reposa como una larga soga a su lado, con diminutos rizos ensortijados que combinan el rojo grosella del rey con los rizos oscuros medianoche de la reina. Una tiara incrustada de joyas parpadea bajo la luz. Su piel es de un color bronce cálido y está salpicada de pecas.

La reina acaricia la mano de su hija y tararea una canción.

Los periodistas han especulado mucho sobre la condición de la princesa Charlotte. Algunos reportajes afirman que nació frágil e incapaz de combatir enfermedades. Otros dicen que sufre de un corazón roto desde que su amor de juventud y prometido falleciera en un extraño accidente.

Yo nunca he sabido qué creer, sin embargo, una cosa está clara: la reina quiere a Charlotte con toda su alma.

—¿No es preciosa? —la reina aparta un rizo suelto de la frente de Charlotte. Arrugas de cansancio rodean los ojos de la reina y la tristeza le curva los hombros hacia delante, encima de la princesa durmiente. Levanta la mirada y nuestros ojos se encuentran. Ahora veo a Su Majestad por primera vez. Aparto la mirada, como si hubiera descubierto algo escondido, algo que no debería haber visto.

—Sí, lo es —respondo.

—Hace cuatro años que está dormida —besa la mejilla de su hija—. Y me aseguro de que jamás se vuelva gris —me hace un ademán para que avance—. Acércate más.

Pronuncio mi duda:

—¿Puedo preguntar qué le pasó?

—Puedes, pero no tengo respuesta para ti —da un toquecito a la mejilla de la princesa Charlotte—. Y por eso te he traído aquí. Necesito que hagas que se ponga bien. Los médicos reales no han sido capaces de despertarla. Incluso mi belle, Arabella, ha fracasado.

—No tengo el poder de curar —me muerdo el interior de la mejilla.

—Pero seguro que podrás hacer algo. La necesito despierta. Aunque ya no sea preciosa, es demasiado pronto para que su sol se ponga. Tienes que encontrar una manera de ayudarme, de ayudar a tu gente.

—Su Majestad, no lo entiendo. ¿Cómo ayudará a mi gente que yo cure a Charlotte?

La reina me agarra las manos; las suyas están frías y húmedas.

—La Ceremonia de Declaración de Herederas tendrá lugar en ocho días. Tendré que decir al reino que estoy enferma y designar a quién le pasaré la corona. Sophia no puede ser reina, jamás deberá tener el trono.

Sus palabras sacuden la habitación. Recuerdo a Sophia en su taller, con los ojos salvajes y frenéticos.

—Sophia no es adecuada. Es como es porque no le di lo bastante de mí, no tenía lo suficiente por dar después de que Charlotte enfermara. Y si soy honesta, se me parece demasiado: está llena del temperamento que tenía yo cuando era joven, el que las belles me tenían que extraer con sanguijuelas cada mes —empieza a toser, las sirvientas corren hacia ella para acercarle más su calientaplatos medicinal. Su tos se apaga—. Intenté hacer lo mismo con Sophia, pero no funcionó —da un sorbo de té caliente—. Le rezo al dios de la vida cada día para que Charlotte despierte antes de que yo muera para que pueda ocupar su legítimo lugar como reina, para que esté a mi lado cuando anuncie mi enfermedad.

No puedo imaginar a la reina y a Sophia parecerse en nada.

—Tengo que decírselo a mi gente. Los periodistas empiezan a especular. Han sido despiadados conmigo últimamente; cuanto más enferma me pongo, más vuelve el gris a la superficie, parece, y más vuelvo a mi forma natural —da un hondo suspiro—. Orleans no sobrevivirá si tiene a Sophia de reina, necesito que despiertes a Charlotte. Usa las arcanas de tal modo que puedas curarla. Experimenta. Haz pruebas. Haz algo, lo que sea. Sería un sacrificio, lo sé, pero nos salvarías.

Abro la boca unas cuantas veces. Las palabras se me encallan en la garganta.

—Su Majestad —dice Ivy, acercándose—. Camelia morirá si intenta hacerlo. Las arcanas no son...

La reina levanta una mano en el aire e Ivy se traga el resto de su frase.

—Necesito que consideres lo que te pido. Necesito una respuesta y un plan en ocho días. Para la Ceremonia de Declaración de Herederas, Charlotte debe estar despierta. Tenemos que intentarlo.

El corazón me salta a cada latido.

—Pero...

—El reino te necesita. Yo te necesito —me deja al lado de la cama de la princesa Charlotte—. Ivy, ven conmigo.

Me dejan a solas con el servicio y las enfermeras y su carga. Soy un entuerto de preocupaciones y preguntas. La suave respiración de la princesa Charlotte es como un murmullo. Su pecho sube y baja. Le toco la mejilla y no reacciona, tiene la piel cálida al tacto.

—¿Qué pasó? —le pregunto. «¿Y si no puedo ayudarla?».

La observo allí tumbada. Me pregunto qué haría maman: arriesgar sus arcanas para ayudar al país y a la reina, o rechazar. ¿Y si fracaso? ¿Cuán terrible sería Sophia como reina? ¿Por qué la monarca no confía en su propia hija?

Me muero por cómo me miraba la reina: los ojos llenos de admiración y confianza. Quiero ser capaz de hacer frente a cada desafío que me plantee.

Deslizo de debajo de la ropa la cadena del espejito que llevo en el cuello, luego extraigo un alfiler del moño belle y me pincho un dedo. El reguerito de sangre avanza por las mellas del espejo. Las rosas se retuercen y revelan su mensaje: SANGRE PARA LA VERDAD.

Coloco el espejo ante Charlotte y espero que la neblina revele su verdadero reflejo.

—¿Qué haces? —pregunta una voz.

Me apresuro a esconder el collar bajo la pechera de mi vestido. Una mujer cubierta por un velo está de pie detrás de un biombo; solamente se entrevé su silueta.

—¿Quién eres?

—Ya lo sabes.

—Arabella.

—Sí —emerge de detrás del biombo y se une a mí, al lado de la cama de la princesa. Es alta y delgada como un junco, sus extremidades oscilan al caminar. Su extraño velo la cubre de pies a cabeza y no revela nada de su aspecto externo.

—¿Qué le pasó a la princesa Charlotte?

—Un día no se encontraba bien, se fue a dormir y jamás despertó.

La miro de nuevo.

—¿Has intentado...?

—Lo he intentado todo —susurra secamente—. Nada de lo que he hecho ha funcionado. Mis arcanas no pueden curarla.

—Entonces, ¿por qué la reina cree que yo puedo ayudar?

—Los periódicos hablan de tus hazañas legendarias —responde con curiosidad—. Y vi lo que hiciste en el Salón de

Recepciones con los trajes de novia de Sophia. Tus arcanas son más poderosas que las mías. Jamás había visto nada igual.

Su cumplido me atraviesa con una mezcla de emoción y nervios y preocupación. Siempre me he sentido igual que mis hermanas, la única diferencia era que yo quería experimentar con mis arcanas, aunque a veces me metiera en problemas.

—Cree que puedes hacer milagros. Se ha tomado tu poder como una señal de que los dioses no han abandonado a su hija —Arabella se sienta en la cama y acaricia la mejilla de Charlotte con una mano enguantada—. Quizás tengan razón. Tal vez eres la única que puede salvarla.

Persigo a maman por el perímetro del bosque de detrás de La Maison Rouge de la Beauté en mis pesadillas. Es un espectro onírico que corre por delante de los árboles desnudos, su pelo rojo es una llama en la oscuridad. Mis pies descalzos encuentran todas las ramas y ramitas caídas del bosque.

—¡Maman! —la llamo desde atrás—. Espérame.

Me mira por encima del hombro y me sonríe, luego me guía hasta más lejos.

Le pregunto qué debo hacer con Charlotte y la reina.

—Necesito ayuda.

Ella me devuelve la mirada.

—Dime qué hacer. Ellas dicen que puedo usar mis arcanas para curar —grito.

—Y tú, ¿qué crees? —me pregunta maman sin girarse, en lugar de eso se aventura todavía más en el bosque, evita raíces enormes que asoman de la oscura tierra.

—No lo sé —respondo a punto de atraparla, pero gira a la izquierda, fuera de mi alcance—. Necesito que me digas qué hacer.

—No puedo. Tienes que decidirlo tú misma.

—Pero ¿qué harías tú? —me detengo para recuperar el resuello.

—Eso no importa.

Sus palabras se me hunden en la piel como pinchazos.

—Tienes que decidirlo tú misma. Eres tú quien tendrá que vivir con las consecuencias.

—¿Qué pasa si muero?

—Haz lo que esté bien. Siempre.

«Camille».

—Camille.

Una mano me sacude el hombro. Me despierto sobresaltada y pego un salto al ver el oscuro velo de Ivy cernido sobre mí.

—Tengo que hablar contigo. Levántate, rápido —sus susurros están presos por el pánico.

—¿Qué pasa? —me froto los ojos—. ¿Qué hora es?

—Justo después de la estrella de medianoche. El servicio se ha ido a la cama.

Me siento. Ivy me alcanza una bata de pieles y señala las zapatillas de satén que hay en el suelo. Enciende un farolillo ígneo y tira de sus gruesas cintas. Mi pesadilla todavía martillea dentro de mí.

—Ven.

—¿Adónde vamos?

—¡Chist! —me coge la mano con la suya, le tiembla. Se la aprieto para evitar que la mía propia tirite. Vamos de puntillas por el salón. Farolillos nocturnos refulgen por encima de nuestras cabezas, bañan de luz nuestros pasos. El suelo de mármol atesora frío y lo filtra por mis pantuflas.

Ivy abre la puerta del invernadero. Un jardín de rosas belle se eleva hacia el cielo oscuro, sus pétalos son grandes y ricos como parasoles, sus espinas refulgen como flechas. Nos adentramos en el jardín helado cubierto por una capa de escarcha.

—¿Por qué...?

—Susurra para que no se oiga tu voz —da un hondo suspiro. Enredaderas rosas se abren paso desde sus tiestos, se enmarañan y se alargan para crear un cenador grueso y espinoso por encima de nuestras cabezas. Ivy las manipula. Los pétalos de las rosas belle florecen y crecen tanto que ahora estamos en un pabellón de flores, escudadas de las paredes de cristal del invernadero. El farolillo ígneo se mueve entre nosotras y me caliento las manos bajo su tripa abrasadora.

—No puedes hacer lo que te ha pedido la reina. Es demasiado —susurra.

—No he dicho que sí.

—Tienes que decir que no.

—Pensé que... quizás... debería intentarlo —la voz desesperada de la reina es un vivo recuerdo junto con el consejo del sueño de maman.

—¿Entiendes cómo funcionan nuestras arcanas?

—Sí, por supuesto. Estudiamos...

—Si de verdad lo hicieras, habrías dicho que no inmediatamente. Hacerlo podría pervertir tus proteínas sanguíneas. Las arcanas están pensadas para embellecer; la diosa de la belleza nos bendijo con ellas para ayudar a mejorar los fundamentos naturales de las personas. Los fundamentos que ella les dio, enterrados bien hondo bajo el gris. No están pensadas para curar como la medicina.

—¿Y si trabajara en sus órganos? Hacerlos jóvenes de nuevo... Quizás hay alguna carencia en su cuerpo que mantiene esta enfermedad durmiente.

—¿Crees que Arabella no lo ha probado ya? La reina quiere más de ti. —Ivy empieza a andar—. Tu jactancia la ha llevado a pensar que eres capaz de obrar milagros. La ha llevado a pensar que las arcanas se pueden usar de modos involuntarios. Pero solo el dios de la vida puede controlar las enfermedades y la muerte. No nosotras.

Pienso en cómo maman mató por accidente a una mujer. Si podemos convocar a la muerte, entonces, ¿por qué no la vida?

—Pero ¿y si puedo? La reina piensa que Sophia destruirá el reino. Arruinará vidas. ¿No vale mi vida para salvar la de tantos otros? ¿No crees que deberíamos descubrirlo?

—No, creo que deberías irte.

La palabra estalla por el jardín como un relámpago.

—¿Irme? —la miro fijamente, no estoy segura de haber entendido exactamente lo que quiere decir.

—Sí.

—No puedo irme. ¿Adónde iría? He trabajado muy duro para llegar hasta aquí. Todo lo que siempre he querido era ser la favorita. Debo estar aquí. Debo ayudar a la gente.

—Yo pensaba lo mismo. Es lo que Du Barry quiere que pienses. Es lo que el mundo nos dice que deberíamos ser —se coloca un dedo encima de los labios y se gira hacia la puerta del invernadero—. Oigo algo.

El corazón me late con fuerza, cada latido impulsado por el pánico.

Cuando Ivy me mira de nuevo, se quita el velo y doy un paso atrás con un grito ahogado. Su piel es una mezcla de colores: gris, blanco, beige, y está arrugada como una bolsa de papel. Sus labios parecen dos sanguijuelas hinchadas y atiborradas de sangre. Sus ojos se han movido hasta los perfiles de su cara, le dan un aspecto de pez.

—Algunos días son mejores que otros y mis arcanas lo pueden arreglar. Pero esta noche es una de las malas.

—¿Qué pasó...?

—Sophia —contesta luchando contra las lágrimas—. Utilicé en demasía mis arcanas para complacerla. Ahora están irremediablemente desequilibradas. Las proteínas son incapaces de regenerarse y mantenerme bella. Nuestras arcanas nos ayudan a conservarnos a nosotras mismas también, nos mantienen con vida.

Toco la mejilla de Ivy. La piel tiene la textura de la nata grumosa.

—¿Puedo arreglarlo?

Una lágrima se le escapa de los ojos.

—No sin dañar tus propios dones —se coloca el velo de nuevo—. Pero gracias. Y no está siempre así de mal, solo después de haber usado las arcanas. Mis ojos volverán a su sitio pasados unos cuantos relojes de arena —me toca el hombro—. No puedes permitir que esto te pase a ti también. Tienes que irte de aquí.

—¿Adónde iré? ¿A casa? Aunque lo hiciera, la reina se limitaría a traer a una de mis hermanas a la corte para intentar ayudar a Charlotte. Tengo que encontrar otra manera.

Ivy aprieta los puños.

—No escuchas.

Se marcha como una exhalación hacia la puerta del jardín, los tallos de rosas belle se encogen y los pétalos hinchados vuelven a su tamaño original.

—¡Ivy!

La llamo pero no se vuelve. Merodeo sola por el jardín. Mis pensamientos son un enredo de las palabras de Ivy; la petición de la reina; la risa cantarina de Sophia y sus preocupaciones por ser preciosa; cómo hablaba la reina de lo egoísta, celosa y maliciosa que es su hija, y en las cosas en que nos parecemos Sophia y yo. Las razones se alinean las unas al lado de las otras como pares de pendientes a conjunto: ambas queremos complacer a nuestras madres, ambas queremos ser la mejor, ambas queremos respeto y adoración.

Quizás si no puedo curar a Charlotte, puedo ayudar a Sophia a ser una versión mejor de ella misma. Quizás esa es la respuesta: hacer de ella una futura reina mejor.

—¡No me puedo rendir! —grito con la esperanza de que Ivy todavía esté por allí cerca.

—¿Qué haces aquí?

Me giro de golpe y encuentro a Rémy en el invernadero.

—No podía dormir —miento—. ¿Cuál es tu excusa?

—Tengo ronda de seguridad nocturna —sujeta la puerta abierta mientras salgo por ella con el farolillo ígneo en la mano.

Nos quedamos en el pasillo. Estoy llena de preguntas e indecisión. No estoy lista para volver a la cama.

—¿Te tomas un té conmigo? —pregunto e inmediatamente quiero retirar mis palabras—. Si tienes trabajo, no te preocupes. Puedo...

Se detiene. Espero que me diga que no. Abre y cierra la boca dos veces antes de decir:

—Sí, de acuerdo.

—Espérame en el salón de té.

Asiente.

Me llevo el farolillo ígneo y me dirijo a una habitación más pequeña, adyacente al salón principal. Enciendo tres farolillos nocturnos, su luz ilumina dos mesas de té bajas y las paredes de papel pintado malva y los cojines de suelo de color crema. Tiro de una cuerda de la pared y aparece una mujer por detrás de un biombo.

—Sí, señora.

—¿Podría tomar un té? Suficiente para dos. Y, ¿te importaría encender la chimenea?

—Sí, por supuesto —hace una reverencia y desaparece.

Rémy vuelve, sus botas retumban contra el suelo como si chafara gusanos.

—Eres bastante ruidoso para esta hora de la noche —le digo.

Refunfuña y se sienta en el cojín de suelo que tengo delante.

La mujer vuelve con un carrito con el té y nos sirve una taza a cada uno.

—Gracias —agradecemos Rémy y yo al unísono.

Me río. Él esconde una sonrisa. La mujer enciende la chimenea y las brillantes llamas proyectan sombras sobre la tez morena y oscura de Rémy.

Bebemos té acompañados de largos lapsos de silencio.

Cuando uno de nosotros no lo puede soportar más, le plantea una pregunta al otro: «¿Cuál es tu estación preferida? ¿Echas de menos tu casa? ¿Tienes una hermana favorita?». Si estuviera sentada con Auguste, la conversación quizás no se acabaría nunca.

Sin embargo, cuando la quietud se expande y el té se enfría; mis pensamientos vuelven a la reina y a la princesa Charlotte, y a los miedos de Ivy. A esta hora de la noche es cuando más echo de menos a mis hermanas. Siempre que alguna de nosotras tenía un problema, nos esperábamos hasta que nuestras madres estaban profundamente dormidas y los ronquidos de Du Barry resonaban por toda la casa, y salíamos de nuestras camas para escabullirnos a la veranda y encaramarnos al tejado. Nos quedábamos allí tumbadas, alineadas como lechuzas níveas, con los ojos clavados en los cielos y hablábamos hasta la saciedad de los problemas en que se había metido Edel o del último disgusto de Valerie por haberla dejado de lado o de los nervios terribles de Ámbar por las clases. Nos entreteníamos con la última fantasía de Hana acerca de besar a alguien o con las preocupaciones de Padma por los bebés de la enfermería o con mis sueños de ver el mundo o con qué habría en el oscuro bosque de detrás de nuestra casa. Habríamos discutido sin parar sobre qué debería hacer.

Nunca estaba sola.

Miro a Rémy a hurtadillas. El mechón plateado de su coronilla casi brilla bajo los farolillos nocturnos que navegan por encima de nosotros. Me saco el espejito de debajo del vestido y jugueteo con él, ojalá encontrara una manera de usarlo, de ver qué esconde el reflejo de Rémy para ver si puedo confiar en él.

—¿Qué es eso? —pregunta señalando el espejo.

—Nada —aprovecho la oportunidad—. Por cierto, ¿podría hacerte otro tipo de pregunta?

—Depende de qué tipo sea.

Fuerzo una risotada ante el intento de Rémy por ser divertido.

—¿Cómo responderías si alguien te pidiera que hicieras algo peligroso?

Baja la taza, entrecierra los ojos y, de algún modo, su perfecta postura se hace todavía más perfecta.

—Peligroso, ¿cómo?

Busco la palabra indicada.

—Algo que podría hacerte enfermar.

—¿Por qué nadie tendría que pedirte que te hagas daño?

—¿Y si hacerlo pudiera salvar una vida?

—¿La persona en cuestión eres tú?

—No —miento—. Por supuesto que no. Necesito... Necesito aconsejar a una de mis hermanas sobre si debería completar o no una petición de belleza concreta para uno de sus clientes.

Asiente, pero no puedo ver si me cree o no.

—Los clientes nos piden muchas cosas —añado.

—Supongo.

—¿Qué harías?

—Las personas tienen deberes. A ella se le ha asignado, igual que a ti, una responsabilidad enorme y se ha comprometido a satisfacer una obligación específica. Sin embargo, ninguna de esas obligaciones requiere poner en riesgo la vida de uno mismo. Ese es el papel de un soldado. ¿Se va a cambiar de profesión, tu hermana?

—Por supuesto que no.

—Entonces ella puede establecer límites —asevera Rémy.

—Ese es otro modo de decir que no. ¿Tú puedes decir que no a la Casa de la Guerra?

—Los soldados juran un voto de proteger a Orleans hasta la muerte. Yo no puedo, pero tu hermana sí.

Quicro decirle que negarse ante Du Barry, la Ministra de Belleza, los clientes y, más que a nadie, ante la reina o Sophia parece imposible.

—Nadie es un prisionero —da un sorbo de té—. Incluso tú tienes el poder de tomar tus propias decisiones.

Sus palabras arden y chisporrotean como los troncos en la chimenea.

HOY ES EL CUMPLEAÑOS DE MAMAN. EL CUMPLEAÑOS DE TO-
das las madres. Cuarenta días después del último de calor,
bien entrada la estación ventosa. Dispongo las piedras mortuorias encima del tocador, coloco su libro belle junto a
ellas y paso los dedos por encima de su retrato en la portada.

—Maman, ¿qué debería hacer? —susurro—. ¿Ayudar a la
reina?

Espero para escuchar su voz.

Silencio.

Abro su libro belle y hojeo las entradas que mencionan
la reina. Es muy raro saber que mi madre lidió con la misma
reina cada día con quien lidio yo ahora. Me pregunto cómo
se sentía maman respecto a Su Majestad. Me pregunto si le
gustaba.

Fecha: día 96 en la corte

La reina estaba enfadada hoy, más de lo que la había visto nunca.
Los periodistas difundieron rumores que aseguraban su incapacidad
por quedarse embarazada. Cuando fui a sus aposentos, tenía todos los
periódicos esparcidos por las mesas, la tinta se desparramaba y se jun-

taba de nuevo, bramaba los escandalosos titulares. Las revistas y los periódicos habían publicado retratos de las hermanas de la reina con sus recién nacidos. Dicen que está desesperada por dar a luz a una heredera. El peor de los titulares dice que quizás sustituirá al rey o usará a otro hombre para perpetuar la línea sanguínea. Todo el mundo en la corte sabe que ella prefiere la compañía de su amante, Lady Zurie Pelletier, pero asegurar una heredera se ha convertido en la prioridad principal de su gabinete. La reina siente la presión.

He estado sentada en un rincón de sus aposentos durante tres relojes de arena. Esperaba que me dijera que ya estaba lista para el tratamiento de belleza. La reina caminaba con tanta furia que he pensado que haría un boquete en la alfombra bajo sus pies. Ha lanzado tarros de productos belle y sus propios zapatos. Exasperada y sin nada que tirar contra la pared, se ha girado hacia mí y ha gritado: «Deshazte de mi enojo. Haz que se vaya. Él no quiere yacer conmigo, dice que mi genio es demasiado. Dice que me falta paciencia con él porque no es Zurie».

Me ha arrancado del sillón y me ha arrastrado hasta su salón de tratamientos. He presionado los dedos contra su espinazo para empujar mi arcana Comportamiento hacia su interior. Durante horas y horas me ha obligado a drenarle el genio del cuerpo, igual que las sanguijuelas nos eliminan las toxinas de la sangre. No se ha sentido liberada de él ni un momento. He trabajado durante tres días seguidos. No me ha dejado parar para comer ni descansar. Las sanguijuelas trepaban por mis extremidades para ayudarme a aguantar y he tenido que comer pastillas de tarta y pastas de color cutáneo para aplacar mi estómago.

Esta no puede ser la reina Celeste. No parece la persona que yo conozco. Sus gentiles ojos marrones y la sonrisa lenta parpadean en mi recuerdo.

Vuelvo a leer el pasaje dos veces.

Bree se acerca de puntillas al escritorio. Me coloco el libro de maman contra el pecho.

—No quería asustarte —dispone un montón de periódicos, revistas de escándalos y del corazón, además de un bellezascopio brillante, recién llegados—. Los acabo de recibir.

—Gracias —le sonrío y se va deprisa.

Hojeo los periódicos. Los titulares parpadean y brillan.

PATRONES ABANDONAN EL SALÓN DE TÉ DE CRISTAL CON
EL PELO DORADO Y EL MAQUILLAJE PERMANENTE

CABILDEROS DE BELLEZA SE ENCUENTRAN CON LA REINA PARA
PEDIR QUE SUAVICE LAS RESTRICCIONES DE BELLEZA
Y LAS ASIGNACIONES DE TOCADOR

LA REINA PROHIBIRÁ REJUVENECER LOS ÓRGANOS
PARA FAVORECER LAS MUERTES NATURALES

ESTRUCTURAS ESBELTAS Y MANOS DELICADAS,
EL ASPECTO MÁS PEDIDO

LA NUEVA COLECCIÓN DE TRAJES DEL MINISTRO
DE BELLEZA PRESUME DE NUEVOS VESTIDOS VIVIENTES
HECHOS DE SERES VIVOS COMO MARIPOSAS

LA REINA CAMBIA LA LEY: PERMITE A UN NIÑO REVELAR
SU VERDADERA IDENTIDAD Y TRANSFORMARSE EN NIÑA
EN LA MAISON ROUGE DE LA BEAUTÉ

—Camelia, ha llegado la correspondencia. —Bree guía hasta mi habitación un enorme globo mensajero de color de pétalo de rosa. El emblema real de la princesa luce brillante en un lateral. Dos cintas de colores crema sujetan la caja de un vestido.

Abro la parte posterior del globo. Llueven chispas hasta mis pics. Saco una carta sellada y la leo en voz alta.

—Su Alteza Real la princesa Sophia requiere su presencia en sus aposentos en el tiempo de un reloj de arena.

Abro la caja del vestido. Un traje de té para la estación ventosa me mira con una nota escrita a mano que dice: VÍSTEME. La seda y el tul ciruela tienen el tono de una herida fresca.

—¿Qué es, Lady Camelia? —pregunta Bree. Le falla la voz y se aclara la garganta antes de añadir—: ¿No te gusta el vestido?

—No, es precioso —respondo.

Lo saca de la caja y lo sujeta en alto.

—La princesa tiene un gusto excelente.

—¿Qué opinas de ella?

—¿De quién, mi señora?

—La princesa. Sophia.

Bree duda.

—Yo...

Le cojo el vestido de las manos.

—¿Qué pasa? Dímelo.

—No debo tener opiniones acerca de la realeza. Solo debo hacer mi trabajo —se gira para trastear el vestido y asegurarse de que no se arrugue ni un poco mientras esté en la cama.

—Pero si la tuvieras, ¿cuál sería? —me acerco a ella.

—El servicio la llama *la chat*, mi señora —susurra.

—¿Por qué? Los gatos son dulces.

—No siempre. Al menos no los de peluche animado. Es solo que Su Alteza te adora un día y te odia al siguiente.

—Temperamental —digo.

—Peor. Los gatos buscan arrumacos cuando quieren algo y te arañan la cara si no se lo das.

—Dame un ejemplo —le pido.

—El año pasado la princesa puso en una caja de inanición a una de las sirvientas, Aria. Había sido una sirvienta favorita de la realeza, llegó a lucir el pin púrpura en su uniforme. La princesa le daba regalos adicionales, como comida o bonos de belleza, y le permitía viajar como su acompañante en los viajes a los palacios de las otras islas.

—¿Y? ¿Qué pasó?

Bree suspira antes de continuar.

—Un día la princesa dijo que los ojos de Aria eran demasiado bonitos para una sirvienta. Aunque Aria mantenía las restricciones de belleza para los sirvientes, la princesa la acusó de haber recibido tratamientos adicionales y la puso en una jaula durante tres días. Los pájaros le picaron los ojos. Estuvo a punto de morir.

Se me revuelve el estómago y un escalofrío se instala en mi interior.

Sophia no puede ser reina.

Bree desliza su mano en la mía.

—Por favor, no le digas a nadie que te lo he contado. Podrían...

—No te preocupes —la miro a los ojos para darle confianza. Diminutos rastros de rojo se abren paso en el marrón sepia cálido de sus iris. Una sombra gris yace bajo su piel

340

blanca rosácea y puntos de barba se esparcen por su barbilla.

—Deja que te retoque —le acaricio el rostro con cariño.

—No podría...

—Lo harás —la llevo hasta mi tocador y la obligo a sentarse. Sus labios luchan contra una sonrisa. La chica se hunde en la silla de respaldo alto. Cojo una tetera de té de rosa belle de la sala de té y le traigo una taza. Da un sorbo y sonríe.

—Cierra los ojos —abro mi caja de belleza, saco una borla de polvos y encuentro un tarro de color cutáneo que funciona con su piel. Le cubro el rostro con pasta cutánea. Deslizo mi espejito fuera del vestido. Me pincho el dedo con celeridad y seco la sangre con la base del espejo. Observo como se mueve, deseo que vaya más rápido. La rosa se vuelve roja y se retuerce para componer su mensaje: SANGRE PARA LA VERDAD.

La examino. El cristal se nubla, luego revela el rostro sonriente de Bree bañado en un halo. Su lealtad se refleja en el cristal como un sol cálido. La confirmación me golpea como una oleada.

Restablezco su color de piel, añado más pecas a su nariz y mejillas, e intensifico el marrón de sus ojos. Toco la barba incipiente del mentón y las mejillas.

—¿Te importaría...? —empieza a preguntar.

Le sonrío y le toco la cara, arranco los pelos cortos y mato las raíces.

—Esos pelos no volverán a aparecer —le aseguro.

—Gracias —me susurra.

Y como premio, añado a su mejilla un pequeño hoyuelo como el mío.

—¿Te gusta el vestido nuevo? —pregunta Sophia mientras revolotea por el tocador enfundada en su traje de baño. Mueve manos y piernas nerviosamente y lucha consigo misma para estarse quieta. Unas gafas metálicas reposan sobre una nariz ancha y sus ojos avellana oscuro son dos pozos de tristeza; me recuerda a una flor que ha perdido todos los pétalos. Su peinado es un frenético lío de enredos y joyas. Maquillaje pasado le rodea los ojos y descansa en sus mejillas.

—Es bonito —respondo.

—Gira para mí.

Hago una vuelta con cuidado. El desasosiego me llena.

Sophia no puede ser reina.

Sophia no está bien.

Sophia es temperamental.

Los pliegues del vestido sueltan una diminuta melodía cada vez que me muevo.

—¿No es un sonido precioso? —Salta a su son—. Estoy trabajando con el Ministro de Moda para hacer una línea de vestidos que canten. Es mi primer intento.

—Muy inteligente. —No le explico que Rémy se ha reído de mí durante todo el camino hasta sus habitaciones y que me ha llamado campana de templo.

—Tengo que asegurarme de que también llevo la moda a otro lugar. Mi madre no es una reina demasiado moderna, sus vestidos son siempre más bien aburridos. Patrocinaré trajes como jamás se hayan visto en este mundo —rebusca en su tocador, tira cremas y borlas y tónicos y frasquitos de perfume. El cristal se rompe.

Doy un paso atrás cuando algunos de los objetos me pasan por encima de la cabeza como estrellas fugaces. El servicio se afana a limpiarlo todo, pero más botes chocan contra el suelo y desparraman sus contenidos antes de que el servicio pueda cogerlos. Cambio de posición e intento encontrar el momento idóneo para intervenir.

—¿Comeremos, Su Alteza? —pregunto tentativamente.

Se detiene.

—He planeado un pícnic ideal para la estación ventosa. En parte es una cita con otro de mis pretendientes.

Espero oír el nombre de Auguste.

—Ethan Laurent de la Casa Merania.

Sonrío con un alivio extraño e inesperado.

Ella vuelve a echar por los aires sus productos de belleza.

—Es que no puedo encontrar... —se yergue—. Mmm, parece que no hay manera de recordar lo que buscaba —clava la mirada en el techo.

El servicio agacha la cabeza y se mueve con rapidez a su alrededor, intentan limpiar todo el lío.

Sophia se coloca delante del tocador.

—Tengo un aspecto horroroso, favorita. Te necesito. He estado despierta hasta demasiado tarde —estira una mano y yo dudo antes de tomársela—. Arréglame.

—Tengo que cambiarme y ponerme mi vestido de trabajo.

—No, te quiero tan preciosa como sea posible mientras me trabajas. Quizás eso te inspire.

Nos dirigimos a su salón de tratamientos.

—¿Podemos llamar a Bree? Necesito mi caja de belleza.

Sophia chasquea los dedos hacia una sirvienta que hay cerca. La mujer se escabulle de la habitación. Grito un «Gracias» detrás de ella.

—Iré a bañarme mientras te preparas —informa.

—Claro, Su Alteza.

Compruebo dos veces la sala de tratamientos: farolillos de belleza adecuados flotan alrededor, una sirvienta dispone té de rosa belle en una mesa, las pastillas se derriten en los calientaplatos y llenan la habitación con aroma de lavanda, otra sirvienta cubre una camilla grande con cojines y ropa de cama limpia, los productos belle brillan en bandejas apiladas. Paso los dedos por las flores de lis de los emblemas belle que hay gravados en cada artículo.

Recuerdo la primera vez que Ámbar y yo nos colamos en un almacén de productos belle; después de que la casa hubiera enmudecido, robamos farolillos nocturnos y los arrastramos hasta la parte trasera de la casa. Las maravillas de la habitación se desplegaron ante nosotras durante horas: pulverizadores de perfume y tartas de crema de colores y barras de labios y polvos y lápices cosméticos y vinagretas doradas y pastillas y flores secas aromáticas y aceites y bolsitas. La habitación tenía un aroma embriagador y dulce, y nos dormimos allí después de maquillarnos toda la noche. Du Barry nos hizo copiar cincuenta líneas a cada una como castigo.

Ojalá Ámbar estuviera aquí ahora. ¿Qué me diría que hiciera?

Bree llega con mi caja de belleza.

—Pensé que te dirigías a una comida —me susurra.

—Yo también.

Bree la coloca en un carrito que hay cerca y empieza el proceso de desplegar compartimientos. El servicio hace pasar a Sophia de nuevo a la habitación. Engulle un frasquito de su especialidad hecha de elixir de rosas belle y se encarama a la camilla.

Paseo a su alrededor, intento decidir qué aspecto le concederé hoy. Una idea brota.

—Boca abajo, por favor —le digo.

—¿Por qué? —enarca las cejas, sorprendida.

—Necesito tener una buena perspectiva de su pelo —miento—. Quiero experimentar.

Sophia aplaude frívolamente.

—Ya sabes lo mucho que me gusta jugar con las cosas —se da la vuelta.

Me pongo de pie a la cabeza de la camilla de tratamientos. Bree y yo trabajamos para cubrirla de polvos cosméticos. El peso de mi plan es como un bloque de espíntrias de oro sólido, cargado de riesgo. La duda se arremolina en mi estómago, lo agria de ansiedad.

Le peino el pelo hacia atrás. Suavizo los mechones hasta que tienen el color de la nieve y añado trazas de dorado e incrusto diamantes. Le pinto un nuevo tono de piel, el color de huevos acabados de poner. La segunda arcana despierta. Salpico su cuerpo de marcas de belleza preciosa. Besos de la diosa de la belleza.

Gruñe y el sudor le perla la piel.

—¿Está bien, Su Alteza? —finjo que trabajo con varas de metal que se usan para dar forma a los contornos del rostro y el cuerpo.

—Sí, procede —susurra.

Indico a Bree que le levante el pelo. Las manos temblorosas de Bree recogen los nuevos mechones. La columna vertebral de Sophia se curva bajo la piel, visible en su esquelética silueta. La primera arcana se despierta en mi interior al verlo. Pienso en la entrada de maman sobre la reina. Un mal comportamiento se puede drenar de cualquiera.

Doy un hondo suspiro. Le clavo los dedos ligeramente en la nuca, la piel suave se calienta bajo las puntas de mis dedos. Extraigo su genio, se lo arranco del interior como un hierbajo de jardín y planto las virtudes de la paciencia y la serenidad.

Sophia chilla y se levanta de un salto. Su movimiento súbito me tumba al suelo.

—¿Siente dolor, Su Alteza? ¿Va todo bien? —me pongo en pie tambaleando.

Una sirvienta le ofrece otro frasquito de elixir. Ella lo aparta de un manotazo.

—Solo estoy... —parpadea y mueve la cabeza a izquierda y derecha como si estuviera teniendo algún tipo de conversación con alguien que no está allí—. Es todo por hoy, puedes irte —no me mira. Ni siquiera pide un espejo.

—Pero...

—Adiós, favorita —el servicio me sacude de la habitación como si fuera una mota de polvo. El pulso se me acelera lleno de pánico y terror.

Sabe lo que he intentado hacer.

Al día siguiente, las puertas del salón se abren de par en par con una floritura. Me preparo para la Ministra de Belleza, Du Barry o hasta Sophia en persona, con una reprimenda por haber intentado suavizar el comportamiento de la princesa sin su consentimiento.

Sin embargo, el Ministro de Moda entra disparado, seguido por su equipo de dandis y un armario de guardarropa con unas ruedas enormes que parecen de carruaje. Sus laterales de madera de abedul blanca me recuerdan a mi baúl belle, pero sus bordes dorados y el estampado de damasco permiten que combine con el resto de la lujosa habitación.

—Mi muñequita —exclama el Ministro de Moda. Me levanta de la silla y me hace girar una y otra vez, sin duda está inspeccionando mi vestido. Me presiona la espalda con su mano falsa.

—No tan rápido —digo.

Suelta una risita.

—Sí, no hace falta volver a desatar tu estómago. Y, mmm, parece que me has echado de menos. Al menos, tu cuerpo y tu sentido de la moda lo han hecho.

Sonrío.

—¿Dónde has estado?

—Encerrado en una torre. Forzado a hacer vestidos durante el resto de mis años —me besa en la mejilla—. He estado en el Bazar de Vestidos intentando escoger el tejido adecuado para el vestido de novia de la princesa Sophia. Tengo que igualar de algún modo tu gloriosa hazaña de ese día en el Salón de Recepciones —su equipo acerca el armario.

Me sonrojo ante el cumplido.

—Quizás puedo ayudarte.

Me sopla un beso.

—Primero tengo unos cuantos regalos muy especiales para ti.

—¿Para qué ocasión?

—No hace falta ninguna ocasión, muñequita. Eres la favorita. Es un honor vestirte —las puertas del armario se abren y el interior explota de color. Vestidos con faldas completas, cortes piramidales, cinturas imperiales, de tubo, de manga larga, de tirantes, sin mangas, con cuello de pico y redondos y escotados. Vestidos hechos de brocados, encajes, terciopelo, cuentas de cristal, cachemir, sedas y satenes pasteles de todos los colores y estampados. Un carrito especial sigue el armario y lleva vestidos vivientes dentro de grandes campanas de cristal. Esos son vestidos hechos de seres vivos; mariposas abren y cierran sus alas y exponen su propia caja torácica interior; abejas zumban dentro y fuera de un traje en forma de colmena; rosas de todos los colores ondean sus pétalos.

Elisabeth se escabulle de su oficina y se acerca a los armarios de cristal con los ojos abiertos como platos. Alarga los dedos, hipnotizada.

—Sin tocar, pequeña Du Barry —dice el ministro al tiempo que le aparta la mano de un golpe suave—. Estos no son para ti.

No puedo evitar reírme al ver su expresión demacrada.

—Muestra respeto. Estos son para la favorita. Son trajes y vestidos apropiados para la persona más importante del reino... aparte del rey, la reina y las princesas, por supuesto —hace una reverencia y luego me enseña cada vestido, uno por uno, para disgustar todavía más a Elisabeth, que frunce el ceño mientras los presentan como pastelitos deliciosos.

—¿Qué te parecen? —pregunta.

—Te has superado.

Se le iluminan los ojos.

—Lo sé.

Nos echamos a reír.

—Tienes que llevar uno esta noche —saca una invitación del bolsillo. Una combinación de caligrafía dorada y negra anuncia: FIESTA DE CARTAS DE SOPHIA. Estrellas de purpurina brillan en el pergamino, contienen una promesa de emoción. Me coge la mano y me hace girar una vez más—. No vas a vomitar otra vez, ¿verdad?

—No, he aprendido la lección —respondo, sonrojada.

Bailamos, nos balanceamos hacia delante y hacia atrás al son de la gente que entra y sale de los aposentos. Se me acerca al oído y me susurra:

—He oído cosas buenas de ti, favorita. Nuestra princesa te adora, cree que puedes hacerlo todo, lo que sea, que hasta podrías bajar a la mismísima diosa de la belleza de los cielos.

—Yo...

—No me des excusas floridas —me sonríe—. Le has dado a la princesa justo lo que quiere. Un plan muy sabio, por ahora. Pero no dejes que se extinga tu llama, pequeña belleza. Te meterás en problemas —me hace girar una vez más, da un golpecito con su bastón en el suelo y luego me dice adiós con un beso—. Hora de irse.

Rémy nos acompaña a Elisabeth y a mí a lo largo de seis tramos de escaleras y a través del Gran Vestíbulo hasta el ala sur. Llevo una de las últimas creaciones del Ministro de Moda: un vestido de miriñaque con textura de gofre de color miel y caléndula y una faja de pelaje rallado. Llevo el moño Belle adornado con perlas blancas como la nieve para complementarlo.

Los salones están decorados para la próxima Ceremonia de Declaración de Herederas. Retratos del rostro de Sophia marcan farolillos nocturnos. Han hecho guirnaldas de sus flores favoritas. Los comerciantes venden muñecas que se parecen a ella, rematadas con versiones diminutas de la corona de la reina. Cinco días hasta la celebración por todo el reino. Cinco días para decidir cómo responder a la reina.

Los salones están plagados de periodistas, que envían globos mensajeros de cotilleos negros. Las bengalas estallan por encima de nuestras cabezas y los farolillos nocturnos oscilan con colores brillantes. Los cortesanos llevan tocados y sombreros acordes con la temática del frío, adornados con ramitas salpicadas de nieve y bayas de acebo, plumas de lechuza y espigas; todo el mundo espera muy impaciente la primera nevada. Líquidos burbujeantes y de tonos enjoyados llenan copas y vasos. Algunos usan trompetillas auditivas para oír las conversaciones que tienen lugar en los salones. Los hombres persiguen a las mujeres por los pasillos y las risas y el ambiente caótico les sigue.

Rémy gruñe y nos guía a través de los grupitos de gente.

—Por aquí —empuja a un lado un periodista impaciente que quiere sacarme un retrato—. Ahora no. Ya conoces las normas.

El periodista ignora su petición. Mueve una pluma por su libreta pequeña y tres más esbozan a su lado. El retrato está terminado antes de que pueda avanzar dos pasos.

Las puertas del Salón de Juego Real se abren para nosotros. El techo forma arcos de curvas y pendientes que sobresalen; los farolillos nocturnos acarician su superficie y bañan de luz la decoración esmaltada. La habitación se colma del tintineo de vasos y del rodar de los dados y del zumbar de los farolillos de las mesas y el silbido de las velas y la risa. Muchísima risa.

Tableros de mesa afelpados exhiben cajas de porcelana tachonadas de oro y diamantes y piedras preciosas. Unas fichas de juego están alineadas detrás de un quiosco etiquetado BANCA. Sillones y sillas de respaldo alto y sofás con patas de garra rodean las mesas de juegos, que están repletas de velas, postres y fichas de apuestas de colores pastel. La gente se atiborra de pastelillos y soplan los dados para tener suerte.

—Ánimo —dice Rémy por encima del estruendo.

Las mujeres sonríen y hacen gorgoritos y me saludan con sus abanicos.

—Sabía que serías tú —grita una—. Estoy muy contenta de que hayas ganado, aunque fuera tarde.

—He recuperado mis cuarenta leas de la apuesta ahora que estás aquí. Te escogí desde el principio —chilla otra.

Sonrío y saludo. Elisabeth suelta una risita a mi lado.

—Haremos un montón de espíntrias, Camille, y Madre estará orgullosa de mí —me coge la mano, pero yo la aparto de un tirón.

—Yo haré un montón de espíntrias —replico.

Un viento frío sigue a los cortesanos a través de las puertas que dan al muelle del Salón de Juego Real. La luna parpadea luz por el paseo marítimo dorado. Las barcazas flotan como joyas en el agua oscura. Hombres y mujeres de casas de comerciantes entran, exhiben las especialidades de sus casas en la ropa, en el pelo o incluso bordado en la piel. Las mujeres que llevan vestidos de la Casa Especiada dejan diminutos rastros de canela y anís y azafrán, y las de la Casa de los Inventores visten trajes cubiertos de imágenes serigrafiadas de sus productos más nuevos. Los hombres van ataviados con chisteras de la Casa Bijoux, llenas de hendiduras para exhibir perlas y rubíes y zafiros.

La mesa de juego de la princesa Sophia está colocada justo en medio de la sala. Fuentes pintadas a mano retratan un calidoscopio de pastelería y pastelillos con bengalas llameantes clavadas. El champán burbujea por encima de una torre de copas apiladas en un pequeño arroyo dorado. Los cortesanos hunden sus copas en él. Sophia se balancea hacia delante y hacia atrás en un sillón de respaldo alto, bebe de dos cálices mientras una mujer la abanica. Tiene a su elefantita de peluche animado, Zo, sentada en el regazo y le hurta sorbitos de la copa y mordisquea las fresas de la tartaleta de Sophia, que se ríe y ordena a su monito de peluche animado, Singe, que tire los dados por ella en el tablero circular que reposa bajo la torre de copas de champán. Cajitas dibujadas a mano rodean el centro del tablero y contienen números de colores brillantes, del uno al setenta.

—Su Alteza —saluda Elisabeth haciendo una reverencia—. Tengo a la favorita, Camelia Beauregard, aquí como pidió.

—Elisabeth me empuja hacia delante. Yo inclino la cabeza.

—Tienes buen aspecto —opina Sophia.

—Usted también —se ha cambiado la apariencia que le di. Un halo de diminutos rizos apretados y rubios rebota sobre sus hombros. Me trago las preocupaciones acerca de que sepa lo que intenté hacer en nuestra última sesión de belleza.

Sus damas de honor me miran con fijeza. Sophia hace un ademán para que me traigan una silla.

—Siéntate, siéntate. Y observa. Esta es mi segunda cita oficial con el pretendiente número uno, Alexander Dubois de la Casa Berry.

El chico asiente. Le está dando uvas a Singe para que se las coma y sonríe a Sophia con una sonrisa mellada. Su pelo casi va a conjunto con el de ella: largo y rubio y ligeramente ondulado. Sin embargo, tiene la piel de un moreno cálido como la mía y Sophia está de un blanco tan pálido como el dado de porcelana que sujeta con la mano.

Los cotilleos se arremolinan a mi alrededor: se rumorea que Lady Hortense Bellaire tiene pulgas y ratones vivos en su terrible peluca, mientras la Condesa Isabelle Favro no tiene bonos de belleza y ha tenido que besar a Fabian, un conocido dandi, para conseguir espíntrias. Gabrielle se acerca una caja de sales a la nariz cuando una cortesana se aproxima a saludar a la princesa Sophia; la agita para esparcir un poco de aroma de lavanda y limón. La mujer se va corriendo, al borde de las lágrimas.

La princesa Sophia da una palmada para concentrar la atención de su mesa de juego.

—Singe es la banca. Haced vuestras apuestas.

Los cortesanos lanzan fichas de apuestas de colores en distintos números. El monito de peluche animado patalea y señala la bolsa de terciopelo que tiene debajo. Las manos se mueven todavía más rápido, echan fichas en el tablero de juego.

—Singe, las apuestas están hechas. —Sophia se relaja en la silla con una sonrisa. El monito deshace el nudo de la bolsa y desaparece dentro de ella. Los jugadores esperan su vuelta. La mujer que tengo a la izquierda contiene la respiración. La bolsa hace frufrú y la cabeza de Singe aparece de nuevo, muestra todos sus dientes y rueda hacia delante hasta el borde, delante de Sophia.

—Zo coge el tique —ordena Sophia a la elefantita, que reposa en su regazo. Zo deja caer la fresa y avanza pesadamente hacia el extremo del voluminoso traje de Sophia, alarga su trompa gris diminuta y Singe le da el tique—. Buena chica, Zo, muy buena, *petite* —dice Sophia—. Eres muy obediente.

Me sonríe mientras coge el tique.

—Número veintiséis —anuncia—. Quien haya apostado por el veintiséis recibe sesenta y cuatro veces su apuesta.

—¡Es mi número! —grita una jovencita al extremo más lejano de la mesa.

Singe baila por el borde de la mesa.

La joven se abre paso por el gentío.

—Disculpen, perdonen.

—Es una de las trillizas de Madame Pompadour. Debería haberla olido venir —le dice Sophia a Gabriele y a otras que están cerca. Las cortesanas sueltan risitas. La joven avanza a saltos con una sonrisa ansiosa. Un pulverizador de perfume reposa en la cima de su melena morena como un gran sombrero; arroja perfume cada poco rato. Una persona que tiene detrás estornuda. Cuentas de perfume de hierbas aromáticas se esparcen por su corsé como cadenas entrelazadas y su faja está ahogada por un anuncio cosido que reza: VIVA LA POMPADOUR. Pertenece a la mercantil Casa de los Perfumistas y la llaman cariñosamente *Le Nez*.

Sophia se abanica la nariz y Singe se tapa la suya.

—Ay, señor, Astrid, menudo aroma tan encantador difundes esta noche.

El grupo se echa a reír.

—Madre dice que quería que toda la corte viera en primicia nuestra nueva línea de aromas, justo a tiempo para la presentación de la asignación de tocador de la reina para la nueva temporada —Astrid se sonroja y salta emocionada, aparentemente no detecta las bromas de Sophia—. Estará encantada de oír este halago y saber de mis ganancias. ¿Cuánto? ¿Cuánto?

Las damas que hay cerca se llevan las manos a los oídos de unas y otras para susurrarse cosas y soltar risitas y poner mala cara a Astrid Pompadour. El estómago se me revuelve.

—Una pregunta, primero —dice Sophia.

—La que sea, Su Alteza —contesta Astrid con una reverencia.

Sophia se gira hacia mí, luego me toca la mano. El contacto inesperado me hace saltar.

—¿Te asusto, Camelia? —Sophia me dedica una sonrisa lenta y maliciosa.

—No, Su Alteza. Es solo que...

—¿Es solo que qué?

Todo el mundo mira y escucha.

—Me ha sobresaltado.

Su dama de honor Gabrielle le susurra algo al oído. Su mirada se fija en mí una vez más.

—Mi favorita, tengo una pregunta. ¿Qué piensas de Astrid? De su aspecto.

Giro la cabeza como si estuviera en un eslabón giratorio.

Astrid me sonríe. El pintalabios rosa subido le mancha los dientes y el colorete que ha usado no tapa el imperceptible deje gris de su piel. Mechones grises ribetean su melena, aunque ha intentado esconderlos con mucha gracia usando cera de abejas y pomada.

—Es encantadora —respondo.

Astrid suelta un chillido de deleite.

—Gracias, gracias, gracias, favorita. Bendita sea. Realmente me esfuerzo mucho con...

—¡Silencio! —ordena Sophia.

Astrid se traga el último trozo de frase y su alegre risita. Los cortesanos que se reían ahora cierran el pico. El silencio se cierne sobre el salón de juegos entero. Las manos se congelan encima de las mesas, las bocas tienen miedo de masticar, los dados y las fichas de juegos se hunden en las palmas en lugar de volar para apostar a la suerte.

—Míratela mejor, Camelia. Seguro que estás demasiado lejos para juzgar bien su belleza —asevera Sophia.

Busco en los ojos de Sophia e intento entender por qué me obliga a humillar a Astrid delante de toda esta gente. ¿Es su castigo por mi intento de cambiar su comportamiento durante nuestra sesión?

Hace un ademán con la mano y me insta a escudriñar a la pobre chica.

Una sirvienta me retira el asiento y casi me caigo hacia delante. Sus damas de honor Gabrielle y Claudine se mofan de mí. Los pies se me llenan de plomo y moverlos para avanzar parece que me cueste una eternidad. El espejo escondido en mi corsé se calienta contra mi piel. Estoy cara a cara con Astrid, que me sonríe de nuevo. La sonrisa con que le respondo es débil.

—¿Qué ves, Camelia? —pregunta Sophia—. No puede ser nada encantador. Ni mucho menos.

El rostro de Astrid se desencaja, la boca le dibuja un mohín triste y los ojos miran a todas partes. Los cortesanos susurran su acuerdo con la afirmación de Sophia.

—Su alteza, espero que no haya hecho nada para ofenderla, pero si lo he hecho, mis más sinceras disculpas —tartamudea Astrid. Un sudor profundo le baña el ceño y se lleva el maquillaje con él. El deje de gris de su piel se hace más visible.

—Me has ofendido —declara Sophia.

Gabrielle le pasa a Astrid una revista del corazón llamada *Los depravados deleites de Sir Daniel*. Las palabras vulgares corren por la página como si tuvieran miedo de la luz de las velas de la habitación. Las imágenes adoptan la forma de docenas de escenas morbosas y capturan los salaces rumores que han circulado esta semana por el reino.

—Apagad algunas velas para que la tinta cuaje —ordena Sophia.

El servicio levanta utensilios de mango largo para apagar las velas y extinguen algunas llamas. Otros apartan farolillos nocturnos hacia rincones alejados. Llevan una vela justo al lado de Sophia, que la coloca al borde de la mesa de juegos y le ilumina la cara, pero proyecta sombras en sus ojos. Se aclara la garganta. Da verdadero miedo.

—Tus ofensas, Astrid Pompadour, son enormes. Para empezar, está el modo desaseado en que tú, y tus hermanas también debería añadir, os paseáis y avergonzáis a Orleans y a vuestra casa mercantil, Le Nez. Y también está el hecho de que se rumorea que tu madre es la última querida de mi padre.

Un grito ahogado retumba por la habitación. Yo misma me tapo la boca con las manos.

Astrid sacude la cabeza.

—No lo es.

—Tu madre es bastante glamurosa, no sé por qué os deja desfilar por la corte hechas un desastre. Quizás os gastáis todas las fichas de la familia en ella.

—Ella no es...

—Tus garantías y promesas no significan nada para mí. He oído de buena fuente que lo es —alcanza una plata de fresas y hunde una en el líquido burbujeante de su copa—. Camelia, Astrid necesita un aspecto nuevo, para ir a conjunto con la ramera de su madre.

Espera mi respuesta. El miedo cruza los ojos de Astrid. Las palabras se me encallan en la garganta.

—¿No estás de acuerdo?

Quiero huir, quiero mover las piernas, pero en lugar de eso me tiemblan y se quedan clavadas en el sitio como si fueran profundas raíces. Astrid me clava la mirada, tiene las pupilas dilatadas y los ojos colmados de lágrimas.

—Estoy esperando —espeta Sophia—. Exijo una respuesta.

—Por supuesto que lo necesita —deja escapar Elisabeth. La miro de hito en hito y sus ojos me suplican. La respiración de Astrid se acelera.

—Si usted lo dice, Su Alteza —respondo.

Sus labios esbozan una sonrisa.

—Sí, sí que lo digo. Lo digo —se levanta de un salto de la silla y le da a Claudine su elefantita de peluche animado. Claudine mantiene la vista gacha. Singe salta de la mesa de juegos hasta su hombro. Sophia da vueltas alrededor de Astrid y airea la revista del corazón.

Capto algunas palabras y frases:

MADAME POMPADOUR

QUERIDA DEL REY

VERGONZOSO

LE NEZ EN DESGRACIA

Sophia respira profundamente y hace señas para que todos la imitemos. La habitación inhala una bocanada colectiva. Ella exhala. La habitación al completo suspira.

—Huelo una... ¡CERDA! Eso es —me toca el hombro—. Dale un rostro que sea apropiado para una.

Astrid pega un grito.

—Ay, por favor, no —suplica encogida de miedo—. Por favor, Su Alteza.

Los guardias la levantan por los brazos y la obligan a erguirse.

—Su Alteza, no podría hacerlo. No tengo mi caja, el té de rosa belle, todo mi equipo —explico muerta de miedo.

—Tiene razón, princesa Sophia, Su Alteza —añade Elisabeth—. El trabajo de belleza no se puede hacer jamás sin esos artículos.

Sophia se gira de golpe.

—Se puede y se hará.

—¡Por favor! —grita Astrid de nuevo.

—¡CIERRA el pico! —ordena Sophia.

Astrid se muerde el labio inferior, desesperada por contener los sollozos. El pintalabios le mancha toda la boca.

—Ahora, Camelia, mi favorita, hazlo —ordena Sophia, mientras vuelve a su asiento para mirar—. Y no dentro de una hora, sino ya.

Cierro la boca con fuerza para evitar que me tiemble. Respiro profundamente. Busco en el rostro de Sophia, espero que grite que todo ha sido una gran broma.

—¡Hazlo! —brama Sophia—. Te lo ordeno. Ahora.

La conversación muere en la habitación. Los ojos se posan en mí. Nadie se atreve a moverse o a hablar o a respirar. La mirada impaciente de Sophia arde.

Cierro los ojos.

—Lo siento —susurro.

—No lo haga, favorita. Se lo suplico, no lo haga —implora Astrid.

El rostro de Astrid aparece en mi mente: sus ojos demasiado juntos y la piel grisácea y los labios demasiado finos y la nariz ganchuda. Las arcanas despiertan. Una oleada de calor me recorre. Las venas de mis manos se hinchan. Abro los ojos.

Estiro la curvatura del puente de la nariz como si fuera de arcilla. Abro más espacio en sus narinas. Fuerzo sus huesos a retorcerse y a llenarse de cartílago.

Astrid grita.

Me detengo. No puedo hacerlo. No puedo.

Los guardias sujetan a Astrid muy quieta.

—Sigue —espeta Sophia—. Haz lo que digo, Camille.

Doy forma de morro a la carne de Astrid. Las lágrimas me llenan los ojos al oírla llorar.

—Añade pelo. Añade pelo —grita Gabrielle.

—Sí —pide Sophia—. Pelo grueso.

Hay quien se ríe entre la multitud. Otros hacen muecas, sin duda agradecidos de que no les pase a ellos. Algunos apartan la mirada. Hago más gruesos los pelos de la nariz de Astrid y los alargo para que asomen de cada narina como la barba en el mentón de un hombre.

Astrid chilla y cae al suelo, se escabulle de la presa de los guardias como una pieza de seda. La chica es un montón de sollozos y gemidos. Los guardias la vuelven a poner en pie y ella se pone las manos en la cara. Una dama cortesana de las favoritas se las aparta de un tirón para revelar su nueva nariz. El morro reluce de mocos.

—Bien hecho, Camelia, preciosa. Que siempre encuentres la belleza, Astrid —Sophia hace un ademán a los guardias—. Veamos qué piensan los periodistas. Démosles algo para sus periódicos vespertinos —dirige a Astrid, a sus damas de honor y a un tren de emocionados cortesanos fuera de la habitación y hasta el Gran Vestíbulo. Anuncia que todo el mundo debe seguirla y dirigirse al Salón de Recepciones para un desfile nocturno.

—Tienes que ir con ellos —me dice Rémy al tiempo que me despega los pies del suelo.

—No quería hacerlo —aseguro.

El chico está callado, pero la decepción se refleja en sus ojos.

—¿Qué debía hacer?

—No es asunto mío —responde, y me escolta a la cola del final del grupo.

En el Salón de Recepciones, Sophia dirige a Astrid arriba y abajo por la larga entrada desde la puerta hasta la plataforma del trono y volver. Ordena a los músicos que toquen y que Geneviève Gareau, la cantante de ópera más querida del reino, empiece a cantar. Sacan a Geneviève de la cama y se presenta en pijama. Músicos cogen sus instrumentos y Astrid se ve obligada a bailar danzas campesinas. Sophia arrastra a las dos hermanas de Astrid para que miren. Tres relojes de arena más tarde, las damas de honor de Sophia se esparcen por los cojines para arrodillarse ante la base del trono y sus ronquidos se añaden a la canción de los músicos. El estómago se me encoge en un nudo que quizás no se me deshaga nunca.

¿Puede ser real, todo esto? ¿Es así como Sophia trata a la gente? ¿Así es como se va a comportar? ¿Me obligará a torturar a su gente hasta el fin de mis días?

Las palabras de la reina me resuenan en la cabeza de nuevo: «Sophia no puede ser reina».

Tengo que detenerla.

35

Rémy me devuelve a mis aposentos y toma su asiento nocturno fuera de la puerta. No me desea buenas noches. No me ofrece tomar el té conmigo, lo que yo esperaba que se convirtiera en un hábito. Ni siquiera me mira. Ando por el perímetro, rodeo los seis aposentos al menos doce veces con las manos en la cabeza, aplastando mi moño belle. Los pétalos de flores y las joyas se caen, me arranco de un tirón las peinetas ornamentales de la parte superior y me suelto los rizos. El nido de pelo crece a mi alrededor como una nube ensortijada.

Salgo a la ventosa terraza. El frío me pellizca los hombros. El aroma de la nieve está en el aire.

Bree asoma la cabeza.

—Es hora de ir a la cama, mi señora.

—Dentro de unos minutos —me escabullo a su lado, voy hasta el último aposento de todos. Llamo a puerta de Ivy. Agito el picaporte. Está cerrado. Llamo de nuevo.

—Ivy —susurro fuerte, con la esperanza de que le llegue de algún modo. No obtengo respuesta.

Vuelvo a la habitación para encontrarme a Bree, que me espera.

—¿Puedes despertar a Ivy?

Bree parece sorprendida.

—Pero es hora...

—Por favor —añado suavemente.

—Espera en tu habitación y al menos vístete para ir a dormir. Además, hay un globo mensajero atado al tocador.

—Gracias —me desvisto y me pongo el pijama. Un globo mensajero naranja flota por encima de mi caja como una llamarada. Proviene del Salón de Té Ardiente.

Edel.

Abro la parte posterior de un tirón y cojo la nota.

Estimada favorita, Lady Camelia Beauregard,

Tu hermana Edel Beauregard no se encuentra en el Salón de Té Ardiente. Si tuvieras conocimiento de dónde podría estar, por favor, envíame una correspondencia personal. He sido capaz de mantener los libros de citas llenos y los clientes contentos, pero si Edel no vuelve pronto, me temo que se descubrirá todo.

Si recibes noticias suyas, dile que debe volver al salón de té de inmediato, de lo contrario, será tratada como a una fugitiva, sujeto de castigo de acuerdo con las leyes de nuestra gran reina y país, y acusada de desacato por el Ministro de Ley.

No quiero que esto pase. Solo quiero que vuelva.

Que la diosa de la belleza te bendiga. Que siempre encuentres la belleza.

Atentamente,

Madame Alieas Saint Georges, Casa Maille,
Regente del Salón de Té Ardiente

El latido de mi corazón se acelera.

¿Cómo puede Madame Alieas evitar que los periodistas se enteren? ¿Cómo puede mantener el negocio a flote?

¿Dónde estás, Edel?

Escribo una carta a Ámbar. Mi caligrafía es un garabato frenético que cruza la página:

Ámbar,

Necesito hablar contigo. Se trata de Edel y de algo que Sophia me ha obligado a hacer. ¿Puedes venir a palacio? Si no, intentaré venir al Salón de Té del Crisantemo.

Edel se ha metido en problemas y creo que yo también.

Camille

Envío el globo mensajero por encima de la barandilla de mi balcón.

—Camille —Ivy está en el dintel de la puerta. Tiene la voz pastosa de sueño.

Corro hacia ella.

—Sophia me ha obligado a hacer lo más horrible y yo... —se me corta la voz.

Ivy cierra las puertas del dormitorio y echa al servicio, de pronto alerta.

—¿Qué ha pasado?

—¡Me ha obligado a darle un morro de cerdo a una cortesana! Delante de todo el mundo, en el salón de juegos —no puedo dejar de caminar arriba y abajo.

Ivy ahoga una exclamación.

—Está volviendo a empezar. También se lo hizo a Ámbar. Ay, todo esto es culpa mía.

—¿Hacer qué? —pregunto—. ¿Qué es culpa tuya?

—Le dije a Ambrosia que hiciera todo lo que ordenara Sophia —responde—. Le dije que su trabajo era contentar a la princesa. Y Sophia empezó a pedir las cosas más ridículas e irrazonables.

Recuerdo lo que explicó Elisabeth, que Ámbar había hecho translúcida la piel de una de las damas de honor de Sophia, había cubierto de plumas a otra y había encogido al máximo la cintura de Sophia. Entonces no me lo creí, no podía creer que Ámbar hubiera hecho algo así. Y ahora yo he desgraciado el rostro de una chica.

—Irá a peor. Te pedirá que hagas más. Está poniendo a prueba tu lealtad —me coge de la mano—. Ya intenté decírtelo, nada detendrá todo esto, es solo el principio. Tenemos que irnos.

—Si huimos, Sophia se limitará a arrastrar a Valerie, Hana, Padma o incluso a Edel aquí para ser la favorita. No acabará nunca.

—Nada de esto tiene que acabar. Nosotras tenemos que hacer lo que nos digan y vivir con ello. Yo ya no puedo más.

—Tenemos que hacer algo.

—No hay nada...

—Ayudaré a la reina —digo casi gritando.

—Pero podrías morir.

—Sí, pero quizás no lo haga —doy un hondo suspiro—. Y no tenemos otra opción.

La mañana siguiente, lleno un bolsito pequeño con cosméticos, dos instrumentos moldeadores y unos pocos tarros de pigmentos. Me los meto en la faja de pieles y luego me dirijo a la sala de tratamiento cuatro.

El servicio está limpiando la habitación. Les pago a cada uno una bolsa de espíntrias y monedas y les pido que me ayuden a revolver el cuarto. Pongo sanguijuelas en los productos belle y aunque me miran con expresiones desconcertadas, me ayudan en el proceso destructivo. Añado un bono de belleza a cada mano con la instrucción de que no digan nada.

Vuelvo corriendo al salón principal y llamo tan fuerte a la puerta de Elisabeth que retumba.

Abre de golpe.

—¿Quién nari...? —se traga el improperio que acaba la frase—. ¿Qué pasa? Tengo trabajo. Los teléfonos no me dejan ni un momento de paz desde la fiesta de cartas.

—Las sanguijuelas se han metido en los productos belle de la sala de tratamientos cuatro y la habitación está patas arriba. ¿Quizás haya entrado alguien?

—¿Qué? ¿Cómo?

—No lo sé. Tienes que espabilarte, es un desastre —respondo—. No soportaría que llegara a los oídos de Madame Du Barry, ambas nos meteríamos en problemas.

Su boca pierde la fuerza y su rostro empalidece. Sale corriendo y deja la puerta de su oficina abierta de par en par.

Cuando ha desaparecido, me escabullo dentro. Los circuitos de teléfonos recubren cada centímetro de las paredes como candelabros flotantes. Auriculares en forma de cono traquetean a izquierda y derecha encima de cada uno; su timbre perfora la habitación. No sé cómo Elisabeth puede soportarlo. Una escalerilla de mano sube por la pared y da acceso a los teléfonos que casi besan el techo. Cajas fuertes de hierro reposan como un montón de bloques al lado de la puerta.

Corro hacia el escritorio, que está cubierto de revistas del corazón, binóculos, libros de citas, bolsas de espíntrias, cartas de globos mensajeros y folletos de belleza. Abro todos los cajones en busca de un libro de direcciones: uno está abarrotado de periódicos y revistas y semanarios, otro con ábacos y relojes diminutos, el último está lleno de globos mensajeros y pergamino sin usar. Rebusco por debajo de ellos y descubro un libro de direcciones reales.

Gracias a la diosa.

Lo registro para encontrar la dirección de las Pompadour, de Le Nez, Casa de los Perfumistas. Uso la pluma de Elisabeth para escribirme la información en la mano y salgo de la oficina justo a tiempo de escuchar su voz enojada resonar desde el pasillo. Vuelvo corriendo al dormitorio y tiro del cordel para avisar a Bree.

Sale de detrás de la pared:

—¿Sí, mi señora?

—Bree, llena la cama de almohadas, bien puestas, y corre el dosel como si estuviera allí. Si Elisabeth pregunta, dile que me encontraba mal y que he ido a descansar. No le digas a nadie que me he ido. ¿Lo harás?

Abre sus ojos marrones como platos.

—Pero mi...

Le pongo unas cuantas monedas en la mano, pero ella sacude la cabeza y me las devuelve.

—Ve y vuelve muy pronto.

La abrazo, me ayuda a ponerme la capa de viaje y me da un velo; vuelvo de puntillas al salón principal y salgo por las puertas principales de los aposentos. Rémy se pone de pie, alerta, tan pronto como me ve.

—Tengo que ir al Barrio de la Rosa —le digo.

—¿Han adelantado el viaje? —pregunta.

—Por supuesto —miento llena de confianza.

Rémy marcha hacia delante. Yo me cuido de llevar la cabeza gacha cuando los cortesanos me ven pasar. Busco señales que indiquen que la Ministra de Belleza o Du Barry corren por ahí. Salimos por el portón norte, el cielo está blanco níveo y contiene la promesa de copos de nieve y viento en cualquier momento. Una línea de carruajes aguarda, lista para llevar a sus importantes pasajeros a Trianon o más lejos. Elegantes cortesanos suben y bajan de carruajes privados. Barcazas imperiales cargan y descargan gente en muelles dorados de al lado del río del Palacio áureo. Farolillos ígneos siguen a los viandantes para añadir calidez.

Rémy se detiene y mira a su alrededor.

—¿Dónde está tu carruaje oficial?

Me meto en el palanquín que está más cerca y le doy la dirección al conductor, que me ayuda a subir al asiento.

Rémy corre detrás de mí.

—¿Qué haces?

El hombre sujeta el grueso brocado de la cortina para que pueda hablar con Rémy.

—Sube —le digo—. Ahora te lo cuento.

Esboza una expresión de dolor.

—Esto no es protocolario.

—Puedes venir o quedarte aquí.

—O puedo llevarte de vuelta al palacio.

—Por favor, necesito tu ayuda —doy un golpecito a mi lado y Rémy me sigue y sube.

Echo miradas furtivas por la pequeña ventana que me permite mirar a través de la parte delantera del carruaje. Dos lacayos imperiales toman su lugar. Sus manos grisáceas contrastan con el acabado de esmalte negro de los mangos del palanquín.

—¿Adónde vamos? —pregunta Rémy.

—A arreglar el embrollo que creé ayer por la noche.

No me contesta. El carruaje avanza inexorable. Las trenzas de los lacayos pegan contra sus espaldas mientras corremos por los puentes del río del Palacio áureo. Las ruedas golpean los adoquines con estruendo. Aprieto los dientes hasta que las verjas del palacio se abren y volamos hasta la Plaza Real y sobrepasamos el reloj de Orleans, mientras tanto, espero que la Ministra de Belleza o Elisabeth o Du Barry aparezcan y me detengan. El corazón me late al ritmo del movimiento del carruaje.

Rémy se da golpecitos con las manos sobre los muslos. Le miro a hurtadillas, el mechón plateado en su melena cortada al rape brilla en la sutil oscuridad y la cicatriz en forma de luna creciente bajo su ojo derecho parece más profunda; el chico incluso tiene una peca en el párpado izquierdo. La belle que creó su aspecto prestó mucha atención a los pequeños detalles y le hizo único. Quiero preguntarle si escogió su aspecto, quiero saber si le importa su apariencia física o si solo le preocupa su deber. Ya puedo oírlo decir: «No tengo ninguna necesidad de belleza».

Me río por lo bajo.

—¿Qué es tan divertido? —pregunta.

—Pareces nervioso —respondo.

—No me gusta romper el protocolo.

—Lo sé.

—Pero a ti sí —replica.

—Culpable —la construcción rosa de la Plaza Real da paso a mansiones de caliza blanca y casas adosadas adornadas con rosas de cuarzo y farolillos sonrojados de rosa colgados en las entradas.

—El número trece está a la derecha —nos chilla el lacayo. Detiene el palanquín y le doy unas monedas.

—Gracias —le digo.

Nos bajamos. El emblema de la Casa de los Perfumistas refulge brillante en la puerta: un ramo de flores que hace cosquillas a la parte inferior de una nariz.

Levanto el pesado picaporte de latón, su eco retumba. Una mujer robusta responde.

—¿Puedo ayudarles?

—¿Puedo ver a Astrid Pompadour? —pregunto.

—¿La espera?

—No, pero...

—No puede atender a nadie hoy —empieza a cerrar la puerta, pero la freno con la mano y me abro paso hasta la entrada.

—Dile que soy Camelia Beauregard. Por favor. Y si aun así no quiere ver a nadie, me iré.

—Esto es de lo más inapropiado e irregular. ¿Quién es usted?

Me levanto el velo y ahoga un grito cuando me ve la cara.

—Mi señora, lo siento mucho. No la había reconocido —dice en medio de una pequeña reverencia—. Venga, entre a casa, que hace frío.

Hago un ademán ante su disculpa formal. La mujer desaparece en el interior de la casa. El vestíbulo se extiende como la base de un reloj de arena, abierta y redonda, y un balcón dorado sobresale por encima de nuestras cabezas. Incontables jarrones reposan en todas las superficies, contienen flores de la temporada de nieve: caléndulas naranjas y carraspiques de color crema y ciclámenes carmesíes.

—¡Camelia! —me llaman desde el balcón. Astrid baja corriendo por una escalera de caracol, lleva un velo enjoyado que le tapa el rostro; dos tristes ojos marrones miran por debajo de él. Me engulle en un estrecho abrazo y casi me caigo—. No puedo creer que esté aquí —me suelta—. Lo siento mucho, estoy hecha un desastre, la estoy ahogando.

—No pasa nada —me retiro el velo y su sirvienta me quita el abrigo de los hombros—. Quería disculparme por la otra noche.

—No fue por su culpa —veo las lágrimas agolpándose en sus ojos detrás del velo—. Sophia la obligó.

—He venido a arreglarlo —le tomo la mano y se la aprieto. Rémy me sonríe, pero va todo tan rápido que podría habérmelo imaginado.

—¿De verdad? —grita Astrid—, pero ¿qué pasa con...?

—Estaré bien —le aseguro, y parezco más segura de lo que me siento—. ¿Dónde podemos estar solas?

Astrid me responde apretándome también la mano.

—Iremos a mi dormitorio —se gira hacia la sirvienta—. Carina, tráeme té de rosa belle, quedan unas cuantas hojas en el armario de las infusiones, en el rincón izquierdo del estante de arriba.

—Esperaré aquí —Rémy se coloca al lado de la puerta principal.

El dormitorio de Astrid parece una flor gigantesca. Paredes de brezo nos envuelven, del techo abovedado cuelgan farolillos dorados que vierten luz como gotas de lluvia hechas de sol.

Astrid se sienta en el tocador.

—Fui al Salón de Té del Crisantemo a primera hora de esta mañana, pero Madame Claire me ha echado. La princesa Sophia ha alertado a todos los salones de té para que se nieguen a atenderme.

—Todo irá bien. —Sophia se pondrá furiosa si lo descubre.

La sirvienta llama a la puerta y entra a la habitación con una bandeja de té. Le sirve una taza caliente a Astrid.

—Gracias. Gracias, Carina.

—No puedes quitarte jamás el velo y no puedes permitir

que la princesa se entere de que te has cambiado la nariz. Ni puedes decirle que fui yo quien lo hizo.

—Por supuesto que no, Lady Camelia. No me atrevería a hacer tal cosa, estoy muy agradecida.

—Esto no debería haber pasado nunca.

Me saco la bolsita de herramientas de la faja y le examino la nariz, que le sobresale del rostro. La vergüenza y la decepción que siento me abruman.

Le cubro el rostro de polvos y hundo uno de mis instrumentos metálicos en la tetera de agua caliente.

—¿Lista?

—Sí —Astrid cierra los ojos y respira profundamente.

Las arcanas se inflaman en mi interior. Siento el cálido siseo de su movimiento por mis venas. Deslizo el instrumento metálico de lados anchos por su nariz y el exceso de piel se derrite. La esculpo de nuevo con su forma original: un puente ancho y una curvatura ganchuda, encojo los pelos de la nariz y lo que antes era el morro ahora se curva ligeramente en una nariz respingona. Retoco el gris de su pelo y su piel como extra.

—Ya he acabado —anuncio.

Abre los ojos de golpe, se exclama y se toca el rostro. Luego se echa a llorar.

—Gracias, gracias. Yo... no puedo... agradecérselo lo bastante.

Le acaricio la espalda.

—Es lo menos que podía hacer.

Dejo a Astrid delante del espejo, todavía se examina su nueva nariz. Rémy y yo salimos bajo el sol del final de la mañana, salimos del Barrio de la Rosa y nos dirigimos al Barrio del Mercado para tomar un carruaje que nos lleve de vuelta a palacio.

—Ha estado bien de tu parte —comenta.

—¿Bien?

—Quiero decir que me alegro de que lo hayas hecho —susurra.

—¿Aunque no estuviera en mi agenda oficial y probablemente la princesa se disguste?

—Sí. Era lo correcto.

—Entonces, ¿rompes las normas por razones nobles? —pregunto.

Me gruñe por toda respuesta. Una pobre versión de una risotada.

Navegamos por los bulliciosos callejones del Barrio de la Rosa con sus farolillos azul cobalto y sus tiendas abarrotadas. Representantes de las casas mercantiles exhiben sus artículos, las mujeres llevan vestidos cubiertos de productos en venta: perlas, frascos de perfume, tarros de especias y más; los hombres gritan desde sus tiendas y atraen a los clientes con promesas de lo que contienen sus interiores. Me quito el velo para ver mejor.

—¿Puedo confiar en que no huirás? —pregunta Rémy.

—Sí —respondo.

—Quédate aquí, voy a conseguir un palanquín.

Rémy se abre paso hasta un pabellón de carruajes y palanquines. Los cortesanos regatean precios y admiran baratijas. De los palanquines bajan pasajeros llenos de risas felices y gritos de emoción.

Un carruaje real se detiene en medio de la calle. El emblema de una de las damas de honor de Sophia parpadea bajo la luz del sol. Me deslizo hacia la sombra de un pabellón cercano mientras se abren las puertas.

Es Claudine. Se baja del carruaje y alarga una mano para ayudar a bajar a una de las jóvenes sirvientas que atiende a Sophia, su uniforme asoma bajo un lujoso abrigo de pieles. Claudine abre una sombrilla y ambas desaparecen debajo como un par de cortesanas cotillas.

Se ríen e intercambian miradas y se dirigen al mercado. Las espío y empiezo a seguirlas. Se detienen para admirar monadas y collares, luego entran en una tienda de vestidos. La propietaria las colma de sedas y brocados y tafetanes, la mujer saca un vestido para la sirvienta. Cuando la propietaria les da la espalda, Claudine se inclina hacia delante y besa a la sirvienta en los labios y le pasa los dedos por su corto pelo castaño.

—Me has dicho que te quedarías quieta —Rémy me pega un susto.

Choco de golpe contra la puerta de la tienda. La propietaria se gira y las chicas me miran y se separan de un salto.

Claudine da un paso adelante.

—¿Quién anda ahí?

—Rémy, vayámonos, rápido —intento escabullirme.

Claudine abre de golpe la puerta y me coge del brazo.

El corazón me sube a la garganta.

—Lady Claudine —saludo con una reverencia y me aparto el velo.

—Camelia —me mira fijamente con los ojos llenos de terror. El pintalabios le mancha los labios hinchados—. ¿Qué haces aquí? ¿Lo sabe Sophia?

—Disculpe, duquesa de Bissay. —Rémy hace una reverencia—. Ha sido culpa mía. Le estaba enseñando Trianon.

—Bueno, yo solo buscaba vestidos con mi asistenta —replica Claudine y señala la sirvienta, que tiene la mirada clavada en el suelo—. No hacía nada —se seca la boca con un pañuelo y se toquetea el pelo con la intención de arreglarse un poco. Las lágrimas brillan en sus ojos azules, pero las ahuyenta—. Violeta, ve a preparar el carruaje. Volvemos a palacio.

La muchacha sale corriendo.

Un silencio pesado se expande entre los tres.

—Camelia, ¿podemos hablar en privado?

—Sí.

Rémy se aparta unos pasos.

Claudine me toma las manos.

—Por favor, no digas nada. Aunque Sophia pregunte por mí estando en Trianon.

—Yo...

—Sophia no puede saberlo —le tiembla el labio inferior y tiene las manos agitadas—. Estoy enamorada de Violeta, Camelia —traga saliva—. Y sé que no debería porque no tiene estatus. Sería mi ruina. Sophia está intentando casarme con alguien adecuado. Con título. Alguien a quien mi padre pudiera respetar y querer para mí. Alguien que pudiera ayudarlo a saldar sus deudas. Y sé que tengo que contarle lo de Violeta, pero...

—No diré nada, mi señora —la abrazo para que deje de temblar—. Lo prometo.

Claudine da una profunda bocanada de aire. Nos quedamos allí hasta que su cuerpo deja de temblar y se recupera.

Se tranquiliza y se seca las lágrimas, luego sacude los brazos.

—Me casaré con la próxima persona que proponga.

Sus palabras suenan huecas y ensayadas.

—¿Por qué no se lo cuentas y te casas con quien quieras?

—Como muy bien sabes, Camille, no puedes decirle que no a Sophia —la sirvienta vuelve. Claudine me aprieta la mano por última vez y luego se coge las voluminosas capas del vestido y se va.

Me siento adormecida mientras Rémy y yo caminamos de vuelta a la entrada del mercado, donde nos espera un palanquín.

Cuando nos cubre la cortina, Rémy me susurra:

—Vaya con cuidado acerca de guardar los secretos de la otra gente en la corte.

Esa misma noche, la luz se filtra por una rendija de mi dosel.

—Mi señora —la voz de Bree se cuela dentro—. ¿Todavía estás despierta?

Dejo a un lado el libro de maman.

—Sí.

—Acaba de llegar un globo mensajero —suelta el globo amarillo canario. Brilla como un sol en el interior de mi cama con dosel tenuemente iluminada y choca contra el farolillo nocturno.

—Gracias —contesto y vuelvo a cerrar el dosel.

Tiro de las cintas y abro la parte posterior para coger la nota.

C,

Estoy bien.

Pronto, más.

E

Giro la página y las palabras ESPECIADAS y PRUZAN están escritas en colores pastel. No estoy segura de qué pueden significar estas palabras, pero al menos está bien. Aprieto el papel contra mi corazón y una oleada de alivio me recorre entera. Apago de un soplo el farolillo nocturno y me quedo dormida.

Un fuerte empujón me despierta.

—Lady Camelia, levántese, rápido.

Gritos y chillidos resuenan por los aposentos. Los pies retumban por los suelos.

Me siento y me froto los ojos. El hedor de plumas, pergamino y madera quemando me punza la nariz. Un par de brazos fuertes me sacan de la cama. Las llamas recorren la parte izquierda de la cama. El dosel aletea y sisea.

El humo llena la habitación.

—¡Esperad! Mi libro belle —intento dar la vuelta.

—¡La cama está en llamas! —grita Rémy.

Hago ademán de agarrar las cortinas. Me coge del brazo, pero forcejeo para liberarme.

—¡No me toques! —Intento volver a la cama de nuevo.

Se me echa encima del hombro como si yo fuera una cartera. Le pego patadas y puñetazos. No sirve de nada.

—Debo protegerte.

—No necesito tu ayuda, bájame —me carga hasta el salón principal y me deposita en un sofá.

Elisabeth pasea por delante de su oficina, tiene las mejillas coloradas y una mano en la boca.

—Tengo que volver a entrar. Tengo mi libro belle allí —grito.

Me mira como si le acabara de decir que tengo alas y puedo volar.

—Puedo pedirle a Madre que te mande otro.

—Pero... —corro hacia delante e intento volver a entrar en mi dormitorio. El servicio me bloquea el paso. Rémy suspira.

—No es seguro, señora —dice una.

—El fuego se extinguirá pronto —asegura la otra.

Empiezo a toser. Más sirvientas traen carritos con el desayuno que contienen garrafas con zumo de melón dulce y agua.

Rémy me acerca un vaso. Lo tomo a regañadientes y me bebo el líquido frío.

La puerta del dormitorio se abre de golpe. Una sirvienta se limpia el rastro de hollín que tiene en las mejillas.

—Hemos extinguido el fuego y reemplazaremos la cama.

—¿Qué lo ha causado? —pregunto.

—El calentador de camas, mi señora. Había un libro dentro.

Todos los músculos de mi cuerpo se crispan y entro corriendo a la habitación. Esta vez no me detiene nadie.

El servicio rompe la cama en pedazos y se lleva los postes chamuscados. Las sábanas están carbonizadas y destrozadas. El calentador de camas metálico yace abierto como una tarta. Los restos del libro belle de maman están dentro. ¿Cómo ha llegado hasta allí? El olor del fuego me recuerda el funeral de maman y las llamas que engulleron su cuerpo e hicieron arder la cama de rosas belle y atravesaron primero su vestido de seda y luego su piel y su cuerpo. Cuando pienso mucho en ello y los ojos se me nublan, todavía veo esas diminutas chispas centelleando en la pira como libélulas mientras el cuerpo de maman desaparecía y mi vieja vida se evaporaba.

La pérdida de su libro belle me sienta como si su última parte de ella hubiera desaparecido. Me siento en el borde de la cama quemada con la cabeza entre las manos hasta que unos hombres vienen a llevarse lo que queda.

No me muevo del lugar durante horas. Ni siquiera cuando Elisabeth me dice que tengo citas de belleza. Ni siquiera cuando Bree me trae una bandeja con comida. Ni siquiera cuando los hombres vuelven para montar una cama nueva.

Dejo la cabeza descansar sobre mis rodillas y escucho el latido de mi corazón.

—¿Piensas pasarte ahí todo el día? —pregunta una voz.

Levanto la mirada. Arabella está delante de mí, su largo velo roza el suelo y su corona centellea.

—Levántate —ordena, me coge del brazo y me estira para ponerme en pie.

—¿Qué haces? —me zafo de ella.

—Miro si tienes quemaduras. ¿Tienes alguna?

—No.

—¿Sientes dolor? —me levanta los brazos y me inspecciona las manos, su contacto es áspero.

—No.

—Entonces tienes que concentrarte en ayudar a la princesa Charlotte antes de la declaración de la reina. Quedan tres días. El palacio se hace más peligroso cada día que pasa y Sophia no hará más que empeorar. Esta vez has salido ilesa, pero...

—¿Sophia tenía algo que ver con esto?

Bree entra por la puerta con periódicos en los brazos.

—Sophia está metida en todo, y cuanto antes te des cuenta de ello, mejor —Arabella se va como una exhalación.

Bree le hace una reverencia cuando pasa por su lado. La puerta se cierra de un golpe detrás de ella.

—¿Estás bien, señorita? —pregunta.

No puedo responder a su pregunta. Los ojos se me llenan de lágrimas. La piel se me eriza, tengo la carne de gallina. La rabia estalla en mi interior como una gran tormenta y su calor me calienta la sangre más que las arcanas. El vello de mis brazos se eriza como si un relámpago golpeara cerca.

Sophia me ha arrebatado lo último que me quedaba de mi madre.

ME DIRIJO A LA BIBLIOTECA IMPERIAL PARA ENCONTRAR SI
hay algún registro de belles que tuvieran la habilidad de curar. El espacio podría contener las cuatro alas de La Maison
Rouge de la Beauté y los jardines y el bosque de los alrede-
dores. Las estanterías son montañas que escalan las paredes
y se apilan hasta el cielo de cristal manchado. Los balcones
separan la habitación en niveles. Unas escalerillas chasquean por las barras y sujetan sirvientes que meten libros en
todos los rincones. Escaleras de caracol y ascensores diminutos conectan con la parte más alta. El mapa de Orleans se
extiende por las paredes, muestra el crecimiento del reino
a lo largo de los años. Una pared de emblemas reales ilustra
los niveles de las casas altas y medianas. Farolillos de lectura
se apiñan entorno de los lectores.

Este lugar debe contener la respuesta a mis preguntas
acerca de las arcanas, de las cosas que Du Barry jamás nos
contó.

Rémy me espera en la puerta.

—Solo serán unos minutos. ¿Quizás una vuelta de reloj?
Asiente.

Recorro los pasillos y dejo mis manos vagar por los lomos de los libros. Cojo uno de la estantería solo para ojearlo y oler su aroma. Cuando era pequeña y me metía en problemas con Du Barry, me escondía en nuestra biblioteca, maman me encontraba hecha un ovillo detrás de algún estante con un farolillo de lectura y un cuento de hadas. Yo me hacía una pequeña tienda con mi capa de viaje y ella se escondía a mi lado y me leía una de las historias con palabras difíciles. Me interesaba mucho más sumergirme en las historias que en las tareas de Du Barry.

El aroma de las lámparas de aceite y de papel antiguo y cuero circula. Me hace añorar el tono de la voz de maman y el perfume de su piel y cómo sus brazos me daban la sensación de que nunca me caería. Pensar en el libro belle de maman quemado me llena los ojos de lágrimas. Ella querría que ayudara a Charlotte, querría que hiciera lo correcto.

Vitrinas de cristal recubren una pared, contienen periódicos de varios años. Los observo. Los titulares son sinuosos, prueba de su antigüedad. Me llaman la atención los que hablan de la princesa Charlotte.

LA PRINCESA CHARLOTTE LLEVA UN MES SIN DESPERTAR

LA REINA DECLARA AISLADO EL PALACIO
A RAÍZ DE LA ENFERMEDAD DE LA PRINCESA

ENCIERRAN A SIRVIENTES IMPERIALES EN CAJAS DE
INANICIÓN PORQUE LA PRINCESA NO DESPIERTA

SE RUMOREA QUE LA PRINCESA DURMIENTE ESTÁ AL BORDE DE LA MUERTE

LLEVAN A PALACIO A EXPERTOS EN VENENOS REALES PARA QUE PRUEBEN LA SANGRE DE LA PRINCESA DURMIENTE

Su retrato está impreso en el periódico, aparecen imágenes parangonadas que muestran el aspecto que tenía antes —grandes ojos de color avellana, una nariz pecosa y un rostro redondo de frente estrecha como la de su padre— y después de la enfermedad del sueño. Incluso dormida sigue siendo hermosa. Tiene la boca suave, los rizos le caen sobre los hombros y lleva una tiara enjoyada en lugar de una corona.

Los artículos divulgan distintas teorías: doctores imperiales culpan los somníferos y la leche de la amapola, las revistas de escándalos y del corazón especulan sobre el mal de amores porque el pretendiente favorito de la princesa Charlotte, Ren Fournier, se ahogó por accidente días antes, y muchos cortesanos creen que alguien intentó matarla sencillamente porque era demasiado bella.

—¿Está interesada en la historia real, Lady Camelia? —pregunta una voz. Me giro y un par de ojos marrones penetrantes se clavan en mí, profundas arrugas rodean los labios y la boca. El pelo se le ensortija alrededor de la cabeza en una encantadora forma de disco—. Soy la bibliotecaria real. ¿Puedo ayudarla con sus selecciones?

—En realidad estoy interesada en la historia de las belles.

—Por aquí —me lleva por innumerables pasillos, serpenteamos a izquierda y derecha. En los lomos se ven títulos como *La historia de Orleans* y *Las políticas de la reina Marjorie II* y *Leyes imperiales de la Dinastía Verdun* y de más. Hay libros de arte y novelas románticas y cuentos para niños y miles de hileras que no veo.

Retira una cortina vaporosa y me conduce a una pequeña estancia. Las estanterías que hay allí contienen libros encuadernados en cuero rojo. Hay mesas con mapas de La Maison Rouge de la Beauté, anuncios de periódico de salones de té y libros de leyes de belleza imperiales. Hay vitrinas que exhiben primeras ediciones de bellezascopios, imágenes enmarcadas de guardianas, postales belle de generaciones anteriores y herramientas de belleza antiguas estropeadas por el tiempo. Cajas de belleza pequeñas que aumentan de tamaño con los años descansan en un rincón.

—Deberíamos tener todo lo que busca. Si no, estará en la biblioteca de su casa —carga tomos pesados de las estanterías y los coloca en una mesa cercana. Tienen títulos como *Historia de la diosa de la belleza y las belles*, *Las primeras belles de la historia*, *Los mitos de los orígenes de las belles*, *Tendencias de belleza belle, reinas y belles: la relación real más importante*, y más—. Aquí tiene unos cuantos por donde empezar.

—Gracias.

Doy una vuelta por la estancia y admiro todos los pedazos de conocimiento sobre las belles. Abro diarios de guardianas en busca de cualquier mención sobre las arcanas y sus poderes curativos.

Uno de ellos está escrito por la catorceava bisabuela de Du Barry.

Día 12 de la Dinastía Philippe, el año del dios del cielo
Una de las pequeñas belles no tiene arcana Comportamiento. Cada

vez que las chicas se examinan, ella no puede suavizar el genio o con-
ferir talento. En lugar de eso, la piel de su sujeto se calienta y el espina-
zo empieza a sobresalirle de la espalda, verdaderamente como si fuera a
salírsele de la piel. No será viable. Tengo que volver a examinar cómo
se malogró.

Otro es de la sexta bisabuela:

Día 274 de la Dinastía Clothan, año del dios del mar
    Tengo que retener en casa a una de las belles de la última genera-
ción. Sus arcanas tienen un lado oscuro, sus dones se comportan de
manera errática. Casi a la inversa. En lugar de hacer desaparecer las
arrugas, las crea. En lugar de suavizar el comportamiento de al-
guien, lo empeora. En lugar de hacer bellos a sus clientes, los defor-
ma. Ayer mató a uno de los gatitos de peluche animado de casa por-
que hizo que se le detuviera el corazón y el día anterior heló la sangre
de un pájaro.
    Trabajaré con ella para revertir esta situación o controlar la mani-
festación del lado oscuro. Sin embargo, me inquieta. Algo fue mal
cuando nació. La obligo a rezar cada noche a la diosa de la belleza y a
ponerle velas en su altar. Está maldita.

Las arcanas de maman hicieron lo mismo por accidente.
Pero ¿una inversión completa de las arcanas? Me cojo la muñeca y trazo las venas mientras me pregunto si puedo hacer
lo mismo. Si las arcanas pueden matar, seguro que también
pueden curar, ¿no? Pero ¿cómo?
    La bibliotecaria vuelve con álbumes de recortes.
    —He pensado que podría encontrarlos interesantes. La
mayoría tienen buena reputación, pero también hay algunos retales de revistas del corazón. En algunas ocasiones en-

trañan algo de verdad, pero no le diga a nadie que esto se lo ha dicho una bibliotecaria —me pide mientras deja tres delante de mí.

—Gracias —respondo cuando se va.

Al pasarlas, las páginas crujen como lo hacían las del libro belle de maman. La punzada por la pérdida vuelve. Muchos de los titulares son tan antiguos que casi centellean en las páginas.

LA DIOSA DE LA BELLEZA CASTIGA ESTA GENERACIÓN
DE BELLES CON DONES DEFECTUOSOS

ESTE AÑO, EL CARNAVAL BEAUTÉ DURARÁ DOS MESES
Y SE PRESENTARÁ LA FRIOLERA DE 212 BELLES

A PESAR DEL TRABAJO DE LAS BELLES,
LA CORTE PERMANECE IRREMEDIABLEMENTE GRIS
DEBIDO A LA SANGRE CONTAMINADA

Aparto los álbumes de retales. No he avanzado nada en mi búsqueda. Las piezas de este rompecabezas parecen demasiado borrosas y demasiado fuera de mi alcance.

—¿Investigas sobre ti misma? ¿No es un poco narcisista?

Un Auguste sonriente se desliza a la estancia. Cada vez que le veo parece como si fuera la primera vez. Su fragancia me encuentra desde donde está, huele a sal, arena y a los mares: los aromas reconfortantes que el aire lleva cada mañana al interior de mi cuarto cuando abro las ventanas.

—Busco información para ayudar a la reina. ¿Qué haces tú aquí?

—Busco algo para mi padre, si quieres saberlo —responde.

El corazón se me acelera cuando se me acerca.

—No deberías estar aquí.

—Pensé que ya habíamos superado la fase de tus advertencias.

—¿Me estás siguiendo?

—Sí, te he visto —le centellean los ojos—. Y he tenido que venir a molestarte.

—¿Es eso lo que le dirás al Ministro de Justicia? Cuando te arresten, no vengas a pedirme ayuda entre lágrimas. —Reviso otro diario de una guardiana para esconder una sonrisa. En el silencio le oigo lamerse los labios y respirar lentamente y tragar saliva. Intento concentrarme en las palabras, pero se me emborronan en la página.

—Si alguien quisiera cambiar todas y cada una de las partes de su cuerpo, incluyendo las uñas de los dedos, ¿podrías hacerlo?

—¿Te has cansado del aspecto que tienes? —bromeo.

—No —responde al tiempo que juguetea con un bellezascopio.

—Preguntas mucho.

—Algunas mujeres lo encuentran encantador —su mirada es tan intensa que me produce un escalofrío—. Supongo que tú no.

Me río.

—Es solo que me gusta saber cosas —explica y deja el bellezascopio con un golpe sordo—. Y sé mucho sobre ti.

—¿Por ejemplo?

Se me acerca.

—Que tienes tres dones de la diosa de la belleza.

Asiento, para nada impresionada. Eso es algo ampliamente difundido.

—Que, evidentemente, puedes cambiar el aspecto externo de alguien, su comportamiento y su edad.

«Y también hacerlos feos. Y también detenerles el corazón».

—¿Te he perdido? —busca mi contacto visual.

—No, solo pensaba en la otra noche. El juego de cartas.

—Me han llegado rumores. Pero no deberías sentirte mal. Sophia es...

—Aterradora —susurro.

Enarca las cejas, sorprendido.

—Está descentrada.

—¿Así lo llamas?

Se encoge de hombros y se pasa los dedos por el pelo. Sus ondas castañas le caen de nuevo sobre los hombros.

—No debería haber dicho eso —digo.

—No eres tímida.

—Tampoco asustadiza —aseguro, pensando en la persona que era antes de que me nombraran favorita, antes de llegar a la corte, antes de conocer a Sophia.

—Y ella es mi futura esposa.

Me estremezco. Inesperadamente, las palabras me perforan.

—¿Ya ha escogido? No lo sabía.

—Es inevitable —responde con chulería.

—Ah, ¿sí?

—¿No me escogerías, tú?

Me echo a reír.

—Me lo tomaré como un sí. Pero no sé si quiero casarme con ella. Somos tan...

—Diferentes.

—Puede decirse así —me observa—. Supongo que busco algo distinto.

Cojo un periódico para distraerme, pero intercepta mi brazo.

—¿Sabes qué más conozco de las belles?

Debería apartar el brazo, pero dejo que me lo sujete. Sus cálidos dedos me presionan la muñeca. La gira y pasa los dedos por el camino que marcan mis venas. Un nudo de nervios me cierra el estómago y solo se deshace cuando me doy cuenta de que quería que él me tocara. Quería saber qué se sentía.

—Vuestro poder vive en vuestra sangre.

Él no debería saber estas cosas y yo no debería hablar de lo que pueden hacer las belles, va contra las normas que nos enseñó Du Barry. Sin embargo, su curiosidad sobre mí, sobre las belles, es halagadora.

Su pulgar se abre paso por el voluminoso puño de mi vestido, luego vuelve hacia la palma. El corazón me late tan fuerte que me da miedo que pueda oírlo. Trago saliva. Un profundo rubor me recorre como las arcanas. El chico enlaza sus dedos con los míos. La yema de su dedo me dibuja formas por la muñeca y la palma de la mano. Una estrella. Un cuadrado. Un círculo. Un triángulo.

—¿Abandonarías tus arcanas? —susurra Auguste.

—No —respondo y aparto la mano.

—No quería ofenderte.

—Tú nunca lo haces —vuelvo a mi búsqueda con la esperanza de que esta sensación zumbante desaparezca.

—¿Qué buscas?

—No es de tu incumbencia —no le miro por miedo a que me haga sonreír.

—Quizás pueda ayudar...

—¿Ayudar a mi favorita con qué? —la voz de Sophia corta la del chico. El corazón se me detiene. Sus animalitos de peluche animado se abren paso hasta la estancia con una serie de ruidosos chillidos.

—No es nada, Su Alteza —respondo con una profunda reverencia en un intento por esconder mi pánico. A solas con uno de sus pretendientes. ¿Qué me hará por esta ofensa?

—Es imposible que sea nada si estás aquí, en la Biblioteca Imperial, y rodeada de tantos libros. He pasado por tus aposentos y tu servicio me ha dicho que podía encontrarte aquí. Aunque no me dijeron que mi pretendiente Auguste estaría contigo —parpadea con fuerza y no puedo distinguir si está enfadada o si bromea.

—Me he escapado de un consejo de ministros con mi padre y me la he encontrado cuando salía. —Auguste se le acerca, le besa la mano y le susurra algo al oído. Ella suelta una risita y Auguste se va.

—He venido por usted, Su Alteza —le enseño los álbumes de recortes y los periódicos—. Tenía que ser una sorpresa. Estaba buscando estilos de antaño que presentarle —miento—. Ideas para nuevas tendencias y aspectos inesperados para que pudiera probar. Especialmente uno para la declaración que tendrá lugar tan pronto.

Sus labios esbozan una sonrisa enorme.

—Quienes siempre intentan complacerme serán recompensados.

Se me acerca y de pronto me doy cuenta de lo solas que estamos. Su monito de peluche animado, Singe, salta de la mesa a mi hombro. Me paralizo. Las uñas de sus piececitos se me hunden en la piel. Juguetea con mi pelo y se me acerca.

—Pero los que me contrarían...

Singe sisea, sus afilados dientes me rozan la oreja. Me estremezco y el bicho salta a los brazos de Sophia, que se va a grandes zancadas. Su risa resuena detrás de ella por el pasillo.

39

Cuando vuelvo de la Biblioteca Imperial, encuentro al sobrino del rey, el príncipe Alfred, sentado en el salón principal, listo para su cita. Muchas sirvientas lo flanquean. Los periodistas han llenado periódicos, revistas y semanarios con las hazañas de Alfred: pérdidas en las apuestas, innumerables matrimonios y gustos caros. Es celebérrimo.

—Lady Camelia —avanza pesadamente hacia mí—. Es un placer conocerte.

—Bienvenido —le digo con una pequeña reverencia. Su aroma almizclado llena toda la habitación—. Su Alteza.

Hace ademán de besarme la mano, pero se detiene.

—¿Se me permite?

—Me temo que no —respondo.

Se ríe y la besa igualmente.

Retiro la mano de un tirón. Me arden las mejillas.

—Necesito una esposa nueva y he pensado que la mejor belle del reino me ayudaría a lograr un aspecto que complaciera a las mujeres —suelta una estruendosa risotada que me revuelve el estómago—. Creo que necesito más encanto, además, se me borra demasiado rápido y me dejan.

Sus asistentas sueltan varias risitas falsas y fingen gorgoritos de lo gracioso que es. Las sirvientas le ayudan a sentarse y le quitan las pesadas botas.

—¿Cuántas lleva ya? —le pregunto.

—Cuatro, pero ¿qué más da?

Asqueroso.

—El servicio le llevará al cuarto de baño —indico—. Luego estaremos listos para empezar.

El hombre insiste en desnudarse en el salón principal, pero traen un biombo para darle privacidad. Cada botón desabrochado y cada cremallera abierta retumban. Me fijo en un punto de la pared. Sus asistentas se me comen con los ojos; una tiene un tigrecito de peluche animado en la mano que ronronea bajito y otra mira boquiabierta a través de un catalejo.

—El cuarto de baño está por aquí, señor —indica una sirvienta.

En lugar de prestarle atención, el príncipe Alfred sale de detrás del biombo. El batín le roza las puntas de sus pies grises.

—¿Qué tal estoy? —me dice y se gira.

—Bien —le respondo.

El servicio le baña en halagos y cumplidos.

Finalmente, el hombre se permite que lo lleven fuera de la habitación. Encuentro a Bree abasteciendo un carrito de belleza.

—¿Dónde está Ivy?

—Hoy la ha llamado Du Barry —susurra Bree.

—¿Por qué?

—No lo sé.

Caminamos hasta la sala de tratamientos. La camilla está vestida de cálidas toallas y almohadas.

—Enciende más farolillos de belleza y derrite las pastillas temprano. ¿Ya hierve el té de rosa belle?

—Sí, mi señora. —Bree acerca la tetera y levanta la tapa para mostrarme los pétalos de rosa que flotan en el agua caliente. Asiento en señal de aprobación. Los nervios y la angustia laten en mi interior. Han preparado la habitación muchas veces y siempre ha ido todo perfecto, pero estar sin Ivy y a solas con ese príncipe me hace sentir inquieta. El recuerdo de Auguste me distrae, me bloquea la mente y la hace flotar como si fuera un globo mensajero.

Bree trae carritos con bandejas que contienen cepillos y pintas para el pelo, hierros y tenacillas ardientes, latas de colorete, botes diminutos de base cosmética para la piel, pinceles y distintos lápices de ojos. Respiro profundamente y deseo poder calmar el latido desbocado de mi corazón.

—Coloca sillas con cojines para sus asistentas.

—Sí, mi señora —responde.

El hombre entra con estruendo a la habitación y engulle dos tazas de té de rosa belle. Sus asistentas se colocan en las sillas de respaldo alto dispuestas en un rincón de la habitación. Aparto la mirada cuando una sirvienta lo desviste. Se encarama a la camilla y le cubren el cuerpo desnudo con toallas.

—¿Te gusta lo que ves? —le pregunta a una sirvienta.

No le contesta. Una suelta una risita, la fulmino con la mirada y se calla de golpe.

Intento no temblar cuando me acerco a él y le coloco los dedos en las sienes.

—Tienes las manos muy suaves —asevera.

—Gracias, Su Alteza —susurro—. Ahora silencio. Deje que el té de rosa belle empiece a trabajar y relaje la mente.

—Es difícil relajarse rodeado por todas estas mujeres preciosas.

Sus asistentas sueltan gorjeos de aprobación.

—Añade el encanto al final. Me gusta ser yo mismo durante el proceso.

—Entendido —respondo.

—Siento mucha curiosidad por las belles y...

—Para que pueda concentrarme y dejar trabajar a mis arcanas, necesito silencio absoluto. Lo entiende, ¿verdad? —digo con una voz suave que parece gustarle.

—Claro —gira la cabeza para que su mejilla aterrice sobre mi palma. Le recoloco la cabeza y me cambio de lado en la mesa.

Doblo las toallas para revelar sus piernas. La enfermiza piel gris parece la trompa de un elefante con pelo grueso que sobresale. Sujeto un fragmento de carboncillo. Dibujo líneas por sus muslos, luego avanzo hasta su estómago. Las mujeres estudian todos mis movimientos, las cuatro inspeccionan mis líneas. Lo cubro de polvos.

Bree me alcanza una bandeja de tarros diminutos de pigmento cutáneo. Escojo el que combina con su aspecto regio: su rico tono amarillento me recuerda a los plátanos chafados. Me coloco la pastilla redonda en las manos y mezclo un poco de marrón bermejo para oscurecer el color y añadir muchos semitonos.

Las mujeres están al borde de sus asientos. El servicio las hace retroceder.

Uso un pincel para acabar de cubrir la piel del hombre con el preparado, como si untara mermelada en una tostada.

Cierro los ojos y me concentro en el brazo del hombre, le paso los dedos por la piel. El sudor me perla la frente. El latido del corazón del hombre y el ruido de su sangre al circular por su cuerpo aumenta cada vez más. Mezclo los pigmentos.

Abro los ojos y retiro el preparado. El color sube por el brazo del hombre y le cambia la piel de gris pálido a un color cálido con semitonos amarillentos.

Las mujeres sueltan exclamaciones de asombro y de aprobación.

—¿Cómo va el dolor, Su Alteza?

—Bien. Soy como un pura sangre —asegura. Hago un ademán a una sirvienta para que le seque la frente bañada de sudor.

—Voy a proceder al trabajo profundo que ha pedido —le paso los dedos por el estómago.

Se revuelve un poco.

—Defíneme los músculos.

Cierro los ojos y visualizo su cuerpo. Presiono un instrumento metálico por su barriga.

Se estremece y gruñe. Aparecen los músculos. La piel se le tensa y enrojece. Hace muecas de dolor.

Hago un ademán al servicio para que se acerquen.

—Sentadle y dadle otra taza entera de té de rosa belle. Añadid un poco de elixir.

Hago exactamente lo que Ivy hizo con la princesa Sabine. Le levantan la cabeza y le acercan la taza a los labios. El hombre me lo agradece.

—Preparadle también un baño helado.

Bree obedece deprisa.

—¿Estás bien, Alfie? —grita una de las asistentas.

Él levanta una mano y hace un gesto hacia la derecha. Les mujeres se levantan, a sus órdenes, y desfilan hacia la puerta.

—¿Adónde van? —pregunto.

No contestan y cierran la puerta detrás de ellas.

El hombre se sienta.

—Por favor, señor, échese. No he acabado.

Me agarra por la muñeca y con la otra mano me manosea el vestido y el cuello. Presiona la boca contra mi rostro. El pánico me invade.

—Su Alteza —le aparto de un empujón.

—Quiero saber cómo sabéis. Si nacer con color cambia lo que sentís —me arranca una de mis faldas e intenta desabrocharme la faja—. Todas debéis ser distintas. Visité a una de tus hermanas, la que tiene el pelo blanco, Edelweiss, sí, esa era, y era encantadora.

Pego un grito.

Sus manos encuentran el camino bajo mis faldas. Chocamos contra las bandejas y los productos belle caen por el suelo.

—Me gusta que gritéis —me sisea como un animal.

Le pego una patada y me escapo hacia la otra punta de la camilla de tratamientos. Salta de nuevo hacia mí y me aprieta contra la pared. Me besa el cuello y me huele el pelo. Alcanzo las herramientas que llevo en el cinturón, cojo una vara de metal para suavizar y se la clavo. La vara le perfora el vientre. Suelta un gruñido, pero sigue presionándome hacia delante, intentando hacer un bocadillo entre su cuerpo y la camilla de tratamientos. Le clavo todavía más la vara y finalmente gano suficiente espacio para escabullirme.

—¡Vuelve aquí! —vocifera—. ¡Solo un beso! —Se arranca la vara de la carne y la lanza a un lado, como si no fuera más que una astilla.

Me persigue hasta el otro lado de la camilla y me coge por la cintura. Uso mis arcanas para llamar a las rosas belle que hay en la tetera para que recuperen su forma original. Crecen y la tetera explota. La porcelana estalla. El líquido se desparrama por todas partes y el hombre se estremece cuando las gotas ardientes le aguijonean la espalda. Desmenuzo las flores, separo los pétalos de los tallos. Florecen en cadenas espinosas que uso para presionar los brazos y piernas del príncipe Alfred contra la pared. El hombre lucha contra las ataduras.

—Me gustas, eres peleona —afirma. La sangre le recorre los brazos y las piernas. Hundo las espinas todavía más en su piel y luego le coloco una enredadera que le presiona el cuello. El hombre me dedica ruidos de besos.

La rabia empuja todavía más mis arcanas. El sonido de su corazón retumba en mis oídos, su forma rolliza y rubicunda hierve en mi mente. Su errático latido es un tambor.

Lo ralentizo, latido a latido.

El color desaparece de su rostro.

Aprieto las espinas de rosas contra su garganta. Se hunden cada vez más, hacen que pierda más sangre. Los ojos le salen de las órbitas. Empieza a ahogarse y a toser y a escupir.

Las puertas se abren de golpe.

Rémy entra de un salto.

—¡Camelia! —me agarra. Pierdo la concentración. Suelto las rosas. El príncipe Alfred cae hacia delante, choca contra dos carritos. Los productos belle están esparcidos por doquier. Las asistentas entran en tropel y gritan llenas de preocupación.

Yo casi me caigo también. Rémy me alcanza y me agarra entre sus brazos. Me acurruco contra él, mis brazos bajo los suyos, las piernas en alto, la cabeza contra su pecho.

40

Me llevan inmediatamente a ver a la reina, todavía cubierta de la sangre del príncipe Alfred y el té de rosa belle, todavía enojada por sus atrevimientos asquerosos, todavía temblorosa por haber estado a punto de pararle el corazón. Un velo me cubre con la intención de protegerme de los periodistas y los cortesanos siempre presentes en los salones de palacio.

—¿Cuál será el aspecto definitivo de Sophia? —preguntan muchos a voz en grito cuando me ven pasar, listos para lanzar otra apuesta en el concurso más nuevo que bulle por todo el palacio. Me enseñan retratos animados.

—¿Qué hay de este?

—No, este.

—¿Será rubia?

—¿Tendrá pecas?

—¿Adoptará los tonos de su madre o de su padre?

Rémy los bloquea y les impide acercarse a mí. Yo no aparto la mirada del suelo. El zumbido que me retumba en la cabeza y el corazón y el cuerpo me impide pensar en otra cosa. Tomamos un ascensor del palacio para evitar más cortesanos.

Rémy se coloca ante la puerta de la reina.

Pastillas medicinales se derriten en calientaplatos, y los jarrones de vapor esparcen vaho por la habitación. La chimenea crepita alegremente.

—Su majestad. Lady Camelia, la favorita, ha venido a verla —anuncia su sirvienta.

Está sentada bajo un ventanal en forma de arco. La Ministra de Belleza y el Ministro de Ley la flanquean.

—Ven a sentarte con nosotros, Camelia —tiene la voz suave y me recuerda a la de mi madre.

Tomo asiento delante de ella.

—Deja que te vea —hace ademán de apartarme el velo. Una sirvienta que anda cerca me ayuda a quitármelo. Chasquea la lengua al ver la herida que el príncipe Alfred ha dejado en mi mejilla izquierda.

Una tacita de té con su platito encuentra el camino hasta mis nerviosas manos; bebo a pequeños sorbos.

Me acaricia la mejilla.

—Ya me he enterado del desafortunado accidente con el príncipe Alfred. Te hemos llamado para hacerte saber lo que haremos al respecto —me informa—. Primero de todo, deja que me disculpe por su comportamiento terrible y nada caballeroso.

—No quiero una disculpa. Quiero que lo castiguen. No quiero que pase nunca más. A nadie —la rabia que tengo dentro estalla y lo alcanza todo. Pienso en que ha mencionado que fue a visitar a Edel. ¿Le hizo lo mismo a ella también? ¿Por eso huyó?

El Ministro de Ley se retuerce el negro bigote entre los dedos.

—Camelia, hemos emitido una multa de varios miles de leas.

—Y jamás podrá volver a concertar una cita contigo —añade la Ministra de Belleza.

—¿Qué pasa con mis hermanas? ¿Podrá verlas?

—Es un príncipe, Camelia —me recuerda la Ministra de Belleza—. Necesitará mantenerse.

Ese comentario me sienta como una bofetada.

—No debería.

—Nos aseguraremos de que haya guardias imperiales en todas las salas de tratamientos con él a partir de ahora —añade la Ministra de Belleza.

—Preferiría que no convirtiéramos esto en un escándalo —dice la reina—. Si llegara a oídos de los periodistas... —Sacude la cabeza y suspira—. Hemos sobornado al servicio de tus aposentos por su discreción.

—¿Quieren que mienta? —aprieto los dientes.

—No, no es eso —responde la Ministra de Belleza.

—Solo que seas discreta —añade la reina.

Quiero ver humillado al príncipe Alfred. Quiero ver cómo el príncipe Alfred pierde a su séquito de mujeres. Quiero que el reino lo condene al ostracismo.

—Lo enviaremos lejos. Desterrado a las Islas Áureas —declara el Ministro de Ley.

—Deberían ponerlo en una caja de inanición —afirmo.

—Si así lo deseas —replica la reina.

Su respuesta me coge por sorpresa.

—Así es.

—Muy bien, entonces. —La reina se gira hacia el Ministro de Ley—. William, asegúrate de que Alfred pase los primeros días de destierro a las Islas Áureas en una caja de inanición y que no sea lo bastante grande para él. Estoy harta de sus tonterías —me dedica una mirada lúgubre.

—Pero, Su Majestad, ¿no le parece un poco duro? —pregunta el Ministro de Ley.

—En absoluto. Las belles no son muñecas con las que jugar o de quienes se pueda abusar —sentencia.

El Ministro de Ley abre la boca para seguir protestando.

—Me gustaría que me dejarais a solas con Camelia —se gira hacia la Ministra de Belleza y el Ministro de Ley—. Si nos excusáis unos instantes.

La Ministra de Belleza me aprieta el hombro antes de salir de la habitación.

—¿Has tomado una decisión respecto mi petición, Camelia? —me pregunta la reina tan pronto como se cierra la puerta.

Jugueteo con el reborde de mi taza. La herida que tengo en la mejilla todavía me late.

—Creo que has tenido la oportunidad de presenciar lo salvaje que puede ser Sophia. Vi su obra con una de las trillizas Pompadour. Y supongo que te ha enseñado sus retratos, ¿no es así? Sus obsesiones.

—Sí —confirmo.

—Asumo toda la responsabilidad por sus acciones —la reina se lleva una mano al costado y levanta un álbum. Me enseña dibujos de Sophia cuando era niña y estaba con Charlotte—. Echa de menos a su hermana. La enfermedad nos ha afectado a todos —la reina traza círculos con los dedos sobre los rostros—. Me disculpo por todo lo que haya hecho para herirte. Sencillamente está destrozada —me coge la mano y me mira a los ojos. Noto sus dedos frágiles y huesudos, como los de maman. Las arrugas de los ojos se le han hecho más profundas.

—No puede ser reina. ¿Cuál es tu respuesta? ¿Ayudarás a Charlotte? La Ceremonia de Declaración tendrá lugar en tres días —tose. Sus asistentas corren para acercarle el calientaplatos. Lo sujetan a su lado hasta que la tos remite.

No quiero decepcionar a la reina. No quiero decirle que no. No quiero admitir que quizás no pueda ayudar a la princesa Charlotte. Todavía no he encontrado la respuesta.

—Todavía me quedan tres días para decidir, ¿verdad?

—Sí, correcto. Me imaginé que como ya habías visto con tus propios ojos por qué Sophia no es adecuada, estarías lista para ayudar.

—Sí, pero... Necesito más tiempo.

—Es justo —responde—. Camelia, ¿me harías un favor antes de irte?

—Sí, Su Majestad.

—Revitalízame un poco el rostro para que no se me vea tan enferma. El mundo lo descubrirá pronto, pero preferiría tener un poco más de tiempo. Igual que tú.

—¿Vamos a su salón de tratamientos?

—No, no. Hazlo aquí —me da unos golpecitos en el brazo—. No tengo fuerzas.

Me pregunto si podría rejuvenecer los órganos de la reina para que pueda vivir para siempre y Sophia no tenga que convertirse en reina regente.

—Podría ayudarla a revertir parte de esto. Tal vez pueda reinar unos años más y, así, Sophia no tendría que ser reina. O al menos le daríamos tiempo para madurar.

Los labios de la reina esbozan una leve sonrisa.

—Sí, podrías, pero no quiero que lo hagas. Además, uno puede tener órganos jóvenes, pero estar enfermo de todos modos. La enfermedad no entiende de edades. Una de mis leyes de belleza más nuevas prohibirá esta práctica por completo. Cuando venga mi anochecer, estaré en paz con él. Todos deberíamos estarlo.

—Pero...

—Y no creo que Sophia jamás madure lo bastante. Hay gente que puede cambiar, mientras que otros no pueden. Son solo insectos atrapados en ámbar —me toca la mejilla—. Deshazte de unas pocas arrugas y haz que mi piel sea más oscura y rica, como la melaza. Según parece, cuanto más enfermo, más aflora el gris en mi piel y destroza el color —una asistenta le sirve una taza de té de rosa belle en la taza de porcelana rojo granate más preciosa del mundo.

—¿Tenéis cosméticos en polvo? —pregunto a una de las sirvientas.

Colocan una caja encantadora en la mesa que nos separa.

—Dejadnos —ordena la reina a sus sirvientas. Se acaba la taza de té y se hunde en su sillón. Se le cierran los párpados, tiene la respiración suave. Volvemos a estar solas.

Cierro los ojos y visualizo su rostro. El pulso se me acelera para ir al compás del latido inestable de su corazón y del lento traqueteo de su sangre corriendo por las venas. Utilizo las arcanas para suavizar los profundos surcos que tiene alrededor de los ojos, como si pasara un dedo húmedo por masa de harina seca. Oscurezco el marrón de su piel. Los ligeros ronquidos y resuellos llenan la habitación.

Mientras descansa, me saco el espejo de bajo el vestido. Cojo una aguja de la caja y me pincho el dedo. La semilla de sangre recorre las muescas del espejo. Las rosas se retuercen y revelan su mensaje: SANGRE PARA LA VERDAD.

Una neblina aparece en el cristal y luego se disipa. Estudio su verdadero reflejo. El rostro profundamente arrugado de una mujer dormida aparece ante mí, junto con su elegancia, fragilidad y tristeza. Las lágrimas le corren por las mejillas, siguen las profundas arrugas de su piel. La imagen de la reina entraña todo el peso de su título y las preocupaciones que acarrea. Las siento todas como fardos pesados.

Deslizo de nuevo el colgante bajo mi vestido.

Abre los ojos de golpe.

—Por favor, ayuda a Charlotte —pide—. Tienes tres días hasta que necesite una respuesta. Hasta que sea demasiado tarde —me aprieta la mano—. He sentido como si la respuesta que estabas a punto de darme no era la que quiero oír.

—Yo...

—Por favor, Camille. No me hagas reemplazarte a ti también.

Se me hielan las manos.

Sus ojos se cierran antes de que pueda contestar.

—Es hora de irse, Lady Camelia —anuncia su asistenta.

Me pongo de pie y dejo la habitación, silenciosa como un ratoncito; la amenaza de la reina todavía punza como un corte reciente.

41

AL DÍA SIGUIENTE, EL MINISTRO DE MODA ME ESPERA EN EL salón principal después de mi primera cita de belleza.

—Bueno, buenos días, muñequita.

—¿Qué haces aquí? ¿Tienes más vestidos para mí? —le beso ambas mejillas empolvadas.

—No. Eres una consentida —me toma la mano—. Hoy vendrás conmigo y la princesa al Bazar de Vestidos.

—Pero tengo más citas —señalo el libro mayor que hay en la pared.

—Y esta es la más importante que tienes. Todavía tenemos que encontrar una tela adecuada para su vestido de novia. No hay nada que se parezca al conjunto que creaste tú. Dice que te necesita, y las futuras reinas obtienen cuanto quieren. ¿O todavía no lo has aprendido? —Me enseña la última revista de escándalos—. Ven conmigo —me dice, consciente de mi duda—. Nunca se sabe en qué travesuras puede meterse uno. Quizás te lo pases bien. El Bazar de Vestidos de Trianon es el más grande de todo Orleans.

Oír el nombre completo despierta algo en mis recuerdos. Un emblema en el carruaje que iba a mi lado mi primera noche como belle oficial.

—El Bazar de Vestidos de Trianon. Es el que está cerca del Salón de Té del Crisantemo, ¿verdad?

—Sí, por supuesto que lo es —responde el ministro y me guiña un ojo, como si supiera qué estoy pensando.

Ámbar.

Corro a vestirme.

El ministro sonríe.

—Así está mejor.

Después de comer, vamos en procesión hasta más allá del reloj de arena real. Está cubierto de hielo y nieve, su arena diamantina cae en espiral en su interior como si fuera una tormenta inminente.

—Más té —ordena el Ministro de Moda a los sirvientes del carruaje. Bree aviva el pequeño fuego y coloca más teteras sobre la parrilla de hierro. Es el carruaje más grande que he utilizado jamás, es como tres normales juntos.

Clavo la nariz en la ventana. El carruaje real de Sophia centellea como un sol delante de nosotros. Mi respiración dibuja diminutas nubes planas por el cristal. El plan de escabullirme y visitar a mi hermana zumba en mi interior, junto con el miedo y el pánico perpetuos. Rémy se sienta a mi lado, completamente alerta, como si pudiera sentir que yo me traigo algo entre manos.

Río y me uno a la conversación con la esperanza de aplacar sus sospechas.

Pasamos por el Barrio del Mercado. Farolillos azules luchan contra el viento, agarrados a los ganchos que cuelgan de los establecimientos. Los vendedores están apostados ante sus pabellones y tiendas y exhiben sus artículos.

—Seda natural, ¡la mejor calidad!

—¡Corbatas que cambian de color!

—¡Los mejores brocados del reino!

—Cuentas de cristal de Savoy, este color está *hecho* para usted.

—¡Vestidos que se iluminan por la noche!

Los compradores sujetan farolillos ígneos por encima de sus cabezas a modo de parasoles para mantenerse abrigados. Planean por encima de grandes peinados y sombreros como diminutas estrellas atadas a cintas.

Los carruajes serpentean por los estrechos callejones hasta que entramos en el Barrio del Jardín. Las tiendas se amontonan entre ellas, como cajas de regalos de todos los colores del arcoíris. Farolillos esmeralda brillan sobre las puertas y dentro de las ventanas. Ascensores dorados y escaleras de caracol llevan a sus pasajeros hasta las tiendas más altas, algunas están escondidas detrás de gruesas nubes blancas. Detecto el Salón de Té del Crisantemo en la distancia, sus torreones brillan como alas de brillantes libélulas de pantano en la oscuridad de la noche.

Los carruajes aparcan. Salimos a la calle. Las damas de Sophia sueltan muchos «¡oh!» y «¡ah!» ante las vistas.

—¿No es precioso? —me pregunta Sophia.

—Sí, Su Alteza —me pinto una sonrisa.

Me ofrece un farolillo ígneo, cuyo ardor calienta mi moño belle. Parte de mí desea que se me pudiera llevar lejos, hasta las nubes.

Guardias imperiales ahuyentan la gente de las tiendas que Sophia quiere visitar: Emporio de Enaguas de Emma, Forja Fichu de Gascon y Duhart, Brocado Bonanza de Lady Cromer. El Ministro de Moda la guía por la compleja red vertical de tiendas. Gabrielle, Claudine y Henrietta-Maria brincan detrás de ella. La gente le hace reverencias y le desean lo mejor para su boda. Los periodistas nos retratan y bañan con globos mensajeros de cotilleos.

Los dandis del Ministro de Moda comentan las mejores tiendas que visitar: dónde encontrar la seda más rica, qué tendero da el champán de mejor calidad a los clientes, qué modisto tiene mejor ojo, qué propietarios reciben el favor de la reina y del mismo Ministro de Moda.

Tomamos uno de los ascensores dorados. Las ventanas de cristal están llenas de anuncios: vestidos vivientes que cambian de color cada diez segundos, corbatas que pulverizan colonia para que los hombres siempre huelan bien, vestidos a conjunto para animalillos de peluche animado y sus propietarios, sombreros y tocados tan altos como el techo, zapatos de encaje que tintinean melodías encantadoras.

Intento imaginar cuándo podré escabullirme. Con siete guardias a nuestro alrededor y Rémy detrás de mí será complicado. Barajo mentalmente posibles vías de escape. ¿Quizás puedo acompañar a Sophia a un probador y escabullirme por la puerta de atrás? ¿Quizás puedo ir al aseo y escabullirme por la ventana?

Intento seguir la cuenta de las escaleras, ascensores y nombres de tiendas, pero los callejones serpentean y giran sin orden ni concierto. Es un laberinto.

Sophia entra y sale de distintos establecimientos. Sastres,

modistos y comerciantes intentan atraerla con regalos para sus damas u ofrecer pastelillos y champán. La voz de la princesa corre por los callejones mientras conversa con el Ministro de Moda y sus damas.

—¿Qué le parece esta tela?

—No puedo decidir, Gustave.

—¿Con o sin pedrería?

—¿Con o sin mangas?

—No me ha gustado nada de lo que me has enseñado, Gustave. Eres el Ministro de Moda, encuéntrame algo que el mundo no haya visto todavía.

Aminoro el ritmo entre los pares de guardias y echo un vistazo dentro de una tienda cercana llamada Shurette y Soie antes de que nos hagan avanzar. Está repleta de estanterías y botellitas de apotecario centelleantes, hay todavía más sobre mesas más pequeñas, que contienen tintes animados para telas vivientes. Los tonos de las joyas van de los azules océano a los cobaltos y los magentas, de rojos carmesíes a amarillos girasol. Otros cambian de rosas pastel a azules cielo a cremas alimonados.

Tomaría varios días examinar uno solo de ellos, observar cada color. Hay miles.

—Los mejores gusanos de seda de todo el bazar —anuncia el propietario, haciendo un ademán hacia la pared opuesta. Gusanos de seda vivos se extienden por varas que giran suavemente. La seda sale de sus cuerpos hacia una rueda dentada—. Perfecta para cualquier vestido. Se puede teñir con tinta animada.

Asiento para mostrar mi aprobación mientras desvío la mirada hacia la salida.

—Camelia. —Rémy corre hasta el final de la hilera del grupo real para ponerse a mi lado y pierdo mi oportunidad. En la siguiente tienda, estoy al lado de Sophia y sus damas mientras los vendedores desfilan a su alrededor con telas y muestras de vestidos. De nuevo, busco salidas. Hay dos: la puerta por la cual hemos entrado y otra trasera.

—No sé si este vestido... —Sophia examina un traje que Gabrielle sujeta para ella—. Pero podría ser el comienzo para algo. Tendría que alterarse, por supuesto.

—Pruébatelo —urge Gabrielle—. Veamos el corte para encontrar un punto de partida.

—Espera, espera, quiero la opinión de Camelia al respecto. Está terriblemente callada —apunta Sophia. Sus damas sueltan risitas y esconden susurros detrás de sus abanicos.

—¿Cuál escogerías si estuvieras a punto de casarte? —me pregunta.

—Ni siquiera puedo concebir la idea, Su Alteza —respondo.

—Claro que puedes. ¿No estabas con uno de mis pretendientes el otro día? —la comisura izquierda de sus labios se curva hacia arriba.

Una piedra helada me cae en el estómago.

—Me interrumpió. No agradecí su compañía —miento—. Lo encuentro insoportable y chulesco.

—Ah, ¿sí? —replica.

—Sí. Estoy contenta de no tener que casarme nunca.

Mi respuesta parece suficiente.

—Bueno, si lo hicieras, ¿qué tipo de vestido llevarías? —me mira de hito en hito a los ojos, como si buscara la respuesta en algún lugar de mis profundidades.

No pienso en mis preferencias sino en las de Sophia. Cómo cambia su aspecto casi a diario, cómo detesta la idea de escoger una apariencia real para el resto de su vida.

—Consideraría un vestido que pudiera cambiar a lo largo de la ceremonia y la recepción. No solo de color, sino también de forma. Algo que pudiera representar todos sus cortes de vestido favoritos. Un traje de baile para la ceremonia, uno ajustado para la línea de recepción, una falda con vuelo para bailar, pero sin que tenga que abandonar la fiesta en ningún momento.

Los ojos de Sophia se abren como platos.

—¿Crees que es posible?

—Podría serlo. Podríamos trabajar en tinta animada y experimentar con los gusanos de seda —respondo.

Sophia me guiña un ojo.

—Sabes cuánto me gusta probar cosas nuevas. Sabía que te quería aquí por una buena razón —se pone detrás de un biombo.

Su asistenta se quita los guantes y la capa para prepararse para vestir a Sophia. Gabrielle levanta la percha y se lleva el vestido consigo. Durante un momento no se oye nada más que acalorados halagos murmurados... y luego Sophia pega un grito. El sonido me atraviesa.

Los guardias avanzan corriendo. Rémy me hace a un lado para ayudar a apartar el biombo. Sophia está hecha un ovillo en el suelo. Tiene un montón de asistentas encima que le arrancan el vestido del cuerpo. Feos arañazos y quemaduras le marcan brazos y piernas. Las lágrimas corren por su rostro y se llevan consigo el maquillaje. Su cuerpo se estremece entre sollozos. De pronto parece tan pequeña y vulnerable...

—Está envenenado —dice alguien.

—Yo no lo he hecho —asegura la tendera—. Lo juro.

Los guardias se giran para arrestarla. Ella huye. Unos cuantos la persiguen fuera de la tienda. La gente entra en tropel: periodistas con globos mensajeros, cortesanos ruidosos, viandantes. Rémy y el resto de guardias se afanan para restablecer el orden y ahuyentar mirones inquisitivos. Las voces silban como bengalas a mi alrededor. Un frenesí de manos se acerca a la princesa con la intención de reconfortarla.

Más guardias inundan el lugar. En medio del caos, dejo que mi farolillo ígneo se acerque demasiado a uno de los vestidos que cuelgan y le prende fuego. Añadir llamas al caos solo consigue atraer a todavía más gente. Rémy me saca de la tienda con un movimiento brusco.

—Quédate aquí —me pide.

—Lo haré —miento.

En cuanto se gira para apagar el fuego, huyo por el tortuoso callejón. Lucho contra la multitud para llegar a unas escaleras. Salto tres escalones de golpe y casi me caigo.

—¿Está por aquí la salida? —le pregunto a alguien.

—Sí, tres pisos por abajo. Aunque el ascensor es más rápido, señora. Ay, espere, no es usted...

No espero a que termine. El miedo me espolea, intento disculparme al chocar contra hombros y carteras y niños pequeños. Me abro paso hacia fuera del laberinto y hasta la calle. Cierro el paso a un palanquín que se acerca y sacudo las manos.

El hombre se detiene y el sombrero peludo se le cae de la cabeza. Una mujer aparta la cortina de privacidad y pega un grito al hombre y luego otro a mí. La mujer que se sienta a su lado se une a la retahíla de insultos hasta que me ve.

—¡Viola! —pega un manotazo al brazo de la mujer.

—¡Oh! —hace Viola.

—Es la favorita —señala.

—No, no lo es. Es imposible que lo sea —se echa hacia delante. Arruga la nariz mientras me inspecciona—. ¡Ay, Dios! —se lleva una mano a su amplia pechera.

—¿Se dirigen al salón de té? —pregunto—. ¿Pueden llevarme? Les prometo que les daré un bono de belleza a cada una por las molestias.

—No íbamos allí, pero podemos llevarla. Entre —me hace un ademán con la mano—. ¡Ayúdala! —brama al conductor.

—Ya puedo sola —me recojo las largas faldas, coloco el pie en el peldaño y me deslizo entre las dos mujeres.

Estamos muy apretujadas. El hombre corre hacia delante.

—¿Qué hacía, Lady Camelia? —pregunta una.

—Sí, ¿dónde está su carruaje, mi señora? —añade la otra.

—Me he perdido en el Barrio del Jardín —miento.

—Bueno, ya es normal. Es un desastre, con todas esas tiendas esparcidas por aquí y allí y unas encima de las otras como si fuera un armario de sombreros desordenado.

—Sí, era la primera vez que venía —explico.

—No se preocupe —replica una—. La hemos rescatado, a la más encantadora de las favoritas.

Las mujeres me hablan de la fiesta de cartas a la que asistirán en la ciudad de Verre. Me besan las mejillas y me toman la mano y me explican cómo ganaron dinero en las apuestas del reino cuando apostaron por mí para que me nombraran favorita.

El palanquín se detiene ante el Salón de Té del Crisantemo. Les pongo un bono de belleza en la mano de cada una y les doy las gracias mientras se van, llenas de risas.

El corazón me late desbocado.

Me cierro la chaqueta para protegerme del viento. Evito la entrada y camino por el lateral del salón de té hasta los jardines que hay cerca de la veranda. Me quito el abrigo y lo echo por encima de la pequeña barandilla, luego me sujeto las faldas y me encaramo. Un rumor me zumba por la piel como las arcanas.

Me escondo mientras las sirvientas preparan la veranda para el té de la tarde. Espero hasta que desaparecen hacia la cocina antes de meterme en el salón. Farolillos diurnos murmullan cerca del techo.

Subo las escaleras. La voz aguda de Madame Claire resuena y yo me escondo en la habitación más cercana y me aprieto contra la pared.

—¿Ambrosia todavía descansa? —se queja.

—Sí, mi señora —responde una asistenta—. Siempre descansa una hora antes del té.

—Pierdo tres posibles citas durante este tiempo. ¿Quién dijo que podía seguir haciéndolo?

—Le cuesta recuperarse estos días.

Sus voces se desvanecen a medida que se alejan hacia el interior de la casa.

Asomo la cabeza y echo un vistazo hacia el salón, luego corro hasta la última escalinata hacia mi antigua habitación del tercer piso.

Giro el picaporte y me escabullo dentro. La habitación está decorada con colores naranjas y rojos subidos, como las plumas de un fénix. Flores de ambrosia parpadean y germinan en un papel de pared animado. El dosel de la cama está corrido.

Corro hacia delante.

—¿Ámbar? —susurro.

No obtengo respuesta.

Digo su nombre de nuevo y descorro el dosel.

La cama está vacía.

La decepción me llena todo el cuerpo. Estoy al borde de las lágrimas. En la mesilla de noche de Ámbar hay las piedras mortuorias de maman Iris.

—¿Qué debo hacer, maman?

Espero su respuesta. Paso los dedos por las piedras mortuorias.

«Busca».

La palabra tamborilea en mi interior.

Vuelvo a la puerta del dormitorio. El ruido de las sirvientas que hay en el pasillo me manda contra la pared. Paso los dedos por encima, a la espera de sentir el aire. Luego empujo. Las viejas habitaciones de sirvienta de Bree están vacías. Me escabullo hacia las escaleras del servicio. Busco por todas las habitaciones de este piso, luego voy al siguiente hasta que llego al más alto de todo el salón, a la décima planta.

Los aposentos de Madame Claire están a la derecha. Todas las puertas están cerradas, menos una.

En cuanto abro la puerta, el sonido de un llanto suave me da la bienvenida. La habitación está negra como boca de lobo, solo hay un farolillo diurno colgado de un gancho en la puerta.

—¿Quién anda ahí? —pregunta una voz nasal.

Descuelgo el farolillo y avanzo.

—¿Ámbar? ¿Eres tú? —pregunto a mi vez.

Algo metálico cae con estruendo.

—No hay ninguna Ámbar, aquí —grita una segunda voz.

La suave luz del farolillo diurno se extiende.

Una chica se inclina hacia delante. Tiene un ojo y media nariz. Me sobresalto y caigo de espaldas con un golpe sordo. Otra chica me ofrece su mano. La luz la baña. El pelo le crece en la mitad izquierda de su cabeza, solo la parte izquierda.

—Ayúdanos —pide.

Huyo de ella al oír más voces uniéndosele como un coro.

42

El farolillo diurno ilumina las caras de las mujeres. Rotas. Desfiguradas. Lesionadas. Cadenas de plata les rodean las muñecas como si fueran brazaletes y argollas enjoyadas las atan a sillas de respaldo alto.

—¿Quiénes sois? —pregunto.

Un desfile de nombres me alcanza: Kata, Noelle, Ava, Charlotte, Violaine, Larue, Elle, Daruma, Ena. Y Delphine.

Su rostro está grabado a fuego en mi memoria. Aquella noche curó a la mujer herida por un osito de peluche animado.

—Nosotras también somos belles —explica Delphine—. Madame nos mantiene aquí encerradas —se acerca a la luz; tiene los ojos cubiertos de sombras oscuras.

—¿Qué os pasó? ¿Cómo habéis acabado aquí? No os recuerdo a ninguna de vosotras en casa...

—Nos hace trabajar toda la noche.

—Los llantos —recuerdo.

—Lloramos porque nos obliga a tener citas hasta que usar las arcanas duele.

Delphine se lanza adelante. Las cadenas chocan contra el suelo.

—Ayúdanos.

—Por favor —añade otra.

—¡Espera! —Delphine levanta una mano—. ¡Chist!

Todas enmudecen. La melodía de sus tensas respiraciones resuena.

Suelto el farolillo diurno, que rueda hasta el centro de la habitación. Todas oímos pasos que se acercan.

—Escóndete —urge Delphine.

Me meto detrás de una de las sillas de respaldo alto y me cobijo bajo gruesos cortinajes. Aprieto la espalda contra la pared, tanto como puedo.

La puerta se abre.

—Mis queridas —gorjea Madame Claire. Sus tacones resuenan contra el suelo al acercarse al farolillo nocturno flotante—. Hmm.

Las chicas empiezan a sollozar y a llorar.

—Es hora de trabajar —da una vuelta con calma por la habitación—. Larue, creo que te necesito a ti hoy. —Madame Claire desata a una de las mujeres. Los aullidos y las protestas de Larue retumban por las cuatro paredes—. No me estropees el día, haz el favor —espeta Madame Claire con impaciencia—. Limítate a venir, ¿estamos?

Larue hunde los pies en el suelo, pero Madame Claire la arrastra como si fuera un tozudo perrito de peluche animado. La puerta se abre y se cierra.

Respiro profundamente cinco veces y luego salgo de mi escondrijo.

—¿Cuántas sois?

—Trece, creo —responde Delphine—. Pero no puedo estar segura. Los números cambian, hay chicas que desaparecen...

¿De dónde han salido estas chicas? ¿Cómo puedo ayudarlas? Solo una respuesta me viene a la mente.

—Tengo que sacaros de aquí —ya nos encargaremos del resto después.

—Tienes que conseguir las llaves —dice Delphine—. Las lleva en la faja.

—No conseguirás nada —retumba la voz de Madame Claire por toda la habitación desde otra entrada. Suelta cuatro farolillos diurnos y la luz brilla tanto que resulta cegadora.

Las chicas gritan, el sonido es frío y afilado.

Madame Claire chasquea la lengua.

—He sabido que pasaba algo en cuanto he entrado aquí. El farolillo diurno no estaba atado al gancho y he podido olerte.

¿Olerme?

—Siempre ponen lavanda en tu jabón. Es el aroma predilecto de la reina.

—Tiene que liberar a estas chicas —atajo—. No puede mantenerlas encadenadas de este modo.

Madame Claire suelta una risotada.

—Por supuesto que puedo. Son empleadas del Salón de Té del Crisantemo —me da la espalda y grita—: ¡Guardias!

Los guardias de Madame Claire me siguen por todos los escalones de los pisos del palacio. No podría huir aunque quisiera. Los aposentos belle bullen de actividad a causa de los enjambres de guardias del palacio que corren por los salones y los globos mensajeros que entran y salen. En el interior, Rémy anda arriba y abajo. Du Barry retuerce su rosario y Elisabeth se ha mordido los labios hasta arrancarse la piel. La Ministra de Belleza tamborilea un ritmo errático con el pie, pero se queda paralizada cuando me ve entrar.

—¡Aquí estás! —ruge Du Barry.

Rémy suelta un profundo suspiro.

—La he devuelto a salvo —le dice Madame Claire a su hermana.

Du Barry me coge por los hombros, sus uñas de puntas rojas se me clavan en la piel y el hueso.

—¿Dónde estabas?

—¿Estás bien, queridita? —La Ministra de Belleza me rescata de las garras de Du Barry—. ¿De una sola pieza?

—Sí, estoy bien. Me perdí entre todo el caos después de lo que le pasó a Sophia —miento—. ¿Cómo está? —añado una gruesa capa de preocupación.

—La están atendiendo —responde la Ministra de Belleza—. Es aterrador. Debes de estar transida —me coloca una mano sobre la mejilla y luego hace un ademán hacia una sirvienta.

Rémy se aclara la garganta. El ruido es profundo y corta el aire de la habitación.

—Madame Ministra, deje que exprese mis más sinceras disculpas. Proteger a Camelia es mi responsabilidad. Le he fallado. Y también a la reina —hace una reverencia.

La Ministra de Moda coloca una mano sobra su hombro.

—Has protegido a la princesa. Has hecho lo que se tenía que hacer. Además, parece que nuestra favorita sabe exactamente dónde ir si se pierde. Acabó en buenas manos —sonríe a Madame Claire—. Ahora que estás a casa sana y salva, me voy. Tengo que informar de esto a la reina y ver cómo está Sophia —me da un beso en la frente y me deja una marca de su pintalabios de color ciruela subido.

Cuando se cierran las puertas, Madame Claire estalla:

—Ana, has perdido el control sobre la favorita. Ha estado husmeando por mi salón de té. Ha encontrado a las otras.

Du Barry se gira hacia mí.

—¿Las has visto?

—Sí, las he visto. A las otras belles que tenéis en el desván.

Du Barry lanza a su hermana una mirada de enojo y frunce los labios. Con un gesto de cabeza echa a Elisabeth quien, por una vez, se va sin rechistar.

—¿Qué les pasa? ¿Por qué nadie sabe de su existencia?

—Deberías estarles agradecida y a nosotras por criarlas y a las otras madames de los salones de té por cuidarlas —responde Du Barry.

—¿Agradecida?

Da un sorbo de té con lentitud.

—Todas os consumiríais mucho más pronto si no fuera por esas chicas.

¿Consumirnos?

—Nos mintió.

—¿Mentir? No. No os he contado cosas que no son de vuestra incumbencia. Es territorio de la guardiana. Mi territorio. Pero sí, ya que las has visto, supongo que no tiene sentido ocultártelo más. Hay más belles en este mundo aparte de las que conoces. No quería que te enteraras de este modo. De hecho, jamás quise que te enteraras —clava la mirada en Madame Claire—. No son tan fuertes como vosotras, pero son necesarias para encargarse de las necesidades crecientes del reino.

—¿Por qué no nos lo contó? ¿Qué les ha hecho?

—Cuidar de las belles es un arte impreciso, Camelia. Llegará el día en que lo verás, cuando vuelvas a casa y críes a tu propia hija. Algunas son completas, preciosas y obedientes, mientras que otras están rotas y son rebeldes.

—¿Nacieron así? ¿O las habéis explotado tanto que sus arcanas ya no funcionan?

—Las dos cosas —responde.

Los rostros de esas belle parpadean ante mis ojos. Los rostros de mis hermanas les siguen. Todas nos marchitaremos como flores en una enredadera si trabajamos del modo que quieren ellas.

—Las tiene encadenadas —señalo a Madame Claire, que se echa a temblar.

—Ana, tienes que entender...

—Claire, no se te confiarán más si no sabes tratarlas como es debido —ladra Du Barry.

—Es que se vuelven rebeldes.

—Encuentra un modo mejor de mantenerlas bajo orden y control. De no ser así, te sacaré del salón de té y pondré a otra persona. Madre siempre decía que no tienes lo que hay que tener. —Du Barry menea un dedo hacia Madame Claire y luego suspira—. Lamento que hayas visto eso, Camille. No debería haber sido así, pero tienes que entender...

—No lo entenderé jamás —escupo.

—Un día, con sabiduría y edad, verás que he hecho lo que era necesario para la supervivencia de la forma del arte. Para la diosa. Para todos nosotros.

Suelto un grito gutural.

Du Barry se echa a reír. Espeta una orden a una sirvienta,

quien nos trae un montón de periódicos. Du Barry lee en voz alta:

UN VESTIDO ENVENENADO CASI MATA A LA PRINCESA SOPHIA

LOS TRABAJOS DE BELLEZA ALCANZAN OTRO NIVEL.
SE RUMOREA QUE PARA LAS FAMILIAS SERÁN
UN GASTO MAYOR QUE LA COMIDA

LA PROPIETARIA DE LOS TRAJES DE TILDA
NO COOPERA CON LA GUARDIA DE LA REINA

UN COMPLOT FALLIDO CONTRA LA PRINCESA,
LA HEREDERA REGENTE SIGUE CON VIDA

LA FAVORITA ESCOGE UN VESTIDO DE BODA NUEVO
PARA LA PRINCESA

—¿Sabes qué les preocupa a estos titulares? Se rumorea que para las familias serán un gasto mayor que la comida. ¿Te lo puedes imaginar? —Aparta los periódicos—. Las espíntrias y las leas y la longevidad de La Maison Rouge de la Beauté y Orleans; eso es lo que me preocupa a mí. Hacer el trabajo de mi madre y mi abuela y mi bisabuela. Los salones de té continuarán funcionando como lo han hecho siempre: con orden, gracia y dignidad. Habrá un conjunto de belles favoritas y un conjunto secundario para asegurar que las necesidades del reino estén satisfechas. Oferta y demanda básica. Así es como ha sido siempre y espero que pueda tener todavía más belles, en los tiempos de mi madre había cien por generación. Yo no he sido tan afortunada, pero eso cambiará pronto. El dios de la suerte me bendecirá por hacer divino este trabajo.

Hiervo de enojo.

—Y si tú o quien sea se mete para impedirlo, serás reemplazada —me amenaza altaneramente—. Ahora vete a tu habitación. Las enfermeras te están esperando con las sanguijuelas. Ya has tenido bastantes emociones para toda la semana. Debes tener las toxinas de la sangre muy altas, es lo que te hace comportarte de este modo.

Y con eso, me despide con un ademán despreocupado.

La mañana siguiente, me visto para ver a la reina. No hay citas de belleza esta semana. Las festividades de la declaración empiezan hoy y he enviado carta a Su Majestad para comunicarle mi decisión dos días antes.

El globo mensajero blanco y dorado de la reina reposa atado a mi tocador. La nota descansa abierta sobre la tapa de mi caja de belleza.

> *Queridísima Camelia,*
> *Espero impaciente tu decisión.*
> *Atentamente,*
>
> *SRM*

Los fuegos artificiales iluminan las nubes de nieve que veo a través de las ventanas. El reino de Orleans se enterará de la enfermedad de la reina y se le anunciará la heredera esta semana, ya sea Sophia o una Charlotte despertada. El estómago me entra en erupción como las bengalas del cielo. Mis pensamientos enojados sisean y estallan como el relámpago. El corazón me late desbocado en el pecho. Las manos me tiemblan de rabia. Cada pensamiento sobre Du Barry y Madame Claire y las otras belles y el libro belle de mi madre envía otra oleada de enfado por mi interior.

—Más estrecha —indico a Bree cuando me anuda la faja. Tengo que mantenerlo todo dentro.

—¿Dónde te crees que vas? —Elisabeth entra a mi dormitorio como una exhalación, con los brazos cruzados y su expresión amargada de siempre.

—Ivy y yo tenemos una reunión importante con la reina.

—Han enviado a Ivy a casa.

El corazón se me cae a plomo.

—¿Por qué?

—A mi madre no le gusta la influencia que tenía sobre ti. Y yo estoy de acuerdo. A mí tampoco me gustó demasiado Ivy, no era muy simpática.

—¿Dónde está? —corro hacia el salón y me dirijo al cuarto de Ivy.

—Ya se ha ido.

Me giro para encararla. Elisabeth luce una sonrisa burlona en el rostro.

—¿Por qué no me habéis dejado despedirme de ella?

—¿Para que te vuelva a decir que te escapes? ¿O para que podáis intentar hacerlo juntas? Ah, sí, mi madre sabe que Ivy te dijo que huyeras, y que lo hicieras, al Salón de Té del Crisantemo, la decepcionó todavía más. Mi madre pensaba que querías con todas tus fuerzas ser la favorita.

Abro la boca para mentir. La sensación de pavor me envuelve por completo. No hay ni un solo espacio privado en estos aposentos. Podrían saber todo lo que he discutido con Ivy o Bree.

—Ni lo intentes —hace un ademán con la mano—. Pero Ivy recibirá un castigo por ello. Como debe ser. Por entrometerse en nuestros asuntos y hacer las cosas más difíciles.

—Ella no se entrometió. Ella me advirtió.

—Pero no debía hacerlo. Eso no es lo que deben hacer las hermanas mayores. Ella tenía que prepararte.

—Y lo hizo —grito.

—Te mancilló, más bien. Y más te vale volver al trabajo, antes de que Madre te mande a casa a ti también.

Rémy y yo caminamos hasta los aposentos de la reina. Los pasos del chico son embates pesados contra el suelo.

—¿Todavía estás enfadado conmigo? —pregunto.

Camina por delante de mí y veo como encaja la mandíbula.

—Por aquí.

—Me lo tomaré como un sí.

Da un giro pronunciado hacia la izquierda.

—Tenía que ver a mi hermana. Seguro que esto puedes entenderlo.

—No entiendo muchas cosas sobre ti. Ni sobre tus decisiones —replica.

Dos guardias y una sirvienta nos cierran el paso.

—Lady Camelia —la asistenta hace una reverencia y me entrega un globo mensajero de color rosa.

Sophia.

—Su Alteza, la princesa, la ha mandado llamar.

—Me dirijo a ver a la reina.

La sirvienta me planta las cintas del globo mensajero en

las manos. Abro la parte posterior del globo y extraigo la carta del compartimiento. Abro la cajita de seguridad.

La Real Alteza princesa Sophia requiere tu presencia en su pabellón de té de inmediato. Mi madre dice que puedes ir a verla después.

Miro a Rémy, que tiene la mirada clavada hacia delante.

¿Sabe Sophia la razón de mi reunión con su madre?

—Tiene que venir ahora.

En los jardines reluce un pabellón de té: un toldo de grueso pelaje blanco cubre una preciosa mesilla baja, sobre la cual hay flores, pastas de té y velas centelleantes. Una fría ráfaga de viento suelta los rizos de mi moño belle mientras Rémy y yo seguimos a la sirvienta, zigzagueando por el laberinto de arbustos de invierno. Un escalofrío me recorre la piel y no estoy segura de si es un recordatorio de que vendrá más nieve o si es a causa del enojo que me late por todo el cuerpo.

Las damas de honor de Sophia están sentadas en lujosos cojines y se atiborran de pastelillos de mazapán. Farolillos ígneos flotan por encima de sus cabezas y proyectan un fulgor cobrizo que calienta el interior de la tienda.

La sirvienta me anuncia.

—Les presento a Lady Camelia, la favorita —dice con una reverencia.

Inclino la cabeza y luego levanto la mirada para encontrar a Auguste sentado al lado izquierdo de la princesa, le ofrece uvas una por una.

Verle me deja momentáneamente sin respiración. El chico me guiña un ojo.

—¿Cómo se encuentra, Su Alteza? —finjo mostrar preocupación.

—Mucho mejor. La erupción ha desaparecido, ya no tengo veneno en el cuerpo y empiezo a sentirme como yo misma.

—Y ahora estás lista para jugar —añade Auguste, lo que provoca una risita a Sophia.

—Lo estoy —le da una zanahoria a su elefantita de peluche animado, Zo, y le acaricia la cabeza—. Ven, siéntate. Estamos debatiendo —si no fuera por el emblema real de Orleans que lleva en el cuello, estaría irreconocible. Tiene el pelo de Hana: completamente liso, negro con destellos dorados y larguísimo.

Me la quedo mirando más tiempo de la cuenta.

—No te pongas celosa, Camelia —gorjea—. Tenía que sacarle un último trabajo a Ivy antes de que la enviaran a casa.

—Y sabía que yo prefiero a las morenas —añade Auguste—. Me gustan con el pelo rizado, pero...

—A nadie le importa lo que prefieras tú, Auguste Fabry —ataja con una risotada—. Un periodista me desafió a hacer algo distinto, a no ir rubia por una vez. Me crezco ante todos los desafíos que me llegan —se fija en mí, espera que le devuelva la mirada—. Pero no estés celosa, todavía eres mi favorita —me sopla un beso—. Por ahora —da unos golpecitos a un cojín que hay cerca—. Venga, siéntate conmigo.

Me deslizo hasta su lado como si intentara acostumbrarme al agua caliente de una bañera y me da un golpecito juguetón que me hace trastabillar.

Gabrielle y Sophia se echan a reír. Me sonrojo y me da miedo que la rabia explote en mi interior en cualquier momento.

—Vigila, casi te sientas encima de Zo —su elefantita de peluche animado me mira desde el cojín.

—Lo siento —replico.

Sophia me mira. Zo pasa su pequeña trompa por las cintas de mi vestido, yo se la cojo como si fuera un gusano y me la enrolla en el dedo. Su color gris es precioso, a diferencia del de los otros grises. Rico y profundo, como las piedras del océano. La elefantita de peluche animado me rasca el vestido con sus uñas pintadas de azul y me enseña la flor de crisantemo que tiene en la tripita. Se la rasco y ronronea contenta.

—Zo —llama Sophia, y el animalillo se gira de espaldas a mí y estira la trompa—. Deja en paz a Camelia, tiene que unirse a la gloriosa conversación.

La criaturita se deja caer sobre un cojín cercano y las patas se le abren en todas direcciones.

Una fuerte ventada azota el dosel con fuerza. Los farolillos ígneos sisean y crujen y envían el aroma de carbón de madera por todo el pabellón. Gabrielle le roba el pastelillo a Claudine antes de darle un golpecito en la cintura. Henrietta-Maria está sentada en un rincón lejano con la nariz metida en un libro. Singe golpea las cintas del farolillo ígneo.

—Discutíamos si tendría que pedirte que cambiaras el horrible comportamiento de Auguste si decido escogerlo —cuenta Sophia.

El chico se echa a reír, luego me mira con la intención de establecer contacto visual. Yo clavo la mirada en mi regazo.

—Podrías hacerlo, ¿verdad?

—Sí, Su Alteza —respondo, manteniendo mis respuestas al mínimo.

—¿Podrías convertirlo en un bobo inútil?

—Apuesto a que ya piensa que lo soy —bromea el chico.

—Quizás —Sophia se gira hacia mí—. ¿Podrías hacerle obedecer todas mis órdenes?

—Nuestra función es mejorar, Su Alteza. La primera arcana está pensada para refinar la disposición natural de la persona o ayudarla a desarrollar sus talentos, de modo que pueda conseguir sus objetivos —sueno exactamente como querría Du Barry. Como un loro. Una herramienta lista para ser usada—. A veces la conducta de alguien puede convertirse en un obstáculo para la persona en cuestión.

Nuestras miradas se encuentran. Los ojos de ella se abren con una mezcla de curiosidad e intriga. Quizás si hubiera conseguido cambiarle el comportamiento, su madre habría confiado en ella para ser reina.

—¿Qué tipo de disposición debería escoger para él? Sin duda tenemos que deshacernos de su ego. La arrogancia, aunque a veces está bien, tiene que rebajarse —va bajando los dedos a medida que enumera—. Chicas, ¿qué os parece?

—Camelia podría hacerlo más valiente —responde Gabrielle.

—Más dulce —propone Henrietta-Maria, que apenas ha levantado la mirada del libro.

El chico toquetea su corbata como si le apretara demasiado el cuello, luego sonríe a todas las chicas.

—¿Claudine? —pregunta Sophia.

La chica levanta la mirada de una bandeja de tartas. Tiene los ojos hinchados y rojos.

—Sin comentarios.

Sophia se mofa.

—Está de mal humor —explica Gabrielle con los ojos en blanco.

—Cállate, Gabrielle —espeta Claudine.

Gabrielle continúa:

—El segundo pretendiente que le buscaste se ha negado a tener una segunda cita con ella. Por eso se ha estado comiendo sus sentimientos durante toda la mañana.

—Cuando sea reina, prohibiré por ley el mal humor, especialmente a mis damas de honor oficiales. —Sophia alcanza la bandeja de petisúes de cereza, tartaletas de miel, *macarons* y pastelillos de mazapán.

La miro de hito en hito. «Jamás serás reina».

—Reina regente —corrige Claudine.

La mano de Sophia se congela delante de su boca. Un macarrón de melocotón se le cae en el regazo.

—Completamente innecesario —opina Gabrielle—. Y grosero.

—Bueno, ¿es que no serás solo una reina regente? ¿Podrás cambiar las leyes? —Claudine suaviza el tono—. No intentaba ser grosera. Solo decía... Ignoradme, tengo un mal día... He hablado mal.

El pabellón enmudece, es el tipo de tranquilidad que va ligada a relámpagos y rayos y truenos.

—Gracias por recordarme que jamás seré reina por culpa de mi hermana —espeta Sophia, con voz de trueno.

—Yo... Yo... —tartamudea Claudine, un profundo sonrojo le sube por todo el cuerpo.

—¿Por qué no te vas, Claudine? —pregunta Gabrielle.

—Vale —Claudine se pone de pie trastabillando—. Sophia, no quería ser...

Gabrielle levanta una mano y dice:

—Lo estás empeorando.

Claudine se va como una exhalación. Ojalá pudiera irme con ella. Gabrielle alarga la mano y acaricia el pelo de Sophia.

—Ahora que se ha ido, quizás podamos pasárnoslo bien de verdad.

El ceño de Sophia se relaja. Singe le besa la mejilla y le da una uva. Zo produce un ruido de trompetita.

—¿Puedes hacer feo a alguien? —me pregunta Gabrielle, lo que pinta una sonrisa enfermiza en el rostro de Sophia.

—Me obligaste a darle una nariz de cerdo a Astrid Pompadour. Creo que aquello fue bastante feo.

La mesa estalla a reír. Excepto Auguste, que se pone tenso.

—No estaba tan mal —contradice Sophia—. Y he oído que ha hecho que se la corrijan.

—Ah, ¿sí? —pregunto.

—Sí, aunque di instrucciones a todos los salones de té para que se negaran a tratarla. Alguien me ha desobedecido.

—Quizás se fue a La Maison Rouge de la Beauté —sugiere Henrietta-Maria, tentativa. El servicio se afana a llevarse las bandejas vacías, volver a servir bebidas y colocar más bocados sabrosos y dulces. Sophia agarra el brazo de la sirvienta que tiene más cerca. La mujer salta del susto y tumba una copa, que estalla contra el suelo.

—Déjala —ordena Sophia—. No pasa nada —se gira hacia mí—. ¿Y si quisiera probarlo? Ver si puedes hacer que esta mujer acabe en la revista de cotilleos *Periódicos Feos* al final del año.

La sirvienta grazna de miedo.

—¿No sería eso inadecuado, Su Alteza? —pregunto.

Sophia suelta la mano de la sirvienta y la mujer se va corriendo de la tienda.

—Debes estar muy cansada, Camelia. Tal vez por eso tú tampoco estás de muy buen humor —me mira fijamente—. Deberíamos retirarnos todos a nuestros aposentos.

Me pongo de pie, más que feliz de poder escapar.

—Tú no, Camelia, todavía no. Quédate un momento.

Me quedo paralizada a medio paso.

Auguste se queda rezagado en la entrada de la tienda. Sus ojos encuentran por fin los míos. Contienen preguntas y preocupaciones. Aparto la mirada.

—¿Quiere dar un paseo conmigo, Su Alteza? Habrá otra tormenta de nieve en unas horas y me encantaría ver los primeros copos —dice Auguste.

—No —espeta ella.

El chico parece cariacontecido.

—Vete. Camelia y yo tenemos asuntos que atender.

—Como desee —el chico hace una reverencia, me mira por última vez y luego se va de la tienda.

Limpian la mesa y sus damas de honor la besan y se van. Sophia se levanta de su asiento y coge una de las tartaletas de crema de una fuente de postres. Da mordisquitos, igual que su monito de peluche animado, Singe. Las cerezas le manchan los labios de rojo.

El sudor me baña la piel. Me roigo el labio inferior. El enojo borbotea en mi interior y amenaza con explotar.

—Soy una princesa —dice—. Y seré reina regente —me clava la mirada—. ¿Te enseñaron eso cuando estudiabas?

No respondo. No la miro. Tengo la mirada clavada en el horizonte.

Sophia anda hacia mí y se me acerca tanto que cada vez que respiro inhalo la mezcla de su perfume floral y la tarta que acaba de ingerir.

—Debes responder a mis preguntas —escupe.

—Sí, Su Alteza. Sé que será reina.

—¿Te enseñaron qué hacen las reinas?

—Sí, Su Alteza.

—¿Qué te dijeron?

—El reino de Orleans está gobernado por las reinas; la corona se pasa a través de las mujeres de su familia. Las reinas aseguran el buen gobierno del reino y el mantenimiento de su bienestar.

Se me acerca tanto que podría besarme si quisiera.

—¡Error! —Me arroja la palabra al rostro. Me niego a mover un solo músculo—. Las reinas hacen lo que quieren.

Singe danza por el suelo, luego se encarama por sus faldas y se le coloca en el hombro. El monito acaricia las mejillas ahora sonrojadas de la princesa y la besa muchas veces. Ella le sopla un beso a modo de respuesta.

Una sirvienta entra en la tienda cargando una bandeja.

—Vete ahora mismo —ladra Sophia—. Y no vuelvas hasta que se te llame.

La sirvienta se va asustada.

Yo mantengo mi expresión neutra.

«No me das miedo».

Singe se cubre el rostro con las manos.

—¿Has visto lo rápido que ha cumplido las órdenes? ¿Cómo no me ha cuestionado? Deberían haberte enseñado esto. Du Barry tendría que haberte enseñado a reverenciar y respetar a tu reina.

—Pero usted no es la reina —le digo—. Todavía no.

«Y no lo será jamás si puedo hacer algo al respecto».

Sophia se me acerca de nuevo.

—¿Qué has dicho?

Aparto mi rostro del suyo. Ella me sujeta el mentón y me obliga a mirarla a los ojos. La rabia destella en sus pupilas. Singe me mira por detrás del alto peinado de la princesa, que me pasa los dedos por el rostro.

Aprieto la mandíbula y frunzo el ceño.

—No te muevas —me recorre los labios, el cuello, el pecho y los brazos. Me levanta la mano derecha—. Deberías hacerte una manicura lunar. Haré que mi asistenta de manicuras te la haga. Cuando sea reina regente, haré que sea obligatorio. Incluso para las belles. Todo en una persona deberá ser precioso —me aprieta la mano con más fuerza y sus uñas enjoyadas se me hunden en la carne.

Grito e intento zafarme.

—Te he dicho que no te movieras —aprieta los dientes—. No te muevas, belle, o te romperé la mano. Una belle con la mano rota no será muy buena belle. Sin duda no será la belle favorita. Tal vez le diga a mi madre que tenemos que nombrar otra vez a una nueva favorita. Tal y como hice con Ambrosia. Apuesto a que una de tus otras hermanas ocuparía con gusto tu lugar. Hana, ¿quizás? ¿O Valeria? Se echó a llorar después de que anunciaran vuestras asignaciones. Tal vez escoja de nuevo a Ambrosia y la traiga de vuelta para otra ronda —me aprieta la mano con todavía más fuerza.

Me retuerzo de dolor. La presión. El calor. La hinchazón. La sensación de estar a punto de estallar. Cierro el otro puño con fuerza. Intento darle un empujón, pero Sophia es un bloque sólido delante de mí y no hace más que apretar con más fuerza.

Sophia se vuelve, pero no afloja la presa.

—Zo, querida.

La pequeña elefantita de peluche animado se asoma bajo el grueso mantel. Solo se le ve la trompa.

—Zo, querida mía, ven aquí.

Avanza unos centímetros, con la mirada gacha y las patitas crispadas. Hasta ella está asustada.

—Por favor, vete. No quiero que veas esto. Espérame en la tienda.

La elefanta se gira y se va al trote.

—Singe —Sophia lo mira—. Tú también, vete con Zo.

—Singe baja de un salto del hombro de Sophia y sale corriendo. La princesa me sonríe con labios suaves, la comisura de su boca se levanta. Es la sonrisa de todos y cada uno de sus retratos, pinturas, periódicos, revistas y panfletos—. ¿Lo ves? Hasta ellos saben cómo obedecer.

Hiervo de furia.

—No me desobedezcas.

Aprieto los dientes.

—¿Me has oído?

Aprieto los labios. Me agarra más fuerte hasta que vuelvo a gritar.

—Sí, la he oído.

—Sí, ¿qué?

—Sí, Su Alteza.

Me retuerce la muñeca todavía más.

—Me debes una disculpa. A las princesas no se las trata así.

—Lo siento, Su Alteza.

—No te creo.

—Lo juro, Su Alteza. Lo siento.

Finalmente me suelta. Trastabillo hacia atrás sujetándome la mano. Sophia se me acerca y me besa la nariz, luego llama al servicio.

—Haced venir a su guardia personal. Decidle que ha habido un pequeño accidente y que la pobre Camille tiene que ir a la Enfermería de Palacio enseguida. Alertad al doctor real.

—Sí, Su Alteza —dice la mujer y desaparece.

Otra sirvienta cubre los hombros de Sophia con una capa blanca larga hasta el suelo y la acompaña fuera de la tienda. Rémy aparece y jamás me había alegrado tanto de verlo. Detrás de él, una sirvienta se nos acerca con una silla de ruedas.

—Puedo caminar —aseguro.

—No deberías —replica Rémy mientras me examina la mano—. Llegaremos más rápido.

Me levanta y me deposita con delicadeza en la silla.

—¿Qué ha pasado? —me pregunta.

Levantan una capota por encima de mi cabeza: un dosel de privacidad que me oculta de la vista. Lágrimas rebeldes me corren por las mejillas. Estoy demasiado disgustada para responder. No quiero que sepa que estoy llorando. Rémy camina al lado de la silla mientras pisotea la hierba escarchada.

—Han dicho que has querido coger tu caja de belleza sola y que te has hecho daño en la mano, pero no la tenías contigo. Te he traído aquí con las manos vacías.

—No quiero hablar de ello —respondo.

—No puedo protegerte si no empiezas a decirme la verdad.

«No puedes protegerme de ella. Tengo que protegerme a mí misma».

Volvemos a entrar en el palacio. Nos persiguen los susurros. Rémy ahuyenta los periodistas que nos pisan los talones e intentan descubrir cómo la favorita ha ido a parar a una silla de ruedas. Tomamos uno de los ascensores dorados hasta el piso más alto.

El trayecto hasta la Enfermería de Palacio parece largo. Me llevan por corredores y balcones tortuosos. Las puertas de la enfermería brillan con farolillos, el emblema del apotecario real quema a ambos lados. Su luz se filtra por la cortina de privacidad.

Rémy abre las puertas de par en par y me entran en la silla de ruedas. Una enfermera levanta el velo y me ayuda a ponerme.

—Madre mía, ¿qué ha pasado? —me lleva a una zona privada—. También tenemos que comprobar sus niveles. El doctor llegará enseguida —llena una bandeja de agujas y se saca un medidor de arcana del bolsillo—. Parece que se ha roto esos dedos. Los dos últimos. Un trabajo traicionero, ser una belle en la corte, ¿verdad? Arreglar criaturitas consentidas.

Intenta hacerme reír.

No puedo. Me atormentan mis pensamientos y el dolor late con fuerza.

—Su Real Majestad ha enviado un mensaje que decía que estaba usted intentando levantar su caja de belleza. Du Barry nos advirtió que era usted tozuda y un poco rebelde, pero ¿hacer el trabajo del servicio, señorita? —me da unos golpecitos en el brazo—. No debería haberlo hecho. Ahora descanse y el doctor le arreglará estos huesos en un periquete. Sus arcanas ayudarán a que sane más rápido.

—Las arcanas no curan —gruño.

—Cierto, pero sus proteínas pueden revitalizar y eso acelera la curación.

«Las arcanas revitalizan».

«Las arcanas rejuvenecen».

«Las proteínas de la sangre».

«La princesa Charlotte».

—¿Dónde está mi sirvienta personal, Bree? —pregunto.

—La mandaré llamar.

Me hundo de nuevo en la silla. Me han puesto las sanguijuelas, me han atiborrado de comida y de dos teteras de té de rosa belle, y me han entablillado los dedos. Rémy ocupa su lugar delante de las puertas y yo cierro los ojos para sumirme en un sueño reparador.

—Camelia.

—Camelia.

Los susurros me despiertan para ver la cara de preocupación de Bree.

—¿Qué ha pasado?

—Sophia.

Me pasa los dedos por el pelo con cariño.

—Necesito que encuentres a la belle de la reina, Arabella. Dile que venga a verme.

—Sí, por supuesto.

—Tan rápido como puedas.

Bree asiente y se va corriendo. Observo el reloj de arena de la estantería. Se acaba antes de que llegue Arabella, que se abalanza sobre mi cama. Su velo se camufla en la oscuridad de la habitación.

—¿Estás bien? —me pregunta.

—Tan bien como puedo estar.

Me examina la mano, luego se levanta las mangas de volantes del vestido para mostrar una serie de cicatrices que parecen arañazos de pluma y marcas de mordiscos.

—El enojo de Sophia puede morder.

—Dile a la reina que estoy lista para ayudar a Charlotte. Haré todo lo que pueda —levanto el cabestrillo y añado—: Con la mano rota y todo.

—Gracias a la diosa —susurra.

PASEO POR MI HABITACIÓN, A LA ESPERA DE RECIBIR UN MEN-
saje de Arabella o la reina o que vengan sus guardias. Mezo
la mano entablillada. El día se atenúa hasta la tarde y la tarde se desvanece en la noche, una ventana abierta me trae la
sinfonía de la risa y las voces animadas hasta el dormitorio.
Salgo al balcón y contemplo los carruajes imperiales que se
apiñan debajo. La luna arde blanca sin brillo y parpadea luz
sobre sus estructuras doradas. Seguro que Sophia está dando otra fiesta.

Bree abre la puerta.

—¿Está aquí?

—¿Quién, mi señora?

—Arabella.

—No, mi señora, solo el carrito de la cena —un enjambre de globos mensajeros la siguen.

—¿Qué son todos estos globos? —pregunto.

—Los periodistas se han enterado de lo de la mano —explica—. Y, con ellos, el reino entero.

El salón principal está lleno, de pared a pared, de globos
mensajeros. Rojo grosella. Esmeralda. Ciruela oscuro. Óni-

ce. Cerúleo. Azafrán. Amarillo pálido. Jade. Azogue. Elisabeth se queja y refunfuña, mientras los aparta a izquierda y derecha, y los globos esquivan sus embates enojados y se acercan más al techo.

Uno me llama la atención. Tiene la forma del barco negro del Puerto Real. Lo alcanzo. El corazón empieza a latirme más rápido. Cojo la nota de la parte posterior.

Camille,

> *Parece que levantar objetos pesados no te va bien. Por favor, para. Mejórate. Escríbeme. Aunque seguro que no lo harás, porque eres muy importante y recibirás una docena o más de globos como este. A pesar de ello, te desafío a escribirme una respuesta.*

> *Tuyo,*

> *Auguste*

Una sonrisa me llena todo el cuerpo de calor. El único momento bueno en todo el día.

Las puertas de los aposentos belle se abren de golpe. Me lleno de un súbito alivio.

Arabella.

Corro hacia delante.

—Su Real Alteza, la princesa Sophia, de la Casa Orleans —anuncia una sirvienta—. Seguida por sus damas de honor y el Ministro de Moda Real, Gustave du Polignac.

Me quedo paralizada y luego me escondo la nota en la pechera del vestido.

¿Sabe Sophia de mi mensaje para la reina? ¿Le ha pasado algo a Arabella?

Sophia corre hacia mí.

—¿Cómo estás, amorcito? —parpadea sus largas pestañas y hace pucheritos. Su boca es como un pastelito rosa en miniatura que hay en los escaparates de las pastelerías de Trianon. No queda ni rastro de nuestra pelea de antes.

Me echo atrás al tiempo que me escudo la mano.

—Estoy bien.

Me sonríe.

—Te he traído la cena, es lo menos que puedo hacer. Estaba enfadada antes. Claudine me provocó. Me perdonas, ¿verdad? —Se gira hacia Claudine—. Discúlpate por provocarme, Claudine —ruge.

—Lo siento, Su Alteza —Claudine hace una reverencia—. Asumo toda la responsabilidad. Lo lamento, Camelia, todo ha sido culpa mía.

El servicio entra por las puertas como una inundación, empujan carritos humeantes y cargan pesadas bandejas. En cuestión de segundos han dispuesto un banquete ante mí. Flores preciosas adornan las fuentes: rosas, edelweiss, sanguinarias, violetas, laureles y tulipas. Sus damas de honor se sientan y observan el ejército de globos mensajeros que tenemos encima.

—¿Te duele? —pregunta Gabrielle.

—Sí —respondo.

Claudine coge una fresa de uno de los carritos de postres.

—No te comas eso —le ladra Sophia—. Es solo para Camelia.

Claudine se pone roja como la fresa que tiene en la mano y la deja caer. Henrietta-Maria brinca por la habitación e inspecciona cada rincón. El Ministro de Moda se sacude de los pantalones motas de polvo invisibles. Está inusualmente callado. Espero que diga algo desenfadado, que haga una broma, que me mire, pero solo tiene ojos para su regazo.

—No tenía que interrumpir su ajetreada agenda para venir a traerme la cena y charlar conmigo. Estoy bien —afirmo, con la esperanza de que Sophia y sus damas se vayan. Observo la puerta, espero la llegada de Arabella.

—Ay, pero esta visita no es meramente social. ¿Verdad, Gustave? —se gira hacia el Ministro de Moda.

—Su Alteza me ha mandado intentar hacer numerosos vestidos vivientes basados en el que creaste para su traje de boda —tiene la voz monótona y los ojos vidriosos—. Nos gustaría saber tu opinión al respecto.

Chasquea los dedos.

Las puertas de los aposentos belle se vuelven a abrir y sus dandis hacen entrar enormes campanas de cristal que contienen un maniquí cada una. Tres vestidos distintos centellean bajo el cristal. El primero florece del brillante color de la sangre fresca, luego se torna blanco como la nieve y vuelta a empezar. El segundo tiene la textura de un panal de abejas, la tela está cortada en ángulos puntiagudos, que abrazan al maniquí como si fuera la reina de la colmena, mientras el color oscila como el amanecer: de ricos naranjas a amarillos brillantes y suaves anaranjados. El tercero está cubierto de plumas y de bordados de perlas que cambian entre distintos tonos de blanco rutilante: crema y leche y lirio y marfil y hueso.

Doy una vuelta alrededor de cada uno. Cambian mientras me muevo.

—Son preciosos —le digo al Ministro de Moda.

—Pero todavía no están del todo bien. —Sophia se pone a mi lado y desliza su mano en mi mano buena. Me la acaricia como si yo fuera uno de sus animalitos de peluche animados. Me estremezco ante su tacto, pero ella me aprieta más la mano—. Necesito tu sabiduría. Necesito que ayudes a Gustave a hacer que estos sean todavía mejores.

Me aparto.

—Por supuesto, Su Alteza.

—Eso es lo que quería oír —vuelve a su asiento con una expresión triunfante en el rostro—. Cuéntame tus ideas.

—Quizás las telas podrían transformar el largo y el estilo del vestido a lo largo de la ceremonia —comento.

Sophia brinca de alegría.

—Eso es. Eso es. Sería de lo más inesperado —se gira hacia el Ministro de Moda—. ¿Puede hacerse?

Los ojos se le abren como platos, presos de pánico, pero responde:

—Haré todo cuanto esté en mi mano.

—Jamás me decepcionas. Te tendré en mi consejo para siempre —le asegura antes de darle un beso—. Ahora ven a comer, Camelia. He traído todo esto solo para ti.

Bree me prepara un plato con un poco de cada carne y hortalizas de los carritos. Sophia espolvorea flores por encima del plato.

—No te olvides de estas, ahora son muy populares. La Ministra de Salud dice que todos deberíamos ingerir hortalizas de colores e incluso flores. Se supone que es beneficioso.

Como mientras el resto me observa. La comida tiene un aroma peculiar. Acre. Floral. Extraño.

Sophia sonríe. Todos discuten la declaración venidera y qué llevará puesto Sophia. El Ministro de Moda sugiere unos cuantos modelitos.

Entro y salgo de la conversación. Sus voces se vuelven apagadas, sus palabras se me escapan como si las hubieran echado a volar. Un escalofrío me recorre, ardiente y helado a la vez. La habitación gira como si fuera la rueda de un noticiario. El estómago se me revuelve.

—¿Estás bien? —pregunta Sophia.

—No me encuentro... —murmuro mientras la comida empieza a subir y a salirme por la boca y a desparramarse por mi vestido.

Bree corre a mi lado.

—¿Qué pasa, señorita?

—No la toques —ordena Sophia.

Bree retrocede de un salto.

—Le has servido tú el plato —la acusa Sophia.

—Sí, Su Alteza, pero... —tartamudea Bree.

—¿Le has puesto algo en la comida? —añade Gabrielle.

La habitación da tumbos a izquierda y derecha como si fuera una barca. El sudor me corre por las mejillas. No puedo hablar. No puedo defender a Bree. No puedo parar de vomitar.

—Llamad a los guardias —grita Sophia—. Llevároslas, ha intentado matar a la favorita.

Los guardias de Sophia se llevan a Bree de la habitación entre pataletas y gritos y llantos. Quiero detenerlos, pero no puedo formar las palabras. Se convierte en un pinchazo diminuto antes de que todo se vuelva negro.

Las horas se enredan entre ellas, un embrollo de sudores nocturnos y medicinas y no ser capaz de retener nada en el estómago. El veneno ahoga mis venas como si fuera un cepo. Adormece y enmudece las arcanas. Ya no puedo sentir mis dones, el suave zumbido de poder que siento bajo la piel ha desaparecido. Mi conexión con mis hermanas y la diosa de la belleza se ha perdido. La somnolencia es demasiado pesada para resistirla. Mis párpados luchan para mantenerse abiertos.

Alguien me toca las muñecas. Siento un pinchazo cuando las agujas me perforan la piel.

—Presión sanguínea baja.

—Somnolencia extrema.

—Pupilas dilatadas.

—Arcanas muy bajas.

—Sueño profundo. Casi comatoso.

—Veneno, sin duda.

—Pero tiene la sangre limpia.

—¿Cómo puede ser?

—Quizás no lo descubramos nunca.

45

PASAN TRES DÍAS, COMO ARENA QUE CAE DE UN LADO A OTRO de un reloj. Una nueva sirvienta imperial —Marcella— me ayuda a vestirme. Es el primer día que salgo de la cama. El globo mensajero de la reina flota enganchado a mi tocador. Su nota —la que me dice que vaya a verla de inmediato a sus aposentos en cuanto esté lo bastante fuerte— está metida en mi vestido. La Ceremonia de Declaración de Herederas se ha pospuesto hasta que tanto la reina como la princesa puedan ser preparadas por la favorita.

El salón principal es un chaparrón de caos. Batallones de globos mensajeros de cotilleos entran como un enjambre por el invernadero en cuanto los farolillos diurnos se encienden. Sus narices negras martillean el cristal, suplican que les dejen entrar. Sé que están llenos de pergaminos que contienen preguntas y de revistas de cotilleos repletas de especulación sobre qué me pasó.

Golpes martillean la puerta de los aposentos belle.

—Lady Camelia todavía no atiende a nadie. Por favor, haga una reserva —grita Elisabeth desde su oficina. Los circuitos de teléfonos resuenan sin parar.

La poderosa voz de Rémy retumba a través de las puertas.

—Pueden dejar las flores para desear una pronta mejoría, pero deben desalojar el corredor.

Los periódicos reposan en las mesillas de té y sus titulares centellean:

LA FAVORITA CASI MUERE A MANOS
DE LA ANTIGUA FAVORITA DESTITUIDA

EL VENENO SE HA VUELTO MÁS LETAL
EN LA CORTE QUE LA DAGA DE UN ASESINO

LA PRINCESA SOPHIA SE INDIGNA ANTE EL TRATO
DE LA FAVORITA Y ENCARCELA AL COLECTIVO
DE SIRVIENTAS AL COMPLETO

ENCIERRAN EN UNA CAJA DE INANICIÓN A LA SIRVIENTA
IMPERIAL RESPONSABLE DEL ENVENENAMIENTO

—Mi chaqueta, Marcella —pido secamente. Quiero recuperar a Bree.

Me la coloca sobre los hombros. Abro las puertas de los aposentos belle. Claudine está ahí de pie con su asistenta.

—Ni siquiera he podido llamar —se sorprende.

—Me voy. Tengo una cita —salgo. Rémy recoge las flores y postales y globos mensajeros que hay por el pasillo.

—Espera. Necesito hablar contigo. Tengo que contarte algo.

—Si es sobre lo que vi en el Barrio del Mercado, tranquila. No le he dicho nada a nadie. Prometí que no lo haría.

455

—Sé que no lo has hecho —susurra Claudine—. Y estoy muy, pero que muy agradecida —da un hondo suspiro—. ¿Te encuentras mejor?

—El veneno ha desaparecido de mi sistema, gracias a las sanguijuelas —no menciono que tardé un día entero a recuperar mis arcanas.

—Y siento lo de tu sirvienta imperial. ¿Cómo se llamaba? Vi los titulares sobre la inanición.

—Bree —me trago las lágrimas.

—¿Podemos entrar un momento? —echa un vistazo a nuestro alrededor para ver si nos vigilan—. Solo será un segundo.

Suspiro y vuelvo al salón principal.

Claudine se humedece el labio inferior.

—De hecho, ¿podríamos usar una de las salas de tratamiento?

—Claudine, me tengo que ir.

—Por favor —sus ojos están colmados de preocupación.

La llevo hasta un salón de tratamiento y cierro la puerta detrás de nosotras.

—¿Qué pasa?

Se inclina hacia mí y susurra:

—No reacciones a lo que te diré. Siempre nos vigilan. Las sirvientas. Las asistentas. Asegúrate de reír como si te estuviera contando una tontería para que no nos presten atención —espera que asienta con la cabeza—. Estoy casi convencida de que fue Sophia quien envenenó tu comida esa noche. Nos dijo que no comiéramos nada de los carritos. Fingió que era algo especialmente para ti, pero lo sabía. Lo sospeché.

456

Cubro mi enojo con una risotada.

—Sabía que fue ella. Bree jamás me haría daño.

—Cuando éramos pequeñas, Sophia nos hacía daño. Si no hacíamos lo que ella quería, incluso si no hacíamos más que jugar a otro juego en los jardines o en la sala de juegos, ella se enfadaba. Y si pasábamos tiempo con gente que no fuera ella, nos castigaba.

—¿Cómo?

Hace una pausa al oír a alguien al otro lado de la puerta.

—Nos metía brebajes en el té o nos adulteraba las cremas de rosa con algo que nos hiciera enfermar, para que no pasáramos tiempo con otra gente o fuéramos a sitios que ella no quería. Siempre consigue lo que quiere —hace otra pausa y finge una risita, de modo que yo hago lo mismo—. Y yo siempre he obedecido.

—No puede salirse más con la suya —digo.

—Puede y lo hará. No ha hecho más que empezar a manipularte, Camille, y cuanto más luches o más te resistas a lo que ella quiere, peor será. —Claudine deja caer la cabeza—. No soy lo bastante fuerte para plantarle cara.

—No pienso dejar que se salga con la suya.

—Habla de cómo le gustaría ser capaz de cambiar de aspecto con solo chasquear los dedos si entra en una habitación y ve algo más hermoso que ella. Está intentando descubrir cómo hacerlo posible. Está experimentando...

—Tenemos que detenerla.

—No tengo el coraje —Claudine sacude la cabeza—. Me voy. Después de su boda. Solo quería decirte que consigas que Madame Du Barry contrate a un catador para tus comidas. Has sido buena conmigo y quería devolverte el favor.

—¿Adónde irás?

—No lo sé. Lejos de aquí.

Después de que Claudine se vaya, vapuleo botes de colorete y pastillas por la mesa. Lanzo uno contra la pared, que se hace añicos y deja un rastro de su contenido viscoso como si fuera una salpicadura de sangre.

—¿De mal humor? —pregunta una voz detrás de mí.

—¿Auguste?

Me vuelvo de golpe. Está de pie al lado del biombo.

—¿Cómo has entrado aquí?

—Tengo mis métodos —responde mientras se acerca a mí. Su camisa y su chaqueta cuelgan abiertas, su pañuelo es un enredo suelto y sus pantalones de marinero están manchados a la altura de las rodillas. Huele a colonia y a champán. Tiene el mentón salpicado de barba y sus ojos parecen cansados, como si hubiera estado despierto toda la noche. Se quita la chaqueta.

—Has sorteado a Rémy —pensarlo me divierte y me aterroriza a partes iguales.

—Y a Claudine. La he visto en el pasillo —añade—. La primera vez que te visité, supuse que tenían que haber formas de entrar y salir de estos aposentos sin ser visto. Deberían haber. Los dioses no quieran que haya un sitio. Tendría que haber una forma de conseguir sacar a gente importante en secreto —levanta la mano y me toca la mejilla—. ¿Estás bien? Leí en los periódicos que te envenenaron.

Dejo que su mano repose ahí un momento más largo de la cuenta antes de apartarme. La suavidad y el calor permanecen.

—Estoy mejor. Estoy bien.

—Te envié un globo mensajero. No me contestaste.

—He recibido más de cuatro mil cartas y globos. Todavía los estoy abriendo.

Me toca el hombro, la yema de su pulgar acaricia el lugar donde la tela se encuentra con la piel.

—Estoy muy ajetreada, Auguste. Tengo una audiencia con la reina.

—Quizás debería irme, entonces —suena decepcionado.

Siento un pinchazo en el estómago.

—No tienes que irte todavía —puedo quedarme un minuto. Solo uno.

—No. Debería irme —me dedica una mirada avergonzada—. La verdad es que me das un poco de miedo —confiesa.

Me río, doy por hecho que bromea. Su expresión se tensa. Una arruga le surca el ceño.

—Me da miedo esto —hace un ademán con la mano para señalar entre nosotros, como si recorriera una cinta que nos conecta a los dos.

Me giro de espaldas a él.

—No sé qué quieres decir —me agarro las faldas para detener los temblores de las manos. Siento cada uno de sus pasos a medida que se me acerca. Siento su calidez como la de un farolillo ígneo, la sensación se abre paso por la espalda de mi vestido. Noto su respiración contra la parte más alta de mi moño belle.

—¿Alguna vez te has preguntado por el amor?

—¿Amor? —pregunto, apenas capaz de pronunciar la palabra.

Me coloca las manos en las caderas y me hace girar. Su aroma me envuelve, lo inhalo. Dejo que me atraiga hacia él. Coloca los dedos justo encima de mi pecho. Su pulgar me presiona la piel. Me coge la mano y la coloca en su pecho.

—¿Lo sientes?

—Sí —el corazón le late desbocado.

—El amor es cuando los corazones laten a la vez.

Me aparto.

—Eso me pasa con mis hermanas.

—¿No lo has querido nunca con alguien más que ellas?

—No se me permite concebir esa idea. Sería peligroso.

—¿Otra norma?

—La realidad.

—Me voy a marchar —me confiesa—. De la corte, quiero decir.

El corazón me cae en picado, aunque no debería. ¿Sophia está ahuyentando a todo el mundo?

—¿Por qué?

—Voy a renunciar a la competición de ser uno de los pretendientes de Sophia.

—¿Por qué tendrías que hacerlo?

Me toca la cara. Las yemas de sus dedos me recorren la frente, bajan por las mejillas y me delinean los labios.

El pulso se me acelera. El rubor me sube por las mejillas. La calidez de los farolillos ígneos y de su cuerpo me hace sudar. Auguste presiona la respuesta a mi pregunta contra mis labios y yo la pruebo, me envuelvo en el ligero sabor de pigmento de rosa que me he aplicado en la boca y la canela que él debe haber echado a su té. El beso es suave al principio, luego más profundo. Me abre la boca con la lengua y yo le dejo hacer.

El corazón me aletea. Todo sobre lo que nos advirtió Du Barry —nuestra sangre, nuestras arcanas, nuestros dones— queda olvidado. Estoy yo. Está él. Está el encuentro entre nuestros labios, nuestra piel y nuestros cuerpos. Profundiza el beso, sus manos me recorren la espalda, yo hundo las mías en su pelo. El mundo es la habitación que nos rodea y todo cuanto quiero hacer es sentirme como ahora para siempre. Podría besarlo durante siglos. Aunque Du Barry dijera que podría dañar mis arcanas.

Me aparto para recuperar el resuello.

—He querido hacer esto desde la primera vez que te vi —confiesa.

Me paso los dedos por los labios hinchados. Me cosquillean. No quiero perder esa sensación.

—Lo sé —replico, sin aliento—. Yo también.

—Deberías huir conmigo —me dice, me besa la frente, luego la nariz, luego los labios de nuevo. El peso de sus palabras me cae encima de los hombros.

—¿Adónde iríamos?

—Al fin del mundo, más allá de las fronteras.

—Nos perseguirían. Sophia...

—No quiero casarme con ella. Es un...

—Monstruo —atajo, y él sonríe.

—Ven conmigo entonces. Sería una aventura. Estaríamos juntos.

—Me pondría enferma. No puedo amar. Soy una belle.

—Claro que puedes —me dibuja los labios con un dedo. Me levanta el mentón y me besa de nuevo. Imagino cómo sería, los dos en un barco, dejar Orleans y ver el mundo, besarle cada día, descubrir qué se siente al ser amada por alguien más que por mis hermanas.

Me hundo todavía más en su beso. Floto junto a la fantasía, le doy cuerpo y alma. Podría pasar. Podría irme con él.

La voz de maman susurra: «Haz lo correcto».

El rostro de Charlotte centellea en mi mente.

La promesa a Arabella y la reina.

Le coloco una mano en el pecho y aparto mis labios de los suyos.

—No puedo —susurro tan suavemente que quizás no me oiga, que quizás no sea verdad.

—¿Es porque todo esto te gusta demasiado? —se aparta de mí con el ceño fruncido. Su calidez se ha desvanecido y un escalofrío repentino ocupa su lugar.

—No. Auguste...

—Jamás tendría que haber venido —su expresión se endurece. Hago ademán de cogerle la mano, pero la retira de golpe.

—Auguste.

Sin decir otra palabra, se va como una exhalación. Lo sigo hasta el pasillo. Las lágrimas me colman los ojos. No hay ni rastro de él. Solo está Marcela allí de pie con las cintas doradas del globo mensajero rutilante de la reina en la mano.

Se lo arrebato y cojo la nota.

Camelia,

Sophia visitará a su hermana esta tarde. Te mandaré una escolta mañana.

SRM

46

Al día siguiente, las campanas tañen por todo el palacio en honor a la reina. A modo de preparación para su
Ceremonia de Declaración, ha anunciado su enfermedad.
La corte ha enviado globos mensajeros con sus condolen-
cias, junto con un alegre retrato en miniatura de la reina y
palabras sobre todo lo que ha hecho por Orleans durante
todo su reinado. Llenan los pasillos y corredores, y dejan un
triste rastro de purpurina en forma de lágrimas por el Salón
de Recepciones a intervalos durante el día. Hoy será marcado como un día de luto.

Espero un mensaje suyo, pero en lugar de eso, recibo un
vestido y una citación de Sophia. Camino hasta los aposentos de la princesa con Rémy a mi lado.

El comedor privado de Sophia centellea como un diamante. Flores de la estación fría reposan sobre todas las superficies. Cálices, copas de champán y vasos contienen líquidos de
tonos enjoyados. Torres de *macarons* con pintas plateadas
descansan en la mesa principal como árboles cubiertos de
nieve. Farolillos ígneos añaden su calor y luz sobre nosotros
como si fueran estrellas.

Me anuncian al entrar, la última invitada en llegar.

—Me alegra mucho que hayas podido venir a mi banquete espontáneo —afirma Sophia. Lleva un vestido negro de luto y un diamante negro alrededor del cuello. Lleva el pelo rubio recogido en un peinado que imita al de su madre.

—Quisiera expresar mis más sincero pesar por la enfermedad de su madre, nuestra reina —digo con una reverencia, y beso dos dedos que luego coloco sobre mi corazón. Toda la mesa imita mi gesto para mostrar respeto por los difuntos.

Esta noche, jugaré con ella a este juego.

Sophia asiente y me invita a unirme al resto Rémy acompaña a los otros guardias apostados por la habitación. Auguste está sentado a la izquierda de Sophia junto con una mujer pelirroja preciosa. El príncipe Alfred está sentado a su derecha con su sonrisa grasienta pintada en el rostro. Me sorprende verlo.

Tendrían que haberlo desterrado.

Me sopla un beso cuando paso a su lado. Se me tensa todo el cuerpo. El enojo está justo debajo de mi piel, se mezcla con mis arcanas. Veo a Elisabeth en una mesa apartada para niños, se mira fijamente el regazo con el ceño fruncido. Las damas de Sophia —Gabrielle, Henrietta-Maria y Claudine— se sientan a su derecha. El resto de cortesanos me resultan desconocidos.

Singe cena con nosotros y Sophia presenta su nueva jirafita de peluche animado al grupo. Es un regalo de su madre. Los animalillos comen de platos de porcelana y corretean por la mesa.

—¿Camelia? —llama Sophia—. ¿Ya conoces a Lady Georgiana Fabry, la querida madre de mi pretendiente Auguste?

—No, no la conozco —replico—. Es un placer conocerla, mi señora.

Su boca es una línea recta. Me mira y asiente, antes de girarse a susurrarle algo a Auguste. Intento establecer contacto visual con él, pero rehúsa mi mirada.

—¿Dónde está la comida? —bromea Claudine y da un golpecito en un plato con el cuchillo.

—Ay, cuida tus modales —espeta Gabrielle.

—Esperamos a otra invitada —revela Sophia con una sonrisa. Se gira y hace una señal al guardia. Se añade un sitio más a la mesa.

Susurros sobre la invitada misteriosa corren por la mesa a través de las cajas de sonido.

—¿Alguna idea? —propone Sophia—. Le daré un bono de belleza a quien lo adivine.

Gabrielle y Henrietta-Maria apuestan por una cantante famosa. Otros enumeran los cortesanos que han acabado en los bellezascopios esta semana.

—Aquí está —anuncia Sophia.

Las puertas se abren de golpe.

Nos giramos todos.

Abro la boca llena de sorpresa cuando Ámbar entra. Un traje verde jade florece en su cintura como sépalos de flor unidos.

—Ambrosia Beauregard —anuncia la asistenta—. Tal y como ha requerido, Su Alteza.

—¡Ámbar! —El corazón se me hincha al instante y me doy cuenta de lo sola que he estado en realidad sin ella. Me levanto, cruzo corriendo la habitación y la abrazo—. Te he echado de menos —le susurro entre el cuello y el pelo.

—Yo también —responde. Me sienta tan bien volver a oír su voz después de tanto tiempo que casi me echo a llorar.

—Menuda sorpresa, ¿verdad, Camelia? —comenta Sophia.

—Sí, Su Alteza —respondo.

Ámbar se sienta a mi lado. Tengo que soltarle la mano cuando nos traen la comida, pero no quiero hacerlo. Estoy llena de todas las cosas que quiero preguntarle, todas las cosas que necesito contarle.

Los manjares aparecen en una rápida sucesión: conejo salsero y pescado y pato asado, fuentes de ensaladas y hortalizas. Voy con cuidado de no comer nada que no haya probado alguien antes y le digo a Ámbar que haga lo mismo. Mi hermana y yo nos deslizamos en nuestra propia burbuja. La conversación se arremolina a nuestro alrededor, pero nosotras solo nos susurramos la una a la otra.

—¿Qué pasó cuando estabas aquí? —le pregunto.

—Después te lo cuento —me responde—. ¿Sabes algo de las demás?

—Hace días que no —le respondo—. Pero Edel...

Ella asiente y enarca las cejas a modo de contestación.

Sophia da unos golpecitos a una copa de champán.

—Tengo algo que anunciar.

La conversación muere en la mesa. Todos los ojos se clavan en ella.

—Mi queridísima dama de honor Claudine se casa.

A Claudine se le cae la cuchara de la sorpresa. El corazón me late más fuerte por ella.

—No puedo dejar que mis damas de honor se echen a perder —explica Sophia—. Así que he decidido buscar compañeros adecuados para cada una de ellas antes de mis propias nupcias.

—¿Quién es la persona afortunada? —grita un invitado.

Sophia junta las manos ante su pecho.

—Uno de mis propios primos: el príncipe Alfred.

Agarro tan fuerte el tenedor en la mano que me deja marcado en la palma el blasón en forma de crisantemo.

Sophia levanta una mano.

—No hace falta que me des las gracias, Claudine. Alfie vio lo preciosa que eres y lo discutimos. He pensado que haríais una pareja encantadora. A decir verdad, también pensé en juntarte con la hija de Lady Walden, Rebecca, de la Casa Lothair, pero ya estaba comprometida con otra persona.

El príncipe Alfred se pone de pie. Camina hasta Claudine y se deja caer sobre una rodilla.

—Estoy seguro de que puedo hacerte la mujer más feliz de Orleans.

Las mejillas de Claudine arden coloradas. El sudor le perla la frente.

—Pero...

—No hay para nada de qué. Serás una princesa *du sang*. Seremos primas —Sophia arranca a Claudine de su asiento y la abraza. Claudine es como una estatua a quien le tiemblan los labios.

—No creo que esté lista para el matrimonio, Sophia —afirma Claudine cuando finalmente la princesa la suelta.

—Ay, no seas tonta. Te devastó tanto la última persona que te dejó plantada que pensé que te ahorraría más humillaciones. Así ya está todo arreglado.

—Pero, Sophia, por favor. Tengo que decirte...

—Ni una palabra más. Es hora de celebrar. Te he escogido a ti. Este es mi derecho divino.

Veo a la asistenta de Claudine en un rincón alejado. Tiene la mirada clavada en el horizonte, los ojos vidriosos y al borde de las lágrimas.

—Bueno, mi primo Alfie puede ser bastante peculiar por lo que respecta a la apariencia que debe tener su esposa. Ha tenido unas cuantas ya.

Alfred suelta una risita. La mesa entera se echa a reír.

—Pero como tenemos a otra belle entre nosotros, pensé que podría darte la oportunidad de probar un aspecto nuevo. Para sentirte más segura de ti misma. Podéis escoger juntos tu aspecto perpetuo. Y para que mis amigos más allegados lo vean, en público, habrá más exhibiciones de los talentos de nuestras adorables belles. Tendría que haber más espectáculos como el Carnaval Beauté, regularmente, para recordarnos sus talentos —deja reposar su mano en los hombros, ahora caídos, de Claudine—. Ponte de pie.

—Sophia, estoy contenta con mi aspecto —asegura Claudine—. Me quedaré con este.

—Pero yo no lo estoy —afirma el príncipe Alfred—. Creo que deberías tener las caderas un poco más pronunciadas. Me gustan las mujeres con curvas.

La mesa se ríe de nuevo. El pánico brilla en los ojos azules de Claudine.

—Vamos a ser un poco aventureros, ¿vale? —propone Sophia—. Después de todo, estoy muy triste por las noticias acerca de mi madre y necesito animarme.

—Sophia, por favor —suplica Claudine.

—Que siempre encuentres la belleza, Claudine —Sophia

se gira de nuevo hacia la mesa—. Ambrosia y Camelia, por favor, uniros a nosotros.

—Su Alteza, esto es altamente irregular —Elisabeth se pone de pie—. No podemos tener alteraciones de belleza hechas en estas condiciones. Tan expuestas. Tan públicamente.

Sophia la mira de hito en hito.

—Ya puedes irte. No he pedido tu opinión.

—Pero... Pero, Su Alteza... —tartamudea Elisabeth.

—Escoltad a la señorita Du Barry fuera de mis aposentos y de vuelta a su oficina —ordena Sophia.

Elisabeth me clava la mirada mientras los guardias la flanquean y la sacan de allí. Intento controlar mi respiración.

—Tú y yo no nos llevábamos demasiado bien cuando llegaste a la corte —le dice Sophia a Ámbar—. No te entendía. Pensé que eras un poco aburrida. Todo normas y orden. Sin embargo, creo que os quiero a ti y a Camelia aquí. Al menos una temporadita. Todo este proceso puede causar demasiada tensión entre las hermanas Beauregard. Demasiada presión por ser la favorita, ¿verdad, Camelia? —pregunta—. Y ¿demasiada frustración por haber dejado de ser la favorita, Ambrosia? —junta las manos con una palmada.

Ámbar aprieta los puños. El calor de su enojo irradia como el sol del mediodía. Cuando abre la boca para hablar se le escapa un pequeño hipido, pero como siempre, dice lo correcto:

—Gracias por este honor y oportunidad, Su Alteza.

Sophia coloca una mano en nuestros hombros.

—Me muero por ver vuestros estilos distintos en acción.

Una sensación helada se me instala en el estómago.

—No somos distintas —replico—. No hay necesidad de hacer un espectáculo de nosotras.

—Estoy de acuerdo —se mete Auguste—. Esto es una fiesta, Sophia. Las belles no deberían tener que trabajar.

—Auguste, calla —le corta su madre—. Deja que nos muestren su divinidad, su conexión con la diosa de la belleza.

—Es mi hermana. Tiene talento. Lo vio con sus propios ojos cuando la escogieron en primer lugar —le digo—. No hay necesidad de más comparaciones.

Sophia le dedica una sonrisita y luego se gira hacia mí.

—Camelia, realmente debes querer mucho a Ambrosia para contar una mentira como esta. Estabas entusiasmada por ocupar el lugar de Ambrosia en la corte. Creías que te deberían haber escogido a ti desde el principio.

Al instante, el calor me sonroja.

—No participaré —afirmo—. Esto es ridículo.

Mis palabras desencadenan un alud de comentarios. Los invitados se exclaman por la falta de subordinación. El rostro de Sophia adquiere un tono colorado que refleja su vergüenza.

Pienso en Ivy.

Pienso en Astrid.

Pienso en Arabella.

Pienso en todo el dolor que ya ha causado.

Claudine exhala, un sonido como el aire escapando de un globo mensajero.

—¿No participarás? —se ríe Sophia en mi cara—. ¿Qué quieres decir? Te ordeno que ayudes a Claudine.

Ámbar me aprieta la mano y se me acerca para susurrarme:

—Camille, por favor. Síguele la corriente para que podamos irnos de aquí —sus ojos están llenos de preocupación.

—¿Y bien, favorita? —dice Sophia, cruzándose de brazos.

Ámbar me suelta la mano y se pone de pie.

—Yo sí lo haré. Veamos quién es la mejor favorita —responde.

Los cortesanos asienten y aplauden, listos para el espectáculo. Sophia da saltos de emoción.

—Ámbar, no voy a hacerlo —le repito.

—¿Te da miedo? —Ámbar se gana una risotada de la mesa. Sus palabras punzan. Me mira con fijeza, me suplica que le siga el juego.

—No.

—Señoras, por favor. Esto es escandaloso —grita Auguste.

—No necesitamos tus opiniones, Auguste —espeta Sophia—. Camelia lo hará porque lo digo yo. —Sophia me fulmina con la mirada—. Ella ya sabe qué pasará si no lo hace —coge una fresa y una flor de uno de los cestos de fruta y camina hasta Ámbar—. ¿Te gustan las fresas, Ámbar? ¿O las flores?

Le restriega la fresa por los labios y luego da un golpecito a la mejilla de Ámbar con la flor.

Doy un salto hacia delante.

—No te lo comas, Ámbar.

Sophia le agarra la cabeza a Ámbar y añade la flor a su moño belle.

—¿Por qué? —me pregunta mi hermana. Abre la boca para comerse la fresa.

Le pego un manotazo y la hago caer de la mano de Sophia, que salta hacia atrás.

—Haces como si fuera venenosa —añade con una risita—. Y si me hubieras dado, aunque fuera sin querer, podrías pasarte doce años en las mazmorras. ¿Lo sabías?

—¡Vale! —exclamo—. Acepto el reto.

Sophia coge otra fresa del cesto y la muerde. Su carne le mancha los dientes de rojo.

—Será un juego amistoso y Alfred escogerá el aspecto ganador. ¿Alguna apuesta?

Una mujer apunta las apuestas y recoge fichas y monedas por la mesa, que se guarda en la cartera.

—¡Traedme un espejo!

En cuestión de instantes aparece uno que colocan contra una pared cercana. El servicio trae carritos con cajas de belleza. Sophia acompaña a Claudine hasta el espejo.

—Tres intentos. El aspecto que complazca más a Alfred gana.

Claudine se echa a llorar. Sophia usa su pañuelo para secarle las lágrimas.

—Me lo agradecerás —besa la mejilla de Claudine—. Si quieres hasta puedes llevarte a tu sirvienta contigo después de casarte. Sé lo mucho que la aprecias. Solo quiero que seamos hermanas ante los ojos de los dioses.

—¡Ay, sí! Me encanta —exclama alguien en la mesa.

—¿Están claras las reglas? —pregunta Sophia.

Miro a Ámbar con fijeza. Frunce el ceño. No hay juego.

—Sí —respondo.

—Sí —confirma ella.

Sophia estira los brazos de Claudine antes de salir del medio. Ámbar aplica cosméticos en polvo al rostro de Claudine y luego coge productos de los cajones. Ordeno a una sirvienta que traiga té de rosa belle. Las manos me tiemblan de nervios cuando se lo ofrezco a Claudine, que toma algunos sorbitos demasiado calientes. Los ojos le brillan llenos de lágrimas. Le aprieto el hombro con la esperanza de consolarla.

—¿No vas a coger ningún producto? —me pregunta Ámbar.

—No, no los necesito —respondo.

Abre la boca llena de sorpresa y enojo.

—Bien, pues. Tú primero, como eres la favorita y todo eso... —entrecierra los ojos.

Me muevo hasta el otro lado de Claudine. El cuerpo se me calienta como el fuego que crepita en la chimenea detrás de nosotras. Las venas del cuerpo se me hinchan, se me marcan en las manos.

Claudine aparece en mi mente: piel blanquecina, preciosa silueta redondeada, pelo marrón apagado, ojos grandes.

Le toco el pelo. Los mechones se oscurecen y le caen por la espalda en forma de cintas.

Le toco las pestañas. Los iris se le aclaran hasta alcanzar el gris paloma. Sombras de ojos de un tono marrón aparecen en sus párpados y el rímel le alarga las pestañas.

Le toco los labios y se los pinto para que parezcan una flor germinando.

Le paso los dedos por los bordes del cuerpo para suavizarle las piernas y caderas, para hacerla delgada y esbelta como las bailarinas imperiales haciendo puntas.

Claudine se seca la frente con un pañuelo. Se le acelera la respiración y esboza algunas muecas.

Me detengo.

—¿Estás bien?

—No le pasa nada —interviene Sophia—. Continúa. Está preciosa.

Le hago unos senos más pronunciados.

—Ya está —anuncio.

473

La mesa aplaude.

—No te emociones, Camille. Me toca. Hazte a un lado —Ámbar coge un hierro ardiente del carrito. Enrolla las tenacillas con los mechones de pelo de Claudine, que se vuelven de un color rubio muy claro y se ensortijan en forma de rizos muy apretados. Pronto su pelo es como un halo que le envuelve la cabeza.

Los cortesanos sueltan exclamaciones desde la mesa.

Ámbar aplica una pasta marrón pacana por la piel de Claudine en brochazos rápidos. El rostro de Claudine acaba un poco más oscuro que el resto de la piel, pero no digo nada. Ámbar cambia los ojos de Claudine de nuevo a color avellana.

—Encantador —asevero. Los labios de Ámbar se fruncen.

A Claudine le fallan las rodillas. La asistenta de Sophia la sujeta antes de que se caiga.

—Deberíamos parar —digo.

—Todavía no —responde Sophia—. Mirad qué preciosa está quedando. No le pasará nada, ¿verdad, Claudine? Estás bien.

—Yo... —su voz se desvanece. Los ojos le aletean y luchan para mantenerse abiertos.

—Más té —pide Ámbar.

Levanto la mirada hacia Ámbar y me pregunto si esto realmente es una estratagema para sacarnos de allí. Si se está limitando a seguirle la corriente o si se lo está tomando en serio. Tiene los ojos fríos y duros como el acero.

—Podríamos parar para que la mesa pueda juzgar estos aspectos —sugiero.

—No —responden Ámbar y Sophia al unísono.

474

—Te toca —afirma Ámbar.

Cierro los ojos y pienso qué hacer a continuación. No toco a Claudine esta vez. Dejo que mi mente se encargue de los detalles. Los rizos pequeños y apretados que Ámbar había trazado se funden en una trenza de espina de pez que le cuelga hasta la cintura. El color de su pelo se oscurece hasta el dorado pálido del color de las fichas. Vuelvo a moldearle el cuerpo, le alargo las extremidades como si fueran bastoncillos de caramelo, trabajo su cintura y la hago diez centímetros más alta.

Le aclaro la piel hasta el color de la nata y la mantequilla batidas. Utilizo su vestido para crear otro nuevo, lo alargo por su silueta y dejo que tenga un vuelo acampanado desde su cintura, como si fuera un parasol.

Ámbar se mofa.

Abro los ojos y admiro a Claudine. Podría ocupar su lugar en la cima de un pastel de bodas real.

Claudine da una bocanada de aire y se muerde el labio inferior. La cabeza le cae hacia los hombros.

—No sabía que dolería tanto —murmura.

—Tenemos que parar —repito.

—No antes de que tenga una segunda oportunidad. Intentas hacer trampas —acusa Ámbar.

—¿No ves que le duele mucho? —grito.

—Dadle más té, estará bien. —Sophia agarra la taza de una bandeja y obliga a Claudine a bebérsela entera. El líquido ardiente le baja por la barbilla y deja dos quemaduras rosadas. Claudine grita.

La habitación se sume en un silencio aturdido.

Auguste se pone de pie.

—Ya he tenido bastante —se va como una exhalación hacia la puerta. Sophia hace un gesto a sus guardias para que le cierren el paso. El chico intenta sortearlos.

—Siéntate, Auguste, o los guardias te obligarán a hacerlo como si fueras un bebé.

—Sophia, esto es ridículo —protesta, y el corazón se me hincha. Al menos él está de mi lado.

—El espectáculo acaba de empezar. Disfrútalo —Sophia le guiña un ojo.

Su madre se levanta del asiento y lo lleva de vuelta a la mesa. Cada bocanada de aire que doy se me encalla en la garganta mientras observo.

Ámbar da un paso adelante.

—¡Me toca!

Los guardias sujetan a Claudine. Ámbar dibuja líneas negras por el pecho y los brazos y el rostro de Claudine, traza un mapa de belleza. Cambia los contornos del cuerpo de Claudine, la encoje de nuevo y borra la altura que le he dado para concederle una figura redonda como una manzana madura. Usa un lápiz de ojos para marcar el rostro de Claudine. Ámbar cincela unos pómulos más marcados y una frente más pronunciada.

Claudine se lleva las manos a las mejillas. Se sonroja de carmesí. La sangre de su interior se irrita e intenta salir.

Me acerco a Ámbar para detenerla.

Ámbar se aparta y pinta un borrón azul zafiro en el traje de Claudine. Lo cambia para que vaya a conjunto con el color del vestido de la madre de Auguste. Las extremidades de Claudine se vuelven blancas como los granos de arroz y su pelo explota de la trenza que había hecho yo y golpea el suelo en una oleada en cascada. Ámbar usa un hierro candente para empezar a alisarlo, pero luego cambia de opinión y coge unas tenacillas para rizarlo.

Claudine cae hacia delante.

—¡Ámbar, para! —grito.

—No, no ganarás —Ámbar sigue trabajando—. No he acabado todavía. No estoy.

El cuerpo de Claudine muta tan rápido que no puedo identificar todos los cambios. Su piel pasa por un mosaico de colores. Marrón caoba. Marrón arena. Negro medianoche. Blanco cremoso. Su pelo alterna de textura y largo. Sus senos crecen y se encogen y vuelven a crecer.

—¡Ámbar! —la sujeto del brazo.

—Suéltame, Camille. No vas a hacer trampas. Te venceré —cierra los ojos con fuerza y sigue adelante. El maquillaje corre por el rostro de Claudine.

Cierro los ojos y vuelvo a ver a Claudine allí. El trabajo de belleza de Ámbar se encadena en el cuerpo de Claudine como la rueda de un noticiario. Intento bloquearlo, impedirle que haga más alteraciones. Siento el latido del corazón de Claudine y no es normal. Está muchísimo más que lejos de nada que yo haya oído antes. No puedo dejar que pase. No ahora.

Un grito muy fuerte me saca de mi concentración. Abro los ojos para ver a Claudine tendida en el suelo como una rama que haya caído de un árbol. La sangre le llena la boca y le gotea por la barbilla. Los ojos le salen de las órbitas y luego se le apagan. El latido de su corazón, tan frenético hace un momento, ha desaparecido.

La asistenta de Claudine suelta un alarido. Los cortesanos siguen sentados, con los ojos vidriosos y las manos temblorosas. Auguste tiene la mirada clavada en su regazo, su madre se cubre la boca con un pañuelo.

Me tambaleo por el cansancio y el arrepentimiento. Me dejo caer sobre las rodillas y pongo la oreja sobre el pecho de Claudine. Busco el pulso, aunque sea un latido suave de su corazón. Cierro los ojos, las arcanas vuelven a despertar. Intento encontrar algo en su interior que esté vivo, pero solo hay vacío.

Entran un palanquín y se llevan su cuerpo. El servicio entra con carritos de postres repletos de bandejas de pastelillos de luna y tartas de melón dulce y tartaletas.

—Tomaremos el postre. Nos vigorizará después de un juego tan competitivo —anuncia Sophia, antes de dar un sorbo de champán.

Me quedo congelada en el lugar donde estaba el cuerpo de Claudine. Ámbar tiembla a mi lado. Las lágrimas le corren por las mejillas. Murmura la expresión «lo siento» una y otra vez.

—Sentaros —ordena Sophia—. ¡Ahora!

—¿Te da igual lo que ha pasado? —le pregunto a Sophia.

—Ya han servido el postre —esquiva mi preocupación.

—Está muerta —digo.

—Ven —Sophia me hace un gesto para que vuelva a mi sitio—. Y os contaré una historia.

Renqueo hasta mi silla, siento las piernas de acero.

Los invitados intentan comer sus manjares azucarados. Nadie levanta la mirada.

—Había una chica en la corte, era una de las mejores mentirosas. Era una habilidad muy practicada. Me hizo creer que me ayudaría, que disfrutaba del tiempo que pasábamos juntas, que me haría la mejor reina que yo pudiera ser. Todo cuando, en realidad, me odiaba. Incluso me llamó «monstruo» —da otro sorbo de champán.

Sus ojos se clavan en mí. Mi corazón se tropieza con la palabra.

—¿Alguien aquí cree que soy un monstruo? Es una palabra muy fuerte, normalmente se reserva para criaturas de cuentos de hadas. No para princesas. No para futuras reinas.

Respiro profundamente. Miro hacia delante, continúo con una expresión inescrutable.

—¿Es eso lo que realmente piensas de mí, Camelia?

—¿Disculpe, Su Alteza?

—Me han dicho que crees que soy un monstruo. Que me llamaste así, de hecho.

Mis ojos van de Rémy a Auguste. Ninguno de ellos me mira.

—Yo dije...

—No me mientas —Sophia da un puñetazo a la mesa, que se tambalea—. Has estado hablando de mí. Y llamar monstruo a alguien no es muy educado. Es peligroso, en realidad. No puedo permitir que nadie en el reino diga este tipo de cosas sobre mí —tamborilea los dedos contra su plato.

Nadie respira.

—Tampoco puedo permitir que te vayas escabullendo con uno de mis pretendientes.

—Yo no he...

—Otra mentira.

El rostro de Auguste se vuelve escarlata.

—Cuanto más tiempo mantengas este engaño, más me insultas. Haces que parezca que no soy inteligente. Como si no pudiera ver tu afecto por Auguste —se levanta de su silla y camina hasta colocarse detrás de la mía. Su perfume se me atasca en la garganta—. Pensaste: «Ay, pobre Sophia, no sabe nada. Es penosa. Reina regente. Segundona de su hermana mayor». Pero me he hecho más lista, he aprendido a prestar atención a las pequeñas cosas, a ver quién mira a quién cuando entra en una habitación, en cómo la voz de uno cambia cuando habla de una persona, y más cosas —estira el cuello y se acerca a mi oído—. Has sido una chica mala.

Las manos se me cierran para formar puños tan apretados que las uñas se me hunden en la piel de las palmas. Una oleada de rabia me recorre de pies a cabeza, matizada de un miedo ácido.

—Pero tengo que decirte una cosa —me coloca la mano en la oreja para susurrarme—: Tu querido Auguste, bueno, mi Auguste, fue el responsable de todas las cosas malas que te han pasado. Las rosas muertas en tu cuarto de baño cuando llegaste aquí, el fuego de tu cama, el veneno de tu comida.

Sus palabras son suaves como un murmuro, pero me golpean el pecho y el corazón con fuerza, como si fueran puñetazos.

Miro a Auguste.

—¿Se lo contaste? —pregunta Lady Georgiana.

—Lo hice, lo hice. —Sophia pega saltos y aplaude como una loca.

Lady Georgiana suspira.

—Es todo culpa mía, en realidad, Camelia. Y lamento muchísimo decirte todo esto la primera vez que nos vemos. Reemplazaré a la Ministra de Belleza cuando Sophia sea reina. Y mandé mi precioso y encantador hijo a descubrir los secretos de las belles. Las Du Barry han tenido el monopolio de la marca durante demasiado tiempo. El cambio se acerca.

La traición se instala gruesa y ardiente en mi pecho. Como si mi corazón hubiera estallado en llamas. El estómago se me retuerce de vergüenza y bochorno.

Sophia chasquea los dedos. Se abre una sala adyacente y el servicio entra con un aparato. Tinajas transparentes en forma de cuna contienen bebés flotantes. Tubos dorados las conectan a medidores de arcana y largos tubos llenos de sangre.

Ámbar ahoga un grito.

Sophia se pone de pie al lado del aparato, orgullosa.

—¿No es precioso? —besa una de las cunas de cristal, luego limpia el borrón de pintalabios que ha dejado en ella—. Realmente sois las rosas de nuestro reino. Y podéis ser cultivadas como tales. Plantadas como semillas de flor para germinar en la sangre de las belles muertas. Y después os limitáis a florecer.

La exigua comida que he ingerido me sube por la garganta.

—Vuestra sangre es verdaderamente divina —continúa Sophia—. Y ahora podré cultivar tantas de vosotras como quiera. Hasta podría venderos. Podría construir un escenario de oro para subastas en Trianon, o todavía mejor, en la Plaza Real delante del reloj de arena de Orleans.

—No puedes hacer eso —le escupo, temblando.

Sophia se echa a reír.

—Lo que le has contado a Auguste lo ha hecho posible. He sacado más de ti de lo que he sido capaz de sonsacarle a toda la familia Du Barry. Son leales a las de tu calaña. Se toman todo el rollo de las elecciones divinas con mucha seriedad.

Ámbar se deshace en lágrimas.

—Te detendré —me pongo de pie.

—No estoy segura de cómo piensas hacerlo, puesto que te estarás pudriendo en la cárcel hasta el fin de tus días —los ojos de Sophia son como alfileres hechos de hielo cuando se dirige a los guardias.

—Arrestadlas a ambas por la muerte de Lady Claudine, duquesa de Bissay, querida dama de honor de la princesa.

Rémy y tres guardias más nos llevan a Ámbar y a mí por pasillos abarrotados de cortesanos. Los susurros explotan. Muchos sacan binóculos y catalejos de los bolsillos. Otros levantan trompetillas auditivas. Los periodistas esbozan imágenes. Globos mensajeros se enjambran por encima de mi cabeza como oscuras nubes de tormenta.

Lucho contra la fuerza de Rémy. Pensaba que podía confiar en él. Lágrimas de rabia se abren paso por mis mejillas. Me tropiezo con las faldas del vestido cuando me arrastra adelante. Me hace bajar por una angosta y larga escalera. Me retuerzo, intento zafarme de sus garras, deseo poder arañarle la cara. Los hombros me suben y bajan, se me dislocan cada vez que doy un tirón para intentar liberarme. El dolor me recorre entera.

—¿Adónde me llevas? —grito.

No me responde.

—Suéltame —Ámbar forcejea con el guardia que la retiene.

Intento huir. Rémy me coge por la cintura y me aprieta las manillas en las muñecas. Me ponen una bolsa oscura en la cabeza que engulle la luz. Luego se me echa al hombro como si fuera un saco de patatas. Me llevan durante largo rato y cada vez que me retuerzo o lucho, él me agarra más fuerte.

Baja por otra escalinata. Me echan al suelo. El golpe contra la superficie dura me congela el aire en los pulmones. El suelo está lleno de arena y es húmedo al tacto. Los ojos se me adaptan y unos barrotes se recortan en mi campo de visión bajo la tenue luz. El techo es bajo y pesado, y tiene goteras de agua sucia. Ámbar se hace un ovillo a mi lado.

Rémy cierra y pasa el cerrojo de la verja.

—¿Por qué me haces esto?

—Hago lo que me ordenan —responde finalmente antes de irse a grandes zancadas.

Corro hasta los barrotes y los sacudo. Traquetean, pero no ceden. Paso los dedos por su superficie fría. Presiono el dedo contra el cerrojo una y otra vez, como si de algún modo pudiera abrirlo.

Ámbar rompe a sollozar.

—¿Qué vamos a hacer?

—Quizás podamos usar las arcanas —sacudo los barrotes de nuevo, aunque sé que la fuerza no va a resultar. El aire se escapa de mí y estoy mareada. Me hundo en el suelo, colmada por el fracaso.

Sophia nos ha engañado.

Nos ha obligado a matar a Claudine delante de todo el mundo. Nos podría dejar aquí encerradas para siempre.

La cabeza me da vueltas como una peonza. Cierro los ojos. El frío del suelo de piedra se me filtra por el vestido. Dejo caer la cabeza encima de las rodillas y me concentro en las arcanas.

Visualizo los barrotes como si fueran un cuerpo o un lienzo o una vela. Los dedos me cosquillean cuando las arcanas se despiertan de nuevo en mi interior. Están adormiladas y débiles después de haberlas usado más de la cuenta con Claudine. El sudor me recorre el espinazo y la jaqueca me inunda las sienes. Tiemblo sin cesar.

—Es metal sólido, Camille. No podemos manipularlo —los llantos de Ámbar se convierten en hipidos.

Suspiro y me dejo caer. Si los barrotes estuvieran hechos de madera, sus listones se reblandecerían y serían maleables; cuando yo hubiera abierto los ojos, la madera no sería más que astillas apiladas, solo útiles para encender un fuego. «Vuestros dones son inútiles cuando se trata de metales y gemas», nos había dicho Du Barry. Un castigo porque la diosa de la belleza escogió al dios del cielo y no al dios de la tierra.

—Coge un alfiler del pelo —me dice Ámbar, que se acaba de destrozar el moño belle por haber cogido el suyo. Pesco uno de entre mis rizos, la mano me tiembla—. Ayúdame.

—No sirve de nada —le recuerdo.

—Tenemos que intentarlo.

Pasamos las manos entre los barrotes y metemos los alfileres en el cerrojo.

—Intenta empujar hacia la derecha.

Gruñe y retuerce el suyo.

—Más.

—No cede, el bombín es demasiado grueso.

Lo intento con más fuerza. La mano se me fatiga, tengo los dedos pegajosos por el sudor y el alfiler se me cae. Vuela fuera de mi alcance.

Ámbar se deja caer hacia atrás con las manos en la cabeza.

—Es inútil.

Le paso los dedos por el pelo. Antes brillaba con el color de las ricas hojas otoñales, pero ahora está marchito. Lleva los ojos perfilados de amarillo y tiene la piel más pálida que los biombos de los salones de belleza.

—Lo siento —susurro—. Por todo.

—Yo también lo siento —responde—. He sido muy estúpida. He caído de lleno en su trampa.

La abrazo como si volviéramos a ser niñas pequeñas, dos cucharas lado a lado en un cajón. Siento su respiración, el latido de su corazón.

—¿Qué pasó cuando eras la favorita?

Ámbar levanta la mirada. Tiene líneas de lápiz de ojos por las pálidas mejillas. Se suena la nariz.

—Me obligó a hacer cosas terribles.

—Elisabeth me explicó algunas.

—Me despidió cuando me negué a matar a Lady Ophelia Thomas de la Casa Merania.

—¿Matar?

—Quería que la envejeciera. Invertir las arcanas. Dijo que había leído en algún lugar que podíamos hacerlo. Quería que la hiciera muy vieja para que muriera rápido.

—Pero ¿por qué?

—Porque Ophelia era demasiado bella, decía. —Ámbar empieza a llorar, esta vez con suavidad—. No quise hacerlo, de modo que me echó.

La abrazo más fuerte.

—¿A ti también te obligó a hacerlo? —me pregunta.

—Lo habría hecho de haber tenido tiempo.

—¿Cómo... vamos... a salir de aquí? —su cabeza se hunde en mi hombro—. ¿Cómo... vamos a restablecer nuestros niveles?

—No va a ganar. No se lo permitiré. Necesitamos un plan.

—También podrían dormir, señoritas —grita alguien desde otra celda—. Porque no hay modo de salir de aquí. Los barrotes de las mazmorras jamás se rompen.

Ámbar y yo nos acurrucamos todavía más. Las lágrimas me corren por las mejillas y los sollozos me agitan los hombros. Lloro por todas mis hermanas. Padma, Hana, Edel y Valerie. No he podido salvar a ninguna. Ni siquiera me puedo salvar a mí.

49

Es imposible decir cuántas horas han pasado. Una muchacha con un cubo, un cucharón y agua viene cinco veces al día. Los guardias recorren el perímetro del espacio dos veces al día.

La reina debería venir a buscarme. ¿Qué le ha pasado? ¿Por qué no ha venido? ¿Se ha enterado?

Un guardia nos pasa un cuenco a través de los barrotes metálicos. La carne está podrida y las verduras enmohecidas, pero no nos han dado de comer desde que nos metieron aquí. Llevo el bol hasta Ámbar.

—¿Qué es esto? —pregunta.

—No lo sé. Tenemos que comer para equilibrar nuestros niveles. Tenemos que recuperar nuestras fuerzas.

Da un bocado y luego lo escupe y tose.

—Es asqueroso.

Ingiero un poco. Noto los sabores rancios en la lengua, pero el sustento es bienvenido en mi estómago. Pasan más horas y parece que hayamos estado aquí durante una eternidad.

—Pero bueno, qué preciosas sois —Sophia presiona su rostro empolvado contra los barrotes.

Me precipito hacia ella.

—Déjanos salir.

—De acuerdo —responde ella con una sonrisa.

El corazón me aletea en el pecho cuando los guardias descorren el cerrojo. ¿Qué pasa?

Salgo y Ámbar me sigue.

—Ay, no sin las cadenas.

Los guardias nos colocan manillas alrededor de las muñecas y nos empujan hacia delante.

—Ajustádselas bien para que no puedan intentar nada raro.

Un guardia me arrastra hacia delante. Sus gruesas manos me estrujan los brazos y me los magullan todavía más. Un segundo guardia agarra a Ámbar.

—¿Dónde está la reina? ¿Dónde está Du Barry? Exijo hablar con ellas.

—No estás en condiciones de exigir nada. Ahora eres una criminal —su vestido dorado produce una diminuta melodía tintineante cada vez que se mueve.

—La reina no lo permitiría —chilla Ámbar—. Ni el rey.

—Ay, qué detalle que menciones a mi madre. Ha enfermado todavía más y yo he dado un paso al frente para ayudar mientras ella descansa. Su gabinete me ha nombrado reina regente, tal y como hubiera tenido que pasar en la Declaración. Mi madre lo hará oficial cualquier día de estos, tan pronto como recupere las fuerzas. Y mi padre está en el sur, en el palacio de invierno; es su retiro preferido para después de las primeras nieves —hace un ademán hacia los guardias y nos dirigen por las mazmorras.

Forcejeo y me retuerzo y pataleo, pero mi fuerza no tiene punto de comparación con la suya.

—¿Todavía te resistes? —ríe Sophia—. Pensé que con la falta de comida ya habríamos acabado con tu resistencia.

Nos hacen subir por unas escaleras y recorrer helados pasillos. Mis piernas, débiles, no pueden aguantar el paso del guardia; me tropiezo y trastabillo.

Se abren las puertas del Salón de Recepciones. Farolillos de luto de obsidiana reparten su triste y solemne luz por doquier, velas medicinales chisporrotean. Lirios de agua negros y rosas colman cada maceta que recubre las espalderas que rodean la habitación. La referencia a la reina está abiertamente expuesta, junto con mensajes que le desean buena salud.

La durmiente princesa Charlotte está sentada en su trono. Sophia sube a grandes zancadas la escalera para sentarse a su lado. La madre de Auguste, la duquesa Georgiana, recoloca la corona que lleva Charlotte y admira el cetro centelleante que tiene en el regazo. Los animalillos de peluche animado de Sophia desfilan arriba y abajo: Singe y Zo dirigen la nueva jirafa y los tres dragoncitos.

—Acercadlas —ruge Sophia.

Los guardias me echan sobre las escaleras que llevan a los tronos y caigo de rodillas. Depositan a Ámbar a mi lado. El sudor corre por sus mejillas rubicundas. Jadea y no puede recuperar el resuello.

Alargo una mano hacia ella y el guardia me la pisa.

Me siento como si el corazón amenazara con saltarme por la boca, junto con el resto que tengo dentro.

Sophia desciende lentamente, deja que sus tacones finos chasqueen contra el suelo.

—Jamás has estado tan bella, Camelia, no sin ayuda. Y sin duda, no después de unos días sin bañarte. —Se inclina hacia mí y olfatea—: Hueles a rayos —se sacude una mano delante de la nariz—. Levantadla —brama a los guardias.

Me rodea y luego me coloca una mano en la oreja para susurrarme:

—Yo gano. Yo gano. Tendrías que haberte limitado a serme fiel. Podrías haber estado a mi lado.

Le salto encima, pero los guardias me cogen las manos antes de que pueda rodearle el cuello con ellas.

Sophia retrocede y se gira para examinar a Ámbar. Le levanta el mentón y chasquea la lengua.

—Tan débil. La menos belle.

Ámbar enseña los dientes.

Sophia le da una bofetada.

—No quiero oírlo —vuelve a su trono y se hunde en la silla de respaldo alto acojinada de carmesí.

Un rayo estalla por encima nuestro y le sigue un cúmulo de truenos que retumban por toda la estancia. La lluvia pega contra el techo de cristal.

—¿No os encantan las tormentas? ¿Especialmente las de nieve? El rey del cielo nos ayuda a limpiar la tierra. Libera al reino de lo que no necesitamos. Es ideal para esta noche —junta las manos con una palmada—. Tengo que tomar mi primera decisión difícil como reina regente. Mi primer juicio. Os condenarán y encarcelarán por el asesinato de mi querida dama de honor, Claudine.

Lucho contra la presa del guardia, que me sujeta con firmeza en el sitio.

—Es el único modo que la Casa Maille os perdone. La ciudad de Bissay, su lugar natal, está muy disgustada. Tiene que haber justicia. Sin embargo, en lugar de sentenciaros a una caja de inanición, o de condenaros a morir en la horca en la Plaza Real, o arrojaros por una de nuestras grandes murallas de roca en la parte sureña del reino, os perdonaré la vida. ¿No soy de lo más misericordiosa?

La miro de hito en hito.

—Mostradme vuestra gratitud.

Mi guardia nos obliga a Ámbar y a mí a hacer una reverencia.

—Dad las gracias a Su Majestad —ordena. Yo no digo nada. Ámbar también se niega. El hombre me retuerce el brazo con fuerza. Un dolor ardiente y agudo me azota—. Te lo voy a arrancar de cuajo.

Otro guardia da una patada a Ámbar en el costado. Ella tose y pega un grito.

—Gracias —murmuro. Ámbar me imita.

—¿Cómo decís?

—Gracias, Su Majestad —chillo.

—No deberías darme las gracias todavía —hace un ademán hacia un guardia cercano—. Traedme a la pequeña Du Barry.

Se abre una puerta lateral. Arrastran a Elisabeth, que tiene la cara colorada y se sorbe la nariz. La colocan a mi lado. Tiene los ojos llenos de lágrimas y el miedo que siente es palpable.

—Elisabeth Du Barry, no has prestado suficiente atención a la favorita. Ha estado a solas con uno de mis pretendientes y, por consiguiente, ha roto la ley de confraternización. Huyó hasta el Salón de Té del Crisantemo bajo tu supervisión. Y lo peor de todo, me llamó monstruo.

—Lo lamento, Su Majestad —tartamudea—. No volverá a pasar.

—Tienes razón, no lo hará —se pone de pie y alcanza una larga vara dorada. Un rutilante y enorme diamante, del tamaño de un huevo de avestruz reposa en el mango. Deja que el extremo inferior golpee contra el suelo varias veces y en medio del eco que levanta, Sophia revela—: Elisabeth, serás encarcelada junto a Camelia.

Elisabeth rompe a sollozar.

—Le extraerás sangre cada día, recogerás cada gota de su sangre y crearemos un elixir de ella. Lo probaré yo misma.

—Eso no servirá de nada —grito.

—¿Es que no le dijiste a Auguste que las arcanas vivían en la sangre?

El rostro del chico arde en mi memoria. Nuestras conversaciones. El tacto de sus dedos.

Una argolla de miedo me aprieta la garganta. Temblores se abren paso por todo mi cuerpo. El recuerdo que tengo de él es como un veneno enmascarado tras un precioso cristal.

—¿Pensabas que le gustabas? O, mejor aún, ¿que te amaba? ¿Pensabas que guardaría tus secretos?

Las palabras se me clavan como aguijones. Un silencio sepulcral y estremecedor se extiende. La palabra «amar» retumba por las paredes, solo para pegarme una bofetada en el rostro y explotar en mi pecho.

Georgiana se echa adelante con una sonrisa perfectamente proporcionada en el rostro.

—De mis tres hijos, le hice el más atractivo de todos porque, junto con su encanto natural, sabía que le haría poderoso. Te abrió como un huevo y tú depositaste los secretos de vuestras arcanas en sus cariñosas y confiadas manos.

493

El sudor me perla el rostro, como la lluvia sobre el cristal que tenemos encima.

—¿No tienes nada que decir, Camelia? Normalmente nunca te quedas sin palabras —me pincha Sophia.

La duquesa Georgiana Fabry junta las manos.

—Con tu sangre, Camelia, acuñaremos una nueva forma de trabajos de belleza que proporcionará al reino millones de leas y miles de millones de espíntrias.

—Y lo mejor de todo —añade Sophia— es que Ambrosia será nuestra nueva favorita hasta que yo esté lista para revelar nuestro producto belle más nuevo y potente: el Elixir de Belleza. Sí, así es como creo que voy a llamarlo —sacude la vara en el aire.

Los guardias empiezan a arrastrar a Ámbar para sacarla de la habitación.

Ella empieza a chillar.

—¿No habías querido siempre ser la favorita? —pregunta Sophia antes de hacerle adiós con la mano.

Un nudo apretado de enojo me revuelve el estómago. El corazón me late al compás de los acelerados relámpagos del exterior. Las venas de los brazos se me hinchan como serpientes enfadadas. Siento el pulso y el riego sanguíneo de todas las personas de la habitación. El bullicio y la agitación y el jaleo aumentan, como un río acaudalado después de la tormenta.

Las arcanas se despiertan en mi interior. Estiro las rosas negras de las macetas que hay detrás de la plataforma del trono. Uso sus tallos espinosos como si fueran cadenas. Las enredaderas sujetan a la durmiente princesa Charlotte y la levantan del trono, muy por encima de nosotros. Las espinas se hunden en su piel impoluta. Riachuelos de sangre se abren paso por sus extremidades.

Sophia chilla. Sus animalillos de peluche animado echan a correr hacia todas direcciones.

—Suelta a Ámbar y podrás quedarte conmigo. Con toda mi sangre.

—¡Bájala! —exige Sophia con un grito.

Los guardias me tumban al suelo. Por mi parte, enrollo un tallo alrededor del cuello de la princesa Charlotte, que empieza a toser. Los otros guardias pegan estocadas a las enredaderas con sus espadas, pero solo consiguen que la planta crezca más ancha y más fuerte.

—Detenedla —ordena Sophia a los guardias.

Los guardias me pegan patadas y me golpean la cabeza contra la escalera, pero yo resisto, fuerzo todavía más a mis arcanas. La sangre empieza a manarme de la nariz. Hago que los tallos retrocedan. El cuerpo de Charlotte cae a plomo al suelo como una estrella que cayera de los cielos.

Sophia ruge:

—¡Charlotte! —Abre los brazos con la intención de cogerla.

Los lirios de agua negros se hinchan para formar un carruaje y cogen el cuerpo inerte de la princesa. Cierro los pétalos negros a su alrededor y la atrapo en un capullo de flor. Los guardias intentan bajar el lirio de agua, pero yo lo obligo a subir todavía más hacia el techo de cristal.

—Dame a Ámbar.

—¡No! —aúlla Sophia.

—Puedo detenerle el corazón y lo sabes.

—¡Déjala salir! —grita Sophia.

Aprieto todavía más los pétalos de lirio de agua, empequeñezco el espacio que hay dentro.

Los truenos retumban.

—La voy a ahogar. Serás la reina. No solo una regente. ¿No es eso lo que quieres? —espeto.

—Quiero a mi hermana. Yo decido su futuro, ¡no tú!

—Y yo quiero a la mía.

—¡Perla! ¡Zafiro! ¡Llamarada! —brama Sophia. Sus dragoncitos de peluche animado aletean por encima de nuestras cabezas—. Quemadla. Comeros su carne —los animales extienden las alas, sisean e hipan, luego echan a volar hacia mí. Bolas de fuego diminutas encienden mis ropas.

—¡No, parad! —chillo cuando el fuego me alcanza los brazos. El aroma de mi carne quemada me ahoga. El lirio de agua negro empieza a encogerse. No puedo concentrarme en dos cosas a la vez.

—Bájala —ordena una voz. Una puñalada profunda me perfora el costado. Rémy sostiene un cuchillo ensangrentado. Mi sangre.

Mi fortaleza se desvanece. Bajo el capullo de la flor hasta delante de Sophia. Abro los pétalos para revelar su hermana, ilesa. Sophia toca el rostro dormido de Charlotte.

—¡Dragones! —llama. Los tres se giran hacia ella—. Ya basta. No hay necesidad de destrozarla —ordena que traigan un palanquín para llevarse a Charlotte de vuelta a sus aposentos.

Miro a Rémy con fijeza.

—¿Cómo has podido?

El me coge de las garras del otro guardia.

—Yo la llevaré.

Rémy me arrastra por el salón. Me sangra la herida, pero lentamente mis arcanas empiezan a sanarla.

—Eres un mentiroso —le digo y le escupo.

Él me agarra más fuerte.

Lo cubro de insultos:

—Te odio. Ojalá nunca te hubiera conocido. Si te vieran, tus hermanas sentirían vergüenza.

Me mete por unos pasadizos oscuros y húmedos y bajamos por una escalera que resbala. Sus manos se camuflan en la oscuridad. Pasamos por delante de las celdas de las mazmorras y de unos guardias atentos. Rémy le dice a uno:

—Necesito las llaves. Tengo órdenes de encerrar a esta de nuevo.

El hombre gruñe y le pasa el manojo de llaves. Rémy me empuja adelante. Este pasaje es más oscuro que el resto. Los violentos latidos de mi corazón tapan el ruido de nuestros pasos y el siseo de los farolillos de las mazmorras.

No me encontrarán jamás aquí. No podré salir jamás. No volveré a ver a mis hermanas jamás.

—¿Algo de lo que me dijiste era cierto? ¿Fuimos amigos alguna vez? —pregunto.

—Yo no tengo amigos —responde, y su voz es como el estallido de un petardo en los pasos subterráneos.

Lucho contra las manillas de nuevo. Lucho contra el recuerdo de las veces que hablamos, de las veces que realmente me gustó y quise su consejo.

El pasaje se abre para dar lugar a tres jaulas. Ámbar yace en una de ellas.

—Camille —dice, tiene la voz áspera como el papel de lija. Alarga las manos y presiona su sucio rostro contra los barrotes.

—¿Estás bien?

—De una pieza —responde.

—¿Cuándo aprenderás a cerrar el pico? —interviene Rémy mientras me hace girar para mirarlo.

Las llaves tintinean en su mano. Luego se oye un chasquido que libera las mías. Rémy me mira con fijeza.

—Ayuda a Ámbar a salir de la celda —me tira una llave.

Me quedo paralizada.

—Rémy.

—Espabila —Rémy me saca de mi ensoñación—. Ya me darás las gracias más tarde.

Rémy nos lleva a Ámbar y a mí.

—Siento haberte apuñalado —me dice.

—Quizás te perdone.

—¿Adónde vamos? —pregunta Ámbar.

—He pasado días investigando este camino que lleva hasta el exterior del castillo. Nos dirigirá hasta la puerta este, el embarcadero más tranquilo, de modo que podremos coger un bote con facilidad. Navegaré hasta el puerto en lugar de hacia Trianon.

Su plan me llena los débiles músculos de la fuerza que les falta.

—El río del Palacio áureo desemboca en el puerto. Podemos escapar por ahí.

Me detengo.

—¡Espera! No podemos marcharnos.

Ámbar choca conmigo.

—Tenemos que irnos —urge Rémy.

—No podemos. Tengo que ayudar a Charlotte —replico.

—Es nuestra oportunidad de escapar —recuerda Ámbar.

—He hecho una promesa. Tengo un deber.

Los ojos de Rémy se abren como platos y sonríe.

—Ni siquiera puedes seguir mis instrucciones cuando te salvo —afirma.

—No. Y no podemos dejar que Sophia se quede con el poder —miro a Ámbar a los ojos—. No si hay algo que podemos hacer.

Rémy lo considera y luego asiente.

—Podemos tomar el pasaje de la reina.

Los pasadizos privados de la reina serpentean de los embarcaderos hasta sus aposentos, que están conectados con la habitación de Charlotte. Pastillas medicinales queman en calientaplatos que rodean la cama de la princesa. Farolillos curativos planean por encima de ella como soles llenos de nubes. La chimenea ruge y chisporrotea. Las enfermeras entran y salen de la habitación con bandejas de jeringuillas y remedios. Arabella está al lado de Charlotte, lleva el velo y tiene los hombros caídos, se sujeta y acaricia la mano lastimada.

La princesa yace ahí mismo, con las manos cruzadas sobre el pecho. No hay ningún signo de mi intento de asfixia de antes.

—Arabella —susurro.

Se gira de golpe.

—Ay, Camelia —corre hacia mí.

Rémy y Ámbar salen del pasadizo detrás de mí.

—He oído lo que ha hecho Sophia. No podía venir a verte. Lo siento —me abraza Arabella.

—No pasa nada. Estamos bien —replico.

—¿Dónde está la reina? —pregunta Ámbar.

—Está muy enferma —informa Arabella.

—Tienes que contarle lo que está pasando. Tienes que despertarla —le pido.

Arabella asiente y hace un gesto a una sirvienta, luego me dice:

—Apresúrate. Seguramente Sophia ya sabe que te has ido de las mazmorras.

Miro a Ámbar y mis ojos le preguntan: «¿Puedes hacerlo? ¿Eres lo bastante fuerte? ¿Somos lo bastante fuertes?».

Asiente.

—Necesitamos sanguijuelas y una aguja —explico.

El servicio desaparece y vuelve enseguida con un carrito de existencias.

—¿Qué le pasa? —pregunta Ámbar.

—No estoy segura, pero tengo una teoría.

Se abre una puerta lateral y la reina entra cojeando acompañada por Lady Zurie. Usa un bastón y su espalda está curvada en forma de interrogante. La melena gris le cae en una onda enorme. Su piel antaño morena, es ahora casi completamente gris.

—Camelia, has venido —apenas consigue llegar a una silla que tiene al lado—. Ayúdame, dulce niña.

—Lo haremos —respondo.

Arabella me acerca ella misma una aguja. Cojo el espejito que llevo bajo el vestido.

—¿Qué es eso? —pregunta Ámbar.

—Un *miroir métaphysique* —explica Arabella—. Solamente muestra la verdad.

—Mi madre me lo legó —me pincho el dedo y dejo que la sangre corra por su pequeño mango. La rosa y los tallos se revelan y el mensaje aparece: SANGRE PARA LA VERDAD. Miro el cristal y espero que la niebla desaparezca para ver el reflejo de Charlotte. Sus ojos luchan por abrirse. Siento su voluntad de vivir y también su enojo. Un halo carmesí rodea su imagen.

—¿Lo ves? —le muestro el espejo a Ámbar.

Ámbar se inclina hacia delante y ahoga un grito.

—No lo entiendo —responde.

—Charlotte intenta despertarse.

Estudio el reflejo de la princesa. «¿Qué intenta decirnos?».

Levanto la mirada hacia la reina. Se balancea en su silla, las manos juntas y un rosario arremolinado en sus palmas.

—Quitadle los atuendos a Charlotte —ordeno.

Las sirvientas la despojan del vestido, el corsé y el miriñaque, también de las medias y los guantes. La princesa se queda en bata, lo que la hace parecer todavía más frágil.

—También las joyas.

Le extraen los anillos de los dedos, le desabrochan los brazaletes de las muñecas. Le quitan también del cuello el emblema real, lo que deja expuesta su tinta identificadora. Se ve corriente. Como cualquier mujer del mercado de Trianon o de los Alpes Aquileos.

—Y los ornamentos del pelo.

Una criada hace ademán de quitarle la tiara de la cabeza.

—Espera —dice la reina—. Jamás se ha quitado su tiara favorita. Se la regaló su abuela un año antes de que enfermara. La llevaba a todas partes. Incluso al cuarto de los baños onsen —sus cansados labios se levantan en una media sonrisa—. Jamás permito que se la quiten. Me da la sensación de que le da fuerza. Y Sophia le pone flores cada semana.

—Debemos quitársela, Su Majestad. La quiero tan desnuda como sea posible.

—Es solo que —empieza a llorar— no puedo soportar verla así.

Se tambalea hasta la cama, toca la tiara, luego la aparta del pelo de Charlotte y la aprieta. Hace una señal a una sirvienta, que se acerca para quitar grandes porciones de la melena de Charlotte. Colocan las piezas de peluca en la mesilla de noche. La princesa está casi calva, solo le quedan unos pocos zarcillos que le crecen sin fuerzas del cuero cabelludo. Lady Zurie empieza a sollozar.

—No hay manera de hacer crecer el pelo. No importa cuánto lo intente —explica Arabella.

Ámbar y yo nos ponemos a lado y lado de la cama de Charlotte.

El servicio vuelve con los tarros de porcelana que contienen sanguijuelas. Hundo los dedos en el bote húmedo y saco dos criaturas, una para Ámbar y la otra para mí. Me coloco la criatura en la muñeca y Ámbar hace lo mismo. Los diminutos dientes de la sanguijuela me muerden la vena y las secreciones empiezan a fluir.

—Tenemos que trabajar juntas —alargo las manos por encima del cuerpo de Charlotte y Ámbar me las sujeta con fuerza.

—La última vez que lo hicimos, matamos a una persona —susurra.

—No la cambiaremos a la vez. Solo tenemos que ver su estructura natural y descubrir qué falla.

Ámbar traga saliva y luego asiente.

—Pero ni tus arcanas ni las mías están equilibradas.

Le aprieto la mano.

—Mientras nos mantengamos conectadas, todo irá bien —le aseguro, aunque se me antoja como una mentira.

Cerramos los ojos.

De pronto la puerta retumba.

—Su Majestad —grita un guardia.

Ámbar pega un salto.

—Proseguid —ordena la reina—. Ignoradlo.

Arabella da una profunda bocanada de aire. Sacudo las manos de Ámbar, que vuelve a cerrar los ojos. En la oscuridad, veo el cuerpo de Charlotte. Está delgada, en los huesos. Es casi un esqueleto. Encuentro todas las imperfecciones: su pelo quebradizo, sus mejillas chupadas, el latido demasiado lento de su corazón. Tiene las venas de un tono amarillento bajo la piel. La presión sanguínea es baja. Me recuerda a cómo me sentí después de que me envenenaran.

Los ojos se me abren como platos.

—Su Majestad, ¿puedo volver a ver la tiara?

Me la da.

La giro para examinarla y se me abre en la mano. La tiara se rompe. La reina ahoga un grito. Las púas de la tiara rezuman un líquido claro. El aroma me resulta familiar.

—Es veneno. Como el que usaron conmigo. Está hecho del polen de las sanguinarias, unas flores.

—Hicimos que le examinaran la sangre —la reina corre a mi lado—. Cuando cayó enferma.

La puerta vibra de nuevo.

—¡Su Majestad! —grita un guardia—. Echaremos abajo las puertas.

Lady Zurie presiona la espalda contra ellas.

—Sí, pero este veneno huele y sabe a flores —le digo a la reina—. Yo tampoco lo reconocí.

—¿Cómo puede ser que las eminencias médicas no lo descubrieran?

—Es indetectable —respondo—. Oí a las enfermeras decir que yo también tenía la sangre limpia, pero ahora ya reconozco este olor. No lo olvidaré jamás.

Ámbar toca la cabeza de Charlotte.

—Proviene de su cuero cabelludo. Mirad dónde están los claros, rezuman. La tiara la ha estado pinchando.

La reina pasa los dedos por el cuero cabelludo de Charlotte y vuelve a hundirse. Arabella la lleva hasta la silla, luego recoge la tiara rota y la acerca a un farolillo nocturno. Olfatea.

—Sin duda hay algo en las púas.

La puerta da una fuerte sacudida hacia delante.

—No sé cuánto tiempo podré retenerlos —grita Lady Zurie.

—Necesitamos limpiarle la sangre —extraigo las sanguijuelas de mi muñeca y de la de Ámbar y cojo más del tarro. Le paso unas cuantas a Ámbar. Juntas se las colocamos a Charlotte: en las muñecas, bajo el cuello y en la cabeza cerca de la heridita. Las sanguijuelas se vuelven de un fiero rojo cuando se llenan de la sangre de la princesa.

—Ahora, Ámbar, concéntrate en su sangre. Revitaliza las proteínas como haríamos con la piel o el pelo de alguien.

—No lo he hecho nunca.

—Yo tampoco.

Mira a la reina.

—Tenéis que intentarlo —implora entre lágrimas.

Ámbar asiente al tiempo que una gota de sudor le resbala por la nariz.

La puerta empieza a romperse. Están astillando la madera. La reina ruge. Lady Zurie arremete contra la puerta.

—Tengo miedo —dice Ámbar—. Y estoy muy cansada. Ya no siento las arcanas.

—Yo también estoy cansada —le giro la muñeca y le repaso las venas—. Todavía están aquí. Tienen que estar.

Luce una expresión pesada, llena de cansancio. Me inclino por encima de Charlotte y abrazo a mi hermana, caigo limpiamente en el hueco de su cuello. El aroma de flor de naranjo todavía se nota en su pelo, incluso por debajo del hedor de las mazmorras.

—Podemos hacerlo —deseo que mis palabras calen hondo en su interior—. Juntas somos fuertes.

La mano de Arabella me aprieta el hombro.

—Yo también ayudaré.

El panel de la puerta se rompe. Sophia exige ver a su hermana. Ámbar, Arabella y yo cerramos los ojos con fuerza.

Las arcanas sisean bajo mi piel.

El ritmo del corazón de Charlotte se acompasa con el mío. Veo el órgano latiendo: carnoso, rojo, enorme. La sangre corre por él y se mueve lentamente por las venas. Fuerzo las arcanas para restablecer las proteínas, como haría con sus huesos en un tratamiento de belleza. Las arcanas de Ámbar y Arabella se combinan con las mías; me bañan entera, como si fueran una tormenta ardiente en la estación cálida.

El cuerpo de Charlotte se agita.

La reina chilla.

Ámbar cae hacia delante y choca contra mí.

—¡Ámbar! —la zarandeo y la aguanto.

Charlotte tose y gime.

—Ay, niñita mía —la reina corre a su lado—. Despierta, por favor, abre los ojos.

—Tenéis que iros —urge Arabella.

Rémy me ayuda a levantar el cuerpo de Ámbar de la cama.

—Usad los pasadizos. He dejado baúles para vosotras que contienen todo lo que necesitáis.

—Les mostraré el camino —dice Arabella al tiempo que aparta un tapiz y presiona un panel secreto.

—Gracias —la reina me besa la mejilla.

Rémy desaparece con Ámbar por el oscuro pasadizo. Yo me quedo rezagada y oigo a Charlotte intentando respirar y murmurar.

Las puertas del dormitorio estallan y la madera vuela en todas direcciones.

—¡Vete! —grita la reina.

Unas manos encuentran mis hombros y Arabella me tira hacia ella. La puerta se cierra y nos sume en una oscuridad total.

51

AVANZAMOS DETRÁS DE ARABELLA, CUYO LARGO VELO BARRE el suelo de adoquines.

—Habrá guardias por aquí en cualquier momento. Sophia tiene sus propios túneles bajo el palacio. ¡Rápido!

Se agacha y gira, aparentemente al azar, hacia una serie de oscuros corredores. Bocanadas de aire mortecino y oscuro acechan. Los farolillos nocturnos cuelgan de las paredes y crean infrecuentes haces de luz temblorosa por las paredes y el suelo.

El cuerpo me tiembla. Hay recodos entre sombras delante de nosotros. Las telarañas tejen una red de otros tiempos, que se extienden de farolillo en farolillo. No tengo ni idea de dónde estamos en el palacio. Arabella conoce cada escalera y recodo y camino por la oscuridad. Las fuertes pisadas de las botas de Rémy van al compás del ritmo frenético de mi corazón.

Finalmente, Arabella aminora el ritmo. El ruido más allá de las paredes enmudece. El aroma de pan recién horneado se abre paso hasta nosotros y las paredes de piedra están calientes al tacto.

Arabella se deja caer, de rodillas, y pasa los dedos por el suelo. Descorre un pestillo, levanta una puerta y revela un baúl belle. Rémy coloca a Ámbar, que está dormida, en el suelo y levanta el baúl.

Arabella lo abre y me mira:

—Ya no eres una belle —saca un vestido verde sencillo del baúl—. Quítate esta ropa.

Rémy se gira de espaldas mientras me cambio. Me estremezco de frío y miedo. El terror me llena por completo.

—Te llamas Corinne Sauveterre y eres la hija de un comerciante de dragones de las Islas Áureas —me coloca en el cuello el emblema de la Casa de Reptiles Raros y me pone un paquete en las manos. Documentos de transporte. Un retrato en miniatura de mí me devuelve la mirada. Mi nuevo nombre y los nombres de mis padres—: Nadie te hará preguntas a no ser que llames la atención —Arabella rebusca un poco más en el baúl.

—¿Por qué *petit-dragons*?

—Traen buena suerte y son muy valiosos —coge una bolsita y me muestra sus contenidos. Cinco huevos diminutos. Están envueltos—. La reina me los dio para que los mantuviera a salvo y Sophia no pudiera encontrarlos. Las cáscaras son irrompibles, llévalos siempre contigo y mantenlos calientes —me ata la bolsita alrededor de la cintura y luego la cubre con una faja bordada con el emblema de la casa—. Véndelos cuando tengas que hacerlo, solo si te encuentras en la necesidad. Sin embargo, también son excelentes mensajeros naturales.

Nuestros ojos se encuentran a través de su oscuro velo. Se lo quita y puedo ver que su rostro es tan suave como el mío. Su pelo rojizo y rizado está abarrotado de joyas en su moño belle, y el emblema de las belles le rodea el cuello. La boca se le curva en una sonrisa. Tiene el mismo hoyuelo en la mejilla que yo. Seríamos la pareja perfecta, madre e hija.

Ahogo una exclamación.

—Todavía no lo has entendido —afirma ella.

—¿Entender qué? —pregunto.

—Le dije a Du Barry que te dejara en casa —responde mientras prepara un pequeño neceser.

—¿Hiciste qué?

Me mira con fijeza.

—Sabía que pasaría algo terrible si venías a la corte.

—No lo entiendo.

—Tú y yo somos la misma. Tú eres yo. Intentaron hacer otra versión de mí en ti. Tu madre, Linnea, hasta te dio mi espejito —señala el lugar donde lo he escondido, bajo el vestido.

—¿Qué quieres decir?

—Sabes que nosotras no nacemos, sino que germinamos como las flores.

—Vi las macetas de Sophia —un millar de preguntas sobre quién y qué soy se me arremolinan en la lengua, aunque sé que no hay tiempo para responderlas.

—Sí, por eso me mantienen en la corte, para vigilar el proceso. Usan mi sangre para asegurarse de que nacen suficientes belles.

Doy un paso atrás y choco contra la pared.

—¿Les permitiste que lo hicieran?

—¿Permitirlo? Hago lo que me dicen. Igual que tú. Hasta hoy.

—Podrías acabarlo todo.

—Podría haberme suicidado, pero entonces te habrían traído a ti aquí y te hubieran sacado sangre cada día. Mientras haya belles fuertes para usar, esto no acabará jamás.

—Tiene que acabar —replico.

—Lo sé.

El ruido empieza a resonar al otro lado de la pared. Doy una profunda bocanada de aire y no la suelto hasta que el sonido se desvanece.

—Ayúdame a cambiarle la ropa —Arabella desviste a Ámbar, que está sentada en el suelo, exhausta. Corro a ayudarla—. Y cuando lleguéis a un lugar seguro, ambas deberíais teñiros el pelo. Especialmente Ambrosia.

Se oye un estruendo por encima de nosotras. El ruido de pasos apresurados.

—Tenemos que salir —dice Rémy.

—Sí. Me pondré en contacto más adelante. Avisad cuando estéis a salvo —Arabella me levanta el mentón y deja que sus dedos recorran mis mejillas, igual que hacía maman—. Abre bien los ojos.

Me coloca dos películas para cambiar el color de mis iris. Cierro los ojos con fuerza y luego los vuelvo a abrir. Los tengo llorosos y no veo bien.

—Sigue parpadeando. Se pondrán en su sitio. Hay más en el neceser, además de cremas cutáneas de colores —me explica—. Vuestros rostros empapelarán el reino en cuestión de horas. Los pocos que todavía no conocen vuestro aspecto, lo harán.

Tres golpes hacen retumbar la pared.

—Es hora de irse —me planta el neceser en las manos y

me coloca una capa con capucha sobre los hombros—. Os ayudaré de cualquier modo que esté a mi alcance —me besa la mejilla y luego se gira hacia la pared para pegarle un fuerte empujón. La pared se abre de golpe, como una puerta con bisagras, que da a la cocina de palacio.

—Hacia el muelle cortesano —ordena a Rémy.

El chico asiente y nos guía. Ámbar todavía reposa como una muñeca de trapo en sus brazos. Cruzamos la entrada de servicio. La madera oscura del muelle subterráneo del palacio brilla bajo farolillos marinos tenuemente iluminados. Todo parece tallado en la parte inferior del palacio, que se abre hacia el océano como grandes fauces. Botes centelleantes están abarrotados de pasajeros bien vestidos.

—Se cierra el muelle —brama un hombre—. Cargad vuestros botes y marcharos, si os tenéis que ir. Órdenes de la reina.

—Tiene que ponerse de pie —Rémy intenta sujetar a Ámbar erguida.

Le sacudo los hombros y gime.

—Ámbar, tienes que despertar —parpadea un poco—. Necesito que camines.

Lo intenta, pero las piernas le fallan. Rémy le pasa un brazo por los hombros y pasa el otro por encima de los míos. Nos unimos a la línea de pasajeros que embarcan distintos botes. La arrastramos hacia delante.

—A las Islas Áureas, por aquí —grita uno—. Atracará en Céline.

—Islas de Cristal y una parada en la Bahía de Seda —chilla otro.

—Islas Especiadas —ruge un hombre a través de un megáfono.

Hombres y mujeres apoquinan pesadas monedas en sus manos y suben deprisa.

Me pongo la capucha.

—Por aquí, Rémy. A las Islas Especiadas.

Rémy me coloca una mano en la cintura.

—Tres asientos para mí y mi esposa y su borrachísima hermana —le dice al hombre, que se echa a reír al ver a Ámbar, pero no nos mira dos veces cuando Rémy le da las monedas.

Nuestros billetes nos aseguran asientos en la tercera clase del barco. Ojos de buey exponen las vistas nocturnas del agua.

—¿Qué pasará? —pregunto—. ¿Adónde iremos a...?

Rémy se lleva un dedo a los labios.

—No digas nada durante un rato.

El barco zarpa del muelle hacia La Mer du Roi.

Un día, mis hermanas y yo amenazamos con huir de Du Barry. Edel nos hizo preparar unas bolsas diminutas llenas de queso y pan robado de la cocina. Tres de nosotras nos colgamos farolillos nocturnos en los moños belle. Bajamos por las ventanas de nuestro cuarto y nos adentramos en la oscuridad. Los pijamas se nos llenaron de ramitas y hojas. Edel iba a la cabeza. Ámbar lloró todo el camino. Valerie gimoteaba y se asustaba por todos los ruidos. Hana contenía la respiración. Padma y yo íbamos de la mano. Nos dirigimos al pequeño muelle del ala sur de la isla y nos preparamos para subirnos a un bote de remos. Cipreses blancos crecían del agua llena de sombras, como si fueran huesos, y libélulas planeaban por la superficie, sus cuerpecitos eran como chispas que iluminaban la noche. Discutimos sobre el pulpo que se rumoreaba que vivía en las aguas de aquel pantano y que nos comería si jamás intentábamos alejarnos a nado.

Ninguna de nosotras tuvo el coraje de subir al bote antes de que Du Barry nos pillara. La misma sensación se abre paso ahora por mi interior mientras la embarcación oscila bajo mis pies.

El mar parece interminable, igual que el espacio entre nosotras, igual que el número de preguntas que tengo. Du Barry nos obligó a estudiar el mapa de Orleans y recuerdo el tapiz que iba del suelo hasta el techo de una de las paredes del salón principal de los aposentos belle, pero estar en el agua —alejarme de la isla imperial hacia lo desconocido— me da la sensación mareante que nos dirigimos al fin del mundo.

—¿Tienes hambre? —me pregunta Rémy. Es lo primero que dice desde que el barco dejó el muelle subterráneo del palacio.

—Sí. ¿Voy a buscar algo?

—No, no es seguro. Te podrían reconocer.

Me arrebujo en la capa que me ha dado Arabella, me la ciño más bajo el cuello y abrazo la bolsita de huevos de dragón que llevo en la cintura. La cabeza de Ámbar reposa sobre mi regazo y duerme tranquila. Ojalá yo también pudiera dormir, pero las preocupaciones y las preguntas me zumban por dentro y me mantienen despierta.

Rémy se va en busca de comida y yo lo observo mientras se aleja y desaparece por las escaleras del barco que llevan a la superficie. La gente de esta cubierta lleva fardos y algunos llevan bordados en la chaqueta emblemas como el mío de casas de comerciantes.

—¿Hordiate? —pregunta a voz en grito un vendedor del barco—. Calma el estómago revuelto por el mar. ¿Alguien quiere hordiate?

Contengo la respiración cuando lo oigo acercarse.

—¿Hordiate, señorita? —me da unos golpecitos en el hombro. Pego un bote y le hago que no con la cabeza.

Me sobresalto ante cualquier ruido. «¿Es así como va a ser siempre tu nueva vida?», pregunta una vocecita en mi interior. Me pregunto si Charlotte está despierta y si la reina está mejor.

Me recorre un escalofrío y miro a mi alrededor. ¿Sophia ha mandado buscarnos? ¿Qué dirá Du Barry cuando se entere de lo que ha pasado? ¿Qué le pasó a Bree?

Después de unos instantes, no me cabe ninguna duda de que han identificado a Rémy y lo han encerrado bajo custodia. Observo la escalera que ha usado para subir y cuando veo su familiar rostro, exhalo aliviada.

Se desliza de nuevo al asiento que hay a mi lado como si solo hubiera desaparecido unos segundos. Me ofrece un pastelillo de salchicha.

—Es todo lo que tienen. Cuidado con lo que rodea la carne, olía un poco a rancio.

Desenvuelvo el papel y olfateo el rollito, que gotea.

—¿Dónde está el tuyo?

—Tenemos que ahorrar para cuando atraquemos en el muelle.

—Lo compartiremos.

—No, tú come.

Lo parto en dos.

—¿Por qué no puedes limitarte a seguir las instrucciones?

—Pensé que a estas alturas ya me conocías.

Masticamos en silencio. No es lo peor que he comido en mi vida, pero se le acerca bastante.

Ámbar se estira.

—Despierta —susurro.

Parpadea un poco y luego abre los ojos de golpe.

—Camille...

—¡Chist! —le tapo la boca.

Se sienta despacio.

—¿Dónde estamos?

Le coloco la capucha.

—En un barco que va para las Islas Especiadas.

—¿Qué ha pasado? —pregunta desorientada.

—Te lo contaré cuando bajemos.

—Mirad —Rémy señala por la ventana. Las torres rutilantes de la ciudad portuaria de las Islas Especiadas se alzan en la distancia. Farolillos dorados cuelgan de las ventanas y proyectan un fulgor áureo sobre los edificios. Barcos de velas azules están atracados en el puerto.

—¡Puerto a la vista! La ciudad de Metairie —grita un hombre y hace tañer una campana.

La gente recoge sus pertenencias y se apiña por las escaleras.

Rémy se pone de pie y me hunde más la capucha.

—Vista gacha, ¿de acuerdo? Las dos. Ahora sois comerciantes, vuestra cuna no es precisamente alta.

Ámbar y yo asentimos.

El barco atraca. Andamos arrastrando los pies con el gentío. El embarcadero es un caos de cuerpos y ruidos y movimiento. Los periodistas sostienen periódicos y una tormenta de globos mensajeros flotan por encima de nuestras cabezas.

—¡La reina ha muerto! —grita uno—. ¡La reina ha muerto!

—¿Qué? —exclamo con los ojos abiertos como platos—. ¡No!

—¡Las últimas noticias de Metairie!

—Léalo todo. Diez leas por el *Centinela de las Islas Espe-ciadas.*

—Tengo las últimas imágenes del *Orleansian Times.*

—Mi revista lo cuenta todo. Solo fuentes fiables. Confesiones de primera mano.

Intento echar un vistazo a los titulares. Las manos de los periodistas los sacuden en el aire, la tinta se esparce por las portadas. Capto fragmentos:

EL CORAZÓN DE LA REINA SE HA DETENIDO

LA DURMIENTE PRINCESA CHARLOTTE HA DESAPARECIDO

EL REY ESTÁ RETIRADO

SE CORONARÁ A SOPHIA, LA REINA REGENTE

EL PALACIO ESTÁ DE LUTO

LA PRINCESA SE CASARÁ CON EL HIJO DEL MINISTRO
DE LOS MARES, AUGUSTE FABRY

LA VIEJA AMANTE DE LA REINA HUYE DEL PALACIO

El corazón se me hace añicos. Me detengo y me doblo hacia delante. Los tenderos se afanan por cambiar sus farolillos marítimos por otros de luto. Un fulgor negro se instala en el pequeño mercado.

—Tenemos que avanzar —recuerda Rémy.

—¿Hacia dónde? —pregunto entre dientes. Todo esto es demasiado.

—Por aquí —Rémy navega entre el gentío, esquiva cuerpos. La aglomeración disminuye. Puñados de hombres se encorvan sobre cajones de madera, juegan a cartas, lanzan fichas y rugen insultos.

—Está aquí —indica Rémy. Nos detenemos enfrente de un edificio con un cartel diminuto que reza: la Posada de Pruzan, buen whisky, camas y comida decente. La posada pasa desapercibida, tiene las ventanas tapiadas y parece que las ranuras para los globos mensajeros también están cerradas a cal y canto. Un porche destartalado le envuelve el rostro como una sonrisa torcida. Se alza cinco pisos y engulle casi la mitad de la calle, y tiene tres escaparates vacíos en el primer piso, de cristales cubiertos de telarañas y carteles despintados.

Subimos las escaleras.

—Espera aquí con Ámbar —me indica Rémy.

Los hombres que juegan a cartas levantan la mirada.

—¿Dónde estamos? —pregunta Ámbar.

No la oigo al principio. La cabeza me zumba con los titulares sobre la reina y Auguste.

Rémy vuelve con una llave en la mano.

—Una habitación con dos camas para mi esposa y la sirvienta.

—¿Sirvienta? —bufa Ámbar.

—No estabas despierta para compartir tu opinión —responde él.

Dentro, la posada parece una de nuestras viejas casas de muñecas, las que teníamos en la sala de juegos de casa. Los pasamanos exhiben constelaciones de telarañas. Las salitas de estar están abarrotadas de sofás cojos y mantas apolilladas, y los muebles están llenos de globos mensajeros anticuados, baldes, farolillos hogareños, colgaduras, televisores antiguos, rollos de encaje, velas medio consumidas, catalejos rotos, trompetillas auditivas y demás.

—Por aquí —una mujer nos lleva hasta la escalera principal—. Les he puesto en la parte trasera, estarán más tranquilos.

Lleva un vestido largo y hecho a mano que arrastra el dobladillo, y unos zapatos con un poco de tacón que probablemente le dejan magulladuras en sus dedos gruesos. El salón retumba con cada paso que da. Yo mantengo la cabeza gacha y no establezco contacto visual. La mujer le muestra a Rémy cómo abrir la puerta e indica el camino hasta el cuarto de baño. El humilde espacio tiene dos camas, un escritorio, un pequeño fogón y una gran ventana que da a la calle.

—La cena se sirve a las ocho. La cocina cierra antes de la estrella de medianoche.

—Gracias —responde Rémy.

Cierra la puerta tras ella. Coloco el neceser de Arabella en una mesilla.

Todos encontramos algún lugar donde sentarnos. El silencio se extiende entre nosotros y estamos demasiado cansados y exhaustos para hablar de lo que tendremos que hacer a continuación.

Llaman a la puerta.

Rémy se acerca con cautela.

—¿Quién es?

—*Macarons* frescos —responde la voz—. Para usted y su esposa.

Se me eriza el vello de los brazos.

—No queremos, gracias.

Siguen llamando a la puerta.

Rémy se lleva una mano a la daga.

—Son los mejores de Matairie. Los mejores de las Islas Especiadas.

—Sal ahí fuera y échala de aquí —le digo. Ámbar y yo nos calamos las capuchas.

Rémy abre la puerta. Una mujer con capa y capucha está allí de pie, con una bandeja de *macarons* amarillos en las manos. Revela su rostro y ahogo una exclamación.

Edel nos sonríe.

—¡Ya era hora!

Carta a los lectores

ESTIMADO LECTOR,

Este libro contiene mi monstruo personal.

Empecé *Bellas* hace casi una década, pero es una historia que ha vivido en mi interior desde que tenía doce años, mucho antes de que tuviera sueños de ser escritora, antes de que siquiera pensara que era posible.

Cuando era una preadolescente llena de granos y con el pelo encrespado en mitad de los noventa, en el centro comercial de mi ciudad, escuché a hurtadillas una conversación entre distintos hombres que discutían sobre los cuerpos de sus respectivas parejas. Hojeaban una revista muy popular y comentaban que sus novias serían de mucho más buen ver si tuvieran las piernas más largas y delgadas, los senos más pronunciados, el pelo de texturas diferentes, una figura más esbelta, una piel más fina e infinidad de cosas más; las comparaban con mujeres famosas a quienes habían votado como las más bellas del año alrededor del mundo.

Esa conversación rompió algo que estaba muy bien guardado en mi interior. Y en esa fisura creció un monstruo.

Consulté revistas de la biblioteca pública e invertí horas escudriñando las páginas, diseccionando las imágenes y estudiando a las mujeres que aparecían fotografiadas. Di cobijo a mi obsesión en un espacio pequeñito y secreto de mi dormitorio de cuando era niña. Si vas a mi armario y apartas la ropa, hay una puerta diminuta hecha a medida para un hobbit: un escondrijo para leer que me hicieron mis padres, ambos ratas de biblioteca, para fomentar mi amor por la lectura. Sin embargo, usé esa habitacioncita para explorar todos los pensamientos que tenía acerca de los cuerpos y de la belleza. Recortaba fotografías de mujeres que pensaba que los hombres considerarían bellas: piernas, senos, brazos, torsos, ojos, melenas, tonos de piel y peinados.

Con el tiempo, las paredes contenían los deseos que tenía para mi propio cuerpo y que me llenaban de preguntas. ¿Qué haría si pudiera cambiarme por completo a mí misma? ¿Cuán lejos llegaría? ¿Cuán fea podía volverme, y por qué? ¿Había algún modo de ser la mujer más preciosa del mundo entero?

El mundo de Orleans está construido con las entrañas y los huesos de ese monstruo. Es feo, doloroso, inquietante y, muy a menudo, perturbador.

Por incómodo que resulte, espero que este libro nos empuje a hablar de la mercantilización de las partes del cuerpo de las mujeres y de los mensajes mediáticos que enviamos a las personas jóvenes acerca del valor de su apariencia, qué se considera bello y las fuerzas que los llevan a mutar hasta figuras repulsivas.

No he vuelto a aquella habitación desde que me gradué

en el instituto. Me da miedo mirar de cerca al monstruo que dejé atrás. Sin embargo, tal vez este libro ayude a muchas personas a preguntarse por los monstruos que viven en el interior de todos nosotros.

Gracias por leer.

Agradecimientos

ESTE LIBRO ME HA PERSEGUIDO DURANTE CASI VEINTE AÑOS y muchas personas me han ayudado a traducirlo en páginas. Costó un pueblo y un ejército, y estoy eternamente agradecida.

No habría podido hacer esto sin el apoyo de mis padres. Gracias por haber lidiado con mi yo adolescente. Gracias por haberme dicho siempre *sí* y por haberme ayudado a perseguir mis sueños. Nada de esto habría sido posible sin vosotros.

El mayor agradecimiento para mi agente, Victoria Marini. Gracias por encaramarte a todos los acantilados y adentrarte en todas las conejeras conmigo, sin fallar nunca. Tu apoyo y entusiasmo y codazos y charlas inacabables son la razón por la cual estoy aquí. Gracias por guardarme siempre las espaldas.

Enormes gracias para mis editoras, Emily Meehan y su sobrina Annabel. Gracias por aceptar mi mundo, entender sus complejidades y empezar este viaje conmigo.

Las más inmensas y gigantescas y colosales gracias a Kieran Viola, la racionalizadora de locuras, la enmendadora de cosas rotas, la brillante, la talentosa, la más paciente editora que hay en el mundo entero. Gracias por entender mi cerebro, mis ansiedades, mis neurosis y las cosas que quiero profundizar. Este libro no sería «el libro» sin ti. Me siento muy afortunada. Gracias a ti soy mejor escritora.

Marci Senders, la brillante hechicera de portadas, tu diseño cambiará el modo en que las niñitas morenas se ven a sí mismas. Has cambiado la visión mundial de tantas pequeñas que tienen el mismo aspecto que yo. ¡Gracias por este don! Eres profunda. Eres maravillosa.

Gracias al equipo de Freeform al completo: MaryAnn Zissimos (la productora de magia, ¡la mejor campeona del mundo!), Deeba Zargarpur, Anna Leuchtenberger (que hizo que me enamorara de los correctores), Seale Ballenger, Elke Villa, Holly Nagel, Dina Sherman, Andrew Sansone, Mary Mudd y Shane Rebenschied. Sois impresionantes, ponéis todo vuestro amor en todo lo que hacéis. Gracias por haber cuidado tantísimo este libro y por ayudarle a encontrar a sus lectores.

Gracias a mi equipo de «Necesitamos libros distintos». Sois *mi* gente y yo no estaría aquí sin vosotros. Ellen, ay, tú eres la fortaleza y siempre me das la comida coreana más deliciosa y te aseguras de que tenga fuerza para hacer este importante trabajo. No te dejaré jamás. Lamar Giles, gracias por enviarme siempre fotos de Idris Elba y ayudarme a llegar a todas las entregas. Te lo agradezco. Olugbemisola Rhuday-Perkovich, eres el ángel que me guarda. Gracias por tu sabiduría, orientación y amistad.

Gracias a todas las personas que me han acompañado y dado tanto amor, apoyo y consejo a lo largo del camino: Zoraida Córdova, Marie Lu, Elsie Chapman, Nicola Yoon,

Tracey Baptiste, Scott Westerfeld, Renée Watson, Adam Silvera, Karen Strong, Justina Ireland, Alex Gino, Preeti Chhibber, Laura Lam, Ann Marie Wong, Sabaa Tahir, Megan Shepard, Daniel José Older, Leigh Bardugo, Kami Garcia, Marie Rutkoski, Danielle Paige, Heidi Heilig, Elle McKinney, Amalie Howard, Gretchen McNeil, Nicole Brinkley, Jenny Han, Roshani Chokshi, Kate Elliott, Samira Ahmed, Rhoda Belleza, Veronica Roth, Tiffany Liao, Sarah Enni, Kate Hart, Brandy Colbert, Holly Black, Rainbow Rowell, Victoria Schwab, Miriam Weinberg, Tara Hudson, Lisa Amowitz, Kate Milford, y Anna-Marie McLemore.

Jason Reynolds, veamos si lees todo el libro y encuentras tu nombre. Gracias por las bromas pesadas y la sabiduría. Recuerdos, ¡ja, ja!

Phyllis Sa estás lista para todos los desafíos y aprecio que te unieras a este viaje. Gracias por traducir mis locas ideas en espacio visual. Eres mágica y te lo agradezco mucho.

Justine Larbalestier, tu amistad es inestimable. Gracias por tu mente, honestidad, consejo y fe. Soy muy afortunada por tener una amiga como tú.

A mis alocadas animadoras —Natalie C. Parker, Texxa Gratton y Julie Murphy—, os quiero a todas hasta la luna y volver. Gracias por llenarme siempre el vaso, por ser mi espacio seguro y por dejar que siempre sea yo misma.

A mi esposa de viajes —Renee Ahdieh—, gracias por cuidarme siempre y por ser mi primer anuncio.

A mis animadores del refugio —Nic Stone, Ashley Woodfolk, Tiffany Jackson, and Angie Thomas—, gracias por las risas diarias y el amor y la lealtad. Habéis hecho de este juego de escribir algo más tolerable.

Riddhi Parekh, gracias por estar en mi vida desde hace tanto tiempo y por lidiar conmigo.

A mi esposa del trabajo y dulce cómplice y hermana, Sona Charaipotra, gracias por adentrarte siempre en la oscuridad conmigo y por estar preparada para todas mis ideas locas. Estamos haciendo lo que dijimos que haríamos. Gracias por ayudarme a hacer realidad mis sueños y por subirte conmigo a esta montaña rusa. Soy demasiado ambiciosa para mi propio bien, pero tú me entiendes y siempre me dices que «sí». Crear historias contigo me ha cambiado la vida sin remedio. Te quiero.

Y gracias a los lectores. Gracias por acompañarme en este viaje.